愛情咒語

董升 著

甚麼是『愛情咒語』？
盲目的自以為是的設想和判斷，
錯置在感情上作取捨，
就成『愛情咒語』。

11

南洋商報門前人群擁濟，爭看牆壁張貼的號外，醒漢拼命擠進牆邊細看，見號外寫著：「睡獅怒吼，蘆溝橋夜半槍聲響爆。」

擁擠爭睹的人群激憤議論，喧騰吵雜，醒漢不理喧擾專注的細讀號外內文：「中央社電報：七月七日深夜，日軍以演習失蹤士兵一名爲辭，向駐守蘆溝橋國軍開槍尋釁，國軍迎頭痛擊，激戰徹夜，將尋釁日軍擊退…」。

在警署，陸幫辦「砰」地挂上電話向唐樹標說：

「樹標、中日戰爭爆發，南洋商報門口貼出號外了，華人情緒激動，可能會鬧事，通知警備課跟港警所保護日本領事館跟日本僑民。」

「是。」

陸幫辦深深吸口氣，抑制激動：

「晚上，咱們喝一杯。」

唐樹標神情凜然，並腿立正：

「幫辦的心情我瞭解，今晚喝個痛快。」他說著拍胸：「把心裏這股鳥氣都吐掉。」

醒漢奔到木屋門外大減：

「姐！」

醒華受驚抬頭，臉色大變，醒漢再喊一聲衝進門內：

「姐！打起來了，到底打起來了！」

醒華驚悸的愕望他，溫太太驚恐的急問：

「誰跟誰打起來了？」

醒漢眼含熱淚，臉色脹紅：

「國軍跟日本軍閥在蘆溝橋開戰了。」他激動得聲音哽咽著：「中日戰爭爆發了。」

醒華暗暗舒氣，臉脥恢復血色，溫太太氣結的指著醒漢斥責：

「唉呀，你想把你姐—嚇死呀，她坐月子最受不得驚嚇，你看你叫得能嚇得人掉魂兒，卻說著八杆子打不著的事。」

醒漢憤怒抗辯：

「誰說八杆子打不著，這是我們國家—」

醒華突地衝口問：

「蘆溝橋在哪裡？」

「在河北省。」

「上海呢？上海怎麼樣？」醒華聲音顫慄。

「沒有上海的消息。」

醒華閉眼，放下一顆心，醒漢拿出人蔘說：

「媽叫我買人蔘跟奶粉，奶粉我還沒買。」

醒華失神怔忡，突地毛骨悚然：

「別買了，快，做快回家。」

「幹嘛？」

「街上可能騷亂鬧事。」

「砰」地一聲鎗響，在日本領事館前激動擾攘的群眾，被鎗聲震住，齊向舉鎗發射的唐樹標驚望。唐樹標站在陸幫辦身旁，陸幫辦高舉雙手，神態威棱嚴厲，他高聲喊：

「我是警署的陸幫辦，負責本島的治安跟秩序。」

他話聲稍頓，目光炯炯的向群眾掃視，群眾情緒雖激動，但被他威棱震懾得肅靜下來，他繼續說：

「我的職務是防止本島任何暴力事件發生，不論國籍、種族、地位、權勢、任誰都一樣。中國跟日本爆發戰爭，那是中國跟日本兩國的事，這裏是英屬馬來的新加坡，沒有種族仇恨，沒有政治對立，也沒有侵略跟被侵略，所以不允許任何流血暴行在本島發生……」

陸幫辦的聲音在空際激蕩，群眾由激憤怒目到沈靜聆聽，他接著說：

「你們都是在新加坡的華人，我的祖籍也在中國，也是在新加坡的華人，你們心裏的悲憤感受跟我一樣，但大家必須要認清事實，稱快報復解決不了問題。」他說著握拳搗空怒喝：

「你們眞的心切國家危亡，眞的亟于爲國雪恥殺敵、那就回國從軍去！」

群眾驀地爆發一陣怒吼，吼聲響澈雲霄驚天動地。

激憤的吼聲震動上海街道，人群潮水般湧向街道一角，街旁一隻墊高的肥皀箱上站著面容蒼白憔悴的蕭白，她激動得聲嘶力竭：

「同胞們，抗戰的鐘聲響了，假如你是頂天立地的中國人，假如你是有血有肉的血性漢子，你就該站起來，爲保家衛國，爲滌雪國恥而戰鬥！」

群眾發出驚天振地的吼叫，蕭白等候吼叫略平，繼續嘶喊說：

「甲午戰敗，割讓台澎，日本人得寸進尺，步步緊逼，九一八進軍瀋陽，強佔我東北三省、一二八滬戰，在上海殘殺我們同胞兄弟。誰沒兄弟？難道被日本軍閥殘殺的中國人就平白死了？難道我們祖先辛苦墾殖的土地就平白的讓他們奪走？斯可忍孰不可忍，中國人團結起來跟他們拼了！」

群眾齊聲暴吼：

「拼了！」

暴吼中陡地一聲鎗響，蕭白應聲倒地。站在人群中聽講的南捷驚駭得跳起，從混亂奔逃的人群中衝到蕭白身旁，把她抱起，群眾此起彼落的怒喊：

「誰，誰放鎗，抓住他！」

群眾沸騰騷亂，相互推擠，蕭白在南捷懷中滿臉鮮血的睜開眼、氣若遊絲的問著：

「他們幹嘛要殺我？我說錯什麼？」

「你沒錯，開鎗的是誰？」

「我、我──」蕭白嘴中嗆出鮮血，頭虛軟的垂下，南捷痛喊，蕭白瞪者慘白的眼珠死去，南捷雙手發抖，撫合她的眼瞼，一顆淚珠滴進她的髮際。

南捷的抑鬱悲憤無法掩飾，超凡追問原因，南捷坦率告訴他是痛憤蕭白被殺，他無法理解誰會狙殺像蕭白這樣熱情愛國的女孩子，難道漢奸和日本特務眞的這樣沒人性？殘暴卑鄙？

超凡的回答讓南捷驚心，他說：

「開鎗的不一定是日本人和漢奸，上海社會複雜，各種勢力隱藏較勁，栽贓嫁禍的事多得不勝枚舉。」

「那您是指──」

「我沒特別指誰，只是說上海社會複雜，譬如浦東最近醞釀成立的親日僞政府，租界裏潛伏的共產黨，還有些幫會匪類和被收買的軍閥餘孽，都會爲己身利益乘機滋事，國府特務和日本特務的鬥爭就更嚴酷血腥。」

鄭超凡雖然對上海環境瞭解得透澈，南捷卻體會不到複雜社會背後鬥爭的險惡和詭譎。

南捷對蕭白的死雖激怒悲憤，但對妻兒的思念卻更牽腸掛肚，小韓說帶他租屋看房子，以備他接眷來滬時安頓，他頓時歡欣興奮，起身就跟他出去，他們來到公共租界一條巷弄，走到巷底推開一扇生銹的鐵門，爬上樓梯，顧師母聞聲迎出。小韓喊：

「顧師母。」他喊著回頭向南捷引見：「顧師母是房東，她老伴是招商局造船廠的焊工師父。」

「顧師母。」南捷恭敬的招呼。

小韓向顧師母說：

「我帶他來看房子。」

「好好，請這邊走。」

顧師母領路走進樓梯拐角的亭子間，小韓輕拍南捷的肩膀說：

「你看這間亭子間不錯吧？窗戶大，不怕煤煙出不去，後邊院子通風涼爽，環境安靜又不複雜。」

南捷打量屋內，滿意喜悅的連連點頭，小韓和顧師母交換眼色：

「那就確定了？」

「確定了。」

看過房子南捷提了一袋饅頭想回攝影棚，走在街上，心裏愉悅地想著醒華母子到來後的歡樂。街道熱鬧繁華，車輛行人吵雜喧擾，商店收音機播放著夜來香的歌聲，突地歌聲中斷，播出報告：

「各位聽眾，現在節目暫停，播出重要新聞──」

南捷瞿然停步，行人也紛紛駐腳，傾耳凝聽，播音員以審慎激動的聲音說：

「七月七日蘆溝橋事變之後，國府軍事委員會蔣委員長在廬山談話會發表『最後關頭』演說，激勵全民抗戰，今天七月卅一日，又發表『告抗戰全體將士書⋯』

南捷聽得入神，駐足行人也都謹肅傾聽，突地南捷肩頭被人輕拍一下，他驟驚回頭看，見面前站著個似曾相識滿臉笑容的軍人。

南捷愣愣的望他，露出困惑茫亂，對方緊抓住他的肩膀笑說：

「鄭可銘，新加坡聖心診所。」

「啊！」南捷猛地想起，驚喜的握住可銘的手叫：「可銘大哥──」

他們熱烈握手，互抓臂膀猛搖，親熱的歡笑博來身旁聽眾的白眼和輕噓，可銘拉著南捷走開，滿街收音機都在播報：

「近十年的吞忍，罵不還口，打不還手，我們爲得是什麼？爲得是安定內部完成統一，充實國力，到最後關頭來抗戰雪恥……」

喧騰熙攘的街道變得寂靜，連過往的車輛也把噪音減低慢行，收音機的播報更加清晰響亮，整條街都是播音員的聲音：

「現在，和平既然絕望，只有抗戰到底，不惜犧牲來和倭寇死拼，用血肉之軀齊心協力殺敵，才能驅走萬惡倭寇，贏取最後勝利……」

南捷跟隨可銘回到他部隊的醫務室，可銘推他坐下，說：「我們只是團級醫務單位，醫藥設備簡陋，勉強湊合，你坐著，我沏茶給你喝。」

南捷坐定，瀏覽室內，見桌椅和盥洗盆架外，只一個粗陋櫥櫃擺放著些簡單醫療用具，可銘沖茶後在他對面坐下說：

「家父棄世前對你們仍關心叨念，他說：『醒華純淨堅強，南捷熱情耿直，都是好孩子，我幫他們幫對了，幫得心安理得……』家父臨終去得很安祥，他傷心我妹妹的死，已經了無生趣。」

南捷悲痛感傷的說：

「鄭伯伯對我們有再造的恩德，我跟醒華都很感激。」他眼眶澀紅：「你們離開新加坡時見過醒華？」

「見過，她很好。」

「我最近會回去接她。」

「接她？什麼時候？」

「戲下月初殺青，月中就回去。」

可銘搖手：

「暫時別接她來上海，你要回去也該提前，這幾天日軍在虹口迅速增兵，上海戰爭隨時都會爆發，我們八十八師接到命令，準備隨時應戰死拼。」

可銘的話一直在南捷耳邊響，南捷在深夜的街道上走著，影子被路燈縮短又拉長，他低著頭煩鬱的思索，心中隱穩絞痛，一口氣憋在胸口想奮力吼叫一聲。

回到攝影棚，他鋪開信紙給醒華寫信，把心中積鬱盡情傾吐。

醒華接到信是十天以後的事了。她坐在床邊展讀，康康在床上熟睡著，信上說：

「房子找好了，準備月中回新加坡接你們母子來上海團聚，可是對日全面抗戰爆發，戰雲密佈上海，在街上意外的遇到可銘大哥，他穿著軍服已是軍醫，談及鄭伯伯臨終還記掛我們，讓人鼻酸喉塞⋯⋯」

醒華被悲傷感染，眼眶湧聚淚水，淚眼模糊中她繼續讀信：

「若上海爆發戰爭，我即無法成行，暫匯貳佰元給你，安心渡日撫育康康，俟戰爭平靜，我再儘快回去—」

醒華驚悸的從信紙移開眼光，淚水奪眶流下，轉頭望康康，她臉色逐漸蒼白，顯露出驚怖惶恐神色。

醒漢奔進客廳，溥齋，麥氏驚悸的望他，麥氏緺眉斥責：

「醒漢，你莽莽撞撞，想幹嘛？」

「媽，姐姐要去上海。」

溥齋驚得差點跳起：

「她瘋了，上海戰爭就要爆發—」他激動的指著膝頭報紙說：「看看報紙，多少人從上海逃難到香港，她要去上海找死嗎？」

「她船票都買了，明天上船！」

醒漢滿臉焦惶，溥齋指著麥氏責斥：

「你看看，她任性到這種程度。」

麥氏臉色鐵青的站起：

「我去跟她說。」

「你跟她說沒用，她那種執拗脾氣—唉！」溥齋甩掉報紙沖起：「我去！」

溥齋、麥氏、醒漢趕到木屋，醒華正收拾行李，溫太太淚眼紅腫的緊抱著康康不放，她心肝寶貝似的摟著他，邊搖晃邊揩抹淚水。

醒華驟見溥齋顯出瞠目呆愕，手裏收拾的衣物散落到地下，喉頭哽咽著喊：

「爸—」

溥齋嘴角牽動，嚴肅的臉上展露一絲靄笑，醒華歡聲撲過去：

「爸…」

溥齋抬起手，眼中閃灼淚光，醒華撲進他懷裏，嘴裏不停的喊：

「爸、爸…」

麥氏笑著拭淚，醒漢站在母親背後開心的傻笑，溥齋把醒華推開，問她：

「妳要去上海？上海說不定馬上會打仗。」

「我知道。」醒華截然說：「就爲這樣，我的心懸著！絞著。我要去找他，跟他在一起，生，我們一塊生，死也要—」

「好了，別說了。」麥氏斥責著阻止。

溥齋凝目望著醒華，醒華堅定的回望，片刻，溥齋輕歎著移開眼光，麥氏向前抓著醒華的手臂說：

「要去也等局勢平靜。」她見醒華搖頭，哽噎說：「我跟妳爸爸都老了，上海那麼遠，那麼亂，你讓我們怎麼能安心讓妳去？」

醒漢不忍的叫：

「姐！」

醒華沒說話，咬著嘴唇轉身從溫太太懷裏接過康康，一滴熱淚滴在康康臉上，康康像被灸熱著，把緊閉的眼睛睜開，醒華抱著他，親他臉龐。雖沈默，但態度卻堅決。溥齋長歎說：

「好吧，去就去吧。」

麥氏憤然叫：

「你讓她去？你老糊塗了？」

溥齋不理麥氏，望著醒華顯露蒼老哀頹：

「上海我有個朋友，叫王紹曾。」他顫抖著手從衣袋掏出一張紙條：這是他的地址電話，有困難就找他。」

醒華回身再奔向溥齋，她哭喊著：

「爸！」

溥齋張臂抱住她們，也老淚縱橫地流下。

民國廿六年八月十三日中午，郵差在攝影棚外高喊拍門：「電報，鄭南捷電報。」

攝影棚裏一片昏暗，無人應聲，郵差再敲門後塡寫通知單塞進門縫裏走開，他的拍門叫喊引得附近一陣狗叫。

這時南捷和劉國興剛與朱玲分手走進彙中飯店，劉國興臉色陰沈微綯眉頭，南捷詫疑的望著他，問說：

「你對朱玲不高興？」

「誰說的？」

「我看你跟她分手，臉色變冷。」

「沒有不高興，只是覺得她霧濛濛的，讓人搞不懂。」

「霧灌濛？什麼意思？」

他們走到電梯口等候電梯，南捷仍望著他發愣，劉國興失笑說：

「幹嘛、我變樣了？」

「我看你也像霧裏看樹看不清。」

劉國興失笑，攀著他肩膀和他同進電梯，在電梯裏對他說：

「朱玲對你有興趣。」

「拜託，我是有老婆的人，你別忘了。」

「朱玲可不在乎這個，她喜歡就好。」

電梯上到頂樓開門，僕役阿根迎著搶先打開房門，國興，南捷走進房內把門關上，國興瞅著南捷說：
「她背景複雜，是顆炸彈。」
「炸彈？那你還跟她攪活。」
「我跟她攪活是想多瞭解她，把她看清楚。」
「結果是霧裏看花？」
「對了。」
「你說她背景複雜，鄭導演也說她背景複雜，到底是怎麼個複雜？」
「她是混血兒，在日本橫濱出生，參加國際共產黨和日本特務組織黑龍會，這些背景夠複雜吧？」
「縱然如此，値得你們這麼重視挖掘她？」
「我們挖她是想瞭解她父親朱嘯峰，朱嘯峰在黑社會跟工人團體有很大影響力，從朱玲身上，可以測知朱嘯峰的動向。」
國興倒兩杯酒，一杯給南捷，南捷啜口酒，搖搖頭，國興問：「怎麼了？
「想到在船上跟她認識，當時只以爲她是個驕縱的富家姑娘。」
劉國興笑著喝酒：
「你不適合幹我們這行，本來想吸收你進組織，後來看你太重感情，脾氣倔強，常寧折不彎，可能因私害公，想想還是算了。」

兩人喝酒，南捷懶散的躺在床上。

客輪在中國東海破浪前進，三等艙房裏旅客擁擠，汗臭刺鼻，在嗡嗡的輪機聲中響著此起彼落的鼾聲，醒華抱著康康靠著包袱躺在床上，艙頂的電燈泡昏暗的搖晃著，顯示船體的顛簸搖蕩。

康康在她懷裏扭動欲哭，醒華搖哄，側身向裏躺倒，解衣把乳頭塞進他嘴中。

下午，在彙中飯店喝酒的南捷撐身站起問：

「現在幾點？」

國興掏出懷錶看。

「四點過五分。」

「我要回去。」南捷放下酒杯：「晚上有拍戲通告。」

國興也放下酒杯站起，伸手抓過外套：

「我送你。」

「別送了，我坐電車。」南捷說著穿衣向外走，「街上沒戒嚴吧？」

「閘北一帶戒嚴。」

南捷點頭開門，開門霎那窗外「轟」地一聲沈雷似的爆響，響聲震得房搖地顫，接著「咻咻」連聲銳嘯，後續一串驚天動地的爆炸。

爆炸初起，南捷，國興驚得愣住，片刻稍覺回神，跳起衝出房外，走廊裏已是旅客奔突，一片驚慌喧嘩，窗外遠處烈焰沖天，爆炸續響。接連不斷。

中日滬戰爆發，日艦炮轟閘北。

八月十三日晨九時，日軍陸戰隊挑釁的向駐守八字橋的國軍開火，國軍隱忍，到下午四時日軍火力增強，停靠黃浦江的軍艦也以猛烈炮火轟擊上海市區。

震駭南捷，國興的炮火就是由黃浦江上軍艦擊發，一時街道房屋爆翻，馬路上行人血肉模糊，慘呼哀號著踐踏奔跑，街道頓成煉獄。呼嘯的炮彈聲似惡魔的獰笑般嗤嗤咻咻，響在天空。

據守八字橋，寶興路的國軍八十八師奮起迎戰，閘北地區頓時陷進一片火海烈焰中。駐守國軍早就遍挖掩體戰壕，隨時準備拼死決戰，官兵們都積恨憤怒得雙眼通紅，被壓迫凌辱的憤恨洪水決堤般的發泄，戰壕掩體裏機關槍步槍連番擊發，磨得森寒晶亮的大刀擺在身旁，隨時準備跳出戰壕掄刀劈砍。

帶著「咻咻」銳響的炮彈掠空飛射，落地爆炸後塵煙沖天，血肉橫飛，硝煙中殺聲嘶吼，火焰騰竄。

醫務兵爬行戰壕間，拖離受傷官兵，街角掩蔽處鄭可銘指揮醫護兵搶救傷患，撤送到後方陣地醫傷。

臨時軍醫院設在民房中，傷兵擠滿已排進廚房，可銘滿身血污忙得熱汗淋漓，孤燈昏暗，到處響著痛苦呻吟，觸目儘是一片血腥。

幾個婦女民眾忙亂的幫忙敷藥包紮，輕傷的、包紮了再提槍衝出門外，重傷的，怒瞪著雙眼咬牙忍痛，從齒縫中嘶出哼聲。

鄭可銘滿頭汗水，在傷患中穿梭，不停的有醫護兵向他報告：

「醫官，消毒水用光…」

「用酒，找酒水稀釋。」

又有醫護兵跑來，稍聲說：

「報告醫官，消炎粉，藥包都不夠…」

可銘思索，抬腕用衣袖拭汗，咬牙說：

「泡鹽水，浸紗布，擰乾敷傷口，儘量少用，減少痛苦。」

醫護兵剛要轉身跑開，「轟」地一聲爆炸，民房牆壁被炸塌，煙塵翻滾，磚石崩進，醫護兵被磚石崩傷倒在瓦礫中。

炮彈連番爆炸，街邊房屋倒塌起火，熊熊烈焰夾雜著瓦斯氣爆的濃煙烈火滾翻沖天，把黑夜的街道都染紅。

難民扶老攜幼爭搶著衝突奔逃，母親牽著孩子，兒子背著母親，老頭攙扶著纏小腳顫萎萎的老婦，他們驚恐慌亂，盲目地奔跑呼號。體弱的摔倒被踏踐，在街旁淒慘哭喊呼救，五歲的囡囡被母親拖著踉蹌逃奔，「咻」地一聲流彈飛來，擊中母親，母親撲撞摔在地上，頭上鮮血流湧，抽搐顫抖著死去，一隻手仍緊緊扭抓著囡囡，囡囡被她扯拉得摔痛號哭，望著母親駭叫推搖，奔突的人潮經過她身旁，無人理會，南捷背負著個受傷的老婦隨眾奔逃、看到她，腳步疑遲的在她面前站住。

槍聲、炮聲，爆炸聲火熱交織，他咬牙蹲下把囡囡抱起，艱困的續跑狂奔。

街角有處救護站，屋檐下坐著，躺著儘是被炮火流彈打傷的老弱婦孺，有親人的，親人在旁扶持悲哭，沒親人的，孤零零，癡癡呆呆的愣著，眼光驚恐。

南捷背著老婦，抱著囡囡氣喘吁吁的奔到救護站，他抓著護士說：

「護士，老太太暈過去了。」

護士甩開他，說：

「救傷都來不及了，還管她暈。」

南捷啞口無言，把老婦背到牆邊，找個空隙讓她靠坐，他想放下囡囡，囡囡卻拼命抱住他的脖子不放。

「媽媽，我要媽媽…」

南捷頹然，在地下坐倒。脫力的氣喘。

天將亮，南捷抱著囡囡到警察局，在門口被崗警攔下，查知來意後含怒把他驅離趕走。他困頓無計，放不下囡囡，想回攝影棚暫歇，在攝影棚外想起超凡家，想把囡囡暫時寄放在他家裏，趕到超凡家，超凡不在，開口就被姨娘嚴辭拒絕，並顯出厭惡的把門關上。沒辦法，再把囡囡帶到攝影棚，開門時風把電報通知單卷起，他彎腰撿拾看，見是新加坡電報，他看著心驚變色，轉身關門，重新奔出。

到電報局領出電報看，電報寫著：

「姐攜康康乘法國郵輪赴滬，預計十四日抵達，醒漢。」

南捷脫口驚呼：

「十四日，明天嘛。」他滿臉焦惶憂急：「怎麼辦，上海在打仗，她這時候來⋯⋯」

南捷到小韓租屋處顧師母家敲門，顧師母開門看到他還認得，問他：

「你不是跟小韓說，房子不租了嗎？

「租，剛接到電報，我太太到上海來了。」

「現在來？」

「是呀，她不知道上海在打仗。」南捷苦笑。

顧師母走出門外，看到囡囡說：

「好吧，房子還空著」，說著指囡囡：「這小囡是誰呀？」

南捷囁嚅不敢講，最後還是鼓氣說出：

「撿的，她母親死在馬路上，是孤兒。」

南捷等待顧師母嫌惡的臉色，不想顧師母望著囡囡一臉和顏悅色，南捷說：

「到處送不出去，沒法安置—」

「給我吧。」顧師母伸開雙臂：「怪可憐的。」

南捷喜出望外把囡囡遞給她，囡囡倒乖巧的沒有抗拒。中午過後，上海風強雨急，氣象廣播說將有颱風吹襲。

風強雨驟中閘北戰事並未稍歇，國軍把日軍的攻擊挺住，雙方都死傷累累。

在街道沙包掩住內，國軍在暴雨狂風中緊握著槍向敵軍瞄準，雨水浸到腰部，雨水裏混濺著鮮血，飄浮著屍體。

颱風暴雨襲擊著海上的輪船，波濤衝擊船舷，響如雷鳴。輪船隨著驚濤駭浪顛簸搖晃，三等艙房裏到處一片嘔吐聲。

醒華緊抱康康，驚恐無助的抓緊艙柱靠在臥鋪牆角，船身搖蕩劇烈，艙頂燈泡明滅眨閃得像鬼火。艙房擴音器傳出廣播：

「旅客請注意：本輪現在停泊上海外海，與上海港電訊連絡中斷，港口情況不明，現在暫時泊碇繼續連絡進港，請各位旅客忍耐…」

南捷愴惶的奔過街道，街上難民驚慌奔走，絡繹不絕，槍炮聲震耳欲聾，火光濃煙到處騰冒，南捷逆向奔行，衝撞奔逃的難民，有人抓著他勸阻，被他推開了，奔到街角，前邊火網交織實在衝不過去，他躲在牆角焦急窺看，眼見對街一堵矮牆背後有日軍潛伏。

矮牆鄰近傾倒的民房外躲藏一個國軍，日軍警覺到他拿出手榴彈拉線擲出，在投擲手榴彈的霎那國軍猛地跳出，翻牆握著大刀揮砍，日軍應聲被他砍倒。

他身旁另有日軍挺刀刺他，國軍被刺大刀脫手墜地，日軍拔刀再刺，國軍抽出胸前手榴彈揮擊猛砸日軍的頭，日軍鋼盔被砸飛，濺血摔倒，國軍撲前按住他用手榴彈連續猛擊，手榴彈頭沾滿毛髮血肉。

南捷眼見慘烈景況，看得目瞪口呆，陡地他膀臂被人猛力抓住，他本能反應揮臂掙脫，彈跳縱開，鄭可銘急聲喊說：

「南捷，是我—」

南捷驚恐的回頭望他，可銘滿身血污的再拉住他的手說：「快離開這兒，危險！」

南捷漸漸從驚恐中醒覺，可銘拉著他退到安全掩體，質問著：

「你到前線來幹嘛，這裏馬上就要跟日軍展開巷戰拼刺刀了？」

「我，我要去碼頭接船，醒華從新加坡來了。」

「啊，現在來？」

「所以我非去不可！」

「不行，」可銘截斷他：「前邊你通不過。」

「通不過也得闖。」

「你闖過去也沒用，碼頭全部封鎖了，外灘碼頭已被日軍佔據，哪還有船進港停靠？」

南捷掙開他，神情堅決：

「沒船停靠我要親眼看到才相信，你想，醒華她抱個孩子，我不去接她，怎麼得了？」

巨浪沖卷，狂風怒嘯。

輪船飄浮在吳淞口外海，舺舨上狂風驟雨裏仍站滿了旅客、他們遙望上海，焦灼議論，醒華抱著康康躲在船舷廊廈下，聽船樓擴音器廣播：

「旅客請注意：奉船長阿米諾，阿佛西的命令，作以下宣佈：」

議論喧嚷的人群霎時肅靜，仰望擴音器傾聽，擴音器續播：

「本輪停泊上海外海，因颱風關係和上海港口電訊連絡中斷，經採取其他途徑和上海港主管機構取得連繫，並得到答復。現在上海中日戰爭爆發，戰火激烈，港口已被封鎖，爲安全計，港口客貨船舶一概不准出入，本輪經請示法國馬賽總公司決定，立即返航香港，執意不願返航，要在上海下船登岸的旅客，請找事務長辦理登記，本輪將安排小艇護送到黃浦江彙山碼頭……」

聆聽的旅客瞠目對望，擴音器再傳出英語廣播聲。

絞煉滑輪格格響著放下救生小艇，小艇落在海上被劇浪激蕩飄浮，醒華抱著康康勇毅堅決的走出廊廈當先跨進船舷吊籃，幾個驚懼忐忑的旅客也鼓起勇氣跟在後邊，吊籃離船吊下小艇，小艇發動引擎，醒華緊抱著康康閉眼縮靠在艇壁邊。

小艇隨著浪濤起伏上下拋擲，旅客都臉色慘白，驚恐閉目。

提籃橋邊泊船碼頭一片空蕩，急浪拍擊，南捷在一間倉庫外的電話亭中對著話筒喊叫：

「喂，港務局，請問—喂喂……」

附近轟隆的爆炸聲讓他聽不清話筒裏聲音，他急吼：

「喂，港務局……新加坡開來的法國郵輪進港沒有？嗯？請大聲一點……嗯—彙山碼頭？喂—」

對方把電話掛斷，南捷愣著凝思片刻，掛上電話轉身飛奔。

小艇破浪前進，緩緩駛近碼頭，船頭法國國旗撲展，刺眼醒目：

靠岸拋纜，船員繫纜在岸樁上，醒華和旅客等都紛紛站起搶登上岸。

醒華緊抱康康，一手抓提包袱離艇跨登江岸時重心不穩，她搖閃，險險摔跌，適時身旁有只手拉住她，穩住她的身形，醒華想道謝，轉過頭驀地驚恐的急急掙脫，原來拉她的是個日本軍官。

日本軍官面目冷凝，木無表情，旁邊幾個日軍端槍指著下船的旅客們，日軍官吆喝著用華語叫：

「下船的人，列隊，準備檢查。」

旅客等驚悸列隊，醒華走過去，列在隊尾，寂靜、窒息、狂風吹拂，小艇離岸駛走，日本軍官兩眼森冷的在旅客身上搜索觀察。

他緩步走過旅客面前，鐵釘靴發生「咯咯」刺耳的聲響，陡地他戟指一個旅客站住，厲聲叫：「你，過來──」

被指的旅客臉色大變，下意識舉起手，在旁監視的日軍迅速圍攏過來，端著槍和刺刀抵指住他，旅客臉色灰白，緩緩移動身體跨出行列，日軍向前欲搜查他，旅客陡地沖前拔腳飛奔，「砰砰」連聲槍響旅客背部血爆仆倒在地上。

康康被槍聲驚嚇嘶聲號哭，醒華戰慄的丟下包袱緊抱康康搖哄。她包袱丟下時有「咯」地脆響，響聲驚動日本軍官，她回頭獰視醒華，走到被殺旅客身旁，用腳撥翻他的屍體，彎腰搜查，在他裏袋摸出一個布包，抖開布包，幾條黃金赤澄耀眼。他眼中閃過欣喜。喜色把他的煞氣掩蓋，他收拾金條塞進袋中，回頭走到醒華面前。

醒華驚恐得簌簌抖慄，日本軍官望她，峻聲問：

「哪裡來？」

「新…新加坡…」

「來上海幹什麼？」

「找…找我丈夫…」

「你丈夫叫什麼名字？做什麼職業？」

「演員，拍電影。」

日軍官眼光再變凌厲，指包袱：

「打開看。」

醒華僵立沒動，日本軍官厲聲：

「打開！」

醒華驚跳，急忙蹲下打開包袱，日本軍官彎腰搜索，見一具相機外，都是些舊衣物，他抓起相機審視，醒華陡地湧起無比勇氣一把搶過相機抱進懷中，日軍官凶獰的瞪她，醒華毫不退縮和他對瞪。

「相機是紀念物？」日本軍官嚴厲逼問：

醒華斷然點頭，日軍官眼光和緩，再追問：

「裏邊有底片？」

「有。」

「拿出來，丟進海裏。」

醒華順從的從相機中拿出底片，丟進海中，日軍官揮手讓她走，醒華陡地鬆弛，癱軟得險險摔倒，她抖索著捆紮包袱，抱緊康康踉蹌跑走。

她驚悸愴惶的飛奔，街旁一些日軍散落的坐在地下啃食乾糧飯團，醒華抖慄著低頭奔跑，奔過日軍，街頭靜寂，狂風旋卷，地上積水流淌成灘。

她轉過街角，消失在街道盡頭，隔一條橫街，南捷正從街角探出頭向碼頭窺視，他焦燥緊張的向碼頭搜尋探索，遙見碼頭上碇泊著兩艘日本軍艦，並無客輪停靠。

因有房屋阻擋，他看不到碼頭被阻擋的死角，他咬牙閃出街角向碼頭走近，看到街旁散坐的日軍又顯出驚慄躊躇，但亟想見到醒華的渴望讓他勇氣勃發，熱血沖頂，他猛地吸氣，挺身向前，鎮定的裝出笑臉，講著日語向日軍鞠躬：

「皇軍辛苦。」

他的準確日語讓日軍錯愕驚異，日軍等都猜疑的轉臉望他，南捷再鞠躬說：

「要到碼頭接人，不得已，請原諒唐突…」

日軍戒備鬆弛的轉開臉，南捷連著鞠躬快速通過，通過後他心頭狂跳，臉陝沁出冷汗，走到碼頭邊向碼頭上掃望，見日軍官仍在盤查旅客。

南捷躲在牆角搜尋，旅客中並無醒華，他焦急惶惑的喃然自語說：

「奇怪，怎麼沒有她們？船公司說她下船了？難道輸送的小船還沒到？」

他向碼頭遠處探望，碼頭空蕩再無船舶停靠。他輕悄閃縮著前進，陡聽有鐵釘靴踏地的刺耳聲音，他下意識閃進身旁貨堆中躲避，因躲得過急，撞得疊放貨箱搖晃，鐵釘靴急步走到他身邊。

接著一陣雜亂腳步把貨堆圍住，數枝冰冷的槍管伸進貨堆，瞄準南捷的頭和胸膛。南捷駭怖變色的強裝出笑臉要說話，指揮的日軍士官厲聲指他：

「搜查！」

南捷驚慄抖震，舉起手來，想用日語急辯，一個日軍撲向前，抓攫南捷，南捷惶急搖手，日軍倒過槍托猛擊他的頭，南捷慘哼著抱頭撞跌，撞倒身旁貨箱，貨箱上漆塗著漢字：「大日本皇軍槍械彈藥。」

槍管冰冷的指著南捷的頭，押送上卡車，南捷滿頭鮮血蹲在卡車上，日軍鐵釘靴踏著他的肩膀，使他的背脊彎躬佝僂，頭夾在兩膝間。

卡車疾駛馳過街道，陡地他身軀猛震，腰背霍然挺直，看到街旁懷抱康康愴惶疾走的醒華，他嘶聲狂喊：

「醒華…」

他剛喊出口鐵釘靴就踢在臉上，他被踹得摔倒，摔倒後他驀地彈起、張口要再喊。又被一腳踹在臉上，踹得他仰面摔跌，數隻鐵釘靴一齊踩住他的胸腹和頭上。

卡車載著南捷飛馳，他被強迫趴俯在車板上，數隻鐵釘鞋踩著他的頭和背，他掙動，就換來槍托毆擊，頭被打得出血，血流到臉上，糊著車板黏黏膩膩的淌。

風、刺骨，從卡車木板縫隙灌進，使他寒冷抖慄，心更冷，陣陣絞痛收縮，他咬牙咀咒，恨天對他太殘暴。他從小沒因憤恨哭過，這時卻憤恨得痛哭流涕了。

他被押進日軍虹口憲兵隊，審問他的是體形矮墩滿臉兇狠的荒木少佐，他抓著南捷迎面一頓痛毆，打得南捷彎腰抱腹口吐黏液。

打過淋澆冷水，把痛苦扭曲的南捷捆在椅子上，綁縛著手腳，荒木站在他面前，扭著他頭髮拉起他的臉，像只黑熊饞涎欲滴的向獵物望著，聲調刻板冷硬的用華語拷問：

「那裏人？」

「臺灣。」南捷舌頭僵硬的答著。

「什麼名字？」

「鄭南捷。」

「什麼身份？」

「平民。」

「到彙山碼頭幹什麼？」

「接我太太—」

「砰」地一拳猛擊到南捷的臉上，南捷慘哼著嘴裏噴出血沫、荒木吼叫：

「接你太太躲在軍火旁邊幹什麼？」

「是誤會，我實在不知道是軍火！」

緊接又一拳狠擊南捷的嘴，荒木冷硬刻板的聲音再從牙縫迸出：

「從頭開始，那裏人？」

南捷欲哭無淚，嘴角黏液血漿溢流，他的嘴已腫脹得說不出聲音，荒木獰吼：

「那裏人？」

「台…灣…」

「叫什麼名字？」

「鄭…鄭南…捷…」

下船後奔跑著離開彙山碼頭，雇車按址尋到攝影棚的醒華，驚魂剛定，滿望能看到朝思暮想的連捷，聽說南捷去碼頭接她，驀地背脊寒冷，湧起悸怖不祥的感覺，小韓搬張椅子招呼她坐下，說：

「前些時聽說妳不來了，上海正在打仗…」

「我不放心他，想在他身邊照顧。」醒華說：
「你們夫妻感情眞好。」小韓伸手觸摸康康臉頰：「聽說叫康康，好健壯的小夥子。」
小韓帶領醒華到顧師母家看房子，進門指著屋裏家俱說：
「桌椅床櫃都現成，棉被床單南捷都有，煤爐子暫時向顧師母借用，再添置兩付碗筷就能過日子。」小韓觀察屋內，想起說：「對，裝開水，得買個熱水瓶。」
顧師母從後跟進來，牽著囡囡：
「小韓，南捷到底到哪兒去接了？」
「我不知道。」小韓攤手說。
「你去找找。」
小韓爲難的苦臉說：
「您這是給我出難題，上海這麼大，我到哪兒去找？」
「不是去接船嗎？總不外那幾個碼頭。」
「好吧，我去找！」
小韓轉身離去，顧師母向醒華說：
「妳坐著歇息，我去煮碗面。」
「謝謝，別麻煩了，我—」

顧師母揮著手說：

「先把孩子放在床上，自己也鬆散一下，坐了那麼久的船，腰酸背痛是免不了。」

顧師母牽著囡囡離去，醒華疲累的坐倒在床上，窗外已是黃昏了。

面碗冷凝的放在桌上，醒華緊擁著康康和衣倒在床邊睡著，窗外夜黑，風聲強勁，玻璃窗被風勁搖撼得咯咯發響。

夜寂靜，遠處槍聲炮聲仍響，但已明顯稀落零星，槍炮聲中有犬吠和兒啼起落，使寂寥的靜夜隱伏著濃重的困厄和焦燥。

醒華睡得很不安穩，她眉頭緊鎖，腮邊肌肉不時痙攣抽搐著，康康的掙動號哭驚醒她，她張眼望房內，霍地坐起，愣著觀望處身的環境。

冰冷寂靜的陌生房間，桌上冷凝結塊的面碗，遠處的槍炮聲都讓她回神冷靜，她抱起康康解衣餵奶，康康饑餓的吮吸奶頭，她不覺呻吟出聲。

南捷倒在地上，喉中發著混濁的話聲：

「我叫鄭南捷，到碼頭接我太太…她從新加坡來…我不知道那裏堆放軍火…不是故意躲起來…我絕對沒有詭計陰謀，也絕對沒有計劃炸毀軍械彈藥…」他說著稍喘，陡地嘶聲狂喊：

「醒華——」

他喊聲尖銳淒厲，連站在旁邊的荒木都毛骨悚然，他搖頭自語說：

「這個傢夥眞倔強，一定受過特務訓練。」說著走到近前用腳踢南捷，吩咐在旁日軍：

「把他拖到椅子上。」

日軍抓提南捷，把他拖到椅上捆綁住，南捷癱軟，流滿汙血的頭臉軟垂在肩上。荒木走到椅前批他的面腴，南捷勉強睜開蒙朧的眼睛望他，荒木向日軍揮手，日軍扭開椅旁兩座電扇，電扇的強風猛吹南捷的頭，南捷開始感覺頭皮刺疼，他扭動身軀躲閃，漸漸頭痛欲裂，臉肌抽搐痙攣，繼而牙齒打戰混身簌簌戰抖。

「淋水—」荒木滿臉病態暴虐的喊一聲，日軍把一桶冷水「嘩」地淋在南捷頭上。

南捷被冰冷的水激痛得跳起，甫跳起即摔下，因手腳牢牢的被捆在椅上，他慘叫，咬牙發出痛極的嘶呼，荒木在旁觀看，嘴角露著笑容。

窗外豪雨傾盆，小韓淋得透濕趕到鄭超凡家，超凡憂急的問他：

「找到嗎？」

小韓抹掉滿臉雨水搖頭：

「能找的地方都找遍了，劉國興那裏也打過電話，劉國興不在，聽說到廬山受訓，南捷失蹤已經五天，我想有幾種可能—」

「快說呀！」

「最可能的情況，是被國軍抓兵…」

「胡扯。」超凡截口斥責：「在上海作戰的都是正規部隊，整編嚴格，怎麼可能隨便抓兵？」

「可是這幾天戰事激烈，傷亡很重。」

超凡不快的瞪他：

「報紙每天在登，上海有成千上萬的青年，想參加抗戰從軍殺敵，軍方都不肯接受，說他們沒受過訓練，勉強參加戰鬥，只會增加無謂犧牲，自願從軍的人都不要，怎麼可能會隨便抓兵？還有那些可能？」

「還有就是…他到碼頭接船，當時外灘到提籃橋戰事激烈，可能會碰上流彈…」

超凡露出瞿然驚心的神色，他認眞想，不覺神情沈痛，小韓懾懦再說：

「還有種可能，他闖進日本佔領區，被日本人抓住…」

超凡悚然，滿臉驚慄的站起。

「誰跟日本人有交情？」

「白虹—」

「快，快去找白虹打聽。」

晚上，小韓回到鄭家向超凡報告：

「白虹在日本陸戰隊有朋友，她答應幫忙打聽。」

「日租界捕房呢？」

「捕房跟軍方搭不上關係。」

「跟白虹說儘快探出眉目，要是南捷被日本人抓去，就得趕快營救。」

「白虹答應明天給消息，不過依我看，這是大海撈針——」小韓疲累得在椅上坐下，超凡憂急的掏錢給他：

「這些錢拿去給南捷他太太，叫她安心，千萬別著急。」

小韓接過錢說：

「她整天精神晃惚，嚷著要自己上街去找，我們都勸她耐心在家裏等，現在上海亂糟糟，她抱個孩子，萬一再出岔子，那就眞的——」

「對，千萬留住她，儘量勸，多開導，啊？」

顧師母探頭進房，見醒華在窗邊呆坐，顧母輕敲房門，把醒華驚醒了，顧師母說：

「我煮了鍋稀飯…來，吃一碗。」

醒華臉色蒼白，擠出笑容道謝：

「謝謝師母，我吃不下。」

「吃不下也得吃點，你是帶孩子的媽，身體垮了，孩子靠誰呀？南捷說不定被什麼事耽誤，會回來的，你安心照顧孩子，不是有句老話說：『吉人天相』嗎？」顧師母進來拉扯，醒華被拉得站起，顧師母再說：「康康睡得香，讓他睡，醒了聽到他哭再回來。」

醒華被顧師母拉著到顧家，桌上稀飯已盛好，雖是腐乳醬菜，卻也豐富多樣，顧師母說：

「你幾天沒吃好，不敢讓你多吃油膩，先塡飽肚子，應付事也有體力。」

醒華被她逼著連吃兩碗稀飯，坐在桌旁的囡囡眨著眼睛望她，醒華有點窘困，問：

「這是師母的孫子呀？」

「不是。」顧師母笑得苦澀：「是南捷在閘北撿回來的孩子，我跟她投緣，一見就喜歡，南捷急著接你，把她寄託給我，聽說她母親被亂槍打死在街上，可憐吶，萬惡的日本鬼子。」

顧師母說著撫囡囡的頭，摸她的臉，疼愛溢於顏色：「囡囡，叫嬸嬸。」

「嬸嬸。」

顧師母再轉向醒華：

「南捷心腸軟，否則槍林彈雨逃命都來不及，誰還會撿個孩子──」她說著再低頭望囡囡：「我要養大她，她就是我的孫子。」

正說著，小韓來了，他把錢交給醒華，向她說：

「導演叫我把這些錢給妳，南捷的事叫你千萬別衝動，耐心在家裏等，他會盡一切力量找他，要你務必安心，別輕率跑出去，免得再有意外發生！」

醒華點頭，嘴唇緊閉顯示出無比堅毅神情。

12

國際飯店高聳入雲，樓高升四層。

廿樓上，玻璃窗裏站著一個人影，她正憑窗外望，俯瞰著上海風景。眼底的房屋櫛比鱗次、街道縱橫，而市容蕭條落寞，正如她站在窗前的身影。房門被輕敲後推開，窗前人影轉過頭，是燙著時髦蜷發的廖宛芬，進房的廖本源向她溫聲說：

「到樓下餐廳吃飯吧，快中午了。」

「爸，你先去，我不餓，再等一下。」

「等什麼？」本源柔聲說：「一起去吧，朱伯伯也在，他想見你。」

「那個朱伯伯？」

「見面你會認得，你見過他。」

宛芬沈鬱寡歡的跟隨著本源下樓到餐廳，那是間粵菜館叫豐澤樓，坐候等他們的是朱嘯峰父女嘯峰看到她揚聲笑：「眞是黃毛丫頭十八變，幾年不見，像朵花啦！」

宛芬燦然露出笑容喊：

12

「朱伯伯。」

嘯峰指著朱玲叫：

「玲子，我女兒，叫姐姐吧？」

「玲子姐。」

朱玲含笑對她審視，一把抓過她：

「我爸去新加坡，回來總誇你，說你乖巧，溫柔又漂亮，我聽著好嫉妒。」

嘯峰插嘴說：

「宛芬要去英國讀書，將來學問見識都要超越你了。」

「眞的？」朱玲驚奇的問：「你一個人去英國嗎？」

「我不想去。」宛芬轉頭望父親：「想在上海找學校。」

本源苦笑搖頭：

「我在倫敦給她找好學校，她不肯去，眞是沒辦法。」

朱嘯峰拍胸：

「沒問題，在上海念書，包在我身上，想念哪間學校？」

「本來想念聖約翰，可是現在—」

「擔心上海戰爭是吧？」嘯峰搖手說：「戰爭在上海市區，租界不會打，對了，你們怎麼撿這個時候到上海？」

嘯峰轉臉望本源，本源說：

「半個月前，我去天津談筆鐵砂生意，順便帶宛芬遊覽青島，沒想到到上海剛好趕上戰爭，現在海路空路都斷了，走不掉，只好住下來等交通恢復。」

朱嘯峰熱誠的瞪大眼睛嚷：

「既然這樣住旅館幹嘛？搬到我家去住，我們兄弟交情，你還見外嗎？」

「不不！」本源急著搖手：「住旅館輕鬆自在，這回到上海，老朋友都沒驚動，就是想圖個輕鬆自在！」

朱玲瞥眼見宛芬輕緺眉尖，故意悄聲問她：

「幹嘛心煩？」她逼視宛芬：「快招供，是男朋友的事吧？」

本源失笑：

「到底是女孩，心竅玲瓏，一猜就中啦！」

宛芬著急的喊：

「爸爸！」

嘯峰，本源哄笑，朱玲親熱的把宛芬摟進懷裏說：

「這沒問題，要宛芬的心情好，看我的。」

飯後，宛芬，朱玲挽手回到客房，朱玲說：

「想看上海市容，國際飯店視野最好，喏，這面窗可以看盡上海市區跟公共租界。」

宛芬再走到窗前，憑窗下望，看到街市人群擁擠，圍聚在屋頂高聳的『大世界』門前，她指著問：

「那裏好多人，在幹嘛？」

「那是遊樂場，叫『大世界』。」她探頭細著：「在發放難民救濟賑糧。」

「難民這麼多啊？」

「這是小部份，閘北地區毀了幾條街，報紙上說，死傷不算，光逃進公共租界的難民，最少十萬人。」

「十萬吶？」宛芬驚駭，露出憤恨；「日本人眞可恨！」

朱玲詫異的轉臉望她，衝口說：

「可恨的何止日本人？」

宛芬錯愕，朱玲微笑著避開她的眼光，宛芬說：

「你們上海人對戰爭好象一點都不在乎？」

朱玲解釋說；

「有些上海人對抗日戰爭是不關痛癢的，像一些租界買辦跟——」

「朱伯伯不是買辦嗎？」

朱玲愣一下，尷尬的臉紅著抓她，恨聲說：

「你這張利嘴，看我把它撕了。」

兩人笑著扭成一團，宛芬叫著求饒。

醒華心焦如焚，坐立輾轉都無法靜心，她實在難耐枯坐等待，決心自己出外尋找，以逃避亭子間狹窄窒息的氣悶，也許會有奇跡，南捷驟然出現在她眼前。她抱起康康衝出屋子，奔下樓梯，顧師母聽得聲響出門探視，醒華已經下樓走遠，顧師母追出門外喊叫，醒華奔跑得更快，對喊聲充耳不聞。

她奔上大街，陌生的街道讓她驚懼躊躇，上海，這浩瀚的海洋，她像一隻蜉蝣，雖有翅膀，卻不知飛向何方？

街道上儘是陌生的面孔，冷漠的眼光，街旁屋檐下散坐著難民和乞丐，他們面容灰敗，一臉絕望。

她沿街走，緊摟著康康，鼻孔總聞到有股腐敗腥騷的氣味，看到高個挺拔的背影，每個都像南捷，幾次幾乎脫口喊出，她不知道是錯覺，還是潛意識裏有意麻醉自己。

不知走了多久，路口吵吵嚷嚷的擁擠著無數人，想擠進的滿臉饑餓渴望，擠出來的用衣衫布袋兜著米，一臉的興奮滿足，醒華駐足觀望，看到『大世界』的霓虹燈管下掛著橫幅，橫幅書寫：「大世界娛樂公司難民米糧賑濟發放處。」

醒華在人群中搜尋，每個人的臉上都有南捷的輪廓，她眼花頭暈，在街旁店鋪的石階坐下。

驀地空際有嗡嗡的聲音在響，她抬頭掃望，再把眼光投注到人群中，眼光隨著難民的吵雜、擁擠、囂鬧如蟻群般的擠進擠出而遊移、轉動、眨閃。

嗡嗡聲越來越響，國際飯店的玻璃窗微有震動聲，站在窗內的朱玲和宛芬俱都警覺，宛芬驚聲問：

「什麼聲音，地震吶？」

朱玲搖頭，聆聽辨認：

「不，是飛機，這幾天常有飛機從日本軍艦『出雲號』起飛、轟炸南京、杭州。」

宛芬探頭向天空尋找，果見兩架日本軍機飛過天空，她說：

「我們自己不也有飛機嗎？怎麼容得日本飛機這麼張狂？」

「我們的飛機數量少，前幾天在杭州筧橋就跟日本飛機打過一仗。」

「嗯，這一仗震動國際，我在報紙看過。」宛芬說著再望窗外，發出驚噫：「咦，你看！」

朱玲隨著她的指處探頭看，宛芬驚異的說：

「飛機兜個圈子又回來了。」

「奇怪。」朱玲眺望，也顯出困惑。

嗡嗡機聲越來越響，朱玲，宛芬追著飛機看，飛機越飛越低掠過大世界娛樂場上空，難民等都驚愕的仰頭觀望，醒華也驚疑的向飛機望著，飛機疾掠飛過時陡地丟下兩顆炸彈，炸彈破空下墜帶著刺耳的銳嘯聲。

仰望的難民發出驚喊，狂奔逃竄，醒華霍地站起，嚇得呆住。

炸彈落地轟然爆炸，隨著爆炸狂風撲面逼體，煙屑崩射，牆塌屋倒，一片慘叫聲。

爆炸震波震到國際飯店樓上，樓窗玻璃被震裂，宛芬，朱玲嚇得縮身抱頭退摔到床上。朱玲旋即跳起衝出門外，宛芬驚恐駭怖也狂奔追出。

嘶喊慘叫聲驚心刺耳，煙屑漸散，塵埃落地，屍骸縱橫躺滿街頭，到處是鮮血、肉塊，斷腿殘肢和嚇得癡呆抖顫的劫後餘生，醒華摟緊康康劇烈抖戰著癱坐在地下，康康受驚哇哇號哭。

嘶喊、哭號、鮮血、顫抖⋯繪織成一幅煉獄景象，丟炸彈的飛機已在慘嚎鮮血中竄進雲層遠颺。

片刻後，一輛國軍卡車疾馳駛到，車上跳下鄭可銘和一些臂纏紅十字的醫生看護，他們滿臉愴痛悲憤的分頭救人，一個印度巡警趕前攔阻：

「這裏是租界，你們中國軍隊不能進來…」

鄭可銘激怒得滿眼血絲，青筋暴突：

「去你媽的租界，死傷都是我們中國人，你眼睛瞎了，看不到血嗎？滾！」

印度巡警被他凶厲的形象駭退、可銘向醫護人員吩咐：「有救的、盡可能施救，沒救的放棄，爭取時間—」

他說著捋高袖子忙亂救傷，看護兵也都各自奔開救治哀嚎傷殘的難民，醒華癡呆的抱緊康康，眼淚傾流，嘴唇驚怖得劇烈顫抖著，牙齒格格打戰。

康康哇哇哭聲驚動可銘，他回頭看，驟見醒華以爲眼花，急忙揉眼細看，確是醒華，他激動的張嘴，卻沒喊出聲音。

他強抑激動，加快完成手邊救傷的包紮，跳起奔過去，蹲在醒華面前輕喊：

「醒華…」

醒華抖顫著眼珠轉動的望他，可銘再喊：

「醒華！是我！我是可銘啊！」

醒華緊縮的瞳孔逐漸放大，認出他，她激動得粗濁喘息，抖戰得更劇烈，可銘抓住她的手，撫慰著說：

「別激動，有話慢慢說，深呼吸，慢慢吐氣，對！」

街旁醫護人員急喊：

「鄭醫官。」

可銘揮手答應，轉頭再向醒華說：

「醒華，你等我，我去救人，你先調順呼吸，別怕——」

可銘跑走，重新投身救傷，醒華愣著望他，眼淚急湧流下，抽噎著哭出聲。印度巡警吹笛攔阻驚慌觀看的群眾，警笛聲中幾輛救護車也陸續馳到，拉下擔架救人，警笛此起彼落，汽車喇叭聲震耳長鳴，可銘指揮醫護人員把傷者抬上卡車，他滿身沾染鮮血再奔到醒華面前說：

「醒華，有重傷的人要馬上止血救治，我沒時間耽誤，南捷的電影公司我知道，我會抽時間去看你們！」

他說完揮手，轉身跳上卡車，卡車飛馳駛走，醒華掙起嘶喊：

「我找不到南捷…」

軍車已飛馳遠去。

軍車馳過國際飯店門外，宛芬，朱玲從飯店奔出來，卡車在她們面前馳過，宛芬一眼看到車上的可銘，她錯愕微愕瞬間跳起狂叫：

「可銘，可銘——」

她叫著衝跑追趕，衝到街心因奔跑過急摔倒在地上，印度巡警奔過去攙扶攔阻她，她情急踢打掙扎，把印度巡警的頭巾都抓下摔了。

卡車馳遠，在街角消失，宛芬不甘心，繼續奔跑呼叫：「可銘、是我啊…是宛芬…」印度巡警的頭巾被宛芬抓落，認爲是侮辱他，把宛芬帶到警哨，朱嘯峰親自去把她保出。回到飯店客房，宛芬餘恨未熄，低頭不語，本源問知詳情，請朱玲安撫勸慰；朱玲也心情沈鬱，積怒不歡，她倆沈默對坐，相對發呆，不覺時間流逝，到了晚上。上海夜色，仍然一片燈海，大世界門前卻到處水濕，暗淡淒慘。

傾塌的房屋旁有瘖啞的痛哭，街道邊屍體縱橫，一輛卡車停在街旁，響著引擎，幾個巡警正把街邊屍體一具一具的搬到卡車上。

灑水車停在街道另一邊，消防員拿著粗水龍向街道沖水，血水流進街旁溝渠，發著嗚咽聲響。

醒華回到顧師母家，虛軟得幾乎站立不穩，顧師母細心的給她熱水敷臉，照顧她睡倒，再給康康喂食米湯奶粉，等醒華蒙被放聲痛哭，她才輕掩房門離開她。

夜上海，租界裏燈火璀燦，仍然繁華。

宛芬站在國際飯店玻璃窗內，凝望窗外燈火閃耀的夜空，突地回頭向朱玲截聲問出一句話：

「你媽是日本人吧？」

朱玲被她問得愕住，像驟被刺痛，眼中露出怒色，但沒說話，宛芬憤恨的望她。

「日本人毀了我們新加坡的家，日本人屠殺毫無抵抗能力的難民…」

「那是日本軍閥—」朱玲忍怒搶答。

「什麼是日本軍閥？怎麼劃分法？」

朱玲想辯，宛芬毫不放鬆衝到她面前：

「中日這場戰爭，你站在那一邊？」

朱玲由怒轉笑，湧紅的臉色轉成蒼白：

「小嘴眞利害，逼得人沒法招架。」

而在飯店樓下的酒吧裏，朱嘯峰和廖本源卻融洽親蜜的在低聲說話，他們坐在角落燈光幽暗處，玻璃杯裏酒液晃動出琥珀顏色，透明清澈，朱嘯峰輕推酒杯，傾身趨近本源，眼光銳利的盯望著他：

「杭州外海有個舟山群島，那裏有天然港口，近幾年走私船隻都在那裏接駁上岸，最近，舟山群島被日本海軍佔據，儲存油料。進出的船隻已不像以前那樣方便、爲了應付這種情況，我研究出一個變通辦法—」

本源不想聽下去，插嘴打斷他；

「老弟，搞船我外行啊，」

朱嘯峰卻興致勃勃，急忙接下：

「外行沒關係，一點就透，歐州方面，我已經有安排，香港跟新加坡就非得借重你了。」

本源退縮的搖手說：

「不行啊，新加坡，我人已經離開，事業荒廢，人員遣散；香港我剛落腳不久，人生地疏——」

「沒關係，只要你點頭，麻煩事由我辦！」

本源無法，勉強問他：

「那資本要多少？」

「資本？」嘯峰錯愕了。

「是啊！資本預計多少錢，看我有沒這個力量？」

嘯峰愣愣一會，想說話又忍住，斟酌片刻，說：

「廖大哥，我不是邀你作生意耶。」

本源困惑愕異的望他，嘯峰想想失笑，揮手說：

「你把我的意思弄擰了。」他凝思瞬間說：「走，到你房間詳談，讓我說清楚。」

嘯峰，本源上樓回到客房，關上門，本源笑容裏隱藏著戒慎，請嘯峰坐下，並倒茶給他，嘯峰清清喉嚨，神情嚴肅的說：

「以往我們朋友雖然交得不錯，但終究交情不深，瞭解不夠，我知道你在新加坡搞錫礦、搞銀行，你也只知道我在上海搞船，搞進出口，搞碼頭，所以在這種局勢之下，也難怪你步步爲營，滿懷戒心了。」

本源趕緊解釋：

「老弟，你別誤會…」

嘯峰阻止他說話，滿臉誠摯懇切的眼睛瞪著：

「廖大哥，上海白相人句話：『光棍做事兩面光』我朱嘯峰在上海有這局面，第一憑藉是朋友的支援信賴，第二是我表裏如一，三分爲自己，七分替朋友打算。」

「這我知道。」

「我看你剛才的態度，可能對我提的事情有誤解。」他壓低聲音趨前說：「我跟你說的不是生意，更不是走私販毒—」

本源尷尬的窘笑，嘯峰整整顏色，更傾身近前審愼的說：

「蔣委員長在廬山談話會宣佈決心抗戰，軍統局戴笠將軍就擬訂很廣泛的敵後抗日計劃，計劃之一就是委請杜月笙運用幫會勢力，在浙東成立一支民間武力，準備將來滬杭地區淪陷，在沿海一帶打遊擊。」

本源顯出專注聆聽的神情，嘯峰把領帶扯鬆，繼續說：「淅東武力的建立，不屬於我們這件事的範圍，撇開不談，我們要做的事，是我提供船隊，運用上海租界的複雜環境，由歐州運送軍火、補給品、醫藥跟一些外藉義勇軍由舟山上岸轉進內地。」

「外藉義勇軍是指──」

「就是一些有作戰經驗的傭兵。」

本源再提出疑問：

「你剛說舟山群島已經被日本海軍佔據，將來通道不會堵塞？」

「會，日本海軍佔據舟山的目的，就是要控制沿海航路通道，不過，對這個難題我們已有準備。」

「怎麼樣的準備？」

朱嘯峰深深吸氣，滿臉審慎神色：

「我名義上把船公司賣給德國人，進出港口掛德國旗，聘用德國船長管理，日本海軍攔截，就由德國船長出面應付，憑日本跟德國的軸心關係，決不會出問題。」

本源擊掌讚賞：

「好辦法。」他也深吸一口氣：「要我怎麼做呢？」

朱嘯峰緊綳的臉色露出笑容，態度也轉趨輕鬆：

「照一般貿易程式，你從新加坡，香港出貨托運，掩人耳目，貨到下船，我包運包銷，扣除運費照價付錢給你。」

本源歡聲欣然：

「好啊，這沒問題。」

「不過，你也得分擔風險。萬一出問題，你損失貨，我損失船。」

「一言為定，就這麼辦。」

「還有件事要跟大哥說一下，這件事要絕對保密。」朱嘯峰歎口氣，面有隱痛：「就是朱玲，她是我在日本跟一個女人生的，這你知道，從小我把她帶回國內撫養，從沒告訴過她母親是誰，她也很少追問，三年前她突然吵著要去日本，我讓她去了，想不到她居然找到她母親，見到她母親她來過一封信，以後就失蹤了，我派人到日本去找，找不到，我親自去找，也沒有著落，找到她母親問，她母親說只見過朱玲一面，以後就沒再去過，這樣下落不明過了一年半，她突然又回到上海，問她怎麼回事，她說去了俄國。」

「俄國？」

朱嘯峰再歎口氣，說：

「我講到這裏，我想你心裏大概有譜了，軍統局的人告訴我，她可能具備雙重身份。」

本源顯露出吃驚，嘯峰沈痛得聲調瘖啞了：

「最近一年多來，我寸步不離的帶著她，可以說是監護，也可說是監視，盡可能把她的活動範圍縮小。」嘯峰說著緘默片刻：「我們說的事得瞞著她，所以除了我們兩個，絕不能讓第三人知道。」

本源點頭縐眉，心裏也沈重了。

清晨，微風在窗隙中鼓動輕紗窗簾，窗簾輕拂像一朵淡雲在飄。朱玲睡在廣大的『席夢思』床上，發著均勻而溫柔的鼻息，埋在潔白鵝絨枕上的臉陜，帶著安祥甜美的笑容。床邊玻璃桌上電話鈴響，她被驚醒，睜開惺忪的睡眼，慵懶的喊著：

「宋嫂，接電話——」

片刻後，朱宅女傭宋嫂敲門了，她在門外叫：

「小姐，劉國興劉少爺——」

朱玲閉著眼睛抓起電話說：

「喂！你回來啦！」

「昨晚回來，有空見個面嗎？」電話裏傳出劉國興的聲音：「要不你來國際飯店，我請你吃早點。」

朱玲掛上電話睜開眼，她望著窗外，見天空陰霾，不歡的喃然說：

「又是陰天…煩死了。」

陰雲低得壓到眉際，連狗都氣悶得伏在簷下喘息，國際飯店門廳寂靜，有個洋人在沙發上讀報，廳後咖啡座裏音樂微響，靜悄悄的賓客稀少。

劉國興坐在窗前，窗外是假山造景，小橋流水的中國庭園，有幾條金鯉在池中遊蕩，角落裏坐著宛芬，她神情沈鬱憂惶，望著杯中咖啡出神，高跟鞋的聲音驚醒她抬頭看，見朱玲拎著皮包走進，她以爲是找她，想抬手招呼，手剛抬起，見朱玲走向劉國興桌前。

她有點失望，放下手注視他們，朱玲在劉國興對面坐下，滿臉慵懶的說：

「啊！緊趕慢趕還是遲到。」

「沒關係，遲到是女士的權利，小姐們總不太重視時間。」劉國興說著看錶：「現在是十一點，你是吃早點還是吃午餐？」

朱玲嗤笑，招手向仆歐：

「一杯牛奶，火腿煎蛋。」

僕歐退走，朱玲凝望劉國興，笑問：

「今天好像有點反常？」

「反常？我鼻子長歪了？」

朱玲笑著從桌下踢他，說：

「別扯淡，你這麼急巴巴的找我，幹嘛？有什麼大事發生了？」

劉國興讚賞，笑得卻勉強：

「不簡單，朱玲就是反應夠快。」

朱玲聽出口氣不對，也凝住笑容。

「到底什麼事？」

「鄭南捷的公司劇務打了幾次電話給我，說他太太帶著孩子到了上海，她到上海的當天，南捷去碼頭接船，就沒再回去，到現在快兩個禮拜了，沒有一點消息⋯」

朱玲懊惱的綯眉說：

「導演鄭叔叔也打過電話給我，我當時以為⋯怎麼到現在都沒回去？他到底怎麼了？」

劉國興搖頭，眼光銳利的望她，朱玲抗聲說：

「你這樣看著我幹嘛？」

劉國興移開眼光：

「我希望妳盡力，想法子找到他的下落。」劉國興沈吟斟酌，再抬眼望她說：「我動用一切關係尋找，都沒有結果，甚至連殯儀館，善堂也都查過，我想，他可能是被日本人抓去，妳在日本軍方有朋友—」

朱玲嘴角下撇，露出曖昧笑容，國興閉嘴片刻，繼續說：「南捷是妳介紹給我認識的，該說是妳朋友，他妻兒孤獨流落上海實在可憐，拜託妳—」

朱玲笑出聲音：

「你這話說得我寒毛都豎了，像是我把他抓走的。」

國興目光棱棱的逼視她，朱玲斂去笑容說：

「好吧！其實我喜歡他你知道，好啦，我去找…」

突地一隻孅巧的手掌搭在她肩膀上，朱玲停口回頭看，見是宛芬，她招呼：

「嗨！我想可能會遇到妳。」她說著拉宛芬坐下，向國興介紹：「南洋華僑廖宛芬。」再指國興：「劉國興。」

國興禮貌的站起向宛芬招呼後坐下，宛芬說：

「我剛聽你們提到鄭南捷，是不是新加坡來的？」

「是啊！」朱玲點頭回應她。

「鄭南捷是我最要好同學的丈夫，他怎麼了？」

朱玲，國興對望，朱玲回避回答，只說：

「妳同學也到上海來了。」

「醒華？」宛芬失聲驚喜的叫：「她在哪？」

朱玲望劉國興，國興說：

「只知道她來上海，我還沒見過她。」

醒華抱著康康來到鄭超凡家，她面容憔悴，眼眶紅腫、神情萎頓蒼白，超凡想起年餘前她

12

嬌生慣養的家境，和活潑煥發的神采，心中不覺酸痛感慨，他想安慰鼓勵她，卻無從措辭，只能說：

「千萬珍惜身體，千萬別絕望放棄！」

醒華冷靜堅定的回答：

「他活著我要見到他的人，死了要見到屍體，我決不會絕望放棄。」

超凡爲她冷靜堅定的態度驚心，柔聲勸慰她：

「別往壞處想，吉人自有天相，你安心等消息，我會動用一切關係找他，要是覺得鬱悶，就到附近走走，別走遠，上海社會亂，妳路也不熟，要是缺錢，儘管說…」

「我不缺錢，謝謝叔叔—」

醒華站起辭別離去，姨娘送到門口，她抓著醒華的手叮囑：「別急，越急心越亂，常念菩薩，心裏會覺得安穩。」

醒華離開鄭家，孤寂落寞的在街上走，她牙關緊咬著，強抑住胸中翻騰的彷徨和無助，街道漫長，蕭瑟冷寂，她走著，腳步一步比一步沈重。康康在她懷裏熟睡，稚嫩小臉上停著一隻討厭的蒼蠅。她下意識的走到攝影棚外，巷道冷寂潮濕，攝影棚大門深鎖，她抱著康康佇立門外，久久不曾移動。

回到顧師母家，顧師母憐惜的接過康康，問她：

「餵過嗎？」

醒華搖頭，顧師母說：

「妳歇著，我餵他。」說著輕拍在旁呆望的囡囡：「囡囡，書呢？把書拿給嬸嬸。」

囡囡跑去抱來幾本書給醒華：

「嬸嬸，書…」

醒華接過書，抱起她：

「囡囡乖。」

她抱著囡囡鼻酸淚湧，顧師母接話：

「小韓怕妳難過著急，胡思亂想，拿幾本書給妳看，書裏的道理很淺顯易懂。」

醒華轉過頭看書，見是「唯物辨證認識」和「人民革命」等。

翌日清晨，宛芬在國際飯店睡得正香，電話鈴響，她伸手摸到床頭電話接聽，聽筒裏傳出朱玲的聲音：

「哎，你要找的兩個人找到一個。」

宛芬驀地清醒，掀身坐起：

「誰呀—醒華？她在哪？」

「是做軍醫的那個，妳趕快下來吃早點，劉國興帶我們去找他。」

宛芬掛上電話愣得片刻，掀被下床，她有點顫抖，喃然說：

「可銘，總算又見到你了。」

坐進劉國興的轎車，宛芬緊張得忐忑怔忡，想著可銘桀敖的眼神，想著他隱藏在冷漠背後的熱情。國興一邊開車一邊從後視鏡望她，述說他探聽到的可銘種種情形：

「他現在是野戰醫院軍醫，階級是少校，據他們院長說，這個人脾氣壞，是個工作狂，他能廿四小時照顧傷兵，不吃不睡…」

坐在前座的朱玲，眼光凝望車外愣愣出神，宛芬傾聽國興說話，嘴角漾著笑容，國興問：

「聽說他父親也是醫生？」

宛芬點頭，露出凝肅崇敬：

「嗯，是眞正的醫生。」

國興明白她的意思，也顯出敬肅：

「醫生父母心，我懂。」

國興發現朱玲神態晃惚，轉頭問她：

「喂，朱玲，怎麼啦？」

朱玲搖頭：

「一路都是難民，看著難過，你開快點吧。」

國興踩油門加速，宛芬側望朱玲，緊縐著眉尖。來到野戰醫院門外，街旁停著軍車，車上擠滿傷兵、一些護士和民眾或拖、或扶，或背的把傷兵搬下車，街旁地下或躺，或坐也滿是傷兵。咬牙忍痛的呻吟在空氣裏浮蕩，每個人的眼中都蓄聚著憤恨。

國興把車停在街邊，宛芬急切開門下車，國興要下車時被朱玲抓住手腕：

「你們進去吧，我在外邊等。」

國興體諒的點頭，開門下車，宛芬拉著他穿過傷兵，奔進醫院大門。進門時陡聽身旁一聲厲喝：

「拼刺刀……老子怕你？殺—」

宛芬嚇得跳起，撲進國興懷裏，國興抱住她往叫處看，見地下擔架上躺著昏迷的傷兵，他腰胯沾滿血污，一隻腿齊膝斷失，褲管空癟的搭在擔架旁。

宛芬抖顫著把臉埋在國興肩部，背後突聽一聲怒喊：

「讓開，不要擋路。」

國興拖著宛芬讓開，宛芬被聲音所驚，轉過順，和護送傷兵的可銘四目相觸，都瞠目錯愕的愣住：

「宛芬？」可銘滿身血污，頭髮蓬亂，臉色焦黃，頭上纏著滲血的白布，宛芬猛地掙開國興哭出：

「可…可銘—」

她要撲過去，可銘臉露急怒的搖手：

「我沒空，等有空再跟你說話…」他說著轉身向護士：「拿幾個急救包給她幫兄弟們止血，教她簡單用法…」

護士奔去拿藥包，可銘追隨護送的傷兵奔進院中，宛芬追喊，嗆哭出聲。

「可銘…」

可銘片刻又奔回，他手裏捧著藥包塞給宛芬：

「幫忙救人，噢，對了，醒華在上海，我見過她，等我有空，我們去找她。」

「醒華，我知道她來—」

可銘眼眶滿布血絲，有點語無倫次的打斷她：

「醒華來找南捷，她生了個胖兒子。」

他說完再跑開，宛芬想抓他卻沒抓住，她著急的跳腳追喊，把劉國興尷尬的丟在醫院門口通道上。

「喂，可銘—這些東西怎麼用，你要教我啊…」宛芬喊著追進醫院，可銘已跑得不見蹤影。

顧師母坐在籐椅上織毛線，收音機有愴痛的聲音在播報：

「閘北戰事仍在激烈進行，日軍調派第三和第十一師團編成上海派遣軍，由松井根統帥增援，國軍方面也重新調整佈署，改編爲右翼、中央、左翼三個作戰軍，分別張發奎，朱紹良，陳誠擔任總司令…」

顧師母停下手裏編織，愣著傾聽，絨線團滾到地上她都沒察覺，廣播聲繼續響：

「連日雙方激烈戰鬥，八月十九日國軍一度擊退日軍，奪回閘北、虹口、揚樹浦一帶，後來肇因重武器缺乏，彈藥不繼，遂於八月廿八日轉進，退守上海北路和江灣，廟行鎮，目前正和日軍展開巷戰，戰況慘烈，雙方近身肉博，都有慘重死傷…」

顧師母沈痛歎息，撿起地上線團，關上收音機喊：

「囡囡—」

囡囡從醒華身邊奔回到顧師母面前。顧師母把她攬進懷裏，悄聲囑咐她：

「你別去煩嬸嬸吶。」

「沒有啊，嬸嬸在哭，我逗弟弟玩。」

顧師母點頭再歎息，拿一塊餅乾給她，摸摸她的頭髮和臉。

閘北戰場的街道幾成廢墟，斷垣殘壁上彈痕累累，焦煙處處，屍體腐爛澎脹塞滿溝渠。炮彈爆裂聲，機槍聲，喊殺聲此起彼落，斷壁後隱藏的儘是野獸般的眼睛。

「轟」地一顆炮彈爆炸，街屋崩塌一堵牆角，煙塵迸射中幾個國軍倒下，日軍乘隙奔來，踏過屍體沖進房中，房內無聲無息迎出兩個手握大刀的國軍，日軍驟見他們想抽身撤退，國軍揮刀劈砍，把日軍砍得摔出屋外，倒在街上。

一個國軍咬住大刀刀背，騰出雙手要搶日軍槍彈，另一個急喊攔阻：

「不要槍，拿手溜彈。」

「我們缺子彈—」

「鬼子子彈不能用，快，對街有鬼子兵。」

他們搶奪日軍手榴彈，竄回塌牆內，對街幾個日軍狂奔衝來，邊跑邊捧機槍掃射，國軍從塌牆內擲出手榴彈，爆炸，日軍血肉橫飛的摔到街旁。

翌日雨歇天晴，醒華抱著康康要出門，顧師母看到問她：「去哪兒啊？」

「去找我爸爸一個朋友，叫王紹曾。」

「他住哪兒？別走遠了。」顧師母關懷的囑咐，醒華感激的回說：

「我記得路，師母放心了。」

醒華坐車到王紹曾家門外，王宅豪門巨邸，連車夫都不敢走近，遠遠把醒華放下。醒華付錢下車，走到恢宏壯麗的宅門外，門房阿郭冷眼望著問她

「找誰呀？」

「找王紹曾，王伯伯。」

阿郭愕異，略微收斂倨傲，再問：

「你貴姓啊？」

「姓周，就說是新加坡周溥齋的女兒……」

「會長不在，到無錫去了。」阿郭眼中再露出輕視：「你留個名片，過幾天再來……」

醒華默然，正想抽身，突地被劉國興攔住：

「對不起，妳剛說新加坡姓周，請問鄭南捷……」

醒華霍地抬起頭：

「你是——」

「我叫劉國興。」

醒華驚喜的失聲：

「啊！劉大哥，我叫周醒華，南捷在信裏常提到……」

劉國興急忙說：

「我知道大嫂來，正想去看妳。」他說著向門裏喊：「阿郭，開門。」

阿郭陪笑開門，倨傲陰冷的神色收斂了，劉國興請醒華進門，醒華疑遲說：

「聽說王伯伯不在。」

「沒關係，我是這兒熟客，我叫王會長乾爹，是通家世交。」

進得宅內，管家春嫂親捧茶點接待，肥胖的臉上雖滿溢笑容，眼光卻貶閃著虛矯冷森，醒華向她要開水沖泡奶粉，喂食康康，國興望著醒華熟練的動作說：

「我聽南捷說過你們的事，太戲劇化了。」

「戲劇化？」

「應該說，你的角色轉換：從嬌生慣養到赤貧操持，轉換得太難以讓人相信了。」

醒華有點窘迫：

「我跟他情投意合。」

「連宛芬都說，你取捨得太過決斷了。」

「宛芬？你也認識她？」

「也是前幾天才認識，她跟她爸爸去天津，回來交通中斷，就陷在上海了。」

「眞的，她現在哪？」

「在野戰醫院，陪他做軍醫的男朋友。」

「軍醫？」

「是啊！鄭可銘你應該也認識。」

「認識。」醒華興奮得臉色脹紅：「她是我們要好同學的哥哥。」

國興把車開到野戰醫院，醒華急著要下車，被國興攔住：「妳別下車，醫院空氣不好，小孩進去怕會感染，我去找他們，妳等著。」

「轟」地炮彈爆炸，房屋震動搖顫，醒華顯露驚懼，國興說：

「別怕，距離還遠。」他臨走再囑咐「別下車啊！」

醒華驚悸的望著國興跑進醫院，見醫院門外傷兵縱橫躺坐，汙血在他們軍服上凝聚乾涸，醒華觸目驚心的呆望，不知宛芬，國興已來到車外。宛芬猛地拉開車門，撲向她、醒華嚇得失聲叫出，宛芬興奮的抓著她臂膀猛搖，歡叫：

「醒華！」醒華看清是宛芬，她嘴唇顫抖著笑，眼淚卻奪眶流出，宛芬歡欣雀躍，連珠炮般的叫：「聽說妳在上海，也聽說南捷出事，想找妳卻不知道到哪去找…」她說著哽咽要哭，驀地看到醒華懷裏嬰兒，驚喜得大叫：「哎呀，這個胖寶寶—」

宛芬叫著搶抱康康，剛抱進手就驚恐的塞回醒華懷裏說：「不不，好軟，我不敢…」

康康受驚號哭，醒華搖哄，宛芬看得結舌瞠目：

「真難以想象，一年多前，妳，妳還…」

醒華指她滿身沾染的血漬：

「以前妳見到血就會暈倒，現在呢？」

宛芬無言，緊握醒華的手，醒華問說：

「鄭大哥呢？」

「他到前線救傷。」

「前線？這裏不是前線，離前線還有幾條街呢。」

「這裏不算前線嗎？」

在廟行地區，國軍和日軍正進行拉鋸式的肉搏戰，國軍推進，日軍退出；日軍反撲，國軍轉進。嘶啞的殺聲和慘叫在槍炮聲中起落，鮮血飛灑在斷垣殘壁，屍體雖氣絕而仍面目猙獰著。

可銘和一個指揮單位躲在戰壕內，壕外戰況慘烈，對街有日軍機槍陣地，不停的四下掃射，街道上國軍屍骸幾已躺滿。

驀地塌屋中一聲吼叫，衝出兩個國軍，狂奔撲向日軍陣地，奔到街心即被機槍掃倒，一個在掃倒後又猛地竄起，踉蹌衝跑數步，鼓足餘力把手榴彈擲出，他也霎時被對街機槍掃成蜂窩，手榴彈擲進日軍陣地爆炸，機槍倏地停火，另個國軍厲叫著連爬帶滾到對街，握著一支手榴彈撲向滿身鮮血負傷竄逃的日軍，把他緊緊抱住，手榴彈在兩人胸前爆炸，頓時血肉橫飛。

可銘看得血脈賁張，猛竄衝出掩體，指揮官一把把他抓住：「醫官，危險！」

可銘粗暴的推開他，叫：

「危險也得去，負傷兄弟得搬回來搶救。」

「我派兄弟去，你別衝動。」他說著喊：「張得標——」

張得標截聲答應，指揮官簡截的說：

「帶兩個人，跟我走。」

掩體壕溝裏爛泥深陷到小腿，張得標帶領兄弟到指揮官面前報到，指揮官深望他們，低喝一聲：

「走！」

他們猛竄跳出壕溝，對街樓頂應聲火舌噴吐，他們散開衝跑，邊跑邊拉斷手榴彈引線，奔向日軍陣地，跳進掩體，把手榴彈投擲上樓。

「轟轟」連聲手榴彈炸開，樓頂機槍熄火，指揮官竄出拉起受傷國軍，隨來兄弟一人一個背著他們往回奔跑。

奔到中途，日軍機槍又響，指揮官中槍栽倒，壕溝內國軍蜂湧衝出救援，可銘也沖出壕溝，爭先迎接背著傷兵奔回的國軍弟兄。

日軍機槍對奔出的國軍瘋狂掃射，衝出救援的國軍紛紛倒下，可銘狂喊：

「臥倒，臥倒，臥倒…」

一槍擊中他胸膛，可銘嘎住喊聲砰地摔倒，倒地霎那他腰肢硬挺突又跳起，跳起的瞬間一槍又射進他肩頭，他被槍彈衝擊得仰身後摔，摔進壕溝。

殺聲，槍聲逐漸在他耳邊消失、意識漸漸模糊，他昏死過去。

在野戰醫院門前的汽車裏，宛芬、醒華談得高興，炮聲、槍聲在遠處響，劉國興站在車旁抽煙，難掩焦慮，惶急。醒華解衣側身，敞開衣衫給康康餵奶，宛芬好奇的探頭看，悄聲問：

「癢不癢？」

「嗯？」醒華沒明白她的意思。

「我是說—」宛芬指康康吮吸的小嘴：「他會不會咬你？」

醒華低頭看康康，笑著逗宛芬：

「給你試試？」

「去你的。」宛芬羞窘縮退。

「怕什麼，早晚都要經驗的。」醒華凝色說：「你跟可銘怎麼打算？」

「沒打算。」宛芬笑容消失，顯出落寞：「光我怎麼想沒用，得看他，恐怕很難！」

「難什麼，你爸爸反對嗎？」

「我爸爸滿喜歡他，希望他再去倫敦念書，將來能繼承我家事業，難就難在他…他不答應。」

「不答應什麼？」

「入贅呀！」

正說著一輛軍車踩著刺耳的煞車聲在醫院門前停住，軍車上跳落看護兵或背或抱搬下傷患，醫院內也衝出醫生護士抬出擔架，混亂中被搬下的傷兵滿身泥濘鮮血，宛芬陡地驚跳，她看到可銘被搬下車，抬到擔架上。

她驚極顫呼著下車，撲前抱住可銘，擔架上的可銘睜開眼睛，宛芬哭喊：

「可銘…你受傷—」

「哎呀，小點聲。」可銘擠眼縐眉忍痛。

「你傷在哪裡？」

「胸口，別壓我，我的胸口好痛。」

宛芬急急鬆手起身，可銘推她說：

「你閃開，別纏我，日本人沒打死我，被你壓死我不甘心。」

可銘揮手催促擔架抬走，醒華趕到扶起宛芬，宛芬掙開她追趕擔架，劉國興橫身攔住她。

「你冷靜點，他受傷，醫院要爭取時間搶救，妳別耽誤他。」

不久，廖本源和朱嘯峰父女都接到消息趕到野戰醫院，朱嘯峰嫌醫院設備簡陋，堅持轉進租界外國醫院救治，他說：

「法國醫院器材新，醫生經驗醫術都豐富，錢沒問題，救命要緊。」

廖本源望著在醒華身旁悲哭的宛芬，難掩心焦的說：

「不是錢的問題，你沒到以前我請劉國興進醫院交涉過，我想請名醫會診或是轉移醫院，醫院主管都拒絕，原因是可銘負傷太重，不能移動，請名醫會診，他們認爲會影響軍事機密。」

朱嘯峰暴燥的嚷叫：

「開刀救人跟軍事機密扯得上什麼鳥事？這劉國興也沒用，我去說……」

他說著轉身要衝進醫院，適巧劉國興從醫院奔出，一夥人都迎向他，朱嘯峰急著想問，國興轉望宛芬說：

「子彈取出來了，情況非常好。」

宛芬衝動的要奔進醫院，被劉國興擋住說：

「醫生說治療的情況良好，只是初步，他胸部的一槍可能傷到肺葉，要絕對靜養，不能驚擾，我看妳還是跟廖伯伯先回旅館，有消息，我隨時報告。」

朱嘯峰插嘴說：

「我說把他轉到法國醫院——」

「朱伯伯，他現在是軍人身份，不能自由。」

朱嘯峰還想再說，本源點頭：

「好吧，既然這樣，我們就先回旅館。」

宛芬扭身說：

「我要在醫院陪他。」

本源沈臉斥責。

「這幾天你都在醫院，夠累了，回去睡一覺。」說著柔聲轉向醒華：「醒華，你陪陪她。」

「好。」醒華答應著輕拉宛芬說：「他既然傷勢穩定了，就讓他靜養恢復，你自己也要歇息，明天再來就是了。」

宛芬懇求的抓著她：

「你陪我？」

醒華猶豫，宛芬搖撼她：

「你陪我？」

醒華勉強點頭。回到飯店，宛芬倒頭就睡，醒華抱著康康在窗前呆坐，晚餐時朱玲敲門進來，請她們下樓吃飯，宛芬仍熟睡不醒，朱玲指著她說：

「給她打一針，睡得很熟。」

醒華沒說話，只落寞的淺笑，朱玲問她：

「鄭太太跟宛芬是同學。」

「我們從小一塊長大。」

12

朱玲眼光並不熱絡，望著醒華說：

「聽我爸爸說，廖家的錫，周家的橡膠，在新加坡都是稱王的？」

醒華的笑容落寞得有點淒苦了：

「以前也許是，現在情況變了。」

「縱然情況改變，規模還在吧？

醒華明亮的眼睛也凝注在朱玲臉上了：

「朱小姐也認識我先生？」

「認識，他到上海我們同船，有緣得很呢？」

「謝謝你們在上海照顧他。」

朱玲轉開臉，自嘲的說：

「我照顧不到他，我喜歡玩兒，他一本正經，我們志趣不投，不過，我喜歡他的人品。」

她背過臉輕輕吸氣，有點苦澀：「可惜，他不喜歡我。」

房門被輕敲後推開，廖本源和朱嘯峰走進，醒華禮貌的站起迎接，本源問：

「宛芬還在睡？」

「睡得很熟。」醒華輕聲答：「還是讓她睡好了。」

「好，讓她睡。」本源突地想起：「我還沒跟你們介紹過，這是朱玲的父親，叫朱伯伯。」

「朱伯伯。」醒華拘謹的行禮。

本源再指醒華向嘯峰說：

「她是律巴周家溥齋兄的女孩子。」

「也是南捷的太太。」朱玲插嘴，眼角有挑釁意味。

朱嘯峰詫異的瞪大眼：

「原來南捷跟周家是親戚。」他說著向醒華拍胸：「你放心，南捷我會想法子救他，決不會有事。」

醒華神情驟變，她愣著呆望朱嘯峰，嘯峰顯出愕異：

「怎麼？妳還不知道？他被抓進日本憲兵隊了。」

「日本憲兵隊？」醒華臉色蒼白。

「妳別怕，我們會想辦法救他，不會有事。」

「爸爸——」朱玲喊著朱嘯峰，走近他：「這件事你別費心了，鄭太太她爸爸跟王會長是換帖兄弟。」

「那個王會長？」

「王紹曾！」

「王紹曾？那個漢奸——」

「漢奸？」醒華驚愕得瞠目。

晚餐後，國興和朱玲單獨相處時激憤的指責她：

「南捷被抓進日本憲兵隊，你早就知道？」

朱玲沒即答話，翻著眼珠說：

「也剛知道，聽說他躲在彈藥堆裏，想炸彈藥。」

「他想炸彈藥？」

「憲兵隊這樣認爲，這很難解釋，而且寶山路的彈藥庫也確實被炸了。」

「他現在怎麼樣？」國興憂急的追問，朱玲縐眉：

「還好，吃些苦頭是難免了。」

一輛豪華轎車開進王宅大門，阿郭諂笑鞠躬，再把鐵門關好，轎車駛到庭院停下，司機恭謹開門，西裝革履拿著手杖的王紹曾下車。

春嫂迎出接過司機遞來的皮包，開門閃身讓王紹曾進廳，然後接過衣帽手杖掛好說：

「上午劉少爺帶個年輕太太來，說是新加坡來的姓周…」

「噢，大概是醒華，她爸爸有電報來。」

王紹曾在沙發坐下，春嫂拿軟墊給他靠腰，他躺靠著舒服的伸開腿，問說：

「她人呢？」
「走了，說還會再來。」
「再來要留住她，她可是南洋的大財主。」王紹曾說著驚奇的問：「她怎麼跟國興在一起？」
「說是在門口遇到。」
「噢！」王紹曾凝目思索：「晚上宴會都準備了？」
「準備了，白虹說會長吩咐，她準時到。」
夜晚，白虹果然準時到來，她妖豔得像朵帶露的玫瑰，搖顫著走進王宅，開叉旗袍下的雪白大腿誘人的裸露著，粉肩上披著柔軟性感的毛皮，看到王紹曾她膩聲喊著：
「乾爹！」
王紹曾看到她兩眼笑得瞇成一條縫，指著在座的兩個客人說：
「你來得好，我給你們介紹。」
端著酒杯站在窗前的日本軍人轉過臉，他眼光傲慢森寒，是吳延昌，王紹曾指著他說：
「渡邊少佐，上海派遣軍松井根中將的經濟參謀。」
白虹微愣，妖冶的媚笑著伸出白嫩塗染指甲的手，吳延昌腳跟並攏磕一下、伸手輕握。王紹曾再指坐著抽煙的陳籙，語氣慎重，也斂去笑容：「這位是貴客，陳先生。」

白虹把手遞給陳籙，陳籙握住說：

「大明星，果然魅力無窮。」

王紹曾示意白虹在陳籙身旁坐下，再露笑容：

「今天是家常便飯，親密朋友聚首，渡邊少佐是晚輩，他父親跟我是淅江同鄉，僑居入藉日本，陳先生是政界聞人，剛從日本歸國，跟中日政要都有交情，今日飯局，一來爲渡邊少佐接風，再來爲陳先生洗塵，希望大家盡興…」

「渡邊少佐有中國名字嗎。」白虹的媚眼勾向他，吳延昌爽快的回答：

「有，叫吳延昌。」

王紹曾，陳籙相視而笑，說：

「古人說得好，『英雄年少，美人傾心』，哈哈…」

笑聲中春嫂來請入席，王紹曾，陳籙客氣推讓，吳延昌風度優雅的攙起白虹做護花使者。

13

當夜醒華住在國際飯店陪伴宛芬，她一夜輾轉反側心焦得像火燒，天亮，宛芬睡醒，看到她憔悴模樣，心酸鼻塞，卻不知怎樣安慰。等劉國興，朱玲來到，一齊下樓用過早點，醒華想再去王會長家，宛芬卻要她陪她去醫院，醒華說：

「我先去王會長家，回來再去醫院找你。」

宛芬不放心，向國興要求：

「劉大哥，你開車送她。」

「好。」國興點頭答應，醒華強笑說：

「再請劉大哥彎到我住的地方，我想回去看看⋯⋯」

「好啊！」國興說：「耽會彎一下。」

說著眾人站起正要出門，旅館經理走來在廖本源耳邊輕聲說話：

「廖先生托辦的事有消息了，後天下午有私人飛機飛香港。」

「好啊！」本源難掩喜悅的驚喊，經理神情凝重地再說：

「只兩個座位，每位貳仟伍佰美金。是德國的私人飛機。」

「好，我要了。」

經理點頭離去，本源在後跟著他，醒華抱著康康跟隨眾人離開餐廳，突見一個熟悉的人影站在電梯邊，她失聲喊：

「表姐？」她跳起奔過去喊：「表姐！」

黃夢玫回過頭看到醒華，也顯露出難以置信的驚訝：

「醒華。」

醒華抓住她，悲喜交集，一邊笑一邊湧流眼淚：

「想不到在上海遇到妳。」

宛芬，朱玲，國興站住腳望她們，朱玲問宛芬：

「那是誰呀？」

「醒華她表姐，你們等一下，我去打個招呼。」

她奔到醒華和夢玫面前，夢玫看到她，滿臉驚奇：

「咦！宛芬也在這裏。」

「黃姐姐，久違啊！」

夢玫爽朗的笑著抓著她們嚷：

「好啊！我們新加坡人都到上海來了。」她嚷著望醒華：「南捷呢？」
醒華臉色驟變，湧現蒼白，夢玫見狀吃驚，急問：
「他怎麼了？」
「他被日本人抓去，聽說關在憲兵隊。」宛芬插嘴。
「聽說？還不能確定？」
醒華含淚點頭，夢玫把她的手抓得更緊：
「慢慢說，別急。」她看到康康失聲叫：「哎喲，生了？」
宛芬輕扯醒華悄聲說：
「你跟黃姐姐說話，我心急先去醫院。」
「醫院，誰在醫院？」夢玫緊張心悸的問：
醒華沒回答她，推著宛芬走並說：
「好了，你先走，耽會我去找妳。」
「黃姐姐，失陪。」宛芬向夢玫道歉：「我住樓上，房間醒華知道。」
夢玫揮手說：
「好，我會來看妳。」
宛芬經過櫃檯前，看到本源正開支票給飯店經理，心急拉著他走，埋怨著：

「快走啦，回來再結賬吧。」

「不是結賬，是——」本源看到朱玲和劉國興過來，住嘴不說，國興送她們到門口，吩咐仆歐找車，等送走她們，國興回到醒華身邊，夢玫正歡喜的抱過康康，指著說：

「瞧，鼻子眼睛都像南捷，喲喲，睜開眼了。」她嘻笑著逗弄，突地想起什麼，臉色驟變陰冷。醒華看著奇怪，問她：

「妳想到什麼？」

夢玫沒說話，把康康遞還醒華，她張嘴囁嚅，聲音有點瘖啞：

「吳延昌也在上海——」

醒華聽得身體慄動一下，脫口問她：

「吳延昌？他不是在監牢裏嗎？」

「在監牢沒坐多久，就買通獄警逃回日本了，他現在是跟隨上海派遣軍來的。」

國興突地插嘴問：

「誰是吳延昌？」

醒華驚惶慄懼的說：

「是個魔鬼，日本軍閥的走狗爪牙。」

王宅小客廳裏的宴會進行到尾聲，餐桌酒菜撤去換上清茶糕點，王紹曾，陳籙酒意未消，八分蒙矓，談興正濃。他們交頭接耳的低聲說話，吳延昌摟著白虹在她耳邊私語，逗得白虹吃吃輕笑，握著粉拳敲打他的膀臂。春嫂探頭張望後再退出，陳籙正說得意氣昂揚口沫橫飛：

「梁鴻志已經取得東京諒解，在佔領區成立大道市政府，接管上海市區行政，維持秩序……人事眼前還沒定案，紹老的構想，我一定盡力斡旋到你滿意。」

王紹曾點頭，以退為進故作淡然：

「其實，我對政治並不熱衷，不過，在佔領後的過渡時期，總得要個人望德望都夠的人站出來，穩定人心…」

「那當然。」陳籙說：「人望，德望，在商界的影響力，紹老是唯一人選。」

王紹曾滿心喜悅，難忍笑容：

「到底我們是老交情，瞭解比較深，不過，要我為了這個區區民政局長去求梁鴻志，我可拉不下這個臉。」

「當然，這個我會在中間協調斟酌，決不會掃了紹老的面子。」

白虹插嘴打岔：

「誰敢掃我乾爹的面子？」

王紹曾搖手：

「沒你的事，你跟延昌吃點心。」

白虹抬頭望延昌，延昌趁機親她的嘴，白虹嬌嗔握拳捶他，卻難掩羞喜神情。

醒華和夢玫回到餐廳落坐，國興去打電話，夢玫沈鬱的低頭搗弄杯中咖啡，蒼老得眼角顯出魚尾紋，醒華含憤的問她：

「你現在還跟他在一起？」

夢玫點頭，笑得慘然：

「我離開新加坡去香港，在香港認識一個日本商人，跟他去東京，沒想到在東京偏又遇到吳延昌。」

「那你可以逃避他，幹嘛還跟他？」

夢玫嘴唇抖動一會說：

「很難解釋，可能是我太寂寞，也可能根本是犯賤造孽吧，我心裏雖然恨他，鄙視他，卻仍然離不開他—」

「他對妳好？」

夢玫笑容苦澀，放下手裏茶匙：

「我在新加坡賣過他，他怎麼可能對我好？」說著咬咬嘴唇眼眶湧出淚花：「他常打我，有次還拿武士刀要殺我！」

醒華也眼眶濕潤了，再問：

「他帶妳來上海？」
夢玫點頭，強笑：
「算了，別說他，談談你們吧！反正我不想明天，得過且過。」她說著問醒華：「妳現在住在哪？」
「住公共租界、南捷租的房子，我寫地址給妳。」
醒華打開提袋，拿出紙筆寫地址，邊寫邊說：
「我這幾天事情多，可能都在外面不會回去，有事打電話給宛芬，她們在這裏有房間，讓她轉給我。」
夢玫接過地址收起，國興回來向醒華說：
「我剛打電話到王家，會長在，他叫我們慢一會過去。」
醒華愣著望他，國興解釋：
「王會長雖在商界，他其實很熱衷政治，跟各方都保持接觸，所以習慣把約會錯開，免得不喜歡的人碰上，大家尷尬。」
醒華衝口問出：
「他跟日本人也有關係？」
國興笑笑沒說話，但神情含意都默認了。

汽車駛進王宅庭院，車門打開，國興，醒華抱康康下車，王紹曾迎出客廳歡聲喊：

「醒華，三年前我在新加坡，妳還梳兩條辮子，現在都結婚生子啦！」

「王伯伯。」醒華強作歡顏的喊他：

「你爸爸有電報給我，說你來了上海。」說著問國興：「你不是受訓嗎？」

「結束了。」國興回答著和醒華走進客廳，春嫂殷勤奉茶說：

「昨天怠慢，小姐別見怪。」她伸手指康康：「小少爺我餵吧？」

「他剛吃飽，謝謝。」

王紹曾熱絡的笑著接過春嫂遞來的茶杯，向醒華說：

「不知道你結婚，我得補一份厚禮。」

醒華笑容勉強：

「我結婚，爸爸不同意。」

「時代不同囉！年青人各有主張，流行自由戀愛嘛，對方是——」

「他是臺灣人。」

王紹曾輕瞥國興：

「噢，跟國興是同鄉，他，人也在上海？」

醒華點頭，再難掩飾傷痛，焦急惶恐的緊抱康康，抓著椅子鼓氣說：

「我來上海，他去碼頭接船，被日本憲兵隊誤會抓走⋯⋯」

王紹曾的笑容僵住，醒華聲音顫抖：

「聽說他被關在虹口憲兵隊，王伯伯交遊廣，務必請您想法子救他⋯⋯」

醒華語聲哽咽，王紹曾審慎猶豫著：

「確定是日本憲兵隊抓了？」

「確定。」國興也點頭證實：「不會錯。」

醒華痛淚湧流，她抬臂抹去，王紹曾沈吟斟酌，漫聲說：

「運用關係救個人不難，可是眼前時機我不好出頭。」他突地壓低聲音探身向前：「有個人一定幫得上忙。」

「誰？」醒華心切的問。

「不過，他神情口氣好像對妳周家不諒解。」

劉國興霍地轉頭望廳門，醒華受到感應也轉臉外望，不覺驚慄得跳起，門外站著吳延昌和白虹。

他摟著白虹的腰，親吻她的髮絲向醒華笑著：

「醒華，久違了！」

醒華張口結舌愣著說不出話，她呆望吳延昌，再轉頭望王紹曾，悲憤使她咬緊嘴唇，眼眶怒火赤紅，國興也勃然變色的站起，醒華抱緊康康轉身衝出門外，國興跟著追出，王紹曾一臉茫然，錯愕驚疑的站起，吳延昌雙眼迸射著熾熱忌恨，輕輕把白虹推開：

「鄭南捷在憲兵隊，好極了…」

八字橋日本憲兵隊監獄，是個鬼域世界，周圍圈著醜惡的鐵絲網，四角高聳的堡樓棤建著瞭望台。鐵絲網上飛舞著乾草和碎布片，鐵絲網內一片泥濘荒涼，野草爛泥狼藉在鐵絲網邊。監舍連幢、灰黑、低矮，陰冷醜陋，牆角雜草叢生，污穢潮濕招得蒼蠅成群飛舞在牆上。監舍間微弱痛苦的呻吟比起彼落、狹窄的氣窗上殘破的蛛網在風裏抖顫著飄搖。

監舍邊有日軍崗哨，兩個日軍正以台語交班談話：

「交班了，換我。」憨厚黝黑的簡阿火向白淨矮胖的盧見說。盧見縐著鼻子滿臉厭惡：

「你品這氣味，臭死人。」

「那有辦法，受傷不給醫，隨他爛，那有好氣味呀？」

「幹，日本人心肝實在有夠狠！」

「看你這只嘴。」

簡阿火受驚的張望，警告地斥責他：

盧見背槍離開，簡阿火在後提高聲音

「喂，盧仔，頭腦卡清醒的？」

監舍裏的鄭南捷像被刺著似的跳一下，側耳傾聽，爬起推開身旁同囚，攀上氣窗湊眼向外看，看到盧見背槍踏著八字步離開，簡阿火站在崗亭上。

他看不到簡阿火的臉，只看到背影，急切的以台語問他：

「哎，大人，你是臺灣人？」

簡阿火嚇一跳，驚愕回身張望，南捷在氣窗中說：

「我住新竹。」

簡阿火看到他，驚慄的轉頭張望四周，見四下無人，他走下崗亭走到氣窗下。

「你是啥米人？」

「我叫鄭南捷。」

「哪來，來到這…」簡阿火緊張得聲音抖著：

「有夠衰，講嘛講沒煞…」南捷問：「你貴姓啊？」

「我姓簡—」

不遠處有響聲，驚得他趕緊住口，急忙走回崗亭去。

汽車疾駛，醒華抱著康康坐在劉國興車上。她臉色蒼白，滿臉驚恐，嘴角不住的痙攣，國興神情陰沈，牙根狠咬著，眼中眨閃著冷森。

吳延昌也同時驅車駛回日軍司令部，他陰冷傲岸的通過崗哨登上森嚴寬闊的樓梯，穿過走廊，沿路崗哨密集，他直衝走進門口釘掛著參謀部牌子的房中。房裏幾個日本軍官正埋頭伏案作業，牆壁上掛著劃滿紅線，插滿顏色小旗的地圖。他走到一張桌後坐下，抓起電話搖動，對著話筒以日語說：

「叫虹口憲兵隊——」

他等候電話接通，手指焦燥的輕敲桌面，臉上笑容快意險惡，話筒傳出回聲，他搶著說：

「我是參謀部渡邊少佐，馬上查特務嫌疑鄭南捷的資料，嗯，查到後連同資料解送橫濱路憲兵隊，嗯——」嚴厲喝叱：「立刻！」

國興在野戰醫院門前煞住車，醒華抱著康康焦急的開門跳下，她臉色蒼白眼眶紅腫，國興急忙追下攙扶她，他們沖過遍地傷患跨進可銘的病房，病床上可銘仍在昏睡輸血，朱玲、朱嘯峰、廖本源和宛芬都沈默的凝望著他，站在床邊。

國興、醒華衝進讓他們驚愕，國興匆匆向嘯峰，本源招呼後把朱玲拉到一旁，指手劃腳的輕聲跟她說話，眾人都驚疑的注視他們，醒華渴求的望著朱玲，眼淚不停流出。

朱嘯峰走近朱玲，問：

「啥事體？」

國興搶著回答：

「南捷在虹口憲兵隊監獄有性命危險。」說著再轉向朱玲：「無論如何請幫忙！」

朱玲爲難：

「我，我恐怕…」

醒華奔過去，撲地跪在她面前，朱玲驚駭，慌急跳到旁邊，醒華哽噎說：

「朱小姐，求求你了，只要保住南捷的命…」她叩頭：「我，我—」

朱玲跳前抱住她：

「鄭太太，你別這樣。」

醒華混身戰抖，聲音嘶啞：

「只要能保住他性命，我，我們一輩都感激恩德…」

宛芬奔過去攙起醒華，回瞪朱玲，嘯峰在旁粗聲叫：

「難道也要我給你下跪嗎？」

朱玲臉色逐漸灰白，點頭咬牙

「好，我盡力。」她抓著醒華向國興說：「我們走，國興你開車。」

國興駕車猛衝疾馳、朱玲，醒華坐在車裏緊張的沈默，醒華目光呆滯，緊咬牙根摟著康康，朱玲神情焦惶忐忑，眼光不停眨閃著。

靜寂，車輪的煞車聲伴著引擎吼叫，強風從車窗縫隙灌進，醒華抱緊康康，把襁褓拉起將他裹住。

監舍的門被打門，一般惡臭撲面迸出，南捷從罪囚中被拉起，拖到門口，他搗著眼扭身閃避刺目的光亮，簡阿火和兩個日軍持槍把他挾在中間，另有個日軍用槍托推他，押在背後。南捷被推拖得踉蹌衝撞著走出監舍，監舍外廣場泥濘未乾，腳步踏過發著滋渣滋渣的怪聲。

廣場上有輛卡車升火待發，車後有個日本軍官站著等候，日軍把南捷押到他面前，軍官審視核對資料，揮手命把南捷捆綁起來。

簡阿火和一個日軍被派押送他，日軍粗暴兇殘的用槍托毆打南捷，趕他爬進車廂，南捷身上多處傷口潰爛，被打痛得慘叫，簡阿火憐憫不忍，卻不敢舉動，只吃力的拖拽南捷儘快上車。

車開動，駛出監獄，南捷傷處灼刺的疼痛讓他從齒縫中猛噺冷氣，發出哼聲。

國興的汽車駛到日本領事館停下，朱玲拉著醒華抱著康康下車，朱玲回頭望劉國興：

「你要進來嗎？」

國興沒答話、朱玲再逼問一句：

「要進來就跟我走。」

她拉著醒華仰頭向大門走，國興吸氣決然下車，門衛舉槍攔阻朱玲，朱玲拿出證件給衛兵看，衛兵肅然敬禮，請她們進內。

衛兵在他們身後搖電話報告，朱玲帶領他們上樓直進軍事課。

伊藤大佐在房內等候，他看到朱玲，不快的指國興和醒華說：

「他們未經許可—」

朱玲截斷他的話，神情堅決：

「八字橋憲兵監獄關押一個嫌犯，叫鄭南捷，我要他！」

「嗯？」伊藤大佐滿臉困惑錯愕。

「一個叫鄭南捷的臺灣人，請交給我！」

「朱玲樣—」

朱玲抓起桌上電話，把話筒塞給他，伊藤抗拒的推開：

「為什麼？」

「理由以後說。」

伊藤睜大威嚴凹陷的眼珠瞪望朱玲，朱玲神情堅決毫不退縮的和他對瞪著，僵持片刻，伊藤妥協，接過電話搖通八字橋監獄說：

「我是領事館伊藤大佐，我要提訊一個叫鄭南捷的人犯，連同資料馬上—」他驀地神情驚變，滿臉錯愕：「那泥，總部渡邊參謀的命令，剛移走？」

伊藤愕異的轉望朱玲，朱玲情急的問說：

「移送哪裡？快問他—」

「解送哪裡？」伊藤對著話筒問：「嗯？橫濱路憲兵隊？好。」

伊藤掛上電話和朱玲低聲爭執著走進玻璃隔間的辦公室，國興、醒華緊張忐忑的望著他們，只見玻璃內透出人影綽綽的指手劃腳。

寂靜，國興額頭滲出冷汗，他嘴唇緊閉，眼光機警的轉著，驀地寂靜中響起兒啼，康康哭了。

康康的哭聲引得伊藤，朱玲探頭外望，醒華惶急忙亂，輕拍搖哄，伊藤凹陷的眼睛冷森的凝望醒華，再抓起電話搖通說：

「接橫濱路憲兵隊。」接駁電話中他向朱玲說：「這件事我要深入瞭解——」電話接通他向話筒說：

「我是領事館伊藤，叫荒木少佐。」他等候中綯眉再望朱玲，直到話筒有回音，再說：「荒木，鄭南捷送到暫時留置，我要親自瞭解案情，嗯？」

派遣軍司令部的參謀部裏燈光明亮，電話響聲不絕，一些軍官忙碌作業，吳延昌整理桌上雜亂文件，桌上電話鈴響，他伸手抓接：

「嗨，參謀部渡邊…」他神情驚愕站起：「那呢—領事館伊藤？」

他掛斷電話滿臉愕異，眼珠急轉，驀地再抓起電話搖「接橫賓路憲兵隊—」

他焦灼等待，手中鉛筆「啪」地拗斷了，電話接通他急說：「叫荒木…」

電話中傳出「嗨」地回聲，吳延昌堅冷的叫：

「荒木，我是參謀部渡邊，特務嫌疑鄭南捷是軍事危險份子，有情報報告半途可能有同夥劫車，你馬上派憲兵攔截、攔住就地槍殺，不必再解送憲兵隊…」

領事館軍事課的電話再響，伊藤接聽：

「我是伊藤—嗯？」他訝異的轉頭向朱玲看，朱玲挺身衝到電話旁，伊藤凝神靜聽電話，朱玲隱約聽出話筒裏迸出的話聲：

「渡邊參謀命令派憲兵攔截，就地格殺…」

朱玲憤怒握拳擊桌，伊藤截斷電話裏的話聲

「不不，荒木，我的命令是，可以派憲兵攔截，但不准殺他，帶回憲兵隊…嗯，我負責。」

黑夜，車燈強光掃過荒野，崎嶇泥濘的道路上，疾駛著八字橋監獄開出的軍車。

南捷痛苦萎頓的坐在車廂內地下，簡阿火和日軍持槍對著他的臉，槍上刺刀在他眼前跳動搖晃，使他心驚膽寒。郊野荒僻，近處蛙聒，遠處犬吠，汽車隆隆的引擎聲衝破天籟的冷寂和寧靜。

簡阿火和日軍端槍倚靠車攔站著，隨著車廂顛簸搖晃，槍尖驚險的戳刺在南捷臉旁。南捷在槍尖下眼光時而狂亂兇狠，時而畏怯退縮，黑暗中他神情急遽變換，掙扎瞻顧。

趁車行顛動他暗暗掙鬆捆手的繩索，待機而動的僵著觀望：
車行彈跳，日軍站立不穩移步後仰，南捷猛地竄起抓住簡阿火的槍桿捅刺到日軍身上，簡阿火驟不及防被他扯得踉蹌沖撲，槍桿刺刀刺進日軍體內，直沒至柄。
日軍慘叫，扣扳機射擊，槍響，槍口火花迸冒，簡阿火嚇呆，南捷乘他呆愣瞬間踢他，奪槍，簡阿火被踢鬆手摔跌，槍聲震驚駕車日軍，緊急煞車。
煞車急猛，南捷立足不穩衝摔撞向車欄，被刺日軍掙扎爬起再拉門上膛，舉槍向南捷瞄準，南捷搶先射擊日軍，簡阿火跳起撲抓南捷，南捷厲吼躲開，用槍托砸他，怒喊：
「起魈，忘記日本人罵你清國奴了嗎？」
簡阿火一呆，竄起再撲，倒地日軍垂死射擊，簡阿火恰好遮擋南捷，被射中大腿。
簡阿火摔倒，汽車急煞不住，沖出路邊撞在樹上，南捷滾摔爬起，急忙跳車，駕車日軍等開門衝出車外，南捷拉門推彈上膛不及，持槍衝刺，刺倒駕車日軍，押車軍官拔出腰間配刀揮砍南捷。南捷鼓足餘力搏鬥，在被刀斬的霎那，簡阿火撿收日軍步槍射擊，把日本軍官擊斃。
激戰後的靜寂，南捷和簡阿火相對粗濁急喘，呆望著日軍屍體。
寂靜中突地響起流泄水聲，迎面沖來一股刺鼻的汽油味，南捷陡地驚覺，駭極彈跳，跳離車邊回頭急喊：
「喂緊吶，汽車油箱破了，會爆炸。」

簡阿火驚恐想跳車，但因腿傷痲木無法著力，撐起爬上車欄又摔下去。

南捷跳腳急叫：

「緊吶，緊吶—」

「轟」地油箱爆炸，車頭一片烈火，南捷情急衝回車邊爬上車欄挽住簡阿火的手臂，硬把他拖出車外，摔落地上。

兩人連滾帶爬奔離著火的汽車，黑夜被大火染紅，赤焰濃煙直沖上天。

率領憲兵馳來攔截的荒木少佐，遠遠聽到爆炸，看到沖天烈火，嚴厲的催促駕駛飛車急趕，並叫喊著命令憲兵：

「發現敵對份子，立刻格殺！」

片刻馳到焚毀的汽車處，看到汽車仍在燃燒，地上縱橫躺著被殺的日軍，荒木憤恨的指揮座車繞著焚燒的車體緩駛觀察，並跳下車辨認雜亂的腳印。

參謀部的電話急響，接聽電話的軍官喊叫延昌：

「渡邊様電話…」

延昌應聲抬手抓起電話，話筒傳來荒木的報告，延昌變色激怒的斥責著：「巴格雅魯！」然後憤恨的摔上電話。

荒木的電話也打到領事館，伊藤接護報告，驚愕的向朱玲轉述：

「鄭南捷半路脫逃，燒毀汽車，殺死三個皇軍。」

朱玲驚愕得難以置信，她趕緊轉告醒華、國興這驟來的訊息，醒華圓睜雙眼，淚水彙聚，緊抓著朱玲的手說：

「謝謝你，我們一生一世都感激……」

朱玲神情淒冷，眼光冷淡，她掙脫醒華的手：

「妳不用謝我，我沒幫上忙，是他自己掙扎出生路。」她說著轉向國興，迥異平時的坦率親和，一變而爲尖銳強悍的說：「現在事實明朗了，我們都可以拿掉面具坦承身份，不錯，我跟日本軍方關係密切，以後有需要我會殺你，絕不會猶豫，你殺我，我也不會怪你，我很佩服你的膽色，敢跟我到這裏來，我也感謝你信任我，不會借機會捕殺你。」

國興嘴角露出微笑，醒華望著他們，滿臉愕異，朱玲再說：

「我的立場跟我父親無關，這點你別誤會。」她說著再轉向醒華，又露出爽朗明媚：「聖經上說『愛是財富』，你跟南捷是這世界最富有的人，祝福你們。」

醒華湧淚感激：

「謝謝妳。」

朱玲再向國興說：

「你們回去吧！我遲一點會到國際飯店去。」

國興驅車過外白度橋駛回英租界，街市再現燈火繁華，醒華望窗外，問他：

「這是哪裡？」

「英租界。」

醒華心悸恐懼，膽怯的問：

「南捷雖逃脫了，可是──」

「他能逃脫，暫時應該會安全，八字橋那邊我有幫「混」的弟兄，我就會打電話過去請他們幫忙找，只要南捷在那裏，一定能找到，我倒是擔心你。」

醒華震慄：

「我？」

車過街口，國興煞車轉彎：

「你暫時別回住的地方，我在國際飯店給你開間房。」

醒華更戒惕心悸：

「萬一南捷回去找我，不是錯失了？」

國興沈默驅車疾行，街旁燈光映進車窗，閃動出五顏六色的彩輝，國興轉頭望她說：

「上海地方複雜，人心兇險，妳住飯店要安全得多。」

簡阿火被南捷架著走，他一腿拖地，腿上鮮血淋漓，南捷架扶得越來越重，簡阿火喃喃說著台語：

「等咧，我走不動了，腳痛死了⋯⋯」

南捷毫不理會，他自己更是混身疼痛得直冒冷汗，嘶嘶吸氣，求生的心讓他咬緊牙根撐持，簡阿火機械的叨念聲越來越低：

「我不能走了，腳痛，腳痛⋯⋯」

念著他癱軟倒下，拖累得南捷也跌撲倒地，南捷掙扎著撐地爬起，抓了滿手爛泥，四野寂靜，蛙鳴聒耳，不遠處有座小廟的黑影，南捷拽著簡阿火往前走，腳步艱困踉蹌，到了小廟門前，見是田埂間的土地廟，南捷把簡阿火拖進廟內，問他：

「喂，敢有火？」

簡阿火昏迷癱軟，南捷搜他口袋搜出香煙火柴，他劃火照亮神龕，見貢桌上有半截臘燭貢品，他忙點亮臘燭察看簡阿火傷勢，見他氣若遊絲，臉色青灰。

南捷撕開他的褲管，看他傷口，傷口血肉模糊被污泥沾滿，血水仍濡濕滲流，南捷張望廟中，眼光注定香爐內的香灰，他抓香灰想撒傷口，臨時鬆手又猶豫，最後咬牙把香灰撒在傷口上，簡阿火疼痛得身體抽搐。南捷拍掉手上香灰，眼光落到貢桌幾塊乾果上，他伸手抓來吹去果上泥土，張口塞進嘴裏⋯⋯

黑夜的溪邊蔓草叢生，南捷撥開草叢伸手掬水狂飲，喝罷捧水急步跑回土地廟，想喂給簡阿火。廟裏簡阿火靠牆萎頓，昏睡沈沈，南捷用肘撞他說：

「喂，飲水啦。」

簡阿火微張嘴眼，南捷捧水灌他，可惜水已漏光，簡阿火吮吸他的手掌，南捷抽手說：

「稍等，我再去捧。」

他轉身想竄出廟門，突地驚駭跳開，見錢富九堵著站在廟門口，南捷拉開架式想硬闖，門口一暗，錢富九身旁又站出兩個人。

錢富九推推鴉舌帽以滬語說：

「操那，日本人，好格。」

南捷連忙搖手：

「不不，我是中國人──」

錢富九雙手插進袋中，上下打量他，呶嘴指簡阿火：

「他呢？」

「他也是中國人。」

錢富九灑笑：

「操那，當我是豬頭三、中國人怎麼穿日本軍服？」

「因爲──」南捷剛開口說話，陡見錢富九身後兩人從袖筒拔出尖刀，南捷噤口煞住話聲，錢富九回頭搖手，站在他後邊的畢三附在他耳邊說：

「日本巡邏隊剛過去，要不是就得快點解決。」

「等我問清楚。」錢富九回答過畢三轉問南捷：「他的腿怎麼啦？挨槍了？他叫什麼名字？」

「他叫簡阿火。」

「你呢？」

「我姓鄭——」

「鄭南捷？」

南捷驚跳，不敢瞿然回答。

「劉國興，你認識？」

南捷抖慄一下，舒氣點頭：

「認識。」

「認識就跟我走，劉國興也在附近。」

錢富九閃身讓開廟門、向畢三示意、畢三側身進廟向簡阿火走去。南捷以爲他要攙扶簡阿火，也伸手相幫，不想畢三彎身霎那手中尖刀卻陡地劃向簡阿火喉嚨，南捷看到驚駭怒吼，伸手迎著刀鋒撥打，尖刀劃過他的手，鮮血飛濺到簡阿火臉上，南捷另一隻手毆擊畢三的頭，畢三躲閃後退，南捷怒極：

「我跟你們拼了。」

錢富九衝前攔截，喊：

「他是日本人，我們不留日本人活口。」

「他不是，他姓簡叫簡阿火，跟你我一樣是中國人。」他跳到簡阿火跟前，衛護他：「劉國興呢？劉國興會明白⋯⋯」

錢富九三個人包圍他，南捷態度頑強堅決，毫不退縮。錢富九點頭說：

「好吧，看劉國興怎麼說⋯⋯」

錢富九等把南捷和簡阿火帶到一處荒僻的街道，一間草藥鋪，畢三向前敲門，草藥鋪的門板拉開，黃叔探出頭，他看到滿身污泥的南捷和穿著日本軍服，萎頓虛頹的簡阿火，顯露出激怒：

「怎麼帶日本人來？」

南捷挺身說：

「老伯，行醫就要救人，掛了招牌那有見死不救的。」他情急指著簡阿火說：「你瞧，日本人腿短腰粗，那有像他這樣四肢均稱的？」

黃叔半信半疑堵著門，南捷強扶簡阿火擠進門去，進門見藥鋪簡陋頹敗，架上堆滿藥草和瓶罐，一張破藤床放在牆邊。

南捷扶著簡阿火到藤床躺下，畢三把門板關好，黃叔望著他們發愣，錢富九說：

「黃叔，先治傷再說。」

14

電話鈴聲驟響把醒華驚醒，她正抱著康康倦極靠在沙發上發愣，鈴聲把她驚得跳起，險險把康康摔在地上，她驚愕茫然的呆望著電話，電話繼續響著，鈴聲響亮清脆，片刻，她驀地清醒，探身抓起電話，心驚的發出顫聲：

「喂──」

話筒裏傳出國興歡喜興奮的聲音：

「嫂子，恭喜！」

「找到了，他在哪裡？」醒華驚顫得話聲顫抖：「讓我跟他說話。」

「我還沒看到他，他現在我朋友那裏，我這就過去帶他回來，先給妳報訊。」

醒華聽得淚水湧出，身顫手抖地把電話交到另一隻手裏：

「謝謝，謝謝…」

淚水流滴，滴到康康臉上，醒華掛斷雷話替康康擦拭，親他的臉龐，把他舉起：

「找到爸爸了，謝神明保庇…」

汽車「忽」地馳過街道，劉國興滿臉興奮的駕車，畢三坐在旁座，街道逐漸殘破荒僻，戰火的摧殘，牆倒屋傾，觸目盡皆焦土，路面泥濘顛簸，凹突不平，國興駕車疾馳，嘴裏問說：

「跟南捷一起，還有個日本人？」

「是呀，富九讓我宰掉，他不肯，堅持護著。」

「他身體還好。」

「混身是傷，精神還好。」

畢三點頭，顯出欽敬：

汽車駛進僻街，在畢三指點下駛到藥鋪門口停住，兩人開門跳下奔進藥鋪，藥鋪裏黃叔清理好簡阿火傷口正在包紮，旁邊一盆血水，團團帶血棉絮漂浮著，開門聲驚得眾人轉頭看，南捷、國興乍見激動地說不出話，國興衝前抓住南捷，南捷也抓緊他，國興說：

「我給嫂子通過電話了，叫她放心，走，我們去洗澡理髮，把身體弄乾淨。」

南捷滿臉疑惑：

「你跟醒華通過電話？你認識她？奇怪，你怎麼曉得我逃出來了？」南捷轉身指錢富九等人：「他們，都是你安排的？」

「一言難盡，我慢慢解釋。」國興轉向錢富九說：「富九，謝謝了。」

錢富九向前一步，說：

「說什麼?等我替你挨過刀子再謝吧!」

國興放開南捷，緊握錢富九的手：

「好，這筆交情，我記住。」

富九重重拍他的肩膀，國興再向畢三等拱手：

「眼下姓劉的只說一個謝字，朋友交在心上，謝了。」

畢三等拱手回禮，富九指著簡阿火說：

「這個人——」

南捷急忙插話，向國興解釋：

「他是我們臺灣同鄉，不是日本人，是被徵兵抓來的，一樣委屈跟苦命!」

國興詢問黃叔：

「他傷得怎麼樣?」

「沒事，沒傷到骨頭，年輕血旺，養息幾天，傷口長肉就行了。」黃叔翻翻眼睛說。

國興斟酌，轉頭望錢富九：

「富九。」國興指簡阿火：「托給你?」

「行。」錢富九一肩承擔的拍胸脯，南捷深受感動，由衷贊佩說：

「國興，一群好朋友。」

國興暢意大笑著指胸口：

「哈哈，這幫朋友識字不多，但是一腔血性，絕對靠得住。」

一把梳子梳理著烏黑蜷曲的頭髮，鏡中的黃夢玫眉頭輕蹙，凝望著自己嘴角微撇顯露出輕鄙嘲弄的神色，她吐舌尖，沾點唾沫塗在眼眶下裝淚濕，然後端詳審視，感覺不像，眼中毫無悲哀淒苦神色。她嗤笑，抹掉假淚，繼續梳頭髮，門外響起皮靴踏登樓梯的聲音。她停住梳頭，側耳傾聽，皮靴聲走到門外，她跳起，奔到門邊，拉開門，站在門外的吳延昌顯得驚愕，縮回欲插進鎖孔的鑰匙，兩人對望，嘴角同時湧現微笑。

「奇怪，你怎麼這時候回來？」夢玫伸手把吳延昌拉進門，歡欣的抱著他的手臂。

「幹嘛，這時候回來，時機不對？」

夢玫推他，拖著他在沙發坐下：

「什麼時機不對？話裏帶刺小心梗到喉嚨，我只是問你，現在中午，辦公時間你怎麼走得開？」

夢玫說著搬起他的腿，幫他拉脫皮靴，延昌眼角蒙矓露出滿臉困倦神色：

「昨晚折騰一夜。」

「幹嘛？忙什麼？」

「空忙一場。」延昌懶懶的翹起腿。

夢玫幫他拉掉皮靴後再幫他解扣脫衣，順口問他：
「這話怎麼說？」
延昌沒答話，抬眼望她，夢玫笑容嫣然，延昌推開她站起，解開皮帶脫褲。脫到一半，他突地停住動作：
「醒華在上海。」
夢玫身軀一震，故做沒聽清：
「誰？」
延昌繼續脫褲，眼光炯炯望向夢玫。
「醒華，還有鄭南捷，都在上海。」
「你怎麼知道？」夢玫衝口說。
延昌笑笑，收回眼光，把脫下的褲子丟在椅上：
「給我放水，我要洗澡。」
「你說醒華在上海，你碰到過她？」
延昌再抬眼望她，沒說話，夢玫再問：
「她現在怎麼樣？」
「沒怎麼樣，很好啊，生了孩子─」他陡地沈下臉：「我要洗澡，你聾了？」

夢玫趕緊跑進浴室放水，水聲嘩嘩傳出室外，延昌望著浴室眼珠急轉，扭身走到梳粧檯前，抓起夢玫的皮包打開，唾啦一聲把皮包裏的東西都倒出來。

國際飯店客房的輕紗窗簾，被風拂動飄閃，醒華把窗關上解開衣衫給康康餵奶，康康吮吸，小手揮舞，醒華抱他走到窗前眺望窗外街市，難掩心底忐忑惶急，她移動身體蹀躞，無法靜止，康康嗆咳吐奶，醒華擦拭胸前奶汁把康康放在床邊，清理他流滿奶花的小臉。

電話鈴聲響起，醒華驚得顫跳，奔去抓起電話接聽，話筒裏傳出的是個陌生男子的聲音：

「喂，鄭太太，我姓羅，是劉國興的朋友…」

醒華搶著問說：。

「那國興跟我先生—」

「他們在澡堂洗澡理髮，叫我來接你一起吃飯，在法租界錦江樓。」

「噢，那我先生—」

姓羅的打斷她說：

「國興跟鄭先生耽會直接去餐廳，你下來吧，車在門口等著…」

她還想再問，對方卻掛上電話，醒華激動欣喜得忍不住想哭，她把康康抱起，抹乾熱淚衝出門。

她剛出門，電話鈴又響，鈴聲空洞刺耳，門外走廊，電梯都無醒華蹤影。

國興把車開到澡堂門口，南捷焦燥不安的說：

「我心裏急，想先看看老婆孩子！」

「你這身傷得先看醫生。老婆孩子會等你，現在去會嚇著她們。」國興說著把車開走，南捷強忍緊嚼下牙根說：

「再打個電話跟醒華說一聲，奇怪，電話沒人接，她去哪兒啦？」

「撥到櫃檯問。」國興路邊停車進店鋪借電話。

飯店電梯門開，醒華心急的衝出來大廳中韓培根和羅士強隱在柱後監視電梯，看到醒華，韓培根噘嘴急指她。羅士強目注醒華裝出笑臉，走過去想接住她，他剛閃出柱後，櫃檯的電話鈴響，櫃內職員接聽，並探頭在大廳尋找，看到醒華，他揚聲叫：

「鄭太太，電話！」

醒華微愣停步，羅士強急步走到她面前說：

「鄭太太，我姓羅，車在門口。」

醒華答應著要跟羅士強出門，櫃檯裏職員再叫：

「鄭太太電話——」

醒華停步轉身，膀臂突地被羅士強抓住，醒華臂疼轉臉驚望，見他手裏尖刀正抵著自己後腰，醒華驚駭瞠目想要掙扎，羅士強露出兇狠面目把她猛拖推向門口，櫃檯職員衝出阻攔，搶奪醒華，羅士強抽刀猛刺，捅進他的胸腹。

鮮血濺在醒華身上，醒華驚極駭叫，大廳登時驚惶騷亂，羅士強把醒華踉蹌拖出門外。醒華被拖得驚叫跌撞，懷裏康康險些脫手。飯店門外的行人見狀俱都躲閃驚愕，羅士強一手扭抓醒華頭髮，一手握刀抵指她的臉，拖她，步步後退轉往街角。

醒華被他拖得抑臉痛叫，緊抱康康，印度門警噤若寒蟬，呆望著手足無措。街角停著一輛發動引擎的汽車，羅士強拖著醒華到車旁開門把她推到車上，醒華被推得摔進車內，羅士強攀住車門拍打，汽車疾馳開走。

巡警在路人圍聚，驚愕議論中吹著警笛趕到，韓培根乘亂想溜出飯店，他剛出門，就見到國興駕車載著南捷飛馳衝到飯店門口。南捷沒等汽車停穩即竄出跳下，小韓看到他們腳步猛縮，情急趕忙退回門內，南捷衝進飯店，看到地下灑滴的鮮血不覺身體劇烈顫抖。受傷的櫃員被人扶著靠坐地下，國興衝前問他：

「鄭太太呢？」

「被，被抓走了⋯」

「被誰抓走？幾個人？往哪個方向，認不認識？」

櫃員搖頭氣頹，驀地指著韓培根叫：

「他，那個⋯他認識兇手⋯」

國興，南捷隨著他指處看到韓培根，南捷喉中發出野獸般的厲吼，他向小韓撲過去，小韓驚恐的轉身想跑，南捷一把抓住他握拳要打，國興趕上扭住他的手：

「別衝動，有線索我們就能追出嫂子下落。」

國興說著轉身抓著韓培根說：

「小韓，我們不說廢話，你們把鄭太太帶到哪去了？」

「我，我不知道…」小韓驚怖的搖頭說：

國興臉色倏變獰厲，一把叉住他的喉嚨從齒縫中迸出話聲：

「你知道我幹哪行，也知道我們逼供手段，今天你栽在這裏最好識相說實話，否則等拖到櫃檯裏邊小房間，你就後悔不及啦！」

小韓掙扎搖手，臉孔充血，眼珠暴突：

「我，我實在不知道…」

國興眼中迸射殺機，手上加勁，南捷扳住他的手，阻止他，雙腳一軟，跪在地下了：

「小韓，我們是好兄弟，好同事。」南捷說著痛哭出聲：「我太太可憐，她到上海擔驚受怕，又帶著孩子，你們要怎麼樣，對著我，別嚇著她，韓大哥，求求你，求你告訴我，你們把她帶去哪裡了？」

飯店僕役奔來向國興急報：

「劉少爺，工部局捕房的警察來了。」

「拖進櫃檯去—」

國興低聲斷喝著強拖小韓向櫃檯走，小韓掙扎露出驚怖，國興、南捷和僕役抬起小韓向櫃檯內急奔，小韓滿臉脹紫斷續喊出：

「是小關…羅士強把她抓走…」

國興和南捷急如火星的到申報尋找小關，卻遍尋撲空，國興由韓培根想到顧師父，立即趕到顧師父家，撞開門、顧師母嚇得混身發抖，南捷雙眼血紅的咬著牙叫：

「我太太，你們擄到哪裡去了？」

顧師父冷靜沈著的說：

「南捷，你冷靜，聽我跟你說。」

南捷眼神狂亂，雙拳緊握著：

「她到底在哪，你快說：」：

顧師母衝口說：

「被羅士強帶進山區了。」

「那個山區？」

「嵊縣山區。」顧師父沈聲說：「這件事跟共產黨組織一點關係都沒有，劉國興應該瞭解，我們雖然共打著一面旗子，路線跟作風都絕對不同，這件事我們知道時曾堅決反對，他們還是一意孤行！」

「他們是誰？」

「我不能說，劉國興應該知道。」

國興露出激怒，欲衝前，顧師母連忙插嘴：

「南捷，醒華有封新加坡的電報—」

「電報？在哪？」

顧師母趕忙拿出電報，南捷接過望著電報發呆，國興催促他說：

「撕開看啊，看什麼事？」

南捷撕開電報，念：

「醒華，母病危速歸，父字。」

離開顧師父家回到車上，車外街道寂靜冷清，野狗在街旁廊下巡逡覓食，國興和南捷焦慮，鬱憤的在車內悶坐，國興點煙猛抽，火星在黑暗裏明滅，南捷切齒發出格格的聲響，國興說：

「你決定追到嵊縣去？你身上的傷—」

「我決定去。」南捷堅決得從齒縫中說：

國興深深吸氣，彈掉煙蒂：

「好吧，嵊縣土匪陰狠狡詐，你地緣不熟很難救人，我請錢富九陪你去，他在青幫門裏，有很江湖關係。」

南捷點頭答應，國興抓住他的膀臂說：

「不過，我認爲嫂子還沒離開上海，這樣；我們分兩路追，就絕不會漏失…」

「你打算怎麼追？」

「放餌引誘。」

國興簡截的回答，南捷愕異的轉頭向他望，國興說：

「我多說會給你增添困擾，你別管我，你去嵊縣專心幹你的。」

南捷點頭，國興發動汽車，在引擎隆隆聲中再囑咐他：

「富九是個拼命三郎。你處理事情，頭腦務需冷靜，先自己穩住陣腳，切忌衝動樹敵，把事情砸了！」

「知道。」

「咱們去找富九，你們連夜上路。」

深夜，汽車駛到朱家的豪宅門外停住，朱玲開門下車，朱家客廳燈光仍亮著，朱玲推開門，見朱嘯峰陰沈著臉在沙發坐著，傭人宋嫂聞聲走進客廳，朱玲向她搖手，轉身走到嘯峰面前說：

「爸，還沒睡？」

「我等妳。」嘯峰拍身旁沙發：「來，坐這裏。」

朱玲疑遲，順從的坐下，抬腕看錶說：

「爸，快兩點了。」

嘯峰臉色陰鬱的點頭，說：

「我等妳，想說幾句話。」他眼光陡轉嚴厲的望她：「醒華的事，你知道了。」

朱玲微愣，點頭說：

「嗯，聽宛芬說了。」

「聽宛芬說妳才知道？」

朱玲變色，把頭低下，嘯峰峻聲說：

「回答我。」

「我說的話，爸爸會相信嗎？」

嘯峰哀傷的歎氣：

「妳是我女兒，我不相信妳，會問妳嗎？醒華這件事，跟共產黨有沒關係？」

「我不知道。」朱玲斷然說：

「妳跟共產黨有沒關係？」嘯峰怒目瞪她，陡轉嚴厲，朱玲扭開臉，身軀僵硬的緘默，嘯峰喝問：

「說話呀。」

朱玲驀地轉過頭，眼光堅定，神情嚴肅：

「我跟共產黨國際有關係。」

嘯峰點頭，顯露沈痛的指著她說：

「那麼，跟日本…」

朱玲搶著說：

「爸爸，我是半個日本人。」

「我問妳跟日本特務機關有沒關係？」

朱玲激憤得站起，眼中湧淚：

「爸，我也是半個中國人，日本人信任我，放心我；中國人卻處處猜疑我，防範我！」

「誰猜疑妳？」

「最猜疑我的是你，從我打日本回來，你就一直猜疑我，監視我！」

嘯峰痛心的站起：

「我們是父女…我心痛妳呀！」

「爸爸能說出這句話，總還讓我安慰。」

她轉身衝奔跑走，跑進房間，摔上門，嘯峰嘴唇抖動，心痛得在沙發癱坐了。」

國興和南捷在草藥鋪中找到錢富九，把計劃告訴他，富九點頭沒話說，黃叔從藥罐裏倒出一些藥粉調配包好塞給南捷，要他按時吞服治療身體傷處，並諄諄囑咐他飲食禁忌，國興在旁乘隙問富九：

「有困難嗎？」

「沒有。」

國興從衣袋掏出手槍和一卷鈔票給他，富九接過收好，國興再拿手槍給南捷，並抓著他肩膀用力搖搖。

離開藥鋪三人跨進汽車，國興發動引擎說：

「上海北站被日本人佔領了，我送你們到龍華搭車。」

龍華，鄰近鐵路一條暗巷的閣樓裏，夜半傳出嬰兒的哭聲，哭聲響自昏暗的木窗下，木窗內醒華抱著康康輕聲搖哄：

「康康乖，不哭。媽媽餵……」

醒華的聲音透著慄懼和驚恐，她邊說邊窸窣解衣，康康口中哈物，停住號哭，咿唔吮吸。

突地火車隆隆聲漸響，由遠而近，轉眼轟轟隆隆天搖地動的駛過屋外，醒華以衣衫掩蓋康康，防他受到驚嚇，直到火車駛離遠去。

滬杭線的火車巨龍般噴著黑煙在原野馳過，車聲轟轟隆隆。車輪輾過鐵軌火星迸射，衝力帶動勁風，卷掃得地下枯草廢紙旋撲飄飛，車輛搖晃發出嘎嘎裂解的聲音。

車廂旅客擁擠，俱都隨著車行波動搖晃，車窗勁風撲進，吹得臨窗旅客髮揚衣抖。

南捷，富九在搖晃的車廂走過，他們眼光銳利的搜索車廂裏的年輕婦女，一個少婦緊抱著嬰兒蜷縮在靠窗的椅上，她頭包布帕遮著半邊臉，一縷秀發散披在布帕外，南捷一把扯下布帕，少婦驚駭抬頭轉過身，南捷看到陌生的面孔，愧疚的勉強擠出笑容道歉。

他踉蹌走開，走出車廂外，握拳憤擊車廂板壁，咬牙，急出痛淚，車聲轟轟隆隆，富九站在他身旁，默然拍肩撫慰。

陽光透進國際飯店的玻璃窗，本源站在窗前，沈重的眺望上海街景。

上海，這萬方雜處的十裏洋場，街道縱橫，高樓接雲，行人熙攘，各種車輛穿梭往來在街道巷弄中，看不出傷痛，也看不出歡樂，看不出戰爭殺戮，也看不出寧靜和平，本源沈重的歎氣，轉身望向擁被坐在床上的宛芬：

「醒華這件事讓我打心底裏害怕，我不放心讓你留在上海，你跟我回香港去。」

宛芬雙眉緊鎖，面容沈鬱，本源嚴厲的神色略緩，顯出憂急：

「旅館櫃檯給我們弄得到兩張飛機票，機會難得……」

宛芬迸出堅決的聲音：

「我不走！」

「宛芬，妳理智一點。」本源怒聲斥責：

「理智就是逃避嗎？」宛芬頂撞得也有怒氣。

本源激怒，鼓眼怒瞪她，宛芬掀被下床沖向浴室，在浴室門口她轉身回頭滿臉怒容的搶白：

「以前在新加坡，你怕日本人，逃；現在你又怕土匪，逃，逃到什麼地方去？香港？安全嗎？倫敦，安全嗎？逃到哪裡爲止？在新加坡，人家都說你跟律巴周家是實業巨子，周伯伯雖然遭受陷害打擊，他還能挺住接受挑戰，爲什麼你遇事就沒膽迎戰，偏要逃避？」

本源瞠目結舌，他氣得臉色陣青陣白啞然無聲，宛芬說完話自己也嚇呆了，她愣愣望著父親滿臉驚恐，本源一言不發轉身出房，宛芬愣著發呆，驀地跳起，追了出去。追到隔壁本源的客房，本源臉色鐵青的坐在沙發上生氣，宛芬怯懼的走近他，蹲下攀住他的膝頭，仰臉懇求的搖撼著；本源不理，宛芬繼續推搖，撒嬌地喊他：

「爸—」

本源怒容滿面的望她：

「妳這番話讓爸爸無地自容。」

宛芬噘嘴撒嬌的輕推他：

「對不起嘛，我說得也是事實呀。」

本源搖頭，憐惜溺愛的望她：

「妳年紀輕，看事情只憑直覺，事實上表裏會有很大的差距，處事；也有陽剛陰柔兩種手段，在使用這兩種手段以前，都要先求自保，不能一味憑血氣衝動任性而爲。」

「我懂得爸爸的話，可是在眼前，可銘，醒華都遭遇困境危難，我們怎麼能一走了之？」

「不走，對他們又能幫助什麼？」

「起碼我們可以共患難，做爲他們精神支柱！」

本源搖手打斷她的話：

「有難不避免，而一定要『共』，共的結果不是玉石俱焚嗎？」

宛芬氣噎的站起，她激憤的喊：

「爸爸爲什麼對『利』『害』分得這麼現實？」

本源苦笑露出無奈：

「現實，就是把『利』『害』清楚劃分。」

電話鈴響，本源接聽：

「喂喂噢，你等一下。」他摀著話筒向宛芬：「劉國興！」

「好，我接。」

宛芬接聽電話，簡截的回答：

「好，我馬上來。」

宛芬掛斷電話扭身出房，本源喊她：

「宛芬。」

宛芬站住腳凝色說：

「爸爸，我長大了，對事情已經有因應判斷能力，你的處事原則是對是錯，我沒資格批評，可是你也不能強制我一定要依你的模式，要走，你先走，我絕對能自保，你放心了。」

她出門離去，本源望門鼓目，頓足嘿然無語。

在樓下餐廳，國興正把一卷鈔票遞給仆歐，仆歐滿臉困惑的不敢伸手拿，國興解釋：

「這些錢給受傷的夥計，我沒法到醫院看他，你幫我買幾罐奶粉，表示我衷心謝意。」

仆歐接過鈔票說：

「這錢買奶粉，太多了吧，可以買幢房子了。」

「多的就貼補他老婆孩子吧。」

仆歐一臉欽敬，深深鞠躬由衷感謝：

「劉少爺，謝謝您了。」

國興擺手到餐桌坐下，剛掏出香煙想點火，突地他目光凝住望旅館大廳，見白虹花枝招展的挽著個矮胖子，走進玻璃旋轉門。

國興望著她眼珠轉動，急速思考。宛芬下樓走出電梯，和白虹擦身錯過，她走進餐廳看到國興發愣，說：

「想什麼？」

國興抬頭望她，指白虹背影：

「那個女的，就是電影明星白虹。」

「噢！」宛芬下意識回頭張望「你提起她，有特別意義嗎？」

「有，她跟南捷拍同部電影，在王紹曾家，她又跟吳延昌熱火。」

宛芬果然被挑起興趣，再回頭望，白虹已走進電梯不見了，國興說：

「現在不談她，有兩件事告訴妳，一件事請妳幫忙。」

「你說。」

「要告訴妳的兩件事是，醒華有消息被擄去淅江嵊縣，南捷追過去了，還一件是軍事轉進，野戰醫院跟隨部隊連夜搬遷到龍華。」

宛芬震駭，衝身站起：

「啊，醫院搬了？」

國興擺手安撫，囑她坐下：

「別急！搬的地方我知道，我會帶妳去。」

宛芬勉強坐下，國興點煙深吸再吐氣說：

「請妳幫忙的事，是請妳說服令尊出面在上海各報紙刊登尋人啓事，尋找醒華母子。」

宛芬上樓把國興囑託的事稟報父親，滿以爲本源會爽快答應，不想沒等她講完他就斷然拒絕：

「荒唐，我們背著南洋錫業公司的招牌，已經引人注意，現在再登廣告招搖，簡直是刻意引賊上門。」他氣憤的怒聲：「劉國興他是居心拿我們當餌──」

「假如當餌能救醒華，也值得！」宛芬頂撞，卻撒賴的涎臉偎過去。

本源氣結的推開她，宛芬再趨過去，抓住他的膀臂：

「爸，最多損失幾個錢，我才不信你這麼小氣慳吝。」

「不是錢的問題，是安全！」

「難道人家知道你是南洋錫業的老闆，就要拿機關槍來綁架你？上海有錢人多得是，我們南洋錫業不見得比別人顯眼。」

本源惱怒的推開她，走開，宛芬追過去跺腳撒賴：

「爸爸！」

「不行，我不願意這樣做。」本源決然峻拒。

沈默僵持一會，宛芬扭身出門，臨走撂話說：

「好，爸爸害怕，就用我的名義。」

第二天清冷的街道上奔過報童的吆喊，喊聲劃破清晨寂靜，驚動無數晨起的人：

「報─申報，時報，新聞報…大新聞，國軍轉進，放棄大場，眞茹，撤出蘇州河…」

上海南郊龍華的一條蕭條僻街，被滬杭鐵路的鐵軌貫穿，鐵路旁一排柵欄把密集搭建的房舍阻斷隔開，路軌在朝陽下閃亮震動，遠處傳來隆隆聲響，噴著濃煙的火車轟隆的駛過，遠去，留下團團灰塵濃煙飄散在空間。僻街旁一幢破舊的磚房，房前小院栽植著幾蓬冬青，胡四坐在院裏，叨著香煙看報，突地他煙灰掉在腿上，凝神注目的細看報上啓事，看著不覺嘴唇蠕動念出聲音：

愛情咒語

「南洋錫業公司總裁廖本源尋人…名周醒華，擁繦褓幼兒，明麗清秀，廿餘歲…

他念著抬頭翻眼凝想，想起前晚夜醉回家在僻處小解時看到的情景。

他看到一輛汽車輕悄駛到，關閉車燈打開車門，車上下來一個中年婦人和一個戴鴨舌帽的壯漢，他們彎腰伸頭把車內一個抱著嬰兒的少婦拖出車外，少婦被蒙著眼，捆著嘴，她驚恐的緊抱嬰兒掙扎，嬰兒撞到車門，受驚號哭不止。

壯漢慌亂摀嬰兒的嘴，被少婦推開，中年婦人和壯漢合力拖拉少婦，跌撞著拖進街旁一扇門內。

胡四目擊整個過程印象深刻，他呆想出神，不覺報紙鬆手墜地，他撿起報紙續念：

「通風報訊因而尋獲者，賞銀五千⋯⋯」他念著衝口喊出：

「乖乖，五千銀洋，夠買兩幢房子⋯⋯」

王紹曾愕異的丟下報紙，摘下眼鏡望空沈思，春嫂把剛沏的熱茶遞在他手裏，王紹曾喃然困惑：

「南洋錫業廖本源登報找尋醒華，這是怎麼回事？」

春嫂神情微變的扭開臉，王紹曾吩咐她：

「撥個電話給國興，問他知不知道這則啓事？」

「登報找周家小姐，她怎麼啦？」春嫂滿臉關心的問：

「不知道啊，你打電話找國興問問。」

「好！」春嫂答應著拿起電話搖機，她搖著電話不時偷覷著看王紹曾，王紹曾縐眉喃然說：

「沒想到她跟吳延昌，中間有這麼多曲折。」

春嫂搖了一會沒搖通，說：

「劉少爺的電話沒人接。」

國興和宛芬正焦急的守在國際飯店客房的電話機旁，等待電話鈴響。

電話鈴果然響了，他們震動的跳起，搶著要接，國興先一步抓到電話：

「喂喂、是、是、我是南洋錫業的劉秘書。」他說著向宛芬興奮的點頭：「可以，你貴姓，噢，胡先生—」

胡四在間茶館中，鬼祟的抱著電話低聲：

「我知道你們要找的人在哪裡。」

「好，請說。」國興急忙應著：「關於懸賞，你放心，五千銀洋早準備好了，只要消息確實，能找到人—」

「消息絕對確實。」

「那好，錢我帶著，怎麼交給你？」

胡四沈吟，回頭偷望茶館裏的茶客：

「龍華車站對面有間老虎灶…」

「我知道。」

「那麼你到這裏來，我等著…」

胡四掛斷電話，吸氣平復緊張情緒，回到茶桌坐下，伸手端茶，手仍微微抖慄。

國興也在同時把電話掛斷，宛芬急著問說：
「怎麼樣？」
國興霍地站起：
「有消息了。」
他再抓起電話搖線，宛芬焦急的等待著。
在王宅豪華的小客廳，春嫂機警抓著電話搖，搖通後她對著話筒促聲說：
「帶她離開龍華，孩子你抱著逼她聽話，暫時在市區兜圈子，慢慢兒兜，熬到天黑再說。」

15

上海老虎灶是處專賣茶水的地方、門口砌著大泥爐灶，爐上燒著幾壺滾水，沸水沖冒蒸氣發出嗶嗶的叫聲，爐灶房內多附設茶座，販夫走卒蹲的坐的圍在桌旁剝著花生蠶豆喝茶，大聲吵嚷著講論天南地北，極是熱鬧。胡四獨踞一桌焦燥不寧的瞪視街頭，等看到一輛汽車駛來停下，他反而閃避著把頭低下了。

國興向後座的畢三，曾榮點頭示意，開門下車向茶館走來，胡四雖低著頭但眼光仍撇視著國興舉動，待國興走近茶館門口，胡四放在桌上的手迅快比劃個手勢，站起來走出茶館離開。

國興在後跟隨他，暗裏向畢三揮手，畢三開車緩緩跟蹤，等跨越鐵路轉進一條陋巷，胡四停步張望看四下無人，等國興走近向他伸出手：

「錢呢？」

「錢少不了，人在哪裡？」

「就在這附近，我要先看到錢。」

國興點頭，從袋裏掏出一卷鈔票遞過，胡四驚喜疑懼的伸手抓接，國興卻把鈔票緊握住：

「人呢？」

胡四吞口唾沫，回頭指鐵路邊一幢閣樓：

「喏，在哪邊閣樓裏。」

國興獰厲的望他，胡四吃驚後退，陡地國興圓睜雙眼望向胡四身後，並一把抓住胡四拖進牆角，胡四驚恐想叫，國興急指巷底，有輛汽車橫裏駛來，在閣樓下停住。

汽車裏下來羅士強和一個混混，兩人走進閣樓窄門，國興忙把鈔票塞給胡四，閃出向開車跟縱的畢三揮手。

畢三、曾榮跳下汽車奔來，奔到國興身邊，國興指揮他們合圍潛向閣樓。

閣樓門鎖「卡」地聲響，接著門被推開，醒華驚悸變色，緊抱康康躲到牆角，羅士強和混混走進，扯著虛偽的笑臉說：

「鄭太太，妳別害怕，我們沒惡意！」

醒華驚慄戒懼，絲毫沒有鬆懈，她驚恐的望他們，羅士強乾笑著走近她：

「妳先生鄭南捷，在我們頭兒那裏，急著要見妳，所以叫我們來接你去…」

「我先生叫你們接我，要蒙著眼睛，塞著嘴巴用強的？」

「他擔心劉國興搗亂嘛，不得已。」

「你們頭兒是誰？」

「你見過他，認得的。」

「是誰？」

「妳見著不就知道了嗎？來，我抱孩子！」

樓外畢三輕捷迅快的爬上屋頂，曾榮由隔鄰翻窗進閣樓後進，國興輕悄的由屋後躍登上樓，躲在樓梯暗處。羅士強再伸出手：

「來吧，我幫你抱孩子。」

醒華閃身躲開說：

「不，孩子我自己抱。」

羅士強沈下臉擠出滿臉橫肉：

「鄭太太，妳聽話，我們依禮相待，不聽話，孩子一樣得交給我。」

醒華悲憤得含滿淚水說：

「你們到底是誰？到底想怎麼樣？」

「妳跟我們走，我幫妳抱孩子。」羅士強冷硬的說：「免得路上妳大呼小叫逼得扯破臉，對妳不客氣。」

醒華憤怒恐懼，淚水奪眶流出，羅士強又擠出笑臉：

「到地方，孩子馬上還妳，路上妳抱我抱還不都一樣嗎？」

國興聽著閣樓裏話聲焦急得冒出冷汗，曾榮潛到國興身旁悄聲說：

「衝進去？」

「不行，沒把握。」國興焦急得搖頭說。

「那怎麼辦？」

國興望閣樓，咬牙點頭：

「等，等機會。」

「等不是辦法，看我的。」

曾榮說著焦燥的衝身竄走，國興想攔他伸手卻沒抓住，他臨急應變湧身衝出樓梯藏身地點，卻聽得樓下響起敲門聲和曾榮的喊叫：

「有人在嗎？」

叫聲傳進閣樓，羅士強剛從醒華手中搶過康康，聽得喊聲露出驚愕，他急忙向守門混混示意，並拉著醒華躲到門後暗處，樓下曾榮再喊說：

「收電費，來過幾次都碰不到人，再不繳就剪線了。」

羅士強驚疑的向混混促聲：

「去看看，小錢給他，打發他走。」

混混點頭，暗裏握住腰間手鎗鎗柄急步下樓，國興矯捷的閃避退開，羅士強抱著康康，拖著醒華緩步出門下樓，醒華顫慄驚恐，眼含痛淚的望著康康，羅士強推醒華在前，掏出手鎗握住。

混混下樓開門，卻無人在門外，他探頭尋找，頭剛伸出，一圈麻繩套住脖子被拉回門中。他掙扎，臉色脹紫，七竅流出鮮血，終至氣絕癱軟不動，曾榮把他拖離門口，拖到牆隱藏，羅士強抱著康康，槍口指著醒華推她下樓。

國興緊張，額頭汗出如淋，目不轉睛的躲避著瞪視羅士強，舉槍對羅士強瞄準，他牙關緊咬，手腕微微慄抖，羅士強急聲喊：

「阿金！」

樓下靜寂，沒人應，羅士強變色，厲聲再喊：

「阿金─」

他調轉槍口對準懷裏孩子，醒華嘶喊著撲過去翼護，羅士強用手肘撞開她，鎗口隨勢舉高，國興抓住機會雙手握鎗錨准，「砰」地擊發，羅士強頭部中彈衝撞顫跳，揮舞手臂平衡身體，鬆手把康康拋掉。

康康被拋向半空，醒華嚇呆張口結舌，國興見狀飛身躍下險險把康康接住，撞得醒華一起從樓梯滾落。

康康受驚號哭，醒華驚嚇過度，昏厥在地上，這時曾榮，畢三分別趕到扶起醒華，國興抱著康康迅快爬起奔出閣樓。

奔回車上，畢三開車疾駛離開，汽車顛簸中醒華蘇醒，睜眼看到康康，一把搶過抱住，國興柔聲安慰她，醒華忍不住裂嘴哭出。

國興悄聲吩咐曾榮：

「耽會你去報案，就說綁匪擄人勒贖，苦主召警不及，當場把綁匪擊斃，要是他們追問苦主，就留楊義雄律師電話，耽會我會打電話向楊律師解釋。」國興說著再拍畢三肩膀：「三哥，你去追富九跟南捷，進山以前想法子把他們截住。」

回到國際飯店，醒華被宛芬接去安慰，國興被朱嘯峰和廖本源留住。

隔房醒華的哭聲隱約傳來，嘯峰問國興：

「南捷呢？」

「派人追去了。」

嘯峰拍他肩膀：

「英雄出少年，國興，有種。」

「沒什麼說的，我跟南捷是兄弟手足。」國興窘迫，露出純眞笑容。

本源突地出聲：

「國興，宛芬就拜託你了。」

「我？」國興詫愕，轉望嘯峰：「有朱伯伯在，廖伯伯絕對可以放心。」

朱嘯峰噴笑，指著他說：

「年輕人嘴利害，怕負責！」

本源嚴肅的凝色望著他們：

「反正你們倆位都在，她既然堅決不跟我走，我就把她交給你們，麻煩你們勞神照顧。」

「這還用說嗎？」嘯峰笑著。

「不，要當面說清楚！」

嘯峰感受到氣氛壓力，斂去笑容，本源指著國興：

「我先跟國興說。」

「我？」

「你不敢負責？」

國興爲難的解釋：「不是不敢，事實是我身不由主，我是軍人，隨時隨地都要聽候命令⋯⋯」

朱嘯峰急忙插嘴：

「國興，你應該明白廖伯伯的意思。」

國興眼中露出茫然迷惑神情，嘯峰向本源拍胸：

「大哥，你放心，你的想法我明白，宛芬留在上海我責責，有差錯，你唯姓朱的是問。」

他說著轉望國興：「至於你的『想法』，慢慢來，國興到現在還是個愣頭青呢！」

國興的神情迷惑更甚，本源頹然靠坐在沙發上，傾聽隔房動靜，不覺發出沈重歎息聲。

隔壁房裏醒華，宛芬正在淚眼相對，悄聲說話，康康揮舞著小手在醒華懷裏咿啊，醒華雙眼紅腫不停的拭淚，宛芬陪著她哭，一隻手抓著她撫慰。

醒華哽聲說：

「我千里迢迢來到上海，卻連他的面都見不到，我不甘心…」

宛芬勸慰她：

「總是進退兩難的事，電報說伯母病重，一定是情況緊急，機會也趕得巧，上海對外交通都中斷了，卻難得有這班私人載客飛機，妳跟我爸爸先到香港，然後他再幫妳安排船，送妳回新加坡。」

醒華心急如焚，痛苦難以抉擇：

「可是南捷—」她咬牙堅決：「我不走，我要見到他…」

「醒華！」

「我要看到他，那怕只見一面—」

「可是時間來不及，妳錯過這班飛機就走不成了。」

「走不成就不走，我來上海就是要跟他共患難的，我不能沒見他一面就回去！」

醒華說著淚湧如雨，宛芬也難忍酸淚，雙手緊緊抓住她，醒華哽咽抽噎，語不成聲的說：

「老天爺對我們實在殘酷，爲什麼，讓我們過得這麼痛苦，到底是什麼魔咒降頭，給我們這種折磨…」

隔房電話鈴響，本源接聽電話，話筒中傳來飯店經理的話聲：

「廖先生，機場剛來電話，飛機准四點起飛，現在三點，還有一個小時，路上怕耽擱請廖先生早點出發，免得趕不及…」

本源掛斷電話向隔房喊：

「醒華，宛芬，飛機準時起飛，飯店來電話催了。」

喊聲傳進隔鄰房內，醒華、宛芬淚眼相望，醒華痛苦得身軀抖顫，宛芬情摯的鼓勵她說：

「走吧，南捷已經脫險，又有我們這些人在上海彼此照顧，你放心吧。」

醒華緊咬牙根哽聲說：

「他連看康康一眼都沒有…」

「夫妻父子日子長得很，可是伯母要有萬一，那就終生遺憾無法彌補！」

國興、本源、嘯峰敲門進房，宛芬沒等他們開口，搶著說：

「醒華決定走…」

本源點頭說：

「好，飛機四點起飛，我們馬上去飛機場。」

趕到機場，飛機的螺旋槳已機聲隆隆的發動，國興、嘯峰、宛芬親送醒華、康康和本源坐上飛機，醒華緊抱康康閉目無語，她咬著嘴唇，絲絲血珠在嘴角外溢。

機艙的門關閉，飛機滑動起飛，本源從機窗滿臉憂心的深望宛芬，搖手揮別。

送走醒華，宛芬急不及待的要國興帶她去龍華尋找可銘，國興開車到龍華，宛芬焦急張望街旁找尋傷兵聚集的地方，她邊望車外邊問「這裏是龍華？」

「對，這裏就是龍華，以桃花跟古寺聞名。」國興說著轉頭望她：「宛芬，你讓廖伯伯傷心！」

「爸爸總當我是小孩子，好像永遠長不大的。」

「妳長大了嗎？」

宛芬昂頭挺胸，「你這話問得很不尊重。」

國興搖搖頭，閉嘴無言，宛芬含憤瞪他，國興展露笑臉說：

「一般來說，沒經過憂患是不容易長大成熟的…啊！到了，就是前邊那幢灰房子。」他滿懷感喟：「我覺得南捷跟鄭可銘都很有福氣。」

「何以見得？」宛芬仍有憤意。

「這是我的感觸，被愛是修來的福氣。」

宛芬撇撇嘴，扭頭再望車外，眼眶有淚翳閃動。汽車駛到民宅門前，國興、宛芬被眼前景象嚇住了，房前牆上貼著告示，幾個老兵在打掃清理綳帶針筒血棉等穢物，國興急忙停車跳下，奔到告示前觀看，見白紙黑字寫著：「陸軍第八十八師野戰醫院留守處。」

他脫口驚喊：

「留守處？醫院搬了？」國興趕過去問老兵：「醫院什麼時候搬的？」

「昨晚上。」老兵疑遲著打量他說：

宛芬臉色蒼白的奔來，國興再問老兵：

「知道搬去哪兒嗎？」

「隨部隊撤退。」老兵望宛芬，答非所問的說。

宛芬情急抓著老兵推搖：

「到底搬到哪去了？」

老兵翻翻眼，撥開她顧自走開了，宛芬愣著，嘴唇因激憤而顫抖，臉色陣青陣白。國興輕手拉她，被她粗暴推開，對他怒叫：

「都是你，都是你！」

她叫著撇嘴要哭，回身奔進汽車，捶擊車廂痛哭，國興跟隨她回到車上，無言的望她，宛芬邊哭邊怨憤的罵著：

「他根本就是誠心躲我，要搬連個電話都不打、可惡，太可惡。」

汽車行駛的回途中，宛芬不停怨懟咒罵，國興強忍厭煩，勸慰著：

「這不能怪可銘，他受傷連翻身都難，怎麼打電話？再說部隊調動是軍事機密，臨時通知，限時出發，那有時間打電話通知你？」

「我恨他——」宛芬憤聲喊。

國興縐眉不理，宛芬蠻橫的對他叫：

「你幫我找！」

「好，我幫你找。」國興無奈點頭。

「馬上找！」

國興沈臉說：

「小姐，先讓我睡一覺，我累死了。」

國興回到住處倒頭睡下，半夜電話鈴聲驟響，把他驚醒，他蒙朧中接得軍統局上海站的開會通知，起來用冷水洗把臉，穿衣出門。

趕到站裏，王站長正神情嚴厲的講話，站裏同志都凝肅的聚精會神傾聽；王站長眼光冷厲的掃望眾人的臉，聲音瘖啞卻堅定：

「局裏緊急通知最高當局令諭：『上海保衛戰圓滿達成任務、長江下游物質，重要生產設備都順利轉移到內陸，爲了保持戰力作持久抗戰，上海決定棄守，留八十八師孫元良部，謝晉元團死守蘇州河岸四行倉庫，牽制日軍，掩護國軍後撤…』

他放下手中電報，眼眶赤紅，滿臉沈痛的說：

「在感情上，這是個沈痛的消息，但在國家生死存亡的抗戰大局上，卻是個充滿希望的開始，萬望各位能上體政府抗戰救國的苦心，戮力報效，打擊奸僞，清除腐蝕，鞏固國家堅苦抗戰的根基。」

滿室肅靜，眾人皆淚光瀅瀅，王站長眼光再現冷森，聲音更形堅冷清晰：

「嗣後，我們留在淪陷區上海，工作須轉進地下，執行三項任務：第一鋤奸，鋤奸在清除內部腐蝕，第二擊敵，擊敵在打擊敵人氣焰，挫拆敵人銳氣，第三攫取情報，挖取敵情機密…」

早晨的陽光從窗簾縫隙中透進，國際飯店客房在陽光中明亮溫馨，宛芬坐在妝台鏡前整妝，朱玲坐在窗前沙發上含笑對她注視：

「女爲悅己者容。」

宛芬聽得愣一下，從鏡裏望她：

「你什麼意思？」

「我說女爲悅己者容，這話你有特別感觸嗎？」

「你少諷刺我。」宛芬露出憤怒神色，嘔氣的挖出「旁氏」乳霜胡亂塗臉，把臉上淡妝抹掉。

朱玲忍笑看著她生氣，宛芬把臉弄乾淨，摔下毛巾含怒向朱玲望著，朱玲搖手笑說：

「你別沖著我，我只不過多說句話，算我多嘴。」

「我怎麼敢怪你呢。」宛芬慾氣的說：「我是醜人多做怪，讓你見笑。」

她說著扭身出門，開門時撂話說：

「劉國興在樓下餐廳等，我先下去了。」

她「砰」地把門摔上，朱玲忍笑站起跟她下樓，兩人走進餐廳，見國興和黃夢玫坐在一起，宛芬驚詫的叫：

「咦！黃姐姐，你怎麼在這兒？」

「我來找醒華，劉先生看到我說醒華走了。」夢玫笑著解釋：「唉，慢一步，我早點來就好了。」

夢玫轉臉望朱玲，問：

「這位是—」

「噢，她姓朱，是半個中國人…」

朱玲臉色大變，國興也怫然惱怒對她斥責：

「宛芬！」

宛芬知道自己闖禍，一把抓住朱玲臂膀，涎臉撒賴討饒：

「我開玩笑，我該打。」

她果眞「啪」地打自己一個嘴巴，膩著向朱玲揉蹭說：

「別生氣嘛，我混球，白癡，傻丫頭⋯⋯」

朱玲臉色陣青陣紅，伸指戳她額頭：

「你呀，是瘋丫頭。」

朱玲說著轉向夢玫：

「我知道，你是醒華的表姐。」她伸出手：「我叫朱玲。」

夢玫和她握手說：

「我叫黃夢玫。」

國興招呼她們都坐下，向仆歐吩咐：

「菜單！」

平疇綠野，橡園椰林，新加坡景色依舊，盡收醒華眼底，她心急情怯的坐著人力車趕回周家探望病危母親，心裏的憂惶焦急是難以描述的，恨不能插翅飛到母親床前，嘴裏不覺催促車夫。

「大叔，請你快點。」

車夫跑得滿身大汗拉到周家：門房老夏聞聲探頭看，驚喜得跳起：

「小姐？」他衝口大喊：「小姐回來啦。」

喊聲傳進客廳，阿招甩著濕手從廚房奔出，溥齋從沙發站起太急，撞得茶几上茶杯翻倒，水潑滿地，他和阿招搶著、三步兩步奔出門外。

醒華抱著康康下車，阿招搶著接過，緊緊摟著不放，醒華和溥齋父女對望，醒華難忍熱淚湧流。溥齋面容憔悴，頭髮灰白，他望著醒華顫抖的伸出手，醒華撲過去，喊著撲進他懷裏：

「爸爸…」

「回來就好，回來就好啦…」溥齋顫聲說：

醒華淚流滿臉，仰望溥齋急問：

「媽，媽她—」

「妳媽還好，剛開過刀，她胸部生瘤。」

醒華趕到聖瑪麗醫院，在明亮整潔的走廊上遇到醒漢、醒漢驚喜的跳起，轉身奔回病房高喊：

「媽，媽媽，姐回來啦。」

醒華抱著康康跟隨醒漢奔進病房，溥齋在後緊跟，腳步有些踉蹌，醒華奔到病床前，病床上的麥氏掙扎著想坐起、被站在床前的修女按住，醒華和母親淚眼凝視，麥氏伸出枯瘦臘黃的手，醒華握住，不覺膝軟跪下，哽咽著喊她：

「媽——」

修女操著生硬的華語說：

「病人傷口還沒癒合、不能激動，而且，我現在正在換藥……」

溥齋趕忙說：

「好，我們先迴避。」說著向麥氏點頭；「醒華既回來，妳可以安心了。」

麥氏難捨的放開醒華的手，醒華抹幹淚水離開病床跟隨溥齋，醒漢退出，在病房門外她仍流淚不止，醒漢站在她身旁輕喊：

「姐姐。」

醒華強笑，抓著醒漢的手哽咽無言，醒漢輕聲問她：

「姐夫好嗎？」醒華身軀震動一下，回頭望溥齋，咬牙強忍住痛哭的衝動，擠出笑容：

「他很好啊，讓我問候爸爸。」

溥齋點頭沒再說話，醒華抹淚笑說：

「是廖伯伯帶我到香港，再安排船送我回來。」

「他，爲什麼不跟妳一起回來？」溥齋寒著臉沈聲問，仍不肯直呼南捷名字，醒華疑遲一下，再擠著笑臉解釋：

「上海對外交通中斷，廖伯伯托人找到德國私人飛機，只剩兩個座位…」

醒華把實際情況講給溥齋聽，溥齋點頭稱讚：

「本源這件事做得很慷慨。」

他們說著話，修女捧著醫療瓷盤走出病房，醒華攔著她問病情，護士簡略說明傷口情況，並囑咐他們：

「讓她高興，讓她燃熾希望，有希望生命力才旺盛…」

是的，熾熱的希望激發人旺盛的生命力，絕望使人氣餒，悲鬱，生趣渙滅。

南捷和錢富九在浙江嵊縣山區的小客棧窩了幾天，毫無醒華母子的線索和消息，他焦灼煩燥，心似火焚，終日以酒澆愁痲醉自己，分分秒秒的苦捱，富九利用幫會地緣關係地毯式的尋找，都無絲毫蛛絲馬跡的線索。

富九知道南捷心裏煎熬，只有陪他喝酒減輕痛苦，而心裏的焦灼，也如熱鍋螞蟻般難熬。

終於南捷喝酒喝出毛病，他在猛飲嗆咳中嗆噴出大口鮮血，當夜就高燒滾燙的病倒在床上，富九嚇得手忙腳亂，連夜請醫急診，鄉村草醫按脈診察，搖頭不敢下藥，催促趕快護送到紹興或杭州的醫院診治。

富九不敢耽擱，趕緊雇車離開山區，到紹興剛好天亮，送進醫院打針服藥穩住病情，自己抽身去紹興北大街福和貨棧求助青幫掌舵梁山梁大爺。

運河周邊水路青幫勢力盤根錯節，人脈影響極爲廣泛周密，車船運輸幾乎都有關連，耳目極爲靈敏迅速。

見到梁山，富九得到個極感突兀的消息，說上海有人追趕他們，昨晚落腳客棧，現在尚未離去，富九急忙趕到客棧，見是畢三，追問情況，得知醒華已安全脫險，綁匪被擊斃。畢三雖告訴他們醒華母子脫險，卻不知醒華已因母親病危的電報，跟隨廖本源搭機離開上海，返回新加坡，夫妻艱辛相尋，卻無法謀得一會。

醒華見到母親，放下心頭沈重大石。回過頭再擔心南捷，不知南捷現在處境安危？想到南捷她的心就陣陣揪緊，鼻酸眼濕難抑悲痛，她怨天不公，他們恩愛夫妻只想家庭團緊，就這樣困難無法達成……

聖瑪麗醫院的隔鄰就是亞美利安教堂，醒華在醫院的走廊上傾聽教堂鐘聲，被鐘聲的寧謐，肅穆所吸引，抱著康康走出醫院。

亞美利安教堂是白色歌德式建築，屋頂矗立白色尖塔，週邊是參天大樹，白塔綠蔭相映極是莊嚴壯麗。醒華在教堂外仰望，心中默禱，祈望神明垂憐，庇佑南捷平安無事。

回醫院病房，見到母親尚在沈睡，醒華輕悄退出門外，遇到醒漢，姐弟倆相對默然，心頭翻騰著千言萬語，卻不知從何說起：

兩人怕吵醒母親，退到廊下欄杆旁，醒漢眼眶濕紅的以手指撥弄康康頭發抒緩情緒，醒華問：

「媽的病─」

「說她胸部長硬塊，很疼，疼得受不了，來醫院檢查，才知道胸部生瘤，要開刀，開刀當天情況很危急，媽貧血，心臟也有毛病，爸就讓我打電報給你，噢，姐…」醒漢說著陡顯驚愫：「吳延昌逃獄了。」

「我知道，他現在上海。」

醒漢驚疑的張大眼，醒華喃然說：

「爸蒼老了好多！」

「是媽開刀住院這段期間急得，不過，他身體還算好，常跟陸幫辦喝酒聊天。」醒漢說著露出企盼：「姐，國內抗戰爆發，很多人都回國從軍，我想…」

醒華陡地湧起怒色，瞪他：

「你胡思亂想什麼？」

醒華的斥責驚醒病房中沈睡的麥氏，她虛弱的喊：

「是醒華嗎？」

醒華趕緊奔進房內，坐在床邊：

「媽媽你醒了。」

「剛才跟誰在說話？」

「醒漢。」

麥氏瘦黃的臉上微起痙攣，她伸手握住醒華的手，眼睛卻望著康康。

「醒漢跟你說要去當兵是吧？」她見醒華點頭無奈慨歎：「唉，兒女長大都要飛了父母不捨呀！」

醒華愧疚的低下頭，麥氏移手到康康臉上：

「你爸爸也罵過他，我也罵過，都是學校停課開救國會，把孩子的心弄野了，醒漢才十八歲，那能當兵啊？」她說著像點頭又像顫抖：「我好怕⋯⋯」

當晚，醒華在醫院陪伴母親，母女澈夜醒醒睡睡淚眼相望，倒是康康吃飽熟睡，一覺睡到天亮。下午，醒華離開醫院回到木屋，觸目庭院盡皆荒蕪，嫩草長滿，終日潮濕的井邊已乾涸龜裂，水泥地上肥皀的殘漬被陽光曬出一片慘白，像撒了一層鹽。

她開鎖推門進屋，跨步進門時發現有封信掉在地上，撿起信，看字跡是宛芬，她緊張驚慄得手指有點顫抖，顧不得把康康放下，慌亂拆開，饑渴的默讀信文。

「醒華：爸爸有電報給我，說順利送你上船，想來你接信時已平安回到家中。」

康康因醒華激動緊張抱得太緊而掙扎哭叫，醒華放鬆手臂輕拍他，身軀微搖著繼續默念：

「上海戰局逆轉，國軍已經撤出市區，目前只剩蘇州河邊四行倉庫一個據點，繼續抵抗，可銘隨軍撤離失去連絡，願他早日康復，願他滿腔憤恨能早日消除…」

醒華看到南捷的名字她又緊張激動起來，手掌自然握緊，指甲不自覺的嵌進肉內：

「南捷追你去了淅江，還沒返回，劉國興派人追趕報訊，說你母子平安，教他放心，想他不日即可回到上海，南捷剛強勇健使我仰慕，怪不得妳被他如此吸引，女人總要追隨攀附一個強壯的手臂。」

醒華縐眉翻過另一張信紙：

「可銘驟然離去使我惆悵和憤怒，他心中太多恨已容納不下我給他的愛，也許他怕愛會讓他軟弱，使他羈絆、願他堅強，願他健康、願他充滿生機，願他發揮醫生悲天憫人的胸懷…」

康康發著咿唔聲吵鬧，小手揮舞撥打醒華的臉，醒華微微搖動身體，輕拍讓他安靜，繼續讀信見宛芬的字跡已逐漸潦草並有淚痕：

「妳走了，爸爸走了，可銘走了，南捷也不在上海，但我並不寂寞，劉國興常陪我，他陪我跳舞吃喝以外還帶我去蘇州河邊看中日大戰，守四行倉庫的國軍實在壯烈英勇，看著他們昂揚不懼死的奮戰，衷心無比感動，中國不會亡，看這夥勇士就曉得…」

宛芬在國際飯店客房換穿新衣，她剛從先施公司買回的法國時裝，迫不及待的要穿在身上，穿了新衣對鏡攬照，卻激不起神采煥發的喜色，有的只是眉宇間的落寞，和眼神裏難掩的悽惶。

她歎氣，頹然坐倒，想，出神的呆想，自己生活忙碌充實，為何心底這樣空虛？是可銘嗎？她不自覺的恨他，他蹂躪她的自尊，蹈踐她對他摯愛的感情。

是摯愛嗎？她眞的恨他，讓自己活在疑眞疑幻的旋渦，對自己的情感都有不確定感。可銘離去，她的心像驟然被掏空，情緒焦燥鬱怒，她要不停的轉移，沖淡，稀釋因可銘不告離去而激發的空虛和憤懣，所以她拖著國興喝酒、跳舞，到前線觀看殺戮戰場，她不能沈靜，沈靜就觸及心中的憤怒和隱痛，她要麻醉自己，設法把痛苦遺忘。

她發呆馳想，不知有人潛進房中。

潛進房裏的是穿著清潔工制服的黑七和阿炳，他們動作俐落熟練的沒等宛芬有駭疑反應，就用一塊浸藥紗布搗住她的口鼻，把她迷昏。

他們動作迅快的抱她出房，塞進門外的洗衣車內，用車裏堆積的床單被套掩蓋，然後輕悄關上房門，拖著洗衣車沈穩機警的通過鋪著厚地毯的走廊，走進運貨的電梯間。

而樓層櫃檯裏，仆歐躺在地上，鮮血滲濕地毯。

運貨電梯的門剛關上，宛芬房間裏電話鈴響，鈴聲間歇，久久不停。

國興在樓下櫃檯旁拿著電話聽筒等待，話筒裏鈴聲響著卻無人接聽，他平靜的神色突露緊張，掛上電話衝進電梯，他背脊陣陣發冷。

看到櫃檯裏仆歐的屍體，國興的牙齒不覺挫出「格」地一聲，他竄起奔到宛芬的房門外，掏出手槍抬腳踹開房門，隨著房門衝開的霎那他竄進房內，房中靜寂，已無宛芬蹤影。

他抓起電話猛按跳鍵呼叫總機，抓電話的手青筋暴突著，眼眶赤紅，迸熾著怒火恨焰。樓下櫃檯得到通知，一時驚慌混亂，值班經理情急喝叫：

「飯店發生命案，封鎖前後門，禁止任何人車離開，請旅客不要驚慌，留在原地不要亂走。」

而在飯店後門警衛正放行一輛洗衣車鬧出，電話鈴響時，洗衣車已消失在巷弄間。

國興親自向朱嘯峰報告宛芬被擄的經過，嘯峰臉色鐵青瞪望著朱玲，朱玲神情痛苦的低頭不出聲：朱嘯峰霍地站起，激怒的切齒沖口說出滬語：

「操那娘，衝著我朱嘯峰來，好格！」

「爸，你冷靜！」朱玲勉強出聲：

嘯峰激怒得緊握拳頭，滿臉脹紫的厲聲：

「妳別教我冷靜，我拍胸脯向廖本源擔保照顧他女兒，現在宛芬被擄生死不明，妳讓我這張臉糊稀屎，鑽馬桶？」他咬牙強抑激怒，戟指著國興、朱玲，從齒縫迸出話聲：「你們都是老上海，我不管你們用什麼手段，儘快把人給我救回來，不管是誰動的手，查出主凶，我倒要看看…」
「爸爸！」
嘯峰霍地轉過臉，怒瞪她：
「妳最好沒騙我，妳事先不知道…」
他說著轉身衝出客廳，朱玲臉色陣青陣白，緊咬嘴唇愣著不發一語，國興冷眼旁觀，朱玲痛苦的自語喃然：
「不相信我，何必要生我？」
「妳做件讓他相信你的事。」國興插嘴說：「不就行了。」
朱玲抬頭望他，點頭露出堅決：
「好，咱們從王紹曾家開始。」
「王紹曾？」
「你跟我走。」
汽車駛到王宅門外，國興習慣的按喇叭叫門，不想鐵門裏站出兩個兇橫的陌生面孔，國興愕異的隔著鐵柵張望院內，見院裏停著兩輛轎車，車旁也站得有人。國興和朱玲對望，再按喇叭，站在門裏的人兇橫的問：
「找誰？」

「你是誰？」國興也不假辭色。

「你是誰？」兇橫面孔把手插進鼓起的腰內。

「我找王會長，你是誰？」

「王會長在開會，不見客。」

突地朱玲神情緊張以肘暗撞國興，示意他向院內看，國興轉眼望，見院裏轎車車門打開，王紹曾送出陳籙，吳延昌和一個威嚴的穿唐裝長衫矮肥胖子走出客廳，竄進車內，吳延昌謙卑恭謹的追隨在矮肥胖子身邊，朱玲促聲急說：

「快閃開。」

國興機警敏捷的倒車後退，院裏轎車駛出，守門凶漢拉開鐵門讓轎車駛出門外，然後竄進前座疾沖離去。

朱玲凝望轎車馳遠，吃驚的自語：

「土肥原賢二。」

「誰？」

「日本特務首腦，土肥原賢二。」

汽車駛進王家，王紹曾和藹的接待他們，讓他們到小客廳坐，並親熱的問國興。

「忙什麼—打電話都找不到你？」

國興笑笑轉望朱玲，王紹曾調侃的咬著雪茄笑：

「噢！忙著交女朋友。」

「乾爹找我有事？」國興斂去笑容說：

「嗯！想問你醒華──」

「她回新加坡了。」

王紹曾錯愕瞠目的望他，國興解釋說：

「剛好有班德國私人飛機去香港，廖本源廖伯伯就把她帶走了。」

「廖本源？新加坡搞錫礦的？」

「是啊，他女兒也在上海。」

「噢。」王紹曾低頭沈思，傭人捧端茶點上桌，國興望傭人，詫訝的問說：

「咦，春嫂呢？」

「她說家裏辦喪事，請假回原藉去了。」

國興眼光掃過朱玲，朱玲端茶掩飾，頭輕點著。

在過嘉興的運河水道上，天空細雨飄灑，河面一片煙雲迷濛，迷濛煙雨中有一艘小船搖擼輕划，竹編的船帆鼓風前進，激起河水層層波浪。

船頭插著一根竹杆，杆頂飄著白幡，白幡下放著一口薄木棺材，蘆席蓋在棺材上，棺頭用磚塊壓著紙錢。

棺後蘆棚裏盤膝坐著春嫂，她黑巾包頭遮著面目，眼光從黑巾內機警的掃望船邊河上。黑七和阿炳背對背的蹲在船尾，他們警戒觀察船後情況，一隻手伸進懷中。船家搖櫓前進，頭頂斗笠的雨水流淌在腳下，肩上毛巾浸著汗濕圍在脖子上。兩岸荒涼，蘆葦搖拂，蘆葦叢裏隱現著浮屍飄動，河波擊岸，發著嗚咽的響聲。春嫂回頭問：

「還要多久到杭州？」

「天黑以前一定能到。」阿炳回答：

「到崇福換車過錢塘江？」

「還是船走水路隱密，換車太招搖了。」

春嫂沒再說話，回過頭，船繼續前進，船頭浪花翻湧著波浪。

上海龍華夜市，百藝雜陳，攤販喧囂，人群擁擠，汽燈的青光刺眼的明亮。汽燈下『花鼓戲』，『的篤班』的鑼鼓敲得震天響，擠熱鬧的人層層圈圈的圍著看。

青皮混混歪戴著鴨舌帽，腳蹬在長凳上在飲食攤前鬥酒，嘶喊著劃拳，面紅耳赤青筋暴突著互不相讓。

國興的汽車輕悄的在街角停下，朱玲搖下車窗探頭向夜市張看，縐著眉頭說：

「你到這裡來幹嘛？」

國興望她一眼，輕按聲喇叭，喇叭驚得一個青皮轉過頭，奔過來，劉國興探頭車外問他：

「有線索？」

青皮搖頭，國興掏出幾張鈔票塞給他。

「兄弟們費心了。」

離開夜市朱玲厭惡的問：

「你怎麼找這些人，弄錯方向了吧？」

國興開車，聲音沈重的回答她：

「洗衣公司查過了，洗衣車在泥城橋附近發現，車裏洗好的床單桌巾都沒動過，新洗的沒動，舊髒的沒收，車裏除掉宛芬房間的毛毯還有她一隻鞋子，這都能確證宛芬是被洗衣車載離飯店的沒錯，再說洗衣工人被殺，司機阿炳失蹤，這說明是阿炳勾結外人利用洗衣車做案，跟洗衣公司沒啥牽扯，現在我們要追查的有兩點，第一，是擄人目的何在，是要脅還是勒索？第二是誰幹的？方向絕對不能弄錯——」

「這兩點都跟地痞流氓扯不上關係。」

「關係也許沒有，風吹草動蛛絲馬跡絕對有。」他稍停繼續說：「若是綁匪勒贖，夜市唱花鼓戲的，或是紹興『的篤班』，就是他們的眼線跟同夥——」

「我跟你說了，這不是單純綁票。」

國興轉頭望她，眼光冷峭；

「有政治目的？」

「我就怕會是這樣，綁票勒贖要錢好解決，有政治目的牽動的太多⋯」

「春嫂是土共在上海的負責人？」

「我不能確定，但她跟我連絡過。」

「用什麼方法連絡？」

「用收音機。一〇九五千赫⋯」

國興扭開車上收音機，想轉到一〇九五千赫位置，中間有新聞播報讓國興停手了，他們傾聽，播音員說：

「英國方面唯恐戰火波及租界、出面調停，經過中、日、英三方談判，國軍決定接受調停，將於卅一日清晨放棄四行倉庫，渡過蘇州河撤進公共租界，英國承諾，謝晉元及其所率八百壯士，撤經租界不加留難干擾⋯」

在紹興的福記貨棧，收音機裏播音員繼續播報，梁山、富九、富哥、畢三和夥計等都聚集在客廳凝神傾聽著：

「八百壯士撤出上海，上海是澈底淪陷了，但堅苦抗戰才剛開始，全國四萬萬同胞、手牽手，心連心，日本人可以強佔我們的土地，但絕對屈服不了我們抵抗的決心，我們還有兩萬萬像八百壯士一樣的子弟、日本人絕對亡不了我們，最後勝利一定屬於我們，下邊請聽歌曲——」

播音稍停，隨即響起雄壯奮勵的歌聲：

「槍，在我們的肩膀，血，在我們的胸撐……」

歌聲中南捷腳步虛浮，臉色憔悴的走進，錢富九看到他急忙向前攙扶。

「呃，你怎麼不躺著，跑出來了？」

「我好了，咱們回上海吧。」南捷沈鬱的推開他說：

「回上海也得等明天，現在半夜了。」

梁山站起招呼說：

「坐，坐吧。」

南捷在凳上坐下，富哥把收音機關掉，南捷說：

「我實在睡不下去，想儘快趕回上海看看內人跟孩子……」

「她們安全了，我親眼看到劉國興把她們送進飯店。」畢三搶著說：

「我知道，我只是想看看她們，看看她們……」南捷說著掩嘴輕咳。

富九和畢三不敢拿主意，轉向梁山叫：

「師父！」

梁山搓轉著手裏兩個鐵膽望著南捷說：

「這杭嘉八府盡有門裏兄弟，白天夜裏倒沒關係，可是你這個身體，怎麼經得住路上顛簸？」

「我能撐，梁大爺放心了。」

「剛才收音機廣播，上海倫陷，市面必定混亂，碼頭車站人擠人，你拖個有病身子，何必湊這個熱鬧，這樣好不好，我派人把寶眷接來……」

南捷慌急搖手說：

「不不，梁大爺給我請醫看病，我已感激不盡，實在不敢再多煩勞……」

梁山臉露不快：

「老弟這話就瞧不起人了，劉國興是一條漢子，他的朋友也應該是條漢子，江湖只有一個、荷葉蓮花藕，那能分得這麼清楚？難道杭嘉八府是小池淺水，當真容不住你這條蛟龍嗎？」

南捷窘口、急得蒼白的臉脹紅了，富九搶著解釋：

「鄭兄，我師父是滿腔熱誠。」

「是，我知道，我很感激。」

福哥憨厚的傻笑：

「鄭大哥，心急喝不下熱粥，你就聽勸多養幾天，等病好再走。」

南捷被強留勸下，心裏有苦說不出，他被攙扶著回到床鋪躺下，昏昏噩噩半睡半醒的到天明，快天亮時他蒙矓睡去，卻又連做惡夢，被惡夢驚醒。他輾轉反側，腦中盡是醒華的影像，她的顰笑，她的哭泣，她的柔情，和她凝望他的眼神⋯

天涯尺呎卻不能相見，心裏煎熬像熱鍋上的螞蟻一般的焦燥難靜。

在上海蘇州河畔，群眾人山人海的爲八百壯士送行，國興和朱玲也擠在人群中。沒有喧囂吵鬧，只有欷歔垂泣，群眾揮舞著國旗，淚眼凝望他們，五二四團的壯士雖都傷病疲弱，仍闊步昂頭顯露著堅毅不屈的精神。

朱玲握著國興的手微微抖慄，國興轉頭望她，見她淚流滿臉，嘴角卻有笑容。

「朱玲？」

朱玲抹淚自語：

「我很高興我是中國人，我很高興我有光榮的同體心。」

而在王紹曾家群魔亂舞的漢奸，卻逐腥吮膻，沒有絲毫這種覺悟，他們吃喝跳舞，狂歡終夜的向日軍權貴諂媚阿諛，到黎明雀聒時仍興致勃勃。

王宅客廳終夜燈燭輝煌，樂聲盈耳，菲律賓的三人樂隊賣力的演奏，名媛仕女媚眼嬌俏的周旋著腦滿腸肥的男人們。

王紹曾、陳籙和幾個高階日本軍官聚在一起悄聲談話，吳延昌和一個妖嬈的女人廝混，卻機警的豎著耳朵傾聽，並觀察他們的神情，土肥原穿著中將軍服，配掛著腰万，輕摟著白虹的腰，白虹故意的扭肩蹭他，乘轉身時讓自己的胸部在他肩臂上觸顫出電流的波動。

她蒙矓的眼光，勾魂媚蕩，土肥原色迷魂飛的說：

「白樣，我在中國住很久了，中國很多東西我都喜歡，其中一樣我特別著迷，你猜是什麼？」

「我知道。」白虹嬌羞的把臉藏在他肩後，俯在他耳旁細聲輕語，哈氣進他耳中，土肥原故意裝得聽不清，問：

「嗯？」

白虹扭動身軀撒嬌，起腳吸嘴示意，她腳上穿著一雙色彩豔麗的繡花鞋，襯托著她的腳更纖麗玲瓏的誘人。土肥原愣一下，驀地發出一聲爽意大笑，笑聲驚得眾人都轉頭觀望，吳延昌看到土肥原和白虹相擁親暱的樣子？一瞬驚愕從眼中閃過。王紹曾看著隱露狂喜，漢奸名媛等都顯出豔羨。

土肥原笑聲中再問白虹：

「那麼，白樣，你喜歡什麼？」

「我呀—」

白虹媚眼流轉，再把香唇湊到土肥原耳上，伸臂攀住他的肩膀，輕露舌尖吐氣在他耳輪上：

「我愛繡花枕頭——」

土肥原瞠目結舌，口水險險流出，眼中迸露出野獸般的貪饞。

在新加坡紅燈碼頭，醒漢正和幾個同學要偷搭輪船回國參加抗戰，登船前被醒華截住，姐弟倆在碼頭衝突爭執，最後陸幫辦出面，才把醒漢攔回去。

醒華非常氣憤，要打他，陸幫辦攔著勸解，並說像醒漢這樣半椿小子、叛逆衝動，是只會看前面，不顧後果的，要疏導，不可硬逼。

醒華聽著心裏自慚，自己衝動叛逆，離家出走，不一樣讓父母傷心？陸幫辦趁機勸醒華回家陪父母，醒華搖頭，說跨出的腳步，已經無法收回。

她無法具體解釋她跟南捷的約定，和木屋對他們的意義，那是生跟死的意義，那是信賴跟託付的承諾，是烙在心底的盟記。

陸幫辦雖不瞭解卻能體會愛情堅貞的意義，他婉轉迂回的勸說醒華要有打算，應付嚴酷的生活和撫養孩子，他說：

「上海淪陷，短期間鄭南捷可能無法回來，再說戰爭期間交通運輸跟通信都可能中斷，你靠他接濟會緩不濟急，你的洗衣服收入雖能勉強維持，可是孩子大了，開支也會跟著增加，你應該有個打算、早做準備。」

「我不回家。」醒華堅決的望他。

「我沒勸妳回家！」陸幫辦說著露出笑容：「警署有個書記的缺。待遇還不錯，維持妳母子的生活應該足夠有餘。」

「我—」醒華聲音哽咽了。

「要是願意，明天就來上班吧！」陸幫辦拍拍她的肩膀，揮手走了。

第二天醒華到警署就職，把康康交給溫太太照顧，溫太太喜得眉開眼笑，抱著康康捨不得放下，親著他的小臉連聲說：「奶奶眞有這個孫子，少活幾年也値得。」

麥氏在病床上聽說醒華把康康給溫太太照顧，氣得拍著床說：

「自己的孫子，不抱回家來養倒給別人照顧，我要問問她，我們做父母到底那裏得罪她…」

她氣得氣噎說不下去，來送補品的女傭阿招忙拍著她的背幫她順氣，辯解說：

「小姐是圖方便，下班就能照顧到。」

麥氏順氣了，再恨恨的說：

「這個陸幫辦也眞是的，不趁機會勸她回家，反給她安排差事，這下好，教她回家更難了。」她說著驀地驚慄，問阿招：「你剛說醒漢昨晚沒回家？」

阿招被她問得害怕了，吶吶說：

「是，是啊，可能在同學家⋯」

「唉，這姐弟兩個，老爺呢？」

「老爺一早就到廠裏去了。」

荒涼的山坡上，樹林中，風聲蕭蕭，野草搖拂，草叢裏一堵荒墳，墳前一塊石碑蒼白的豎立，碑上鏤刻著鄭小麗的姓名和她生死的年月、墳後一棵大樹，樹下盤根錯節的地上倒臥著醒漢，他眉頭糾結，眼光失神，滿臉落寞和悲憤。

他在小麗的墳旁終夜靜坐，衣衫盡被露水沾濕，濕衣沾著泥土、髮絲黏著枯葉，太陽升高到樹梢，他才驚覺站起，在小麗墳上抓把泥土放進衣袋。

離開小麗墳墓他再到聖心診所，診所房屋已破敗剝落，外門緊鎖著，他從院外小樹爬進圍牆，沿牆翻窗爬進屋內，屋裏處處塵封，結著蛛網。

樓上小客廳陳設依舊，牆上掛著鄭醫生和可銘，小麗的全家福照片，照片裏小麗的笑容活潑燦爛，醒漢凝視著小麗的笑容久久無法移開，眼眶的淚水不覺流到唇邊。

小麗的照片下，靠牆擺放的老式風琴還在，醒漢抹乾眼淚掀起琴蓋按鍵彈琴，琴卻不響，他頹然把琴蓋蓋上。

醒漢離開聖心診所後，就失蹤了。

錢塘江上正陰雨淅瀝，波濤翻湧，波浪中行駛著一些竄冒黑煙的小火輪，也有搖櫓的小船，在江浪上隨波飄浮。

小船是橫江渡船，他們要渡江到杭州。

南捷和富九坐在船上，船艙鋪著蘆席，席上有酒有菜，紅泥爐上還燉著火鍋。南捷卻悲郁沈默，無心吃喝，富九在旁勸解，說：

「你早趕回上海也沒用，救出嫂子的當天，她就跟南洋礦業的廖老闆搭飛機去香港回新加坡了。」

南捷深長歎息，把杯中酒一口喝乾：

「唉，她千里迢迢來到上海，連一面都沒見到。」

「不是說她接到電報，母親病重嗎？再說，好不容易有這班飛機，她實在嚇怕了。」

南捷切齒，抓壺斟酒，富九伸手把壺按住：

「你病剛好，少喝點。」

南捷撥開他的手，仍把酒杯倒滿了。

「這幫綁匪該死。」南捷切齒出聲說：「他們是土共？」

富九搖頭：

「只是打著土共的旗號，事實上跟共產黨理想八杆子打不著。」

「他們到底想幹嘛？」

「土匪幹綁票，不都是要錢嗎？」

「我們夫妻窮成這樣那有錢？」

「周家不是橡膠大王嗎？女兒被綁傾家蕩產也得拿錢贖啊！」

富九說著眼光一直凝望窗外，河面一艘小火輪快疾的迎面駛來，小火輪的船頭上插著一支青龍小旗迎風飄展、錢富九站起竄出艙外，站到船頭等候小火輪駛到，兩船交錯激起波浪，富九在船頭起浮顛簸中豎三指當胸，二指抓拿領扣揚聲喊：

「大哥，海宴河清──」

小火輪上的船夫回答：

「好說，日月當空。」

小火輪的艙內竄出滿臉兇橫的黑七，他獰望富九，富九扯扯嘴角將抓著領口的兩指移到下邊鈕扣、解開、敞開胸口，對面船夫側身背著黑七手指曲伸、三指、兩指，勾折，反背轉換數次。

兩船交錯駛過霎那，船夫姆食兩指作八字形晃一下收手。小火輪響著「噗噗」碼達聲去遠、富九遙望船影叫：

「好傢夥，船上有買賣。」

南捷愕異不懂，懶得問他，富九卻跳進艙內說：

「船上有肉票，是個女人！」

南捷慄然而驚的抬起頭，富九興致勃勃的說：

「照幫會規距，這事讓我們遇到就得管，可是，你又急著回上海。」

南捷被逼表態喝乾杯中酒：

「反正我太太已經不在上海，管就管吧，這種人太可恨了。」南捷痛恨的切齒說。

富九聽說，豪壯的拍胸脯：

「好，看我抓賊給你出氣。」他說著回頭喊：「船老大，回頭。」

16

追蹤回到錢塘江南岸的蕭山，因怕打草驚蛇，富九帶領南捷找茶館探路，並求援助。

門前築著泥爐的茶館客人寥落，茶壺在爐上滾沸，茶房坐在桌旁陪茶客聊天，看到富九和南捷走進，他扯下肩上抹布迎過來叫：

「爺叔，沏茶？」

富九點頭走到桌旁坐下，左手叉腰，右臂靠桌，「么三式」伸開左腿開門亮相，茶房腳步一窒，臉露凜色，富九掏出香煙，中食二指疊起，姆指虛掩，無名小指微翹以蘭花手取「撚」字形拿在手中，茶房堆下笑臉滿臉尊敬的說：

「爺叔沏什麼茶？」

「羅祖長壽茶，有嗎？」

「有、有—」

茶房躬身退走回到灶間沏茶，南捷愣著凝望富九，以眼神詢問，富九微笑搖頭。

茶房捧茶來到桌前、距離一步、伸茶盤、左手護壺、彎腰、前弓後箭、茶盤微傾、卻不上桌、富九將香煙移到左手、右手五指齊伸、按茶桌、用力使勁，茶桌「吱」地一聲，桌腿陷進呢地半寸，他說：

「茶房、這桌子不平。」

茶房躬身陪笑：

「是是！慢待爺叔，裏邊有雅座，請！」

茶房把富九，南捷帶進後廂房，片刻掌櫃慌張進屋，茶房引見後退出屋外，掌櫃曲臂抱拳說：

「爺叔，從那道來？」

「安慶，興武六。」富九回禮應著。

「請教爺叔貴姓？」

「姓潘。」

「請教，潘家有多少船？」

「一千九百九十一艘半。」

「船上掛什麼旗？」

「進京白腳旗，出京杏黃旗，初一十五龍鳳旗，船頭四方大纛旗，船尾八面威風旗。」

「請問爺叔，點那一路香？」

「頭頂廿二柱香，身在廿三柱香，手拉廿四柱香。」

「爺叔在家貴姓？」

「姓錢，從紹興來。」

掌櫃指著南捷問：

「這位是—」

「他姓鄭，我的朋友。」

掌櫃戒愼的望著南捷問富九：

「爺叔有什麼差遣？」

富九口齒明晰，態度堅定的說

「有一夥人過錢塘江：棄船換車落腳在蕭山旅館，這夥人擄著花票，祖師爺「海晏河清」的訓示就是要咱們腳底下「海靖無波，河清如鏡。」既然遇到這種事，總得讓這夥毛賊清醒清醒！」

「好，我馬上叫人去踩盤。」

茶房捧茶進，掌櫃親自斟茶，「捧月」式送到富九，南捷面前，富九照式接住，南捷學樣，學不像，茶杯傾潑在手上。

一壺茶沒喝完，掌櫃帶著蕭山旅館的夥計到富九面前，掌櫃對夥計說：

「看到的情況，詳細向爺叔說。」

「是。」夥計神態恭謹的報告：「這夥人擄有花票沒錯，花票被下了藥，昏睡不醒，進出都被個男的裹著棉被抱著，一共男女三人，女的是頭，一早就雇車走了。」

「往哪裡？」富九急問。

「車夫露風說去寧波。」

富九點頭，掏出兩塊銀元放在桌上，夥計伸手想拿，掌櫃格開他手臂說：

「錢爺，河裏泥鰍不吃鹽，吃鹽會吐。」

趕回寧波的路上南捷迷惑的問富九：

「河裏泥鰍不吃鹽是什麼意思？」

「是表示我下錯藥。」

「你下錯藥？」南捷更迷惑了。

「就是說我那兩塊大洋給得不適當，讓他沒面子。」

「噢。」南捷仍然困惑：「幫會的『切口』，在臺灣也有，可是你們說的我都聽不懂。

「臺灣也有幫會嗎？」富九極有興趣的問：

「有，臺灣跟南洋都有洪門的山頭。」

富九凝目望著南捷，南捷被他看得驚悚瞠目：

「幹嘛？這樣看我？」

「鄭兄眞是深藏不露。」

富九說：「劉國興是鐵錚錚的漢子，三刀六眼眉頭都不縐，平常眼睛長在頭頂上，在他眼裏很少有掂得出份量的朋友，他這樣看重你，你一定有過人的地方，我卻看不出你過人地方在哪？這不是深藏不露？」

南捷解釋說：

「我跟國興是同鄉，他念舊。」

「不不—」富九搖頭：「劉國興胸懷很大，不是看重鄉情的人，他看重的是朋友。」

他雙目炯炯的望著南捷，南捷顯露謙和靦腆笑容：

「別這樣看我，我沒長處，勉強說，我還會演戲，會打籃球，會打橄欖球。」

富九笑笑收回眼光，聲調變冷的說：

「鄭兄我是粗人，一根腸子通到底不過，江湖有句至理名言，眼珠子是白的，血是紅的，赤膽忠心才能交到眞朋友⋯」

梁山驚喜的迎出富記貨棧，邊走邊叫：

「哎呀，稀客，稀客—」

梁山一把抓住來到的劉國興，興奮歡愉的搖著他的肩膀說：「你來晚一步，你那個姓鄭的朋友跟富九回上海了。」

劉國興被他拉著進貨棧坐下，富哥在旁跟著沖國興傻笑，梁山斥責他：

「阿福別愣著，沏茶！」

福哥答應著跑去張羅茶水，梁山拍著國興的肩膀說：

「怎麼，你朋友在這裏還不放心，專程來瞧瞧？」

「不不─」國興拱手陪笑，「他在梁大爺這裏我放一百廿個心，我今天來，一是跟梁大爺請安，二是另外有事。」

「噢，急嗎？」

「搶救一個重要肉票，十萬火急！」

黑七兇惡猙厲的抓著車夫衣領揮拳要打，車夫向後躲閃卻毫無懼色的辯理：

「你打死我也沒用，行有行規，我這輛車只能到紹興，往南進山另有車船碼頭，縱使我敢破例，車也不掙氣，你瞧，輪軸斷了得送修。」

「我不管，你給我走。」黑七兇狠的威嚇。

「走、怎麼走？輪軸斷了我背著它走？」

阿炳插嘴，拉開黑七說：

「好啦，你不去就出頭給我們找船，要快，我們有病人趕著找大夫。」

「找船可以，這裏車船碼頭我熟。」

阿炳推著車夫離開，春嫂從車裏伸出頭：

「盯著他，一發現不對，就滅口！」

阿炳點頭，在後追蹤車夫。

福哥捧著茶盤錯愕的站住腳、富九、南捷滿身汗濕的走進貨棧，見福哥呆愣神情，富九縐緊眉頭說：

「阿福，見鬼了？」

福哥難掩興奮的說：

「師哥，劉國興來了。」

梁山，國興聽得說話聲望棧外，看到富九、南捷，驚詫的迎出，富九急忙趨前向梁山行禮：「師父。」

「怎麼回來了？」

「路上遇到有人綁花票。」

國興瞿然驚心：

「綁花票？在哪兒？」

「就在紹興，已經撒下網，等捉鱉了。」

躺在旅館床上的宛芬發出微弱呻吟，春嫂走到床邊按她頭額測度體溫，宛芬蒼白虛弱，額際虛汗滲流，一床髒得泛黃的棉被蓋在她身上，黑七在旁開口說：

「藥效快過了，再打一針吧？」

「不行。」春嫂仍望著宛芬：「這種針不能接著打，會傷害她腦子，她活著健康才值錢，死了還是殘廢，我們要錢就不順當了。」

黑七有點著急的說：

「你看她快醒了，醒了一定會叫。」

春嫂抬起頭向外看，恨說：

「該死的阿炳，到底折騰什麼？不快點弄到車船離開紹興，進山就不怕了。」

阿炳跟著車夫走到福記貨棧，他躲在牆角窺視車夫和福哥說話，福哥老實憨厚的形貌讓他減低戒心，不知不覺站出來了，福哥和車夫看到他並未驚訝不安，福哥反和氣地向他點頭招呼，向車夫說：

「好，你等會，我問一聲櫃上。」

福哥轉身奔進貨棧，片刻走出喊著

「好，掌櫃的說派船—」

車夫轉向阿炳叫：

「有船，十五塊錢，船上包伙—」

「好，船呢？」阿炳點頭，車夫向他伸手：

「先付點定錢—」

阿炳掏出錢，車夫接過給福哥，阿炳說：

「船呢？快，我們趕時間。」

「船在車船碼頭，你們先走，我把錢交給櫃上，隨後就到。」福哥說著奔進貨棧，阿炳探頭向貨棧看，車夫催他：

「走吧，找好船，我要趕著修車了。」

富九望著阿炳和車夫離去，回身示意，梁山說：

「富九跟他們照過盤，不能露面，國興老弟他們認識也不能出頭，剩下只有阿福⋯⋯」

南捷說：

「還有我！」

眾人詫愕，回頭望他，梁山見他滿臉病容，關切的問：

「鄭老弟，可以嗎？」

南捷怫然，梁山急忙解釋說：

「我是擔心老弟身體，再說，強龍不壓主，事情發生在紹興，得讓我們紹興人動手，這麼辦，鄭老弟跟阿福上船，阿富動手，鄭老弟壓陣，我跟國興，富九在暗處收網堵後路，臨場切記冷靜，這些人雖都該死，但國有國法，我們救人第一，非萬不得已不要殺人，鄭老弟，你認爲怎麼樣？」

「好。」南捷點頭說：

梁山轉向福哥：

「阿福去，挑梁唱出大戲。」

阿福精神抖擻的和南捷來到車船碼頭，南捷換穿船夫打扮，倒也像個出苦力的行船佬。

到碼頭後發動輪機碼達，黑七、春嫂、阿炳已在船頭等候，春嫂眼光銳利的觀察南捷，南捷裝做木訥的低垂著頭，春嫂猛地攔著他問：

「我見過你。」

南捷錯愕的站住腳，抬起頭，春嫂再逼問：

「妳姓什麼？」

「我姓鄭。」南捷愕愕的回答：

「姓鄭，不會吧。」

南捷陡地湧起怒氣橫眉瞪眼：

「神經病，爲了走你這趟船，還把姓都改了。」他怒氣衝衝的向福哥喊：「阿福，我不去了，你另外找人吧。」

他說著轉身下船，春嫂倒急了

「喂，你別走，我大概認錯人，開船吧。」

福哥在旁圓場說：

「阿捷從福建來，脾氣倔，只會悶不吭聲幹活，你們別撩撥他，阿捷，解纜開船了。」

南捷解開纜繩跳回船上，持篙撐船離岸，突地貨棧夥計氣喘吁吁的跑來喊：

「阿福，等一了。」

全船客人俱都色變，福哥問：

「幹嘛？」

「前邊河口有緝私隊堵著，掌櫃的叫我告訴你們，走河叉躲開，免得攔住抓人扣船！」

春嫂，阿炳驚心的對望，伸手插進衣內握住槍柄，福哥驚恐的問：

「走河叉繞很遠吶，客人趕時間。」

夥計急得跺腳：

「掌櫃的說要不就別去，請客人換船——」

福哥一付沒主意的樣子，望著黑七、阿炳；春嫂峻聲問他：

「你們挾帶什麼東西？」

福哥囁嚅著不敢遽答，黑七兇狠的問：

「到底帶什麼東西？」

福哥支支吾吾說：

「煙！洋煙嘛，還有一點雲土⋯進一趟山總得有點賺頭⋯」

黑七望春嫂，春嫂眼中露出喜色說：

「好，就繞一下路，我們給他方便。」

「謝謝，謝謝這位太太⋯」福哥喜笑顏開的向夥計揮手：「行了，客人體諒，你跟掌櫃的說，我會謹慎小心，教他放心了。」

碼達驟響，螺槳激起滾沸浪花，緩緩退離碼頭，駛進河道中。河岸蘆葦密密叢叢，河道寬闊，冷僻荒涼，「噗噗」碼達聲驚擾得水鳥撲飛鳴叫，船過處翻起滾滾白浪。船行進入河叉，遙見荒僻遼闊的蘆叢中有捕魚小舟漂浮蕩漾，四野寂靜，碼達破水聲格外響亮，黑七和阿炳警戒的站在船頭船尾，向四周監視瞭望。

河叉中突出一塊淤積的土丘割開水道，土丘上長滿蘆草雜樹和叢莽，梁山、國興、富九潛伏在蘆葦叢中，聽到碼達聲他們興奮的從蘆草縫隙中向外窺瞧。

福哥在船後掌舵，南捷在船頭撐篙，福哥背身向蘆叢中擠眉裂嘴招呼，蘆叢裏響起富九的學水鳥叫聲。

南捷聽得水鳥叫聲暗號，側眼偷望站在船頭的黑七，他借著順篙撐船的動作移身到黑七後方。黑七警覺，霍地回過頭，南捷動作快一步，袖裏抽刀「哧」地刺進他的喉間，黑七「哦」得半聲被南捷抱住搗住嘴，黑七粗壯的身軀驟失平「砰」地倒墜船頭，翻進河中，春嫂，阿炳聞聲探頭看，福哥手裏尖刀已架在阿炳脖子上。

春嫂探頭艙外看不到黑七，喊：

「黑七，什麼事？」

黑七沒應聲，她臉色大變的向後喊：

「阿炳…」

阿炳也沒聲息，她抽身縮回艙內抓出提袋中的手槍，南捷見她縮進船艙，心急竄跳撲過去，因竄勢太猛，踩得小船傾側搖晃。

阿炳乘船身搖晃傾斜曲肘猛撞福哥下肋欲圖脫困，福哥被撞悶哼，腕上尖刀勒割，把阿炳脖子割斷。阿炳嘴裏咬著的煙頭掉進碼達油槽，油槽轟地起火，福哥焦急跳腳喊：

「呃呃，火、火呀…」

他喊著脫衣撲火，南捷一腳踹開艙門，沖進船艙，艙內情況讓他身體僵住，春嫂正握著手鎗抵在宛芬的臉胦上。

春嫂冷森的望著他問：

「你們…爲著她來，是嗎？」

南捷愣了半瞬，發出精練的冷笑，一掃原來的木訥笨拙神情。

「她是誰呀？」

春嫂喉中嗤出冷哼：

「你到底是誰？」

「我說了，姓鄭。」說他斬釘截鐵的向船後喝：「福哥，讓它燒。」

艙外火焰濃煙沖進艙內，春嫂悚懼的臉色蒼白，想竄出，又忍下，她手裏槍管用力敲打宛芬的頭，尖聲嘶喊：

「你們到底是誰，想幹什麼？」

南捷抽身退出艫外，喊：

「福哥，跳船，燒死她—」

艙外噗通連聲的落水聲，春嫂再也按捺不住，衝出艙門，奔得太急，沒防門旁攔了一截繩索，把她絆得摔倒，手裏手槍摔到船板上。

春嫂情急，顧不得摔疼，爬起搶槍，槍已被南捷一腳踩住，撥開一旁。

春嫂愣望著南捷，福哥從船舷繞過來，說：

「大嬸，戲完了，起來吧。」

「你們，你們到底是誰？」春嫂臉色青灰的爬起，裝著腳疼撫腳，卻悄然把手伸進褲管，福哥好心的彎腰拉她，剛彎下腰「砰」地槍響，福哥身軀震跳的搗著小腹後退，春嫂握著短小的白朗寧手槍舉起再射，卻被蘆叢中的劉國興一槍擊中手臂，把手槍甩落河中。

國興、梁山，富九隱蔽的小船箭疾衝出蘆叢，春嫂挺跳翻起跳進河水，小船馳到，國興、梁山跳過船來察看福哥和艙內狀況，富九躍進河中搜索春嫂蹤跡。梁山抱持福哥察看槍傷，福哥口中嗆出血珠：

「師父，眞丟臉，您說得不錯，我反應慢，只能跟著您做粗活……」

「少說話，提口氣，這點小傷要挺住。」梁山老淚縱橫的喊：「富九！」

富九混身透濕的翻上船，梁山急亂悲痛的叫：

「開船，趕快開船回去找大夫！」

船艙裏南捷揭被扶起宛芬，國興沖進，南捷望著臉色慘白的宛芬說：

「是廖宛芬，她現在昏迷不醒。」

艙外陡聽梁山一聲厲喊：

「阿福—」

國興、南捷吃驚的望向艙外，見梁山緊抱著福哥癱軟的身體，福哥的頭仰垂著，已經氣絕。

回到貨棧，他們把宛芬移到房中請醫救治，國興趕去打電報回上海，給燥怒暴跳的朱嘯峰，宛芬在貨棧再昏睡半天後甦醒，她睜眼看到都是陌生面孔，猛地跳起狠搧大夫一個耳光，打得大夫眼冒金星，她打著厲聲嘶呼：

「滾開，放開我—」

「宛芬，妳冷靜…」

喊叫著拳打腳踢的躍到床下，大夫被她打得抱頭躲避，南捷搶上把宛芬抓住，斥喝：

「宛芬，妳冷靜，他是南捷—」

宛芬雖被他抓著手腕，仍然踢打掙扎，國興在旁叫：

南捷抓著她柔聲說：

「我是鄭南捷，妳認得我—」

宛芬聽到南捷的名字，停住掙扎愣著望他，國興在旁說：「南捷救了妳，妳脫險了。」

宛芬轉過頭望國興，嘴唇劇烈顫抖，眼淚奪眶流出，推開南捷撲進國興懷中。國興輕拍著撫慰她，推起她俯在肩上的頭，指著梁山滿臉崇敬感激的說：

「救命恩人是梁大爺，爲救你，他徒弟福哥一條命都犧牲了，來，向梁大爺跟福哥鞠躬道謝，說梁大爺的隆情高義，你會一輩子銘記感激。」

宛芬轉眼望梁山，白眼一翻又暈過去。

轟隆的火車帶起一陣狂風，狂風灌進車窗，掠起宛芬的長髮拂面撲飛，國興、南捷和宛芬對坐在車廂中，他們靜默相對，沈鬱無語。南捷愣望著車窗，眉頭緊綯，傷痛難掩，國興神情焦慮，不安的緊嚼牙根，眨閃著眼睛，宛芬心有餘悸的緊閉著蒼白的嘴唇發呆，髮絲拂掠在她臉上，神情憔悴沮喪。

列車長從車廂通道走過，國興攔著他問：

「請問這班車能到哪？」

「只能到嘉善。」

「到嘉善？前邊情況怎麼樣？」

「鐵路沿線都淪陷，不通了。」

「啊？那我們怎麼去上海？」

列車長搖頭，好心的勸阻：

「現在還去上海？到處都是難民，日本人姦淫燒殺——」他說著撇視宛芬：「慘得很吶！」

列車長離去後宛芬急得要哭，國興勸慰她：

「別急，到嘉善我們再換船——」

「換船就安全嗎？」

「我們往鄉下走，竄夾縫，太湖附近河道複雜，實在躲不過就拼。」

國興說著從腰裏掏出手鎗暗裏塞給南捷，南捷錯愕的望他，國興說：

「你拿著。」

「你呢？」

「我不用。」

南捷把手鎗推還給他：

「你留著，我會說日語，必要時能混就混，帶著這個反倒爲難，到時看狀況，我們隨機應變。」

國興點頭，把鎗再塞進懷內，到了嘉善下車，難民壅塞車站，兒哭娘喊一團混亂，他們推擠著擠出人群到河邊碼頭找船去上海，連問數家都不理睬，給雙倍價錢也不幹，說上海市郊到處都是日本軍隊，看到人就機關槍掃射，河裏流著血水浮屍，現在去上海不是找死嗎？

國興見雇船不成，斷然說：

「我給你買船。」

「買船？」船家顯得錯愕，國興從衣袋掏出鈔票：

「你說個價錢。」

「船不賣。」船家搖頭：「這是謀生家當，賣了就沒依靠？你們幹嘛一定現在去湊熱鬧，兵荒馬亂找個地方躲幾天，不強似硬闖鬼門關嗎？」

宛芬突地開口：

「你有地方能讓我們躲？」

國興詫異的轉頭望她，宛芬向船家懇求的望著，再問說：「你有地方讓我們躲嗎？」

「地方有。」船家說：「只要你們不怕髒。」

船家搖船帶領他們到一處偏僻鄉村農家，依山面水，是座破舊，隱密的茅屋，宛芬看著縐眉，船家說：

「我女兒出嫁了，老伴住在女婿家，這裏三面靠山，一面臨水，日本人再刁也不容易摸到這裏。」

「吃的怎麼辦？」國興問他。

「米缸裏有米，籠子裏有雞，河裏有魚，後園有菜，自己動手就是啦。」

「睡哪兒呀？」宛芬悄聲問跟隨在後始終沈默的南捷，南捷搖頭，船家說：

「兩邊暗間都能睡，你們是？」

他指國興和宛芬、國興、宛芬都尷尬搖頭，他再指南捷和宛芬、南捷沈鬱低頭沒看見，宛芬卻驀地臉紅窘急轉開身。

晚上，油燈飄搖，三人對坐桌旁，四野靜寂，聽山風鼓窗，宛芬瑟縮著抱肩縮頸、國興把上衣脫下，給她披上，她向國興道謝，側眼偷望南捷，南捷鬱抑，望著燈蕊發愣，宛芬柔聲問他：

「想醒華？」

南捷抬頭笑笑，沒說話，宛芬再說：

「算時間，她走了快一個月，應該早到新加坡了。」

國興補充：

「她跟廖伯伯走，廖伯伯一定會把她送到家。」

南捷點頭，國興難掩焦慮的敲桌：

「我得再打個電報給嘯老，這一耽誤，回上海就難有確定日期了，得讓他知道我們暫時不回上海，讓他放心。」

南捷衝口說：

「要不我來闖？」

宛芬立刻反對：

「你還敢？以前你關在集中營差點被害死！」

「以前被關覺得恐怖痛苦，是因爲不自由心裏焦急，明知道醒華跟孩子在上海，卻見不到，心裏煎熬才貪生怕死，現在我沒牽沒掛，就沒什麼好怕的。」

宛芬仍然連連搖手：

「別、別，這次事情我嚇破膽了，你們誰也別走，好心一點。」

國興愁眉苦臉的說：

「我實在耽不下，你們沒關係，我有公職。」

「你現在是奉派出公差。」宛芬駁斥說。

「我出公差，就是爲救妳！」

「你沒把我救徹底，就不算完成任務。」

「妳這是歪纏！」

宛芬抓著國興臂膀搖撼著懇求他：

「國興，你好心一點，我實在害怕，我們躲幾天，等時局平緩了，再一齊回上海！」

國興爲難的搖頭，宛芬再推纏他，國興勉強說：

「好吧，明天我去嘉善打電話報備。」

國興趕到嘉善，嘉善街市混亂，難民壅塞，扶老攜幼的在街旁坐著，滿臉驚恐無助神色，國興快步通過，找到電話局，進門時和一個人擦身輕撞，抬頭望對方，不覺驚喜：

「高大哥。」

是高士恩，他一把把國興抓進門內，機警的向外掃望，促聲說：

「我有任務，要去上海！」

「好啊！一起走。」國興情急的說：「我也急著回上海，可是帶個女孩子，車船都雇不到，路上亂，不敢冒險，就陷在這裏，怕上海著急，想先打個電話回去，你有路嗎？」

「路是有，得繞圈子，穿太湖從水道竄上海南邊空隙，不過這一路都得跋涉步行，帶女眷怕累贅。」高士恩冷硬堅定的說：「這女孩子是誰？組織的？」

國興搖頭，想解釋，高士恩打斷他，簡截地說：

「那更不行，我去上海有特別任務，行動要絕對機密。」他冷森的眼光微眨，問：「就你們倆個？」

「還有鄭南捷，他在上海掩護過你，你見過的。」

「噢，他們現在哪？」

「在鄉下，一個船戶家裏。」國興沈吟思索，抬頭問：「我們在嘉善有連絡點？」

「幹嘛？」

「到河邊碼頭跟船家顧老頭說一聲，讓他轉告鄭南捷，說我有急事回上海了？」

「你跟我走？」

「嗯，我跟你走，那個女孩子是組織重點保護的，牽涉到海外物資運輸，路上我再詳細解釋，她跟鄭南捷在一起我放心，這裏我實在窩不下，得趕快歸隊。」

船家帶回國興回上海的消息，宛芬氣急的開罵：

「混蛋，無情無義！」

南捷急忙追問顧老頭：

「還有什麼口信？」

「沒多餘話。」顧老頭說：「給我幾十塊錢買菜，讓你們安心住著別急。」

宛芬驚恐彷徨的望南捷，南捷露出難得微笑：

「別怕，他走得急，一定有重要事，我們慢點走，一定送妳回上海。」

宛芬伸手抓住他，微微抖慄，顯露心頭寒意。

日軍坦克如成群的怪獸般馳過江南水鄉的曠野，坦克過處牆倒屋塌，草偃樹倒，嵌在田野深達半尺的履痕，醜陋而猙獰。坦克的炮口不時火光迸發，射出炮彈，震耳的響聲伴著煙屑火光，一些持槍步兵在坦克後追隨著前進。

步兵槍頭的刺刀森寒閃光，豬皮靴在田野間的泥濘中踏踐。

滬杭線的鐵路上火車風馳電掣，車頭太陽旗迎風撲展，車廂窗口擁擠著戴青綠鋼盔的日軍，敞篷板車上載著卡車和重炮等武器。

天空沈雷乍響，劃空掠過成群的日本軍機，他們低空飛掠，機身塗漆的紅太陽、刺眼的驕橫的亮在雲層裏。飛機掠過山村茅舍，奔出茅舍的南捷和宛芬仰頭觀望，宛芬驚慄的緊抓著南捷的手臂，南捷緊閉著嘴唇，面容堅定，像山一樣的挺立。

宛芬仰頭望他，不覺向他肩臂偎靠，把臉埋在他胸前。
新加坡的南洋商報耀眼的粗字標題登出：
「南京棄守，國府遷都重慶。」
標題旁副題刊著：「蔣委員長召告全國，決心抗戰到底。」
陸幫辦辦公室的電話鈴驟響，驚得醒華從報紙上抬頭，抓過聽筒說
「陸幫辦辦公室…在，請等一下。」
她放下電話站起，走進屏風，陸幫辦正坐在桌後埋頭審閱文件，醒華說：
「陸叔，海關稅務司電話。」
陸幫辦抓起桌上電話接聽：
「陸幫辦，我是。」他突地顯出驚愕，霍然站起：「啊！保持現場，我馬上來！」
醒華要回座，陸幫辦喊住她，醒華停步轉身，陸幫辦掛斷電話衝出桌外說：
「你們律巴橡膠在碼頭的倉庫被放了炸彈，走，你跟我去看。」
陸幫辦拿了外衣衝出辦公室，醒華癡愣片刻，驀地跳起奔出門外跟著。警車飛馳趕到碼頭，馳到橡膠倉庫門前，陸幫辦、唐樹標下車奔進倉庫，醒華跟著下車，腳軟虛浮，她心裏害怕，不覺冒出冷汗。硬著頭皮跟進倉庫大門，看到警員正向陸幫辦報告，陸幫辦眉頭緊縐，邊聽邊點頭，醒華怯懼的走近他們，陸幫辦轉頭向她說：

「別怕，炸彈處理組正在拆卸，你到外邊等，眈會你爸爸來了，叫他別著急，攔著他，讓他在外邊等消息。」

陸幫辦說過即隨警員和唐樹標走進倉庫貨堆，醒華緊張恐懼，心臟「砰砰」跳著站在原地。片刻她聽到倉庫外有汽車駛到，趕快奔出，正好迎住溥齋，溥齋激動憤怒的向倉庫裏衝，醒華把他抓住：

「爸爸。」

「你閃開！」

「爸，陸叔在裏邊，炸彈處理組正在拆卸，我們在外邊等，進去幫不到忙，反而妨礙。」

「你閃開！」溥齋惱怒的推撥她，陸幫辦聞聲趕出來，他拉著溥齋勸解：

「你冷靜點，別急，情況不嚴重，炸彈正在拆卸。」

拆卸炸彈是危險而緊張的過程，眾人皆躲避在掩蔽物後屏息等待，英國技師滿臉汗珠滴灑的輕扯電線，找尋線路，他謹慎戒懼的神情，像觸摸試探一塊火紅的烙鐵，他手指顫抖著，熱汗流滴著，計時器滴嗒走動的聲響像敲他在心上的鍾，每一聲都震動著他流淌的血液。

屏息凝氣中突地一聲剪斷電線的輕響，他深深吸口氣，抹掉臉上汗珠，顫聲把憋著的一口氣吐出來。

「好了。」唐樹標欣喜的向陸幫辦報訊，陸幫辦浮起笑容，溥齋懸在口腔的心放下來，他說：

「這不是獨立事件，警署要澈底調查。」

陸幫辦點頭堅定的回答：

「你放心，我一定會查清楚，你們父女先到警署在辦公室等我，除了簽署一些控訴文件，我還有別的話說。」

溥齋父女走後，陸幫辦再和炸彈拆卸組密商案情，瞭解炸彈結構狀況，隨後他走出倉庫向唐樹標吩咐：

「你在這裏等我，我去海關見稅務司。」他說著走幾步又回頭：「通知港警所加強船舶檢查，尤其是日本船，沒通過檢查以前停止供油供水，船員不准登岸。」

唐樹標點頭，木訥的說：

「這樣幹怕日本領事館會出頭……」

陸幫辦吼叫：

「有事我負責，管他鳥領事館！」

陸幫辦到天黑仍沒回辦公室，天空烏黑雷聲隆隆，收音機氣象播報說，暴風雨要來襲。溥齋等候他，焦燥的猛吸著雪茄在房裏踱步，醒華沈默的在屏風外坐著，南洋商報仍攤在桌上，屏風內煙霧蒸騰，腳步沈重，她站起倒杯茶捧給溥齋說

「爸，你煙抽太多了。」

溥齋抬頭望她，停住腳步沒說話，醒華問：

「倉庫裏的貨要運往哪？」

「廣州。」

「配合廖伯伯說的那個計劃？」

溥齋瞋目瞪她斥責：

「沒你的事，多嘴！」

醒華想頂嘴，吸口氣又忍住，溥齋推開她的茶杯向外走，邊走邊說：「叫陸叔給我電話，我不等他了。」

陸幫辦回到辦公室看不到溥齋，笑說：

「你爸爸走了？」

「他等急了，說請你打電話給他。」

陸幫辦點頭向樹標說：

「你幹你的事。」

等唐樹標離開，陸幫辦脫下外套擲在椅上頹然坐下：

「醒華，問題嚴重了。」

醒華驚慄的聆聽，陸幫辦警惕的張望，一下房門，把聲音壓低說：

「你從上海帶回廖本源那封信，內容你知道，倉庫裏這批貨就是配合那個計劃，爲了避免干擾破壞，一部份直運國內，一部份在香港轉口，因爲橡膠是戰略物資，中日戰爭爆發，歐州各國也戰雲密布，上月總督府有行政命令下達，錫跟橡膠列入物資管制，由英國海外殖民局統籌銷售，出口地要預先經過核准，運往國內的這部份已經經過物主，也就是你爸爸特別申請核准，問題出在香港轉口的這部份—」

「文件上這部份由香港轉口哪裡？」醒華詰問：

「轉運印度。」

「運印度有什麼問題？」

「問題是印度這個進口商是假的，是廖本源捏造的，他想在英國人面前玩個障眼法，能蒙天過海…」

「那問題出在哪裡？」

「日本人發掘了這個機密。」

「啊？」

「日本人非常陰損，他不正面檢舉，用放炸彈這一招挑起海關注意，海關檢查艙單查出毛病，就會引發嚴重反應。」

醒華頓時緊張得顯露恐懼：

「會，會怎麼樣？」

「你爸爸申報不實，觸犯走私跟僞造文書罪。」

「啊！」

「你別緊張。」陸幫辦安慰她：「他們陰損，我們也還給他一個使刁的辦法。回去跟妳爸爸說，貨損失，反咬日本人一口，說這批貨文件雖注明是轉口印度孟買，但事實是轉運日本橫濱，是日本三井會社使的障眼法。」

「這樣能脫卸責任嗎？」

「雖不能完全脫卸責任，但官司有得打，以前吳延昌把你們橡膠輸往日本，也變過這種花樣，我相信你爸爸手裏還存有這種資料，日本人膽虛，怕翻老賬，況且現在他們正在馬來各地搜購橡膠，萬一受到英國人注意，也會影響出口，說不定會啞吧吃黃蓮，把走私，僞造文書這兩項罪名硬幫你爸爸呑掉，至少也會退縮，不敢再揚風點火攪活。」

醒華興奮的要走：

「那我現在就去跟我爸爸說。」

「對，儘快告訴他，明天一早到海關申訴。」

「那貨——」

「核准部份沒問題，轉口部份會暫時凍結，最後可能被海關沒收。」

醒華趕到家，落地鐘已指正十點，空氣中雪茄的煙霧彌漫，溥齋在客廳踱步，醒華把陸幫辦的話都轉告父親，溥齋陰霾的臉色逐漸露出霽色。

「爸，你明天一早就去海關。」

「好。」

「那我走了，叫鄺叔開車送我吧！」

溥齋想留她，卻嘴角動一下沒說出口。醒華轉身走出客廳，溥齋說：

「醒漢…還沒消息？」

醒華腳步停下轉回頭：

「沒有。」

溥齋歎息，頹然在沙發坐下，重新咬住雪茄，醒華愣著望他一會，轉身離去。溥齋追望她背影，鬆弛的眼眶蒙矓起淚翳。

醒華回到木屋，推開門，見溫太太擁摟著康康睡在床上，開門聲把她驚醒，她撐身坐起問：

「才回來，幾點了？」

「十二點多。」

「噢，半夜了，康康好一陣子哭鬧不肯睡。」

醒華走到床前探視康康，康康小臉暈紅，鼻息均勻，她感激的向溫太太說：

「溫媽媽，謝謝你啦。」

「謝什麼，這孩子我喜歡，再累也甘願。」

翌日下午，醒華在辦公室打繕文件，電話鈴響，是陸幫辦從外邊打回的。

「醒華，有事嗎？」

「沒事，只有我爸打電話找你，說下班請你到律巴小聚喝一杯。」

「噢，這麼說他去海關結果不錯了？」

「他沒提海關的事。」

「好吧，我直接過去，既然辦公室沒事你也早點回家照顧孩子。」

醒華望牆上掛鐘，時針才指著三點，她說：

「才三點鍾，下班還早呢？」

「我准妳假，抱孩子去看看妳母親。」

醒華抱著康康走進病房，麥氏看到康康歡喜得合不攏嘴，康康小手撥弄著她的臉，她蒼白病容的臉上湧起陣陣血色。

女傭阿招來給麥氏送補品，搶著要抱康康，康康驚嚇認生號哭，麥氏揮趕阿招，催她回家，醒華也跟阿招說晚上有客到家吃飯，讓她早點回去準備。

「誰呀！誰到家裏來？」

「陸幫辦陸叔。」醒華說著再吩咐阿招：「陸幫辦要跟爸爸談事，飯開在樓上小客廳，沒事別吵他們。」

阿招答應著不捨的再捏一下康康的小臉才離開，剩下醒華母女倆，反出現短暫的沈默。片刻，麥氏問醒華：

「昨天你爸爸沒到醫院來，他忙什麼？」

「忙海關一些事。」

「解決了？」

醒華眼中仍有隱憂的點頭不語，麥氏再說：

「你爸爸最近蒼老很多，頭髮都成灰色了。」她說著伸手握住醒華手臂：「他就是那張木頭臉，面冷心熱，他從小就把你當寶貝心肝，眞的很疼你！」

「我知道。」

「你爸爸一生最痛苦的事就是沒念好書，要不就不會恁麼看得起吳延昌，對他重用信任，事業成就了才知道讀書少的苦，所以一心巴望著你跟醒漢能讀好書，能成材，唉，誰想到頭還是一場空，你跟鄭南捷離家出走，眞是傷透了他的心，醒漢這次離家，他就看淡了沒那麼心痛。」

醒華低頭默然，眼淚順頰流下，麥氏放開手拍拍她：

「現在你也是做母親的人，應該明白父母的心。」

靜夜漆黑中突地一陣女人驚恐的囈語和掙扎，掙扎囈語越來越響，終至喊出一聲駭極尖叫，把熟睡的南捷嚇得彈跳驚醒。

他跳下床衝出房門，唏哩嘩拉撞倒桌凳，他不顧疼痛跳著一隻腳奔進宛芬睡的暗間，撞倒桌凳的響聲把睡夢中駭叫的宛芬嚇醒。

南捷奔跑著驚恐的喊：

「宛芬！」

宛芬滿頭冷汗，粗濁的喘息著坐在床頭，驚怖的顫抖著癡愣發呆，南捷抓住搖憾她，宛芬呆望南捷，突地裂嘴哭著撲進他懷內，南捷想推開她，宛芬卻把他抱得更緊，南捷再推她說：

「宛芬，我來點燈。」

「我不要點燈！」宛芬抗拒的緊抱著他不放，南捷惶亂的張望窗外，見天空微光透進，映照出宛芬頭髮蓬鬆，衣衫零亂的身形，他窘迫的再推她，宛芬仍把頭埋在他胸前：

「我好怕—」她滿臉淚濕的在他胸前揉搓：「我被那些人關進棺材裏，呼吸困難…」

南捷嘴唇蠕動著無語以對，他再推宛芬，勉強說：

「要不妳洗把臉，天亮了。」

他說著推開她想站起，宛芬卻扭抓著，他不得已再坐下。不知過了多久，聲聲雞啼，天色大亮，冷風鼓進窗內，宛芬瑟縮著打個寒懍，南捷推她說。

「天冷，妳把棉被披上。」

宛芬搖頭不動，仍然緊抱著他，片刻，她問：

「南捷，你會怎麼想？」

「妳指什麼？」

「我們現在。」

南捷沒說話，宛芬抬起頭掠起臉上亂髮。

「你會不會想，我很放蕩？」

「放蕩？我幹嘛想妳放蕩？」

「因爲，我抱著你，抱得那麼緊，你是男人，會不會腦子裏想——」

南捷搖頭，黎明的暗黑中看不清他的神情眼光，宛芬說：

「你說謊。」

「我沒說話呀。」

「沒說話就是想說謊。」

「胡纏！」

「我不管。」宛芬扭身：「我要你說，心裏到底怎麼想？」

「我沒怎麼想。」

「我不信，你一定在想，這個廖宛芬哪，跟醒華比…」

南捷眉頭驀地綰起，把頭轉到一邊，宛芬瞪眼望他：

「你看，我一提到醒華你寒毛都豎了。」她猛推他：「幹嘛，她是神哪，不能褻瀆呀。」

南捷苦笑，離床站起說：

「別說糊話，起來吧，天亮了。」

宛芬噘嘴鼓眼睹氣，片刻恨恨搥床：

「劉國興混蛋，他一個人走，我恨他、恨他…」

早餐船家煮魚粥請他們，飯後兩人在山間小路散步，天氣陰沈，勁風掠拂，他們並肩流覽山野景致，步履懶散相對沈默無言。走了許久，宛芬開口叫：

「南捷…你平常都這麼不愛講話？」

「我不愛講廢話。」

「哼！」宛芬氣惱的跺腳哼一聲，南捷不忍，笑她：

「好了，別鬧了，說點正經的。」

「有什麼正經話說嘛，朝不保夕，困頓在這種鳥不拉屎的地方，我想起來都脊背發冷，好想，好想有個男人呵護我啊。」

南捷斂去笑容認眞的點頭，伸開手臂抱著她的肩膀攬住她，宛芬露出甜蜜笑容把頭臉偎靠在他胸前，環臂拉著他的手湊到臉上。南捷說：

「山上好冷，咱們回去吧。」

宛芬生氣的扭肩甩開他的手，搶步轉身回頭走，南捷在後追趕她，茅屋在前邊不遠，隔了一蓬茂密的竹叢，隱約可以看到柴門在陣風裏閃動，忽閉忽開，廚房煙囪縷縷炊煙飄出，有抓雞的雞隻叫聲從庭院傳來，走在後邊的南捷突地腳步一窒，滿臉驚駭的張望，走在前邊的宛芬已越過竹林走到院外，南捷跳起一把抓住她，把她拖進竹叢，宛芬急怒掙扎，揮手狠摑南捷的臉，南捷抓著她的手摀她的嘴，宛芬憤急踢他，南捷忍著疼痛指著河岸讓她看。

宛芬看到河邊有艘快艇浮蕩著，艇上插著日軍旗幟，一個日軍站在船邊岸上。

宛芬愣住，南捷在她耳邊說：

「別怕，我們躲這裏，他們看不見。」

宛芬驚怖的扭住他，微微慄抖，看到茅屋中一個日軍抓著兩隻雞跑出，另有個日軍跟在後邊提著插著刺刀的步槍。

日軍跑到河邊上船，引擎發動駛進河中，宛芬緊抓著南捷目送著小艇離去，混身癱軟的坐在地上。

南捷摟著她撫慰，久久，宛芬才停止抖顫。

他們回到茅屋庭院，步步驚悸緊張的掃看四周，深恐還有日軍藏匿，宛芬緊挨著南捷躲在他身後，雙手扭著他的衣衫。

跨進茅屋，南捷的腳步驟急又收回，他看到滿身鮮血的顧老頭死在地上，宛芬撞著他驟停的身體驚問：

「幹嘛？」

「船家死了。」

17

山路崎嶇，南捷拉著宛芬在山路上走，宛芬額際冷汗透濕，滿臉疲憊驚惶，她喘息著問：「南捷，我們去哪？」

「往上海方向走。」

「到處都是日本兵，怎麼走啊？」

「躲著點走，不一定會碰上。」

「萬一碰上呢，啊？啊？」宛芬驚悸蒼白地催著問，南捷安慰她：「別怕，我會應付，不會有事啦！」

「你應付？你還不是被他們抓去？」

「那是因爲我躲進他們放彈藥的地方，活該倒楣，有嘴難辯吶。」

經過一個村莊，村民盡皆逃光，連雞犬都沒有，房舍渺無人跡，廚房殘剩食物盡皆腐敗酸臭，他們找不到吃的充饑，也找不到乾淨飲水，南捷四處翻搜，總算找到兩個還算新鮮的蘿蔔，宛芬推拒不吃，還把蘿蔔揮手打掉，南捷雖然氣憤她不體時艱，但看到她蒼白慘澹的臉

17

色，憐惜她驟遭磨難的遭遇，不忍責備，再四處去翻找吃的東西。

宛芬見他忍氣體貼，暗裏偷笑，有種被寵愛的滿足感。

天色入夜，屋內一片漆黑，宛芬縮躲著等候南捷回來，她咬牙切齒的怨恨他，把她單獨丟在這陰冷漆黑的屋內，她也熱切巴望的期盼著他早一刻出現。讓她驚喜。

她等待，焦灼的等待，想著報復他的法子，想著出氣泄恨的快意。

她在驚恐戰慄，胡思亂想中挨過分分秒秒，終於聽到腳步聲。她驚喜氣恨的張望屋外，看到一點火光映照著南捷的臉，南捷端著一盞油燈，一隻手摀著擋風，慢慢走向屋門，宛芬突地性起竄進身旁一捆柴堆背後躲避，南捷進屋後聲音歡快的喊她：

「宛芬，我找到一盒蘇州釆芝齋的甜果子，有點發黴，不過沒壞，可以吃—」

他沒聽見應聲，遮燈探頭向宛芬剛才坐的地方看，看不到人，他臉色大變喉中發出驚痛的呻吟聲。

「宛芬—」

他像被刺著似的丟掉燈火和腋下夾著的果盒，返身躍出屋外，摔碎的油燈燈蕊點著地上零亂的柴草，宛芬驚駭跳出來追他，一邊喊叫：

「呃，喂—」

南捷停步回過身，宛芬嬌嗔著衝到他面前：

「你想燒死我呀，著火了。」
南捷驚魂未定的望她：
「你，你還在？」
「廢話，我當然在，等你等得急死了。」
南捷驚悸的心在宛芬得意笑容中漸漸舒緩，忙進屋踩熄火苗，瞪她埋怨：
「這時候妳還有心開玩笑，眞看得開！」
「看不開怎麼樣？哭啊？你放心，我不會在你面前哭，哼、把我一個人丟在這裏恁麼久，擔驚受怕，我也要嚇你一下，叫你把心從胸口裏跳出來——」
南捷歎氣搖頭，撿起地上果盒：
「好了，你報復過了，吃吧。」
南捷把果盒遞過去，宛芬卻不接，問他：
「你剛不是說發黴的？」
「有點黴，沒壞。」
宛芬橫他一眼，接過果盒，打開撿出一塊湊到鼻前嗅聞說：
「嗯，好香，這塊給你！」
南捷搖頭說：

「我的心到現在還在跳，怎麼吃得下，你吃吧。」他望著宛芬露出苦笑：「在我的印象裏——」

宛芬剛把甜餅送進嘴裏，聞言停住咀嚼：

「在你印象裏我文文靜靜，羞羞怯怯的，是嗎?告訴你，人會變的，那時候我是小孩——」

她把甜餅咬一口，再送到南捷嘴邊，南捷閃身把頭扭開。

吃過甜餅兩人並肩坐在暗黑的柴草上，夜靜，除風聲蟲鳴外一片死寂，宛芬挪動身體偎靠南捷，南捷沒躲她，一股溫暖從他身體中透進她的身體，她喊：

「南捷，我也許眞的變了很多。」

南捷沒說話，宛芬繼續說出落寞的話聲：

「到上海，我經歷了太多的事，很多想法都在改變，尤其對感情。」她短暫沈默過後再說話，聲音裏充滿著自憐和激憤：「我愛過鄭可銘，可是他心裏已被憤恨塡滿，排斥我的感情，我也曾試著喜歡劉國興，可是我跟他就是沒有那種灼熱的感應…」

南捷說：

「感情沒法強求。」

「我知道，可是我不相信…」

黑暗中南捷轉頭望她，她也抬頭仰臉相對，兩人鼻息相聞片刻，南捷轉過臉，宛芬輕輕舒氣，身體有點萎頓，很久一段時間兩人都沒說話，直到宛芬深深吸氣，再發出聲音：

「我跟醒華，從小是朋友，也是敵人。」

南捷震驚的扭過身：

「敵人？」

「因爲家世背景，從小我們就喜歡攀比競爭，有時候我贏她，有時候她贏我，明裏暗裏搶來鬥去連我媽都擔心。」說著她再抬起頭：「告訴你個秘密。」

南捷再低頭望她，宛芬倒扭開臉，聲音顯出興奮：

「在學校、我跟醒華同班，鄭小麗比我們低一個班級，我們跟小麗成爲好朋友，而且跟她家混得很熟，主要是因爲我跟醒華都喜歡鄭可銘。」

南捷身體挪動一下，沒出聲，宛芬繼續說：

「開始可銘喜歡醒華，是我把他搶過來。」

「可銘不是眞的喜歡醒華。」南捷插嘴說：「若眞的喜歡愛慕一個人，那會這麼容易就被你搶去？」

宛芬默然，南捷再說：

「既是朋友就該體諒忍讓，不該競爭搶奪。」

「也許我們都是女孩子，家庭背景也特殊，我們帝瑪廖家跟她們律巴周家，都是新加坡橡膠跟錫的商業龍頭，虛榮心作祟，總喜歡比較超越對方…」

南捷沉默望她，昏暗中看到她臉上有笑容，是苦澀，她繼續說：

「以前，我看醒華愛你，嫁給你，非常好奇，也不理解。現在，我佩服她的眼光，更妒嫉她得到你完整的愛…」

新加坡木屋，午夜。

孤燈下醒華坐在桌旁寫信，紙上滴著淚珠，她握筆寫了一段，傷感得無法繼續，從頭再看寫過的信，字跡在她淚眼裏模糊扭曲：

「不知道你的地址，不知道你有沒有回到上海，這封信我暫寄宛芬轉交，希望她能儘快把信給你，我經由香港平安回到家，回到木屋，我們的堡壘，我去上海雖然沒見到你的面，知道你平安我也安慰，康康活潑健壯，身體和性情都像你，母病已脫險，目前常住醫院療養，已漸康復不必擔心，我爲生計所需應聘在警署任書記，一切都好，只是好想你，好想你…」

看著信紙她眼中淚水又滴下，滴到紙上浸濕字跡，突地木屋巷外響起汽車聲響，她瞿然警惕側耳傾聽，有急促的腳步聲走進院內，醒華驚悸的站起衝到門口，聽到門外溥齋的叫聲：

「醒華！」

「爸爸—」醒華脫口喊著，慌忙開門，溥齋臉色鐵青的促聲說：

「陸幫辦受傷，情況危險，你跟我來！」

醒華把康康寄給溫太太，跟隨溥齋到了醫院，手術室外唐樹標青筋暴突的站著，雙眼充血，迸露著激怒若狂的神色，醒華抓著他問：

「唐大哥，陸叔怎麼樣？」

「不知道，傷了動脈，流了很多血。」

「事情怎麼發生的？」

「被鬼子暗算，遇到伏擊。」

「兇手抓到沒？」

樹標從齒縫迸出聲音：

「跑不掉的。」

手術室門拉開，醫生抹汗走出門外，溥齋、醒華、樹標迎住他搶著詢問，醫生舉手阻止：

「手術順利。」

陸幫辦被送到加護病房恢復室，醒華悲痛激憤的向樹標詢問。

「陸叔傷在哪裡？」

「肩膀，日本鬼子是要砍他腦袋，他閃得快砍到肩膀，他們是要置他於死地。」

醒華、樹標激憤交談，相對痛恨切齒，溥齋沉痛的負手站在廊下仰望星空，想著陸幫辦前晚在家喝酒談心的事，他剖析眼前新加坡情勢曾警告他，要他警惕，他說日本人在倉庫放置炸彈決非偶發事件，應是一連串激烈殘暴行動的開始，還說：

「他們先用陰柔狠毒手段離間破壞，達不到目的接著就是殘暴血腥，這種伎倆在我國東北華北已肆無忌憚，新加坡因為是英國殖民地，格於國際勢力均衡，他們始終還不敢明目張膽，現在戰爭擴大激烈展開，物資需要緊急匱乏，圖窮匕現，猙獰面目就露出來。」

「我們要怎麼因應？」溥齋問他。

「步步為營，穩紮穩打。」：

他想得入神，突聽醒華在旁叫他：

「爸爸，陸叔他醒了。」

護士推開門、溥齋、樹標、醒華急衝進內，陸幫辦臉色青灰的躺在病床上，雙眼半睜半閉，溥齋撲到床前一把抓住他的手，陸幫辦虛弱的張開眼看他，溥齋激動的說：

「老弟，你可得千萬珍惜，新加坡五十萬華僑都靠你了。」

陸幫辦輕微點頭，啞聲問：

「醒華吧？」

溥齋閃開身，醒華趨前哽咽喊：

「陸叔！」

陸幫辦抬手示意她俯身靠近，醒華伸頭到他臉前，他斷續吃力的在她耳邊說：

「辦公桌最下邊抽屜…鎖了。鑰匙藏在墨水瓶紙盒底…抽屜裏有張名單…機密…馬上銷毀…」醒華急急點頭，陸幫辦閉目喘息，護士驅趕他們出房，出門時遇到英國官員趕來探視，醒華以英語向他們報告後急忙趕到辦公室。

走進辦公室看到一個叫紀福全的民政幫辦正坐在陸幫辦的桌後翻弄，醒華憤怒的衝過去抓住他的手腕：

「你幹什麼？」

紀幫辦傲慢的輕輕推開醒華的手：

「我是紀幫辦，你不認得我了？」

「我認得。」

「認得就好，陸幫辦受傷住院期間，我奉命代理他的職務，很多案件我要瞭解接辦，把現有資料都給我，我要先進入情況。」

「資料檔案由我整理，幫辦書桌抽屜都是他私人物品。」

「他私人東西我不會動，我只是看看—」紀幫辦說著再動手翻弄，醒華又抓住他手腕：

「不行，如果紀幫辦一定要看，請經過陸幫辦同意，或是檢察長下命令！」

紀幫辦抬頭望她，醒華毫不退縮的和他對瞪，僵持片刻，紀幫辦笑笑，放開手，醒華也鬆開他的手腕，紀幫辦站起離開辦公桌，回頭望她，臉上顯出曖昧神情：

「你是周溥齋的女兒？」

「我是警署的書記。」

「你很負責。」紀幫辦的語氣並非誇讚。

「謝謝誇獎。」醒華的口氣也非道謝。

紀幫辦再望她，在沙發坐下：

「好吧，你把陸幫辦私人東西整理一下，我要用這張書桌。」

醒華整理陸幫辦書桌上弄亂的文件，回答：

「陸幫辦被革職了？調任了？」

「沒有啊！」

「既沒革職也沒調任，他只是因公負傷住院醫治，收拾他私人東西，佔用他辦公位置，是不是表示他永遠不來上班了？」

紀幫辦激怒，衝身站起：

「你這是什麼話？」

醒華整理好書桌，走到紀幫辦面前：

「幫辦，我是警署書記，是公務員，不聽私人命令，抱歉。」

醒華說罷徑自走出屏風，回到座位，紀幫辦氣結，愣僵片刻，走出房門，鐵青著臉，醒華等他走遠，離座再進屏風走到陸幫辦辦公桌，從墨水瓶盒底找出鑰匙，打開抽屜，翻找出名單，閱讀，滿臉吃驚的點火燒毀。

朔風，細雨，陰沈的天空。

街廊下民眾爭閱報紙，頭條標題驚心觸目：

「南京城破，日軍展開獸行屠殺。國府西遷，蔣委員長發表沉痛文告。」

閱報民眾神情慘痛悲憤，雨絲飄灑、淅淅瀝瀝。街頭淒涼、蕭條、冷清。

醒華經過街道，步履沉甸，心頭抑鬱，像有石塊阻塞在喉間，使她呼吸困難，雖然她在辦公室已看過報紙，但再接觸到這刺眼的標題，仍讓她心懸喉頭，驚慄膽寒。

到聖瑪麗醫院她先去看陸幫辦，告訴他紀幫辦的事，陸幫辦詫疑難信的說：

「他會有這舉動？」

「這個人好官僚？」醒華率直的下評語：

陸幫辦仍然滿臉猜疑：

「他負責民政，刑事業務不熟悉，上邊怎麼會派他代理我？」

「陸叔現在別煩這事兒，等你傷好複職自然就明白。」醒華說著臉色驟然慘白：「陸叔叔，日軍攻佔南京了。」

陸幫辦霍地抬起頭，醒華再說：

「攻陷南京的當天就在城裏大屠殺！」

「屠殺？」

「嗯，報上說，從城破開始，日軍見人就殺，不論老弱婦孺，也不論投降俘擄，說在長江邊上用機槍掃射，一次就屠殺幾千人，還說各國駐京領事冷眼旁觀，沒有人阻止。」

陸幫辦悲憤的閉上眼，眼角溢出淚濕，他揮手說：

「妳回去吧，去看看妳母親。」

醒華臨走告訴陸幫辦機密名單已焚毀，讓他放心，她再轉到母親病房探望，見父親溥齋也在，她強裝出笑臉，隱藏心裏的鬱結悲憤。

父親臉色平和的坐在母親床邊說話，醒華很少看到父親笑，偶而看到他笑容，像披曬的春天陽光周身感到歡愉溫暖。

「去看陸叔？」溥齋問：

「是呀，陸叔睡一覺氣色好多了。」

麥氏插嘴說：

「妳爸爸想叫妳到工廠幫忙。」

「好啊！」醒華歡聲回答。

「那警署的工作，就辭了吧。」
沒等溥齋說完，醒華就搶著答話：
「警署現在不忙，我抽時間就行了。」
溥齋和麥氏對望，半響說：
「好吧，多抽點時間熟悉業務，工廠我慢慢的就交給妳了？」
醒華也激勵自己振奮精神，學習吸收應用知識，她半途綴學，自知學養不足，故心底有股求知的饑渴在潛意識中激勵著。
她在警署任事負責，學識進步神速，學識越進步，知識的饑渴越難滿足。她衷心願意分擔父親的辛勞，也渴望學習經營事業的技術，也許還有點逃離思念南捷煎熬痛苦的意圖，她不服輸的性格，不甘屈服於命運的播弄，更不甘在日本人的壓榨煎迫之下咀嚼屈辱。
她堅定的走進工廠，引來所有員工的注目，工廠機械嘎嘎的操作聲忙碌的響著，廣闊的廠棚裏到處堆積著盛裝乳白柔軟橡膠的鐵桶。空氣中充溢著樹膠刺鼻的氣味，醒華和熟悉的老工人交談寒喧，她親和的臉上滿溢笑容。
瞭解工廠作業情況後她到辦公室，鄺叔跟在旁邊向職員介紹，醒華翻閱一些父親擱置的文件，鄺叔幫她沏茶，站在桌旁伺候。
醒華拘謹不安的笑著趕他，說：

「鄺叔，你別這樣瞪著我，我讓你瞪得難過，你忙你的事，別管我。」

鄺叔眼眶發紅的說：

「你到工廠來我打心底高興，到底是自己人體恤鄉親，不會像吳延昌那隻狼狗！」

醒華握握他的手安慰他：

「那隻狗不會再來了。」

鄺叔點頭，含淚笑著走出。

上海擁擠的街道被難民堵塞，細雨霏霏，雨絲中飄散著饑餓的呻吟和嬰兒的哭鬧，氣溫濡濕寒冷，一些難民在街頭生火燒煮，濕柴的濃煙在低空翻滾著。

街旁商店的收音機裏播報著新聞，一些難民團聚在門外傾聽：

「南京屠殺仍在繼續，屠殺對象已不限於俘擄壯丁，很多老人，小孩和婦女都被殘酷屠戮，日軍獸行實在讓人切齒痛恨…」

朱嘯峰父女和聞訊剛趕到上海的廖本源都在朱家收聽廣播，廣播聲迴蕩在客廳：

「很多婦女在被強姦後再屠殺，死狀慘酷…」

朱玲臉色慘白，嘴唇緊閉著傾聽，朱嘯峰和廖本源在沙發坐著，廣播聲繼續：

「南京淪陷已經半個多月，日軍殺戮變本加利，下關一帶長江岸邊屍體堆積如山，牽皆就地掩埋，盡多浮屍隨江漂流，據外國記者統計，每日都有數萬具屍體…」

「關掉、關掉！」嘯峰暴聲吼叫：「我不要聽了。」

朱玲關掉收音機，驟然的寂靜使人窒息，朱嘯峰衝口罵出滬語：

「操那娘，還是人嗎？」

廖本源沉重歎氣說：

「新加坡溥齋那邊，貨物也出問題，我昨天在旅館接到香港電報，轉口部份得慢一段時間才能到。」

「要慢多久？」嘯峰滿腔鬱怒暴燥。

「不知道，電報沒說。」

朱玲默不出聲，坐在沙發發愣，本源憂急的說：

「事情挫折固然讓我焦急，更讓我寢食難安的是宛芬，她音訊斷絕，不知道現在到底是安，是危？」

「國興來過電話，說她平安脫險，正帶著她回上海，她跟國興在一起，應該不會有問題。」朱玲抑鬱的插嘴。

本源仍搖頭，憂急滿臉，心神惶慄：

「日軍在京滬線沿線屠殺，劉國興自身難保，哪還顧得了她的安危？」

嘯峰，朱玲無言以對。

電話鈴聲驟響，響聲震慄如似霹雷，朱玲凝神瞬間跳起抓過電話接聽，她驚喜得跳起：

「國興你在哪兒？宛芬呢？」

電話裏響著國興的聲音：

「我在上海，宛芬跟南捷在嘉善，詳細情形我耽會回去說：「宛芬跟南捷都沒事，你們放心。」

他掛斷電話，朱玲急喊已來不及，朱嘯峰焦燥的問她：「宛芬怎麼樣？劉國興怎麼說？」

「他說宛芬跟南捷在嘉善，都沒事。」

「南捷？」嘯峰顯出愕愣。

本源也衝口說出：

「鄭南捷？他怎麼會跟宛芬在一起？」

南捷和宛芬走到另一個荒蕪的村莊裏。

陰雨，潮濕，寒冷使宛芬不停抱肩抖索，她頭髮蓬亂糾結，衣衫單薄沾滿塵泥，坐在一間民房的廳堂內望著飄灑的雨絲發呆，等候尋找食物的南捷回來。

雨，從未讓她如此厭惡恐懼過，她也從未感覺過細雨淅瀝裏的孤寂淒涼，讓人這樣絕望難過，雨絲像萬千縷細針紮在心上，拔不去，掙不脫。

直到南捷的腳步聲響起，她渴盼的站起迎出門外，見南捷脖子上夾把破雨傘，雙手捧著一隻瓦罐，南捷看到她興奮的喊：

「我找到吃的了。」

宛芬跺腳埋怨說：

「去這麼久，急死人了。」她探頭看看罐內：「這是什麼？」

「甜酒釀。」

宛芬望著瓦罐裏八分水泡著的半罐飯發愣，南捷解釋說：

「這是江南特有的東西，我在上海吃過，叫甜酒釀，一般加蛋當早點，很好吃。」

宛芬伸根指頭醮沾罐裏的水，伸進嘴裏品嘗，點頭說：

「像酒，甜的。」

南捷捧著瓦灌進屋說：

「我們找地方生火煮開它。」

「我肚子好餓，」宛芬追著：「給我先吃點。」

她扒著瓦灌伸手撈一把就往嘴裏送，南捷站住望她，宛芬吞咽著說：

「算了，很好吃，別煮了。」

南捷把瓦灌放在桌上說：

「我去找杓子。」

宛芬含糊應著點頭，等南捷找來木杓，宛芬已經吃掉半灌了，兩人狼吞虎嚥轉眼湯水不剩的吃光，宛芬抹著嘴說：「好飽，好久沒吃這麼飽了。」

不久，宛芬蒼白的臉色酡紅起來，她顯得興奮，眼光光采迸射，說話舌頭變得僵硬，嚷著喊熱。

南捷也臉色脹紅，額際青筋浮起，滿嘴酒氣噴吐著，宛芬解衣慵聲喊熱，南捷說：

「你一直喊冷，現在倒說熱了。」

「是眞的熱嘛，你看我都出汗了。」宛芬扭著南捷的衣衫說：「你不熱？」

「熱啊，心臟跳得好快，奇怪，好象喝酒喝醉了。」

「我也是，心跳得好響，身子覺得好輕快，像要飛了。」

宛芬說著雙手搧動做出要飛的樣子，剛站起就頭暈要摔倒，南捷趕忙扶住她，宛芬倒進他懷裏扭身勾住他脖子，南捷拉下她的手扶她站穩，宛芬挺聳的胸部在他胸前蹭磨，南捷輕聲說：

「別鬧了，你站好。」

「我站不穩，想飛，好想飛嘆……」

她扭蹭著再攀抓南捷的脖子，伸嘴到他臉上親吻，南捷轉過臉躲開了。宛芬攀住他的脖頸不放，身體的灼熱炙烙在南捷身上，她扭動彈跳雙峰上突出的顆粒，像針尖般在南捷的皮膚上刺劃著，他們都衣衫單薄，身體都灼熱的震顫著。

南捷的胯間勃起，宛芬感受到那硬物驚心動魄的震撼，她驀地退縮一下，卻又猛地就近迎上去，承受那炙觸的衝擊和魂魄搖蕩意識空白的感覺。

突地一聲天轟地搖的暴響，南捷，宛芬嚇得彈跳分開，驚駭愣神後他們奔出屋外觀看，見村頭怪獸般駛進數部龐大的坦克車。

坦克車輾斷樹幹推倒房屋，剛才轟天震地的暴響，正是它推倒輾過一幢房舍。

坦克車的引擎聲響如雷鳴，輾過的房舍頓成一堆瓦礫，宛芬驚嚇得混身僵木，南捷拖著她奔進另一幢房舍內，宛芬踉蹌著顫聲問他：

「我們去哪？去哪？」

「後邊大房子有夾壁牆，我們躲進去—」

「夾壁牆不是一樣會被推倒…」

「要不後院還有口乾井。」

「那，那壓塌了不活埋在裏邊…」宛芬哭出：「你，你趕快想法子！」

「沒選擇，井口小，只有賭運氣—」

南捷猛拖宛芬快跑，把她拖得摔倒地下，南捷回身把她背起狂奔衝進屋後院內。後院雜草叢中果然有口枯井，南捷先把宛芬吊進井中，自己再縱跳進內，他們躲在井底傾聽坦克駛近的隆隆聲響，宛芬驚怖的緊抱他，混身不停抖顫。

隆隆引擎聲和土地的震動越來越近，間中轟隆的響著牆倒屋塌的響聲，他們驚恐顫慄的相互緊擁壯膽，等候橫禍還是平安的到來。

坦克車在頭頂井邊輾過，乾裂的井壁被輾壓崩裂，有碎磚泥塊掉落，宛芬驚極難以自制的想喊，南捷摀住她的嘴在她耳邊截聲警告：

「別出聲！」

宛芬咬牙忍住嘶喊，把舌尖咬破，鮮血從南捷的指縫裏溢出，他再輕聲安撫她說：

「過去了，沒事了，過去了！」

坦克車轟隆的震動漸去漸遠，兩人癱軟的跌坐在井底，混身像血液流盡般的虛脫。

在上海四川路的一幢洋房裏，客廳沙發上蜷曲睡著一個女人嬌慵的軀體，她長髮披散在臉上，仍隱約露出姣好的臉孔。

一雙豬皮靴踏著地毯走到她身前，她驚醒抬起頭，拂開長髮，是略顯憔悴的黃夢玫。

站在她身前的是穿軍服的吳延昌，他脫下手套扔在沙發上滿臉顯露不耐的說：

「你看你這種邋遢的樣子，蓬頭散髮，有床鋪不睡。」

「我等你。」

吳延昌沒理她，在沙發坐倒，翹起腿要夢玫把他的皮靴拉下，夢玫拉脫皮靴時問他：

「沖杯牛奶喝吧？」
吳延昌點頭，舒服的癱在沙發上，夢玫放好皮靴沖牛奶，延昌接過啜飲，夢玫在他身邊坐下，滿臉關懷的說：「日夜顛倒、看你忙得。」
「軍部要扶植王紹曾，陳籙跟蘇錫光這些人組織政府，吵吵鬧鬧職位擺不平，誰也不服誰。」
「結果呢？」
「由不得他們。」延昌冷笑：「反正都是傀儡。」
延昌說著把牛奶杯遞還給她站起身，夢玫問：
「洗個熱水澡吧？」
延昌搖頭，走向臥室：
「我要睡一覺，晚會還得出去。」
「還出去？不累嗎？」
「陸軍部有高級長官來，我要陪他們到南京去。」延昌在臥房回答，夢玫跟著進去，隨口問他：「誰呀？」
「谷川壽夫少將—」延昌突地警覺地轉頭瞪她：「以後少問這種事！」
夢玫閉嘴，幫他解扣脫衣，側眼向他觀察偷窺。

在軍統局上海站新搬遷的辦事處裏，王站長正召集同志開會，會議氣氛嚴肅沉凝，每個人都眼眶密佈血絲，迸露著殺機，劉國興憤恨的發言，不停的握拳擊桌發出「砰砰」聲音。

「上海淪陷，這些漢奸沾腥附膻，奪利爭權，無恥到了極點，唐紹儀、蘇錫光、梁鴻志、王紹曾、陳籙在敵人面前醜態百出，丟盡祖宗八代的臉，我們應該宰他一兩個，讓他們頭腦清醒，別忘記自己是中國人！」

王站長面無表情的聆聽，有個同志提出反對意見說：

「我反對拿漢奸做目標，要幹就大幹，日本陸軍部次官谷川壽夫正在上海，我們幹掉他也讓敵人嘗嘗死的恐懼！」

國興再舉手發言，神情激動：

「我反對！」

眾人皆轉頭望他，國興激昂奮勵的說：

「殺谷川壽夫是可以讓日軍震動，但震動的結果，對侵華戰爭毫無影響，卻可能換來對淪陷區百姓更殘酷的報復和屠殺，谷川壽夫只是日本軍閥的一個軍官，殺掉他會再派一個來。」

「派一個殺一個，派十個殺十個，他們在南京屠殺幾十萬人，我們殺他一個難道就手軟了？」另有同志激憤痛恨的切齒說。

國興想再駁辯，王站長抬手攔住他，冷靜的面對會場，凝肅沉痛的掃視說：

「上海淪陷，我們軍統上海站撤進租界，局裏命令執行三項任務，分別爲擊敵，鋤奸和情報搜集，諸位的情緒發洩我能體會瞭解，但個人情感不能違逆國家政策，南京大屠殺的仇恨，不是狙殺一兩個日本人就能消解，抗戰擊敵是求取最後的勝利⋯」

在上海的漢奸群魔亂舞，彼此密謀擘劃，勾心鬥角，在王紹曾家客廳，王紹曾正跟陳籙密謀商議，白虹卻一陣香風，闖進去。

王紹曾沒顧忌她，繼續和陳籙悄聲說話，白虹蛇腰一扭卻蹭在他們中間坐下，王紹曾推趕她說：

「我跟陳公談事，你別攪活。」

「我也跟陳公談事，你別攔我。」

陳籙愕異的笑說：

「噢，白虹小姐找我一定是要事，紹老，咱們先聽聽她怎麼說。」

陳籙和王紹曾都注目望她，白虹抽出腋下香帕掩嘴笑，伸出纖纖玉手點著陳籙前胸說：

「陳先生，你做過我的保人，總還記得吧？」

「保人？」陳籙錯愕。

「是啊！乾爹說出資本給我開珠寶行，我怕他黃牛拉你做保，你倒忘了？」

陳籙猛地想起：

「噢，有這事，沒錯！」

「現在我店鋪找好了，錢呢？」白虹伸出的玉手轉向王紹曾，手指還勾拉著。王紹曾被她纏得啼笑皆非，把她的手掌撥開，白虹扭身撒嬌叫：

「乾爹，你賴賬了。」

「沒賴賬，耽會就給你，你別攪活，我跟陳先生還有要緊話說。」

白虹故作生氣的跺腳起身，到一旁玻璃缸邊去逗金魚，一邊側眼偷窺他們，傾聽他們談話，王紹曾壓低聲音問陳籙：

「聽說梁鴻志也在爭取當大道市長，東京特使約談唐紹儀，怕就不是談大道市政府了。」

「唐紹儀志不在上海這個小廟。」

「那他想幹什麼？」

「他有意籌組南方維新政府。」

「噢，胃口不小。」王紹曾既羨慕又嫉妒的說：「唐紹儀跟蘇錫光關係深厚，看蘇錫光的動向，就能察知端倪了。」

王紹曾顯出著急，縐眉說：

「我們如何因應？」

「既破壞，又聯合！」陳籙詭譎的說著。

高士恩到上海正是執行鋤奸任務，當局要將曾任北洋政府國務總理的唐紹儀處決，以警告漢奸和日軍勾結，國興奉命配屬高士恩，兩人搭擋假扮古董商，混進日本憲兵層層護衛的唐家，用利斧把唐紹儀劈死在書房中，此事沸騰浮揚，震驚國際，日本軍部懸賞鉅額獎金緝拿兇手，逼得國興無法再在上海滯留，潛往內陸暫避風頭。

日軍盛怒之下報復在國軍俘擄和民眾身上，無數被捆綁雙手的人死在掃射的機關槍下，更有些被日本武士刀砍掉頭顱。

槍聲不曾間斷，江南水鄉變成鬼域。

槍聲銳嘯劃過鄉村靜寂，在田野草寮裏相依偎昏睡的南捷和宛芬被槍聲驚醒，駭怖的奔出草寮探視。他們衣衫髒汙，頭髮蓬亂，眼眶血絲滿布，眼光驚悸惶恐，臉腴沾滿污垢，宛芬顫聲問南捷：

「我們怎麼辦？」

「繼續走，前邊說不定會碰到人，能弄到吃的。」

宛芬哽咽含淚：

「還要多久到上海呀！」

南捷摟住她的肩膀撫慰：

「快了，我們走了一個多禮拜了，說不定現在已經是上海郊區…」

宛芬仰頭望他，把臉靠在他胸上，相互扶掖著走，宛芬感覺他胸口有東西梗著，不覺抬起頭：

「這是什麼？」宛芬指著她臉旁，南捷胸前的內袋「這裏──」

南捷撫摸，把內袋裏的布包掏出，宛芬再問：

「是什麼寶貝？貼身帶著？」

「錶。」

南捷打開布包，一隻金光璀燦的女錶露出來，宛芬看著半響沒講話，南捷把金錶重新包起，宛芬瘖聲說：

「這是醒華的，我認得。」

她見南捷把布包審慎放回袋內，宛芬深沉歎息，把頭臉再偎靠在他胸前說：「我也有一只，在我生氣的時摔壞了。」

他們艱難的回到上海，看到車輛壅塞，人聲喧嘩，不覺欣喜若狂。

在龍華的街道上一片畸形繁榮，難民和攤販擠滿街道，街旁布蓬地攤，一家老小都擠坐在破草席上。

南捷拉著宛芬混雜在難民中，潮濕的汗臭充溢在鼻間，宛芬縐眉掩鼻忍受刺鼻的氣味，她恍惚仍在富裕世界，混忘自身的髒汙和亂髮糾結的模樣。

南捷看到一間店鋪有電話，拉著宛芬進店借用，店家見他們滿身髒臭，露出厭惡，宛芬從店裏大鏡看到自己，虛軟的逃出門外，跌坐在臺階上。電話打給國興，空響無人接聽，再打給朱玲，朱玲也不在，南捷留話給宋嫂，說他跟宛芬已到上海，請她轉告親友放心，他們脫險了。

打完電話南捷走出店外，卻不見宛芬，他驟驚跳起，衝進人群尋找，心中焦急得火辣如焚，驀故地看到人群中宛芬的背影，正站在街旁一隻水龍前，接水洗臉。南捷過去拉她走，柔聲勸慰她：

「走吧，這裏亂，我們找車去旅館，到旅館再梳洗。」

宛芬把沾水的臉用衣袖擦幹，擦過的臉污痕縱橫，比沒洗更髒污。

轉過街角到寧波街，難民漸少，東輛繁忙往來，南捷張望街心驀地眼光一亮滿臉驚喜，他跳起衝到街心攔在一輛轎車前面。

轎車緊急煞住，駕車的白虹愕異得難以置信，脫口喊：

「鄭南捷？」

南捷和宛芬竄進車內，白虹誇張的觀察他：

「怎麼搞的，這麼狼狽？前不久還聽說…」白虹看到宛芬，露出曖昧笑容：「她是誰？」

「她姓廖。」南捷再轉向宛芬：「電影明星白虹。」

宛芬沒說話，掃望白虹一眼轉臉面向車外，汽車疾駛在街道上，白虹邊開車邊從照後鏡中打量宛芬，她說：

「南捷，我見過你太太。」

南捷身軀一震，挺腰坐直：

「什麼時候？」

「兩個月以前吧，在王紹曾家，那時候聽說你被關在八字橋監獄。鄭導演也托過我找機會救你，可惜慢了一步。」她說著眉毛微挑尖聲問：「呃，都說你太太是新加坡橡膠大王的女兒，眞的？假的？」

「眞的。」南捷沉默片刻說出。

「喝！」白虹怪聲叫著：「你還眞有兩把刷子。」

汽車開到白虹在法租界的住處，南捷想借打電話，暫做歇息落腳，宛芬排拒不願登樓進屋，白虹開門後喊：

「別怕，我單獨住，很少回來。」

南捷拉著宛芬勉強走進，白虹炫耀的說：

「洗澡間有熱水，我打電話叫館子送吃的。」

「我們借打個電話，喝杯茶就走，」南捷說：

白虹白眼瞪他，邪意地說：

「算了，別假惺惺了，這裏暫借你住，耽會有人來接我出去。」她擠眼裂嘴做怪樣：「我睡的是法國彈簧床，你儘量發揮就是。」

宛芬聽得刺耳，怒目瞪她想要發作，南捷急忙握住她的手以眼神勸止，白虹嗤笑著轉身走進臥室，南捷和宛芬走到電話機旁搖機。

突地外門鎖孔輕響，接著門被推開，南捷轉頭看，震驚得愣住。

進門的是吳延昌，他看到南捷，也顯出錯愕，兩人難以置信的對瞪，空氣頓時窒息凝結，宛芬滿臉驚恐，移向南捷，抱住他的手臂向他身後躲避。

一絲低微獰厲的嘿嘿笑聲，發自吳延昌齒縫間，他笑著把手移到腰間，南捷也像隻欲撲的驚豹，緩緩將電話機旁的一隻花瓶抓起。

兩人舉動都慢，撲攻一觸即發，宛芬陡地一聲嘶喊，橫身擋在南捷身前，她尖厲的喊聲，驚得白虹衣衫不整的衝出臥室，吳延昌拔出腰間手槍，白虹已撲到他們中間，她驚恐的質問：

「你們幹什麼？」

宛芬顫抖著喊：

「吳延昌，你…我們…」

「你們認識？」白虹回頭驚望宛芬：

吳延昌嘿嘿獰笑著舉起槍口，嫉恨得發出嘶啞的聲音說：

「姓鄭的眞有兩套，釣上橡膠大王的女兒，現在又玩錫大王的千金了……」

白虹吃驚的回頭望宛芬：

「什麼？你說她是—」宛芬戰慄驚抖，緊靠著南捷，白虹難以置信的說：「她是新加坡錫大王的千金？我還以爲—」

「你以爲個屁！」吳延昌輕鄙的嗤她，旋變厲聲，滿臉殺機的叫：「閃開！」

他槍口舉起對準南捷，南捷也把花瓶揚起，白虹張臂衝向吳延昌喊：

「等等！」

吳延昌粗暴的推她：

「你滾開！」

白虹被他推得轉個圈仍攔著他，他憤恨切齒的把槍口抵住她的頭：

「你想死嗎？」

「你不敢！」白虹挺起胸膛。

吳延昌齒縫迸出聲音：

「我不敢？」

「不錯，你殺了我，沒有人能替代我服侍土肥原。」

吳延昌氣結的把槍口猛向前推，白虹臉頰被槍管抵著，身體後仰，心頭雖畏懼但仍然硬頂著不退：

「而且你知道，我不止跟土肥原有關係，你殺我至少得罪三個日本將軍。」

吳延昌雙眼充血，咬緊牙根，白虹臉色慘白的和他對瞪，眼中漸露膽畏懼：

「再說，這裏是法租界，不是日本軍佔領區，容、容不得你隨便殺人…」

吳延昌青筋暴突的把槍口移下，怒瞪南捷，南捷毫不退縮，迎面挺立，像只蓄勢竄撲的獅子，白虹面對著吳延昌向南捷說：

「南捷，不留你了，你先走。」

南捷不動，宛芬推他，他才緩慢的把花瓶放下，宛芬拉著他向門口走，行動緩慢，沈穩的移步，白虹隨著南捷、宛芬的移動而轉側身體，把他們擋住。

南捷、宛芬開門離去，白虹撲過去關門，靠在門上，她混身抖顫，一陣昏眩癱軟，癱坐在地。

宛芬拖著南捷亡命奔逃，她邊跑邊回頭張望身後，南捷緊閉著嘴唇，臉色鐵青的跟著她，雙手緊握著拳頭，眼中仍有殺機。

宛芬驚悸慌亂，喘得上氣不接下氣，他們踉蹌衝撞，行人驚異躲避，驀地一陣刺耳的煞車車聲響在身邊，一輛汽車急煞在他們身前停住，宛芬驚怖的尖叫著跳開，南捷猛拉宛芬把她拖到身後。

汽車車門打開，朱嘯峰、廖本源從車內跳下，本源衝向宛芬、宛芬驚極駭叫，待認出父親，反駭異呆住，本源急痛的抱住她，宛芬掙動一下，眼珠一翻暈倒在他的臂彎裏。

他們把宛芬抱上車，朱玲開車疾駛直奔醫院，經過急救，宛芬蘇醒，仍驚怖激動，待看到南捷站在床邊，才逐漸清醒平復情緒，醫生診察她身體虛弱，嚴重營養不良，建議留院醫治，以防有其他疾病感染，潛伏在體內。

本源和嘯峰不時都把眼光投注在南捷臉上，南捷低垂著頭，神情陰鬱，本源想開口跟他說話，幾次張嘴都沒說出聲音。

朱玲察言觀色，輕扯南捷說：

「你去彙中飯店洗澡換衣服吧，國興的房間還在，衣服用具都現成的。」

南捷點頭，向本源、嘯峰鞠躬離開，朱玲在後跟了出去。到了飯店，阿根迎著他們說：

「劉少爺好幾天沒來了。不過他有交代，房間留給鄭先生，將來賬由他結。劉少爺還特別吩咐，說床頭櫃有你兩封信。」

南捷急急拉開床頭櫃，拿出兩隻信封，他的手簌簌抖顫著拆開，朱玲打開手袋抽出一張鈔票塞給他，阿根稱謝退出，南捷埋頭在信紙上，朱玲輕拍他肩膀說：

「你洗澡換衣服，我在樓下等你。」

南捷點頭繼續讀信，朱玲開門走出，信中是醒華娟秀的筆跡，她寫著：

「…讓國興轉信，想來你應該能收到，我跟孩子都平安，就是放心不下你，你的影像無時無刻不在我腦海縈繞，望你千萬珍攝，你有個長短，我跟孩子也沒法活下去…」

下邊淚痕斑斑，字跡模糊潦草，他不及辨認急拆另一封信，見信裏寫著：

「南捷，前信不知是否轉到你手裏，焦慮、思念，夜夜惡夢，思你、念你、想你、深悔當初不該讓你離開，種下今日煎熬痛苦，我自信獨立堅強，但想到你，我就變得彷徨脆弱無比，我思念在你堅強臂彎裏的日子，我渴盼你的體溫熱力給我鼓舞安慰，接信後萬望速回消息，讓我知道你平安無事。」

母病漸痊，得警署陸幫辦協助，引薦我進警署任書記，月入雖不豐富，但有精神寄託，供我母子生活也綽有裕餘…」

在樓下餐廳，朱玲坐在吧台高腳椅上，面前一杯飲料，顏色晶瑩碧綠，白俄女侍伊芙含笑盈盈的在吧台內望她，說著一口繞口的國語：

「小姐每次都點綠色蚱蜢，我記得。」

「我這麼引人注意嗎？」

「漂亮小姐總讓人印象深刻。」

朱玲笑了，誇讚她：

「很會說話，你是俄國人吧？」

「是的。」伊芙點頭，笑容燦爛明朗，充滿善意。

朱玲側眼瞟望吧台另一邊幾個客人，問她：

「我剛聽妳跟那些人聊天，口氣裏好像也很仇視日本人？」

「嗯。」伊芙點頭顯出凝肅神色：「我仇視他們！」

「為什麼？」

「因為我住在中國呀。」

「雖然你住在中國，卻不是中國人吶。」

「既然居住中國，就跟中國有地緣感情，跟種族沒有關係。」

「妳說明白點。」

伊芙再露出笑容，笑容裏有滄桑神色：

「一個沒國籍的人才能體會歸屬的感情，所有人都輕視白俄，就是因為我們被國家所摒棄，是沒根的浮萍，離樹飄浮的柳絮，中國接納了我們，我們也歸屬依附了中國的土地，所以，我自認已經是中國人，凡是對中國土地還是對中國人民的侮辱和不敬，我都有身受的激憤。」

朱玲仍茫然不解：

「你不認爲你是俄國人了嗎？」
「我是俄國人，但現在生存在中國土地上，這就像你們中國的一句俗話：『生母是命，養母是恩。』」
朱玲喃然點頭：
「對，生是命，養是恩。」
朱玲臉色起著急劇的變化，變化的結果顯出湛然澄明豁然開朗的顏色，她敬肅的說：
「謝謝你，伊芙，你幫我開了茅塞。」
「啊？茅塞？是酒嗎？」
「不。」朱玲一時無法解釋，轉口說：「好吧，你幫我倒杯酒，雙份！」

18

南捷煥然一新的來到餐廳，朱玲看到他，歡愉輕快的離開吧台，端著酒杯拉他走向餐位。

「哈，俗話果然滿含哲理，『人是衣裳馬是鞍』你換過衣服就像變了一個人。」她說著揚手高喊：「喂。WATER。」

南捷望著她緺眉：

「你喝酒？」

「嗯！我喝酒。」朱玲欣然點頭。

南捷觀察她，問：

「妳好象很高興的樣子？」

「對，我很高興。」朱玲重重點頭：「我剛解開心裏一個結，結解開，心裏豁然開朗，不再迷惑猶豫了。」

南捷疑惑的望她，伸手按住她的酒杯，朱玲醉眼迷離的揮手：

「一時解釋不清楚，我會用行動表示，你要吃飯還是喝酒？」

「我吃飯。」

「好。」她再轉身高喊：「WATER！」

翌日早晨，南捷在熟睡中被敲門聲驚醒，他坐起發愣瞬間，穿衣下床開門，見宛芬在門外站著，她說：

「我不放心你，來看看。」

南捷聽得她的話，微愣緺眉轉身走回房內，問她：

「現在幾點？」

「八點半。」宛芬看錶回答：

「你回去吧。我要換衣服洗臉。」

南捷冷漠的走進浴室，宛芬感受到他的態度，愣站著望他，浴室的門關起，接著傳出水聲，宛芬輕咬嘴唇在床邊坐下，她愣著猜想，驀地看到床頭櫃上的信，她過去拿起信封看，臉色蒼白的猶豫著想抽出信紙，又不敢。

猶疑，彷徨，浴室的門再傳出響聲，她趕快放下信回到原來坐著的位置。

南捷從浴室探出頭說：

「你身體還沒復原，先回去，我耽會就過來，有話跟你爸爸談。」

宛芬顯出心驚，震動的問他：

「跟我爸爸談？談什麼？」
「談你的事。」
「談我？」
「你先回去，我耽會來。」
宛芬驚心忐忑的訥訥說：
「我離開醫院了，跟我爸爸住大華飯店。」
「好，我耽會去大華找你們。」
浴室的門再關上，宛芬驚疑忐忑，站起走出，輕輕帶上房門。
回到大華飯店，宛芬推開父親房門，本源聞聲抬頭望她，見她臉色蒼白，神情異樣，驚問：
「大清早跑到哪去了？不舒服嗎？」
「沒有，我去找南捷。」
本源沉寒下臉，顯出怒色，宛芬怯懼的在他身邊坐下輕聲說：
「他說耽會來，有話跟你談。」
「哼，很好」本源溫和的臉顯露憤懣：「我也正有話問他。」
他說著逼視宛芬，問：

「我看你們神情親蜜，路上，你們發生什麼事？」

宛芬低垂著頭，淚珠滴墜到膝上，本源厲聲再問：

「到底發生什麼事？」

宛芬默然無語，頭垂得更低，本源激怒得拍桌咒罵：

「畜生，是他逼你？」

宛芬閉嘴不答，本源更加激怒，把桌上杯盤掃落地下摔碎，瓷器的爆響驚得宛芬跳起，本源怒指著罵她：

「你糊塗，他有老婆孩子，你知道醒華對他的感情。」

宛芬霍地抬起頭，淚流滿臉，聲音嘶啞。

「他說他會跟醒華離婚─」

本源更怒，揮手猛摑她一個耳光，宛芬抱頭嘶喊：

「他說他眞心喜歡我，愛我…」

「胡扯，他這樣喜新厭舊，能夠毫不顧惜的丟掉醒華跟孩子，會眞心愛你？」

「他親口對我說愛─」

她驀地張口結舌梗住話聲，看到南捷站在門口，正難以置信的向她瞪視，宛芬蒼白的臉色窘急得熱血沖頭，南捷陰冷的神情轉成厭惡鄙棄，轉身走開。

南捷頹喪落寞，心情灰冷的在上海街道遊蕩，他邊走邊想，心緒煩燥混亂，難以理解宛芬會對他有這種誣攀，他傷心呵護照顧的熱情被誤解，更恐懼謠言傳播會傷害到他和醒華的感情。

想著他驀地停腳站住，驚駭的問自己，那夜在農村，空腹喝甜酒釀醉倒，若是沒有坦克車衝撞，不知會否闖出不能挽回的事？」

他想得驚出一身冷汗，站立良久不能舉步，對宛芬的責怪氣憤已相對減輕。

他信步走，想到鄭超凡家探望，因在日租界，又覺得躊躇，打電話約錢富九出來見面，富九和畢三約他在天目路一間老虎灶碰頭。

富九見到他熱情高興、笑聲不斷，告訴他國興離開上海時的留話：

「他臨時走得急，很掛心你們，也很擔心你以後在上海的處境，說要是你願意，就讓我送你到太湖。」

南捷不明白去太湖幹什麼，問富九、畢三搶著插嘴說：

「去太湖打遊擊。」

「打遊擊？」

富九解釋打遊擊的性質和生活狀況，然後說：

「要是你不願去，想留在上海，還是回新加坡，我們都會想辦法幫你，不過，他說你留在上海要對朱玲提高警覺，最好留在租界，別進淪陷區。」

南捷點頭，問富九：

「你呢？」

「我參加蘇浙別働隊。」富九說著撕下報紙一角，舔著鉛筆寫了幾個號碼給南捷：

「有事打這個電話，找我跟小三。」

畢三又插嘴說：

「要是我們都不在，就留話在這裏。」

「對。這裏是據點，會給我們通消息。」富九再問他：「你決定怎麼樣？」

「讓我再想想。」

富九點頭說：

「國興還留話說，旅館房間你儘管住，錢，他會算，旅館房間衣櫥鞋盒子裏有兩根金條，你儘管用，他回上海，會找你—」

南捷默然，他抑鬱，輕輕舒口氣：

「旅館，我不想再住了。」

富九，畢三俱顯錯愕，南捷苦笑著站起說：

「那裏不是我能住的地方，我再想想，說不定跟你們到太湖去。」

醒華剛在庭院下車，阿招就尖著喉嚨叫：

「太太，小姐跟小少爺回來了。」

溥齋和麥氏從樓上奔下，阿招推開客廳的門讓醒華進入，麥氏張臂迎著，滿臉歡愉：

「來，康康，婆婆抱。」她接過康康，埋怨醒華說：「等妳吃飯，怎麼現在才到？」

醒華向父親招呼，跟母親說：

「康康這幾天感冒，有點咳嗽。」

「啊？看醫生了沒有？」麥氏痛惜的親康康，怨怪的說：「一定是那個溫太太沒照顧好。」

麥氏抱著康康在沙發坐下，醒華偎在她身旁，阿招高興的在旁觀看，溥齋面容雖嚴肅，但眼中卻漾著笑，麥氏說：

「妳那間木頭房子，四面牆壁都是縫，夏天還好，春冬那擋得住風啊，偏偏妳又捨不得離開，那就苦了我這個小乖乖了。」

麥氏又親又逗的撩撥康康，逗得康康格格笑，她呶著嘴唇問康康：

「乖乖吃了嗎？肚子餓不餓？」

醒華從提袋中拿出奶瓶：

「該喂了。」

阿招搶著說：

「我來喂—」

她說著伸手要抱，麥氏在她手上打了一巴掌說：

「還輪到你？去去，去沖奶，先把奶瓶燙過。」

阿招笑著撫著手背接過奶瓶走進廚房，客廳中激蕩著康康的笑。

第二天醒華到警署上班，她專注的操作打子機，打著一份文件，打字機的鍵盤規律的響著，沒發現紀幫辦已推門進來站到她身邊說：

「打好沒有？」

「馬上就好了。」

他的突然詢問把醒華嚇了一跳，醒華抬頭望他，極爲反感的答說：

紀幫辦一臉官僚的責斥：

「你工作效率太差！」

醒華強抑怒氣，再抬頭望他，沒說話，紀幫辦再問說：

「還要多久？」

醒華打出最後一個字，抽出文件遞給他：

「你文稿交給我才十分鐘，我的工作效率並不差。」

紀幫辦接過文件看，轉身要走出，電話鈴響，紀幫辦聞聲又轉回，醒華抓起桌上分機接聽說：

「陸幫辦辦公室，是，陸幫辦不在，請問——」

紀幫辦一把搶過電話，對方卻「卡」地掛斷了，紀幫辦窘怒的問醒華：

「這是什麼意思？」

醒華聳聳肩膀說：

「你接的呀！」

紀幫辦怒氣衝衝的說：

「我一接對方就掛斷了。」

「他大概不喜歡聽你說話。」

紀幫辦氣得臉色脹紅指她：

「妳，妳這種不禮貌的態度，我要向上級呈報。」

「幫辦，你交辦公事，我從不拖延拂逆，對你個人我更誠惶誠恐循規蹈矩，你加罪呈報我，總得有理由吧？」

「妳態度囂張就是理由，仗著妳父親有幾個臭錢，就——」

醒華口齒尖利的截斷他說：

「我父親的錢都是以英鎊計算，假如說英鎊是臭的，你拿大英帝國的薪俸，不是太輕蔑女王陛下了？」

紀幫辦氣的身體搖了搖，想破口大罵，適時電話鈴又響，醒華接聽說：

「陸幫辦辦公室，噢，他在，不過，檢察長，他正在發脾氣…」

紀幫辦像被刺著似的跳起搶過電話，他握著話筒吸口氣，儘量抑制情緒，發出謙卑的聲音：

「紀福全，是，檢察長！」

醒華見他狼狽尷尬的神情忍不住偷笑，掩嘴低頭整理打字機掩飾笑容。

下班後醒華抽空到醫院探望陸幫辦，把和紀幫辦的衝突詳細告訴他，陸幫辦聽後對她訓斥責備：

「這是妳不對，在公，他是長官；在私，他也算長輩，這樣針鋒相對有失厚道。」

「可是他那種官僚態度，讓人難以忍受，而且，他行動鬼祟！」

「他就是這樣子，很會計較，心胸狹窄。所以更不能在言辭態度上刺激他，這樣，會替我跟你爸爸樹敵。」

「好嘛，我儘量容忍就是。」醒華嘴上雖說，眼中卻仍流露倔強不屈：「反正也容忍不久，你快出院了，你出院複職我自然就不必再看他臉色。」

離開醫院醒華走路回家，她經過一間百貨店，看櫥窗裏的嬰兒衣服漂亮，就駐足觀看，看著喜歡地想進店購買，剛進店門。「轟」地一聲爆響，震得房屋搖顫，醒華驚恐的退出店外，見街頭民眾俱都相顧驚駭。

片刻後「噹噹」敲鐘的救火車飛快駛過，醒華聽得街邊有人議論說：「爆炸有火光，在律巴周家橡膠工廠方向，醒華一聽驚怖得跳起奔跑，衝跑數步想在街頭找車，驀地看到有警車鳴笛駛來，她跳到路中攔車，出示證件並做簡短解釋，警員讓她上車。

警車馳到工廠門外，醒華跳下車衝開警察封鎖進入工廠，工廠裏廠房倒塌，煙屑仍未消散，工人，警察等正從瓦礫雜物中把死傷者抬出。

醒華衝進辦公室，見溥齋臉色灰敗的接受紀幫辦詢問，醒華奔過去抓著溥齋驚慄的問：

「爸爸，你沒事？」

「事情怎麼發生的？」

溥齋轉頭看她，搖頭，醒華再問：

一旁紀幫辦冷冷插嘴：

「我正在問，妳不要干擾。」

醒華看到他，一愣，紀幫辦傲慢的把手裏紙筆丟給她說：

「現在執行公務，你是警署書記，坐在旁邊記錄口供。」

「記錄口供？我爸爸是苦主。」

「苦主？誰是樂主？在沒有確定是人爲破壞以前，就是業主設備維護不良，造成的工廠災變，被炸傷炸死的工人才是苦主，周溥齋先生，爆炸怎麼發生的？」

溥齋搖頭：

「我不知道。」

「說不知道，搪塞不過去吧？」

「紀幫辦！」醒華激怒得眼中噴火。

紀幫辦對醒華的憤怒視若不見，冷森的說：

「周小姐，違抗長官命令，記過扣薪，阻礙辦公更是公訴罪，別讓我有理由將妳拘捕。」

溥齋向醒華搖手，再揮手示意她出去，醒華怒視紀幫辦，溥齋說：

「紀幫辦，我跟我女兒說幾句話。」

「可以，我沒耐心等，快點。」

溥齋把醒華拉到一旁，低聲對她說：

「姓紀的態度很明顯，他明知道我是誰，也明知道工廠爆炸是被人破壞，還用這種態度，背後一定有問題，爭沒有用，妳打電話找律師……」

「我馬上打。」

「電話線斷了，妳去外邊打。」

溥齋強推醒華走，醒華激憤的離去，工廠吵雜混亂，有婦人尖厲的喊叫號哭，警察忙亂的搬送死傷到救護車，醒華穿過混亂人群，衝奔跑出。

醒華打過電話仍愴惶無主，想到陸幫辦，趕緊跑去醫院向他報告，陸幫辦聽罷經過問她：

「諾頓律師怎麼說？」

「他沒具體建議，只說馬上趕到協助。」她接著焦急的問說：「陸叔，紀幫辦這樣歪曲是非，他能一手遮天嗎？」

「他的目的正是想遮掩事實，刻意誤導。」

「我不懂！」

陸幫辦突然說：

「他這個國際共產黨，做得太明顯了。」

「國際共產黨？」醒華瞠目錯愕：「那是什麼？」

「就是所謂共產國際，他們崇尚階級鬥爭，無產階級革命，他處理這件事就是刻意誤導，造成勞資對立，進而激起階級鬥爭。」

醒華愣著說不出話，陸幫辦凝思，撐身坐起喊：

「樹標！」

站在門外的唐樹標聞聲進門，陸幫辦吩咐他：

「樹標，你替我辦手續我要出院。」

唐樹標顯出猶豫，醒華趕緊說：

「陸叔，你傷口還沒復原吶。」

「結疤了，等於復原。」陸幫辦掙扎下床，醒華趨前攙扶，再勸阻：

「陸叔，要出院也等明天吧。」

「不，我要趁今晚佈置，讓他措手不及。」

第二天早晨紀幫辦滿臉得意的走進陸幫辦辦公室，他趾高氣揚的站在醒華面前說：

「昨天妳抗命不服指揮，我已經簽報處分，有關律巴橡膠廠的爆炸案，諾頓律師辯護說是人爲破壞，經過調查檢驗，證據不足，我已經簽報駁回，耽會勞工局的人來，以工廠災變評估受害賠償，現在妳打一份公文呈報華民署備案。」他一回頭看到唐樹標，愕異的說：「咦，唐樹標，你在這兒幹嘛？」

屏風後人影閃動，他從縫隙裏張望，看清是陸幫辦坐在桌後，他難以置信的繞過屏風細看，確實是陸幫辦莊嚴的坐在桌後翻閱文件。他失聲喊：

「老陸？」

陸幫辦微笑著抬起頭：

「我昨晚銷假今早上班，謝謝你這段時間幫忙，晚上聊聊，喝兩杯。」
紀幫辦愣著半響，說：
「你傷還沒好，何必—」
「好了，你看我不是精神飽滿嗎？」
「可是，律巴橡膠這件爆炸案，我要把它結案…」
「不用了，這件案子複雜棘手，昨天你的簽呈檢察長都退給了我，命令我繼續接辦。」
紀幫辦臉色陣青陣白的說：
「這—我約了勞工局的人…」
「沒關係，我跟他們談。」
紀幫辦銜恨的怒瞪醒華，醒華低頭假裝沒看見，尷尬僵持一會，紀幫辦發出一陣乾硬刺耳笑聲說：
「好，好吧，那我就輕鬆了。不過我會從旁協助，是非總得有個評斷，不能虧待勞工。」
他轉身再瞪醒華一眼，含恨走出，樹標關上門，陸幫辦急催醒說：
「你趕快打電話跟你爸爸說，儘快解決死傷的撫恤賠償問題，別再給他機會挑撥離間，搧風點火。」
醒華急忙抓起電話撥打，陸幫辦深深吸氣忍受傷痛，臉上陣陣起著痛楚痙攣。

律巴橡膠工廠的大門外貼出佈告，人聲鼎沸的擠著工人和家屬圍觀，布告內容寫著：

經廠方，勞工局、受難家屬等共同會商議決：

壹、從優撫恤傷亡員工，死者英鎊一千鎊，傷者英鎊五百鎊。

貳、保險公司理賠，另外計算給付受難勞工。

參、死難家屬工作由廠方優先安插。

肆、死難家屬有任何意見或不滿，可直接向廠東周溥齋申訴。

伍、即日起工廠停工整頓，停工期間工資照發，機器修復後立即開工生產。

下面有周溥齋署名，勞工局簽證，觀著的人私語議論，臉上俱都洋溢滿意笑容，佈告上方牆頭另外懸掛一條巨幅紅布，紅布上剪紙貼著白字：

「不怕橫逆挫折，堅決支援抗日戰爭。」

夜，港口旁暗巷中響起一陣木屐聲響，木屐聲中加雜著舌頭僵硬的日語歌聲，歌聲和木屐聲在靜夜中格外刺耳突兀。喝醉的日本浪人手舞足蹈的唱著歌轉過街角，幾乎同時撩開袍角轉身向牆壁嘩嘩撒尿，街燈暗淡，撒尿的聲音特別響亮，他們尿畢轉身突地木棍「砰」地擊在頭上。

幾個華人手拿木棍摟頭蓋臉的狠打，浪人揮臂抵擋，發出慘叫，片刻間一個浪人被打躺下，另一個浪人跌撞著狂呼嘶叫著逃跑。

整夜間華人和日本人追打，日本人開的寫眞館，理髮店都被砸爛，群架打到天亮，互有死傷，警察忙著抓人、救傷、鎭壓、隔離、看管，疲憊不堪。

清晨，康康饑餓號哭，醒華搖哄著燒水沖奶，忙得手忙腳亂，溫太太聽得哭聲來叫門：

「哎呀，哭得這麼利害，他怎麼啦？」

「肚子餓，我慢一點都不行了。」

醒華說著開門讓溫太太進來，她進門就一把搶過康康，邊搖邊痛惜的喊：

「乖乖，哭得好傷心吶，奶奶聽著肉疼啊…」

醒華抽身沖奶，把奶瓶浸放在冷水中激涼，溫太太搖哄著康康，康康漸漸止哭，醒華試過奶溫後把奶瓶遞給溫太太，康康銜住奶嘴吮吸，狼吞虎咽。

倆人看著康康吃奶，溫太太突地想起，說：

「噢，對了，剛聽鄰居說，街上很亂，到處都是警察，妳就會慢點出門。」

「很亂？爲什麼？」醒華愕然。

「聽說夜裏我們唐山人跟日本人打架，還打死人。妳慢點出門，我去打聽一下。」

溫太太說著把康康遞還給醒華，轉身要出門，突見門口有人堵著，嚇得她魂都飛了，門口站著唐樹標，溫太太認得他，驚魂甫定後她想開口罵人，醒華趕緊說：

「唐大哥，有事嗎？」

「幫辦說街上情況很亂，叫我送妳回家，今格別上班了。」

警車開進周家大門，阿招奔出迎接，醒華把康康給她抱，下車邀樹標稍坐喝茶，樹標搖頭倒車說：

「很多事等著辦，沒空喝茶！」

溥齋和麥氏迎出客廳，阿招抱著康康歡喜得眉開眼笑，麥氏過來接過去，親著說：

「乖乖，婆婆昨夜還夢到你呢。」

醒華向父母招呼，阿招追著麥氏逗弄康康，搔著他的脖子逗他笑，走進客廳，溥齋在沙發坐下，點燃雪茄說：

「是我打電話，讓妳回來的。」

「妳爸爸擔心外邊亂，怕妳碰上事。」麥氏說：

「另外也有事。」溥齋放下雪茄從衣袋掏出一封信：「醒漢有信來了。」

麥氏驚怒的叫：

「你！醒漢來信你怎麼不早說？」

醒華興奮歡喜的接過信拆看，麥氏激動的抓著她，疊聲問著：

「信從那裏來？說什麼？」

醒華察看信封，回說：

「從安南！」

「安南？那是什麼地方？」麥氏心急的調頭問溥齋：「安南是什麼地方？」

溥齋沒理她，咬著雪茄吐煙，向醒華望著，麥氏轉頭再問醒華：

「寫什麼？念給我聽，他怎麼了？」

醒華邊看信邊說：

「他很好，說在香港受訓，參加一個叫『叢林蜥蜴團』的組織⋯」

「叢林蜥蜴團？」麥氏焦急的問說。

醒華抬頭和溥齋對望，溥齋說：

「妳看信，別理她—」

午飯後溥齋叫醒華陪他到院中散步，天空陰霾，勁風旋卷，枯葉在腳下飛撲，溥齋神情沉鬱，咬著雪茄，低頭背負雙手，醒華問他：

「爸，你說『叢林蜥蜴團』是游擊組織，眞的？」

溥齋點頭，拿下雪茄說：

「以前就耳聞在安南有個反抗法國統治的游擊暗殺組織，叫『叢林蜥蜴團』，他們潛伏熱帶雨林，興用吹箭、毒弩、彎刀做武器，專乘黑夜活動⋯」

「醒漢怎麼會認識這種人？」

「信上不是說嗎?他在香港受訓。」溥齋說著沉痛的抬頭望天，顯出蒼老無助，醒華抬手挽住他的手臂，他低頭望她，難掩心頭絞痛：

「妳跟醒漢是爸爸僅有的兒女，疼愛你們，不必多說，爸爸離開家鄉到南洋創業，赤手空拳，點點滴滴的積聚，建立橡園，從第一棵橡樹，到現在十萬多畝，每棵樹都是我督促栽植，現在，眼看斷送，都怪我讀書少，不能識人善用…」

醒華無言安慰，眼眶凝聚淚水，她嘴唇緊閉，弧形輪廓顯露出堅毅不屈，溥齋繼續說：

「眼前情況，進退兩難，撐下去，困難重重無法克服，停頓關廠利息負擔，違約賠償，債務償還都會把家產耗盡…」

醒華淚珠流出眼眶，她甩頭、想把淚珠甩落、沒甩落、滴到腮上，她抬手掠髮，順手抹去淚濕，溥齋繼續說出瘖啞的聲音：

「脫手讓售是一條路，日本人，英國人都逼我往這條路上走，可是，我一生心血這樣輕易讓人，尤其是讓給日本人…」他說著搖頭慘然：「我死不瞑目。」

「英國人的態度也是這樣?」

「英國人一樣想趁火打劫。唉，現在想想很佩服廖本源，拿得起放得下，當機立斷，用焦土政策!」

廖本源父女回到香港，他們家在半山區一幢豪華宅第，兩層樓的洋房白牆灰瓦，俯窗下望維多利亞港灣，九龍和港島的高樓鬧市，都盡收眼底，廖張鸞歡天喜地的接住他們，卻見父女倆臉色陰沈，皆無絲毫笑容。

她猜想可能是路途疲勞，致心鬱寡歡，就先忙著張羅飲食，讓他們各自進房梳洗歇息。晚上飯菜滿桌，廖張鸞興奮的拉著父女吃團圓飯，一邊嘮叨數落宛芬，讓她心急掛念：

「妳在上海出事，差點沒把媽急死，妳爸爸去上海也好久沒確實消息，後來來封電報說妳脫險了，我才鬆下這口氣。」她抓著宛芬焦急的問：「說妳被土匪綁票，怎麼逃回來的？」

宛芬眼圈陡紅，熱淚湧出，廖張鸞心疼的摟住她安慰：

「別哭，回到家，事情都過去了，你不拗著留在上海，也不會發生這種事，妳爸說可銘受傷妳要留下照顧，這也是有情有義應該做的。」

本源含怒打斷她的話：

「別說了！」

廖張鸞驚愕的停住嘴，宛芬難堪的摀臉哭著跑上樓去，本源積怒未息也離座摔筷走開，剩下廖張鸞瞠目結舌滿頭霧水的呆在當地。

宛芬奔到樓上臥房關門痛哭，她把窘急，悔恨都化做淚水，廖張鸞進來站到她床前，宛芬以哭叫撒賴掩飾：

「媽，妳出去！」

「這到底—」

「妳出去。」

「好好，我出去，可銘有封信寄來，我拿信給妳—」

宛芬不說話，繼續哭著踢床：

「妳出去！」

廖張鸞把信放在床頭櫃上轉身離開，臨走說：

「這是怎麼了?父女倆去一趟上海回來跟仇人似的！」

宛芬哭累了睡去，醒來想起可銘的信，急忙拆開閱讀，看著信，心裏不覺湧起羞愧。

宛芬：我的傷好了，日本人留個彈頭在我肩骨上，這顆彈頭短時間不影響健康，長時間會有後遺症，但國內現時醫療差，也只好暫時留著朝夕『品味』這顆日本丸子。

離開上海時我的心裏曾絞痛，深感給妳痛苦而愧悔，家庭遭遇讓我深切感受到國家衰弱被欺侮的齧心痛苦，我決心投身國家復興行列、貢獻一己，至死方休。

在上海，我對妳的冷漠蠻橫是出於內心焦慮的掙扎，愛情我盼望，但我已沒資格享受愛情，我忍痛割捨，讓妳美麗璀燦的生命，去除羈絆，有更開闊亮麗的明日。

請忘掉我，也請祝福我，讓我帶著肩骨上的彈頭，奮勇前進。

在重慶，我認識一些熱情朋友，他們邀我去陝北一個紮根的地方，我決定去，明天就動身。

別了，我刻骨銘心的愛人。

可銘

民國卅年十月一個清晨

宛芬看完信，虛軟的再躺回床上，她腦中一片空白，混身痲木，森冷逐漸擴散到全身……

民國卅年十二月八日，日軍偷襲美國夏威夷的珍珠軍港，引爆太平洋戰爭，山下奉文軍團藉勢南進，席捲中南半島和馬來亞西，翌年二月八日強渡柔佛水道，一周後攻佔新加坡島。二月十五日午後，英軍指揮官派西巴爾在布其帝瑪的福特汽車廠，向山下奉文遞交降書繳械投降。

日軍攻陷新加坡耗費一周時間，英軍曾和從柔佛渡海的近衛師團激戰數日，死傷慘重，後援不繼，加以新加坡市唯一水源烏斯雷貯水池遭到破壞，水管破裂，市區無水使用，民心士氣瓦解崩潰。街巷雖有零星戰鬥，但旋被日軍壓制消滅，日軍大肆搜捕華人，集體屠殺，並有頭顱割下懸掛在街道的電線杆上，以作鎮懾。

英軍投降的俘虜被繳械集中，澳州師團和一些印度傭兵都被圍剿扣押，抵抗力被徹底消滅。在戰鬥的最後關頭，同僚苦勸陸幫辦抓住最後機會逃亡，他拒絕了這些善意的維護，說：

「不，我們有幾十萬僑民在這兒，怎麼能丟下他們摸摸屁股溜走，我不走！」

對方心焦情急的勸告他，日軍殘暴，進城後恐將屠殺報復，暫避一時，總比強攖鋒銳的好，陸幫辦感慨歎息的說：

「日軍侵佔東北，我遠渡重洋來到新加坡，逃避十年仍逃不出日本軍閥魔掌，我已不想再逃，也無路可逃，再說我是警署刑事幫辦，在任何情況下，都要先維持社會秩序治安，當務之急是保護僑民的生命財產，不受侵害掠奪。」

陸幫辦沒有撤退離開，他照常處理公務，只是把醒華遣走，讓她回到律巴，依附父母，躲避不測。

醒華沒有回律巴，仍然回到她的小木屋。

激戰後的新加坡，斷垣殘壁，曝屍處處，居民盡皆關門閉戶噤若寒蟬，犬吠兒哭皆無，街道上日本浪人狂呼亂喊『捧塞』（萬歲）之聲不絕於耳，太陽旗隨處飄蕩，英國的米字旗被踩在路中。

醒華蜷縮在木屋裏不敢出門，麥氏卻被鄺叔送來，她進門就抓著醒華哭說：

「我拼著老命來找妳，妳給我搬回去──」

「媽，有話慢慢說，別急。」

「世道這樣，我能不急嗎？一路到處都看到死屍，妳，妳一個人在外邊，我怎麼能不著急？走，妳跟我回家──」

「媽…」

「妳別再跟我講理由，我不要聽，妳跟我回家，好歹全家人在一起，要死我也瞑目。」

麥氏老淚縱橫，臉色慘白，淚眼中滿是驚怖，她抓著醒華的手不住顫抖，醒華身旁的康康仰臉注視她們，麥氏看到他放開醒華把康康抱住：

「康康都四歲了，鄭南捷連封信都沒有，妳還癡心等他？」

「我等他」醒華堅定的說。

「唉，妳怎麼都勸不醒？」

「媽，明知勸不醒您就別說了。」

麥氏恨得想捶她，醒華的堅決讓她激怒的手抖腳顫，母女爭持到天晚，鄺叔怕天黑路途兇險，勉強把麥氏勸走。

麥氏離去後醒華心頭絞痛，幾次有追出門外的衝動，都被強抑壓制，她想、要堅持、要堅強，要對抗自己的脆弱，才能對抗險惡艱難的環境，南捷是她的精神支柱，木屋是她的堡壘，她離開木屋，支撐奮鬥的力量將被腐蝕而逐漸崩潰。

想著她不禁低呼：

「南捷…你現在哪裡？」

南捷和錢富九、畢三正在馳往上海的滬杭列車上。

火車挾著狂風在鐵路疾馳，濃煙噴吐，巨輪如飛滾轉，車廂搖晃著擠滿了旅客，他們擠坐在車廂中段的卡座上，南捷和富九悄聲說話，畢三翹著腿，腳踩在對面椅角，眼光機警的向車門瞭望著，南捷問：

「上海這麼危險，國興回來幹嘛？」

「不清楚。」富九說：「他只說要我把你帶去見他。」

南捷轉頭望畢三：

「三哥說敵僞懸賞十萬大洋抓他？」

「是啊。」畢三說：「十萬大洋，我畢三有他一半身價就好⋯這回到上海也搞他個天翻地覆，把身價銀子往上拉一拉！」

富九瞪他，畢三辯解的說：

「我沒說錯啊，在別働隊都是集體行動，殺幾個日本小兵，要幹還是像劉大哥那樣，撿個大的殺，讓漢奸跟日本鬼子也曉得我畢三——」

富九著急的踢他一腳，斥責：

「你吃飽了是吧？」

「還沒吃呢！」畢三不馴的抗聲答。

富九慍怒，猛敲他踩在椅角的腳踝骨，畢三負疼抽腿，呲牙裂嘴的把頭轉開，轉頭時驀地看到車門進來兩個日本憲兵，他驚悚的抬臂輕撞南捷，腳下踢了踢富九。

帶頭的士官，雙眼陰鷙的掃視車廂，滿車旅客驚慄，俱都駭懼變色，鐵釘鞋緩緩踏過走道，車內鴉雀無聲，只有車輪輾過軌道的隆隆聲音。

每個人都強自鎮定，但難掩眼中驚恐，日軍走過身旁，才不覺吐出懸憋的一口氣，放鬆緊揪的心。

日軍士官走過畢三身旁，走過後又驀地回頭，他目注畢三勾勾手叫他站起來，畢三桀敖的抗拒瞬間，緩緩挺身站起，富九搶著站起身，日軍槍口立刻抵住他的身體，富九僵著堆滿笑臉，哈腰鞠躬，日軍士官不理他，把手伸向畢三腰後，畢三腰後有手槍鼓起的槍柄。

在他手指觸衣的霎那，南捷突地站起用日語說：

「皇軍辛苦」

日軍士官一愣，轉臉望他，畢三陡地矮身蹲下，從腰後拔出手槍「砰」地射擊日軍士官小腹。

同時間日軍開槍，富九應槍沖退，鮮血濺向車窗，南捷奮身撲前，袖中拔出匕首疾揮割斷日軍喉嚨。

車廂驚呼嚎叫登時大亂，南捷扶起富九，富九撫創喘息著推他：

「快，跳車！」

南捷猶豫愴惶，富九臉色脹紅，嘴中嗆流出血珠：

「快走，列車上有一隊憲兵。」他撐身挺起向畢三叫：「小三，叫老百姓到另外一節車廂。」

畢三發愣，富九從腰間掏出兩枚美國手榴彈給他，喝叫：

「去，守住前邊車門。」

畢三接過手榴彈，雙眼通紅的吼著：

「日本兵馬上就來，怕事的往後邊走。」

車廂內男女老幼蜂湧奔向後車廂，富九抓著南捷說：

「都城飯店，問櫃檯…國興會留話…」他笑容淒慘，牙根咬緊：「兄弟，相交一場…轉告國興，我富九沒負他所托…快走，從後車廂跳車，穿過去就是松江…」

富九說著抓推南捷，南捷掙拒，富九咬著牙根眼瞪如鈴：

「鄭南捷，我錢富九是條漢子，劉國興叫我把你送到上海，你就得到上海，你不走，我死不瞑目。」

他說罷猛推，南捷被推得坐在地上，富九掙起再想抓他，陡地一陣槍響，車門玻璃碎裂，槍聲中前節車廂「轟」地一聲爆炸，爆炸聲裏槍聲連發，畢三中槍踉蹌跌撞退回車內，富九吼叫：

「小三，挺住——」

吼聲中他抓起南捷連推帶拖拉他走向後車門，門拉開，強風灌進，富九把南捷拖到門口猛推把他推下車去。

南捷翻滾摔跌，滾下鐵路斜坡，他爬起衝跑，火車窗內一排機槍射下，他中槍一頭栽進草叢。火車馳走，他掙扎著爬出草叢，撫著腿傷爬到一處田梗草寮，暈倒在草堆中。

鐵釘鞋的隊伍踏過新加坡街道，坦克車隆隆的引擎聲從郊外開進市區，太陽旗血紅的隨風招展，刺刀的寒光映照著街旁驚怖的民眾。

警署大樓門外的警衛已撤崗，大樓內外陰暗寂靜，渺無人跡，數輛三輪摩托車呼嘯馳來在門口停下，幾名日軍簇擁著一個軍官下車，昂首闊步的走進警署大門。

鐵釘鞋在寂靜的樓內踏出刺耳的迴響，他們上樓穿過走廊走到陸幫辦辦公室。軍官推門進內，日軍留在門外把守，軍官走進屏風，走到陸幫辦桌前，陸幫辦抬頭看他，顯出驚心。

「吳延昌。」

「陸幫辦。」

吳延昌帶著譏誚兇險的笑容：

陸幫辦緩緩站起，把手中書寫的鋼筆輕輕放落：

「眞是有緣，你現在終於拿掉僞裝，正式做日本人了。」

「也恢復日本皇軍身份，渡邊一宏大佐。」
陸幫辦嘴角浮起譏誚的笑容說：
「這樣好，做個道地日本人，不姓吳，這樣你父親就不會羞愧，不會沒臉面對祖宗了。」
吳延昌激怒跳起，抓過桌上打開的墨汁擲砸在陸幫辦臉上，陸幫辦仰天發出笑聲。他笑聲不絕的被帶出門，被帶進警署綠草如茵的院中，被推著靠在牆上，吳延昌親自指揮日軍排槍射擊，把他射成蜂窩般倒下。
陸幫辦倒地，滿身鮮血迸流，他的眼睛暴睜怒瞪，雙手十指抓地，兩把泥土緊握在掌中……

19

醒華得知陸幫辦遇害的消息已是三日後，唐樹標匆匆來告訴她旋即失蹤，醒華悲痛得流淚不止，懷念陸幫辦對她的呵護照顧，心裏更增感激孺慕。

數日家裏沒有消息，電話不通，她心裏擔憂掛念，極感焦慮，叫輛人力車抱著康康回家探望，到門口，即不覺打起寒顫。

門口停放著日軍機動車輛，幾個荷槍的崗哨在門外站著，醒華驚悸的下車走進門內，看到客廳門口吳延昌昂首得意的笑容。

他一身日本軍服，佩著長刀，長靴擦得漆亮，白手套褪下拿在手裏握著，看到醒華，誇張的叫：

「喝，好小子，壯得跟牛一樣。」

吳延昌目注康康等醒華走近伸手想摸他，醒華閃身躲開把康康放下地，推他進客廳：

「去，進去找婆婆—」

康康奔跑著衝進廳內，客廳裏突地傳出溥齋的罵聲：

「回來幹什麼？我沒妳這個女兒，早脫離關係了，叫她滾！」

醒華聽著頭腦轟地一聲停住腳步，溥齋推著康康到門口，激動的怒聲喊：

「阿鄺，給我打出去，不准她進我家的門。」

麥氏追出來，蹲身抱起康康，悲憤的以身阻擋溥齋：

「你幹什麼？瘋了？」

溥齋推她，扯下康康，康康嚇得號哭，溥齋厲聲喊：

「阿鄺，送她們走」

醒華咬牙忍哭，抱過康康轉頭走出庭院，麥氏欲追，溥齋抓住她，吳延昌在旁拍手：

「好，這齣戲精彩，不過轉折太生硬不能讓人感動，這幾年我雖然不在新加坡，但耳目靈通知道你們一舉一動，醒華三天兩頭回家，律巴橡膠的業務都是由她承辦的，所以，乾爹，你想跟她劃清界限擺脫我的要脅，是白費心機啦，我對她興趣不減，但不急在一時。」

麥氏至此才恍然醒悟，被日軍擋在門口的醒華轉過身，向吳延昌怒目恨視，吳延昌走到溥齋面前嘴角擠出輕蔑笑容：

「剛才我在裏邊話說到一半，現在接著說完。」

溥齋憤恨得握緊拳頭向吳延昌怒瞪，麥氏顫萎萎的拉他手臂，暗扯阻止。吳延昌說：

「這是日本軍部的命令，馬來半島的錫，橡膠是戰略物資，由軍方接管，成立陸軍部馬來物資徵集指揮所，由我負責，指揮所就設在這裏，財產目錄限你們三天提報。」他說著笑容更濃，眼露陰狡：「乾爹，律巴橡膠有多少財產我清楚得很，所以，別妄想耍花槍匿報短報，整筆賬都在我腦子裏，你一塊錢都瞞不了，以後軍部聘你做顧問，後院傭人房空一間給你們住，老倆口嘛，醒華、醒漢都不在身邊，顧問費，夠你們吃飽綽綽有餘了。」

溥齋怒極狂吼著撲向吳延昌，吳延昌以帶鞘軍刀猛擊他的小腹，溥齋痛得彎下腰去，麥氏和醒華撲到溥齋身邊攙扶他，吳延昌再兇狠的踢他一腳：

「你惡意攻擊皇軍，我可以馬上槍斃你！」

溥齋想破口痛罵，麥氏把他的嘴緊緊摀住，夫婦倆被日軍押著推進客廳，醒華被趕出門外，她恨得咬牙切齒抱著康康站在門口痛哭。

第二天阿招到木屋來找醒華，她見面就流淚，滿臉憤恨悲痛的述說溥齋夫婦的遭遇：

「他讓老爺跟太太住我的房間，把我跟鄺叔趕出來，我沒地方去，在後邊橡樹林蹲了一夜…」醒華臉色煞白，嘴唇緊閉，康康在她懷裏疑惑的撫著她的嘴問她：

「媽，你的嘴唇好白。」

醒華抱緊他的臉腴，把他的頭攬進懷裏，阿招再說：

「我臨走老爺囑咐叫我跟小姐說，木屋不能住了，吳延昌狼心狗肺早晚會來抓妳，能走就走吧，不管去那裏，躲開他，他是惡魔…老爺還說，工廠保險櫃還有現金，儘快拿去！」

醒華仍緊閉著嘴唇，咬著牙齒，阿招抽噎一陣接著說：「太太也囑咐說讓妳快走，不要管他們，先保住自己跟孩子，天有眼他會得到報應，叫妳千萬別做傻事。」

醒華深深吸氣，點頭問她：

「你在吉隆坡，不是有個姐姐嗎？」

「是啊，在賣水果…」

「去找她！」醒華說著掀開墊褥拿出幾張鈔票塞給阿招：「我沒有餘錢，這些你拿著—」

阿招愣得瞬間「哇」地哭出聲，捧著她的手推回，哭著說：「小姐，我有錢，我攢下一些錢夠用了，妳恁麼苦，還顧著我…」

醒華心焦如焚，情緒煩亂，她送走阿招，一夜輾轉掙扎熬煎，挨到天明，略做收拾，決定再回家探望父母，不惜犧牲自己，把父母救出魔掌。

她把康康寄託給溫太太，隻身回到家內，吳延昌冷誚輕蔑的望她，激起她壓抑的抗拒的膽量，她簡截的說：

「我要見我爸媽。」

「行啊！」

吳延昌爽快答應，並令日軍帶她去後院矮房，一排矮房緊靠圍牆搭建，門外有日軍站崗。房裏狹窄陰暗，溥齋和麥氏衰頹的坐在矮凳上，醒華衝進去忍著哭顫聲喊：

「爸爸，媽！」

溥齋急怒斥責：

「妳還不快走，回來幹什麼？快走，工廠保險櫃裏有錢，去吉隆坡找你姨媽！」溥齋急著的推她走，麥氏卻不捨的拉住她：

「既然回來，就讓我說幾句話……」

「說什麼？妳放她走吧！」溥齋用力拉開麥氏的手，推醒華：「她落在那個禽獸手裏下場更慘吶！」

門外吳延昌接腔：

「那不一定，侍候得喜歡，我會捧在手掌心裏疼她。」

醒華霍地站起衝出門外，向吳延昌說：

「我甘願隨你處置，請你放過我爸媽！」

吳延昌嗤笑：

「我處置妳是隨我高興，不是妳願不願意，我不急，等我想要妳，自然就會剝妳衣服。」他說著向日軍揮手，日軍拖醒華離開，麥氏嘶喊到氣噎。

醒華回到木屋失神呆坐，康康俯在她膝上望她，醒華的淚水滴滴滴落，滴到康康手上，康康問她：

「媽，妳那裏痛，幹嘛哭啊？」
醒華把康康抱到膝上，說：
「媽心裏痛…」
康康撫摸她胸前，吹氣說：
「媽別哭，我給妳呼呼。」
醒華破涕露出笑容，輕撫他的頭頂，低頭親吻他。
半夜，醒華望著房頂發呆，康康睡在她身旁發著均勻的呼吸聲、夜靜、寒冷的春風從壁縫中灌進，醒華拉扯棉被蓋好康康、防他受涼。
突地她聽到屋外有些聲響，懷疑是風，側耳聆聽，聽得有急促壓抑的喊聲：
「姐！」
醒華疑是聽錯，起身奔到門邊細聽，門外響起細微的斑剝敲門聲，醒華顫聲問：
「是誰？」
「我，醒漢。」
醒華彈跳著把門拉開，門外閃進醒漢，再迅速的把門關上，他抓著醒華退開門旁說：
「別怕外邊有人守著，我說幾句話就走。」
「醒漢，你從哪兒來？爸媽他們—」醒華哽咽的說著要哭，醒漢攬著她柔聲撫慰說：

「我知道，我回來就是要救他們！」

「救他們？怎麼救？」

「我們正在計劃狙殺吳延昌，給日本鬼子當頭棒喝。」

醒華驚恐抖慄，衝口說：

「吳延昌邪惡陰險，你們別盲動啊？」

「我們正籌劃佈置，已經在附近潛伏觀察好久了。」

「打算怎麼做？」

「等計劃成熟再說，我走了，今天是來告訴妳別怕，別做傻事，我會再找機會連絡。」

醒漢說著輕拍她一下閃身離去，醒華追出門外，醒漢已經不見了。

上海法租界聯合診所開刀房外的紅燈亮著，雙門緊閉，劉國興，朱玲守候在開刀房外，神情焦慮怔忡的踱步，寂靜，醫院走廊有手術車推過，皮輪觸地發出轆轆的滾動聲讓人有驚心動魄的感覺。

朱玲不耐久候，踱到國興身邊問說：

「他一直都在太湖？」

「這段時間我不在上海，他的行蹤我不清楚。」

「你不知道他跟廖宛芬的事？」

國興點頭：

「知道一點，是宛芬誤解了。」

「女人對情感較敏感，應該不會誤解男人的感情。」

「你話裏有話？」國興苦笑。

朱玲聳聳肩膀做個歐式表情說：

「我認爲他們在那種艱困的情況下，滋生某種依賴和激情也不是不可能。」她說著抬頭問國興：「他在太湖幹嘛？」

「在別慟隊教日文。」

「教日文？」朱玲顯得錯愕。

「當機槍手跟教日文。」

「遊擊隊學日文幹嘛？」

國興笑笑保留的說：

「隨時隨地能用到，用處大了。」

朱玲見國興神情，默然轉開頭，神色有些黯然，國興歉然誠懇的說：

「朱玲，上海淪陷五年，租界裏的活動，都虧你幫忙了。」

朱玲霍地回過頭：

「我不懂你的意思。」

「我是說…對不起，我可能說錯了話，我是眞的很感激。」

朱玲笑笑再扭過臉望走廊盡處，走廊安靜空蕩，她眼眶裏漸有淚翳醞聚，片刻，聲音低幽的說：

「五年的時間很長，在上海，很多事都有變化，你的想法脫離現實，該修正了。」

開刀房裏走出護士，朱玲、國興迎過去攔住，護士拿下口罩，脫掉橡皮手套說：

「彭醫生讓我請兩位到辦公室，他馬上過去。」

朱玲驚心的望國興，急問：

「手術怎麼樣？」

「還順利，已經送加護病房恢復。」

護士說著領他們到醫生辦公室，讓他們在沙發坐下，然後關門退出，國興焦慮不安的坐下又站起，朱玲說：

「彭醫生是外科名醫，留學德國，手術可以絕對放心，絕不會有差錯，就是怕—」

門被推開，朱玲驚跳著住口，看到彭醫生進門，她搶上去迎著，彭醫生按著她肩膀把她推回座位，逕自到書桌拉開抽屜拿出煙葉、煙斗。

他推上抽屜坐回沙發、裝煙，望著朱玲，國興焦灼企盼的神情，露出微笑：

「手術順利，很好。」
朱玲馬上湧現喜色，彭醫生接著點火抽煙，說：
「不過—」
朱玲的喜色霎時僵在臉上，露出驚怖，彭醫生續說：「送醫太遲，肌肉發炎糜爛傷及筋絡，當時本來想鋸斷他那條腿—」
朱玲霍地站起，彭醫生揮手讓她坐下：
「坐下，別緊張，下文還沒說呢，當時起念鋸他的腿是想保他的命，後來發現他的血小板特別，凝固力特別強，因爲這一點保護使他的肌肉糜爛減少，所以，腿沒鋸，只不過—」
朱玲緊張傾聽，身體微傾向前，彭醫生笑著拍她肩膀說：「腿雖沒踞，將來復原，會有點瘸。」
朱玲輕輕吐氣，焦急的縐著眉頭說：
「不能讓他完全復原—」她懇求的向彭醫生望著：「他是個演員，破了相，事業就難了…」
彭醫生斂容正色：
「丫頭，我是醫生，就算是普通病人我也會全力搶救，何況是你朋友?」他抓著朱玲的手拍拍：「放心，將來除了腿有點瘸，能跑能跳，活動機能一點都不會少。」

離開醫院，國興和朱玲在醫院樓下庭園散步，鞋根踏在石板路上發出輕微的回音，寂靜，寒冷的北風搖撼樹梢，朱玲沉重的舒氣，抬頭仰望被高樓擠壓的天空，烏雲陰鬱低壓眉際，國興自責的說：

「都怪我。」

「怎麼說怪你？」

「是我叫他從太湖回來的。」

「他受傷跟從太湖回來沒有必然關係吧？」朱玲轉頭問他：「你叫他回來幹嘛？」

「有個機會帶他回新加坡。」

「什麼機會？」

「局裏調我去南洋，我想帶他一起走。」

朱玲神情閃過細微變化，她低頭掩飾，國興問：

「怎麼？有意見嗎？」

朱玲失笑，笑容裏有苦澀：

「你這話沒道理。」

以後兩人再沉默無話，踱步等待時間過去，熬過相當時間，回到樓上加護病房，護士攔著不讓他們進去，朱玲問：

「醒了嗎？」
護士搖頭朱玲顯得著急：
「已經一個多小時，還沒恢復？」
護士把她推離門旁，解釋說：
「病人體質跟血液的化學因素對恢復都有影響，不是時間問題，是麻醉溶解和抗性反應，別著急。」她說著抬腕看錶：「現在九點，十二點以前一定能醒。」
夜上海，燈紅酒綠，畸形繁榮。
華都舞廳門前的霓虹燈閃灼耀眼，豪華黑亮的轎車，在門前排成長龍，披毛穿裘的仕女相挽著進出舞廳，僕歐不停的諂笑著鞠躬開門關門。
舞廳不遠處街廊下，有點星火閃灼，暗黑的石階上蹲著榮根，他咬著的煙蒂幾乎燒到嘴。專注的眨閃著眼睛向舞廳望著。
時間在靜默中流失，他蹲姿不變，一根香煙抽完再換一根點著。
陡地他眼光驟亮，身體也有悚動反應，他眼睛直視街角，看著街角轉來的一輛黑亮轎車，駛到舞廳門前停住，車門打開跳下一個日本軍官，恭敬的把後車門拉開，車廂裏跨出禿頭穿和服的藤山少將，一根手指粗的雪茄咬在嘴上。
舞廳僕歐慌忙拉開大門，門裏登時湧出幾個嬌豔的舞女迎住他，簇擁著進門。街廊下的榮根看手錶，錶針指著十一點正。

壁上掛鐘指正十一點，國興在壁鐘下抱肘靠牆站著，朱玲沉默，低頭坐在一旁椅上，走廊靜寂，壁鐘嘀嗒的聲音格外清晰響亮。

國興突然說：

「這段時間我不在上海，聽說妳作風有些改變？」

「你指哪些？」

「譬如說，活動範圍啦。」

「噢，你是說我以前活動範圍都在上流社會，現在範圍拉低了，混一些地痞流泯什麼的，是吧！」

國興搖手，笑：

「我沒這麼說。」

朱玲挑釁的望他：

「那你到底想說什麼？」

國興被逼得有些窘困，期期說：

「有些朋友說妳作風改變…」

「變得爛！」朱玲搶著說。

國興縐眉無奈：

「你幹嘛這麼說？」

「我說爛，這個字你說不出口，不是嗎？」

國興攤攤手，在她身邊坐下，低頭懇切的說：

「你知道我沒這個意思，我們是朋友，雖然觀念上有些不同，並不影響我們感情，我關心的是妳！」他眼光凝肅的望她：「妳爲什麼變？我想知道。」

「你根本不相信我！」朱玲甩頭，冷然說：「等你相信我再說。」

「朱玲——」

「話題到此結束，談別的我回答，再談這個恕不奉陪了。」

國興把頭垂下，走廊盡頭轉出彭醫生，朱玲急忙站起迎過去，彭醫生腳步不停走向病房，邊走邊向朱玲說：

「護士通知說鄭南捷醒了，他現在神智還很恍惚，少跟他說話。」朱玲點頭答應，他再說：「你爸爸剛才來電話催你回去，女孩子每天瘋到三更半夜，不像話！」

走進病房，朱玲搶先衝到床邊，南捷看到他們，憔悴蒼白的臉上浮起微笑，伸出手，朱玲抓住他的手腕，南捷氣息微弱的說：

「眞洩氣，每次都拖累你們⋯」

朱玲另一隻手摀住他的嘴，說：

「先養傷，別說廢話。」

彭醫生拉過南捷的手檢查他的脈博、體溫，南捷望國興，眼眶有淚翳氤氳，朱玲繞過病床抓他另一隻手，南捷轉眼望她，眼眶翳霧化做淚水，由眼角流下滴到耳旁，朱玲溫柔的以手掌替他抹去淚濕，南捷笑問國興：

「你們怎麼知道我受傷？」

「火車上發生這種事，我們一定會注意，派人調查搜救，馬上就找到你。」

朱玲俯在南捷耳邊警告他：

「醫生囑咐，少說話。」

「對，什麼都別想，睡一覺，恢復體力。」彭醫生放下南捷的手，用被單蓋住，朱玲也學樣把他的手塞進被單說：

「我跟國興都會守在這裏，你安心睡。」

「你們守在這裏他反而睡不安心。」彭醫生說著轉身從護士接過注射針筒，向空擠出空氣，向朱玲說：

「好了，你們出去吧，明天早晨再來，他有一夜好睡，明天精神就恢復了。」

「好，我等會兒—」

彭醫生蹇下臉，朱玲趕緊說：

「好好，我們走。」她俯在南捷臉前悄聲說：「我們隨時都在，你好好睡。」

南捷點頭，眼睛望著國興，朱玲一絲苦澀閃過嘴角。

朱玲堅持開車送國興回去，國興拗不過她，被她拖進她新購的賓士跑車，汽車疾駛中朱玲突地說：「你覺得我對南捷的舉動刺眼吧？」

國興沒出聲，笑笑，朱玲轉臉望他，旋即移開眼光，專心開車：

「也許是情不自禁，我也覺得奇怪。」

汽車風馳電制駛到一處街口，國興要求停車把他放下，臨分手朱玲問他：

「明早你來吧？」

「當然來，明早見了。」

朱玲坐在車內望著國興離去，轉過街角不見，她愣著在車裏坐一會，脫口輕歎，扳擋開車。車駛到家門前，她啓動車庫電門正要將車開進，車庫旁劃火照亮閃出榮根。

朱玲按下車窗，熄滅車燈在黑暗中和榮根說話，榮根告訴她：

「藤山迷戀華都舞廳一個叫白莉的舞女，每晚十一點左右到舞廳，耗到打烊帶白莉離去。」

「白莉住在哪？」

「公共租界。」

「她家還有誰？」

「有個姨娘女傭。」

「每晚都帶藤山回家？」

「不一定，我盯這幾天，倒有兩個晚上。」

「跟白莉能搭上線嗎？」

「沒把握。」

「想辦法，別在乎錢。」

榮根點頭離開，朱玲等他走遠，再開車燈駛進車庫，走進客廳。客廳昏黑，沙發上一團星火明滅，朱玲開燈，看到沙發上臉色陰沉的朱嘯峰，她微顯錯愕，旋即露出笑容：

「爸，你還沒睡？」

「坐吧。」嘯峰指身旁沙發，滿臉怒容，朱玲挨著他坐下，嬉皮笑臉的攀住他的臂膀：

「爸，颱風啊？」

「你少嬉皮笑臉。」

「好嘛，不讓我笑我就繃著臉。」

朱玲故意裝出滑稽的嚴肅狀逗他，嘯峰縐眉怒容依舊，朱玲無趣收斂，她嘟嘴說：

「怎麼了嘛。」她故意自語嘟囔：「整張臉跟撲克牌似的，嚇人吶。」
她翻眼望天，側身扭臉，一臉撒賴；嘯峰望她顯出無奈：
「鄭南捷怎麼受的槍傷？」
「日本人打的。」
「你不是說他去太湖了？」
「劉國興叫他回來了。」
嘯峰仍瞪望她，半響深深吸氣說：
「以前，我以爲劉國興可能是我女婿，誰知道──」
朱玲再露嬉皮笑臉，搶著回答：
「根本不是恁麼回事。」她說著驟斂笑容，繃臉問：「爸爸你不睡覺等我，不會是只跟我講這些吧？」
嘯峰一時錯愕，朱玲拍手笑鬧：
「爸爸也會緊張，臉紅了。」
嘯峰窘迫，斥責：
「胡鬧。」
朱玲撒嬌的一頭撞進他懷中說：

「胡鬧就胡鬧！」

嘯峰被她纏得哭笑不得，推開她，朱玲攏攏頭髮斂容正色說：

「好吧，爸爸有什麼話儘管說，不過—」她臉上湧現冰冷：「別再提媽媽。」

嘯峰神情一凝，朱玲再攀住他的手臂說：

「媽是日本人，但嫁給爸爸就成中國人了，爸媽都是中國人，我的身份自然肯定明確，這樣解釋爸爸滿意吧？」

「你眞的這樣想？」

朱玲瞪眼生氣了：

「爸爸！」

「好好，我相信。」

「另外，你帶我到歐州旅遊，我溜去莫斯科，害你在歐州亂竄找不到我，要我解釋，是吧？」

「是啊。回來我一直問你都不肯說。」

「現在我說！」

「好啊。」嘯峰挺直腰，兩眼圓睜著。

「爸，那是一場夢，一場幻覺，我被催眠夢遊，現在夢醒了，這樣解釋行嗎？」

「你說具體一點。」
「我沒辦法說具體，夢境很容易被遺忘，不是嗎？」
嘯峰輕輕舒氣，眼光漸變溫柔，朱玲眼眶溢聚淚水，把頭靠向他的肩膀，嘯峰伸臂摟住她，朱玲喃然自語說：
「以前，我像飄浮的柳絮，希望找到攀附的歸屬，現在，我重回柳枝，心裏溫熱踏實，已經找到依附的血骨……」
清晨，朱玲捧著鮮花踏進病房，看到國興站在病床前，和神情憔悴但精神抖擻的南捷說話，她走到床前先向國興招呼：
「哈，你比我早啊。」接著彎腰湊近南捷觀察：「嗯，精神很好，這一覺一定睡得香。」
「一覺到天亮，睜眼就看到國興。」南捷虛弱的說。
朱玲抬頭望國興：
「你早來了？」
護士端著醫療瓷盤進門，插嘴說：
「他根本沒走，這樣站著到天亮。」
朱玲錯愕：
「你沒回去？」

「回去，又回來了。」國興說。

朱玲凝目望他一會，國興攤開手，笑說：

「妳這樣看我，我寒毛都豎了。」

朱玲扭過頭，護士把溫度計插進南捷嘴裏，伸手抓過他的手腕按脈，一邊向朱玲，國興說：「兩位請迴避吧？」

「迴避？幹嘛，用不著吧？」朱玲抗拒的說。

護士面無表情的繼續把脈：

「假如你是他太太，當然用不著。」

朱玲不解的愣望護士，護士放開南捷的手，從床下拿出尿壺掀開棉被塞進被中，朱玲驀地會意，脫口驚呼著狼狽逃出病房，國興和護士都笑了。

朱玲逃出病房外輕輕舒氣，她羞窘尷尬，臉肤酡紅，國興跟在她身後也走出病房，突地，朱玲目光一凝，見走廊盡頭轉角處榮根的身影一閃消失。

朱玲回頭望國興，窘迫末褪的匆促說：

「你等我一下。」

「幹嘛？」

朱玲快步走向走廊盡處轉角，榮根正等她，看到她低聲說：

「白莉在這兒。」
「白莉，在哪？」
「在婦科門診，那個穿灰狐大衣，紅圍巾，戴墨鏡的…」
朱玲轉頭張望，看到不遠處牆上掛的『婦科』牌子，她謹慎走過去，經過婦科門口向裏掃視，適時看到穿灰狐大衣、紅圍巾，戴墨鏡的女人轉過頭，朱玲神情一凝，吃驚的呆望她，白莉緩緩抬手拿下墨鏡，朱玲脫口驚呼：
「海麗娜—」
「朱玲？」
朱玲趨前幾步，難以置信的喊：
「妳是海麗娜？老天，這個世界眞小。」她說著撲過去，白莉張臂接住，兩人擁抱：
榮根錯愕的愣著，國興疑惑的追蹤到走廊轉角，朱玲推開白莉淚眼濡濕的說：
「噢，海麗娜，眞想不到…」
「晃眼四年，在莫斯科—」
白莉臉色微變的推她，朱玲警覺的住口，白莉開朗的笑說：
「我常想會在上海遇到妳，果然遇到了，走，到我家去聊聊。」
「妳不看病嗎？」

「沒關係，我再約好了。」

白莉家是近蘇州河邊的一幢貳樓洋房，門前巷弄寬闊、鬧裏取靜，白莉叫開門，江北姨娘睡眼惺忪的臉無表情，進門後朱玲看到客廳的波斯地毯，禮貌稱讚：

「妳佈置得好漂亮。」

「算了，哪能跟妳比？令尊又是船公司，又是銀行的。」

朱玲覺得刺耳的轉頭望她，白莉陪笑：

「說著玩兒的，別見怪，妳喝咖啡還是喝酒？」她眼珠轉著慧黠說：「以前我記得妳喜歡伏特加？」

「我口味變了，伏特加太槍人，我不喝了。」

「那咖啡呢？」

「我習慣了喝茶，咖啡也戒了。」

兩人話藏機鋒的說著在沙發坐下，朱玲觀望客廳陳設，伊斯蘭風格的裝飾充斥著。

「妳始終保持民族傳統。」

「我要提醒自己是維吾爾人，這樣才不會迷失在眩目耀眼的夢幻裏，保持清醒…」

回到醫院，國興追問她突然離開的原因，朱玲簡略說明白莉背景和跟她認識的淵源：

「她是新疆維吾爾人，我跟她在某個地方一起受過十天集訓，她十四歲在新疆邊界被蘇俄人擄以後在中亞一帶流浪幾年、三年前到上海，已經在舞廳伴舞兩年，換了幾家舞廳，一直默默無聞，直到認識藤山義雄…」

國興驚駭的截住她的話：

「妳說誰？藤山義雄？在東北哈爾濱主持圓木計劃的那個殺人魔？」

朱玲點頭說：

「不錯就是他，他外號『狼人』，主持毒菌生化實驗，一年殺了近兩萬人。」

「他怎麼在上海？」國興緊張的衝口問。

「聽說他來上海，是要會見兩個從歐州趕來的德國人。」朱玲滿臉凝肅沉痛：「兩個德國生化專家，你想也知道，他們聚頭會討論什麼事，又會有什麼新方法，荼毒中國人。」

「該殺—」南捷突然說。

國興，朱玲在南捷病房說話，沒顧忌到南捷傾聽，突聽他喊出『該殺』兩字，驚悚得錯愕對望。南捷怒瞪雙眼，再說：

「該殺！」

國興伸手輕按南捷肩膀撫慰，朱玲似受到鼓勵，眼中迸露出壯烈神情。

在聯合診所旁有家猶太人開的麵包店，店裏附設咖啡座，氣氛寧靜恬適，音樂輕柔浪漫，國興和朱玲在咖啡座裏用餐，繼續剛才話題，國興問她：

「妳怎麼打算？」

「你指哪件事？」

「剛才說的。」國興用手指沾水在桌上寫出「藤山」，再把字跡抹乾，朱玲搖頭說：

「還沒決定。」

國興目光堅定的注視她：

「這不是眞話，妳早就有決定了，否則不會這樣追蹤調查，朱玲，妳不是幹我們這行的，我勸妳不要輕舉妄動幹外行事，免得搞砸！」

朱玲不答，嘴角露出桀敖笑容，國興再說：

「我向長官呈報，這事交給我們辦！」

朱玲截斷他的話：

「你的長官不能決定我的行動。」

國興愕然，有話衝口想說，話到嘴邊急忙忍住，片刻強笑說：

「別發小姐脾氣，我們理性點談。」

「道路不同，並非不理性。」

「路不同，也能殊途同歸呀！」

「聽你口氣，維護國家安危像是國民黨專利，都要聽從你們指揮，我反感這種專橫獨斷，我要盡個人對國家的職責，不受羈絆。」

國興謹肅的凝望她：

「原來你擺脫心裏矛盾，有抉擇了。」

「我從虛幻的浪漫情懷裏醒覺了。」

「恭禧妳站在弱者的陣線上。「是什麼刺激讓妳醒覺？」

「一個白俄女孩的點撥和一點理想幻滅的感傷。」

國興握住朱玲在餐桌上的手，朱玲微掙但隨即反握住他，並展露開朗笑容。

回到病房，南捷驚奇的望著朱玲凝視，朱玲被他看得疑竇叢生，她摸著臉說：

「我的臉怎麼了？」

「你臉上開花了。」南捷仍盯著她望。

「開花？」

「每個被感情激蕩的女人，臉上都亮麗明豔，有花的光影。」

朱玲錯愕失笑：

「這是那齣戲的臺詞？」

她問著話，難掩眉眼喜色，走到牆邊鏡前照看自己，端詳審視者再。

黑夜寂靜，站在屋角暗處監視白莉家的榮根，丟掉燒手的煙蒂，想從口袋再拿一根接上，突地看到白莉家大門打開，姨娘牽狗出現在門影中，榮根停住拿煙動作凝目觀看，不提防有個人影悄然接近身邊，等他驚覺轉頭時，一柄利斧已經砍到頭頂，他臨急應變後仰躲避，仍未躲開斧鋒，斧刃「砰」地砍在胸上。

榮根被斧勁沖得跌撞後退，撞到身後牆壁，倒下，眼前人影竄閃，轉眼消失，他掙扎站起，撲衝數步，仍不支倒地，抽搐一陣氣絕死去。

榮根被利斧砍死的電話打到醫院，朱玲驚怒得呆住半響，才把電話掛上。

新加坡陰雨連綿。

木屋漏雨，屋內潮濕滴水，一股黴澀的氣味充溢，醒華坐在矮凳上喂康康吃飯，康康愛動，跑來跑去，醒華抓著喂一口，康康咀嚼著又跑走。

醒華眉尖緊鎖，心情沉鬱，望著門外雨絲飄灑，連呼吸都沉濁得像喘息。

她想著前天夜裏，醒漢再乘夜突來，姐弟倆在夜黑中離開木屋到不遠處的新加河邊，他們坐在空曠處說話，眼光可以監視四周動靜，醒漢說視野遼闊，躲避容易，不會有被圍堵的危險。

河上有機動船舶往來，馬達的「噗噗」聲在靜夜格外響亮，他們談到父母親，醒華難掩悲痛悔恨。

「當時我年輕，體會不出父母的摯愛連心牽肉，現在爸爸白了頭髮，媽駝了背，眼看他們受苦，卻沒辦法救他們，我面對他們嚎哭卻流不眼淚，我以前從沒感受到爸爸的手是那麼溫暖，他摸我的頭，拉我的手，我突然覺得好對不起他，爸爸那麼嚴厲的人，想不到竟對我流淚，竟會哭…」

醒華訴說著心裏的悲痛和哀傷，她聲音哽咽：

「你是父母唯一的兒子，你有責任綿延香火，也有責任繼承家業，奉養父母，『叢林蜥蜴團』固然能打擊日本人，但是這種事別人能做，繼承家業香火，卻非你不可。」

「姐姐這話說得太自私了。」醒漢頂撞說：「別人也有父母，別家的香火也要延續，每個人都顧自己，日本人就橫行天下了。」

「這是強詞奪理。」醒華怒聲斥責。

醒漢深深吸氣站起，冷靜的說：

「姐，我們都長大洞澈事理了，你感受到爸媽的摯愛，我比你有更深的感受，盡孝有各種路徑，你走你的路，我走我的，我們都別干擾，干擾會增加負累，抵銷努力。」

醒華仰臉望他，黑夜中醒漢的輪廓顯得無比堅挺和壯碩。

一個月後另個深夜，濃雲密布，四野漆黑，叢林裏一條泥濘道路，路中橫梗著鐵絲拒馬，路旁佇立著崗哨，崗哨裏站著日軍，另個荷槍日軍在拒馬邊巡邏。

崗哨後樹林中有座木屋，屋外懸掛的太陽旗在夜風裏撲展。夜靜森森，叢林樹木搖出窸窣風聲。

窸窣搖顫的叢樹中突地閃出幾雙晶亮的眼光，他們瞭望崗哨和木屋，然後互比手勢，幾個鬼魅般的身影跳出，竄進另一蓬樹叢掩護，向崗哨逼近。

指揮潛進的，是個短髮覆額頭纏布條的小夥子，他黝黑的膀臂閃著油光，樹隙中微光折射，映出他是醒漢。

他赤著兩條膀臂，肩後斜背彎刀，腰間插著短槍，他輕捷靈敏的竄到崗亭背後，向躲在樹叢的同伴點手作勢指巡邏日軍，樹叢裏的蜥蜴團員拿出一支竹筒瞄準日軍，鼓腮猛吹，竹筒噴出小箭，「篤」地釘在日軍脖頸上。

日軍撫頸跌撞摔倒，響聲驚動崗亭日軍，衝出察看，醒漢從後撲出勒住他脖子，以匕首割斷他喉嚨。

兩個日軍屍體被拖到崗哨後邊密林掩藏，醒漢指揮另幾個團員搬開攔路拒馬，向遠處一輛卡車用手電筒打暗號。卡車衝開密林叢樹疾馳而至，引擎聲驚起木屋裏的日軍，鼓吵衝出，埋伏著的蜥蜴團員向木屋投擲手榴彈，並將灑在木屋周圍的汽油點火，一時轟隆爆炸，火焰沖天。

醒漢猛吹葉笛，召喚團員集合登上卡車撤退，團員四處奔來攀登卡車，躍進車內，突地焚燒的木屋旁響起「嘎嘎」機槍聲，火網射擊卡車，攀登的團員紛紛中槍，有的被險險拉進車內，有的摔在地上。

卡車疾沖駛出，轉眼馳進黑暗。

卡車疾馳，顛簸彈跳，車廂內漆黑難辨面目，幾聲咬牙忍痛的格格聲在黑暗中響，醒漢問：

「還有幾個？」

「啪」地打火機打亮火，火光照耀瞬間，醒漢急叫：

「關掉，火關掉—」

打火機應聲熄滅，卡車再陷昏黑，醒漢再問：

「幾個？」

「剩六個。」

「犧牲三個，比我們預算得少，夠本了。」醒漢咬著牙根說：「幾個受傷？

「三個。」

「不，四個，還有我！」醒漢從肩頭拿下沾滿鮮血的手說：「各人自行找地方掩藏治傷，計劃不變，明天夜裏在我家橡園集合。」

天亮前醒漢潛行到醒華的木屋，叫開門，醒華看到他受傷流血，嚇得惶慄失措：

「醒漢，你怎麼傷成這樣？」

醒漢摀住她的嘴，把房門關了在桌旁坐倒說：

「我們突擊日軍封鎖，帶武器闖關…我被機關槍掃到，姐，明晚我要去救爸媽，妳躲開幾天，怕吳延昌會來找妳，妳去吉隆坡姨媽家躲一躲。」

「你救爸媽？怎麼救？」

「硬拼，豁上幹了。」

「不行，蠻幹根本就是送死。」

「沒辦法，逼得非這樣不可，吳延昌在紅燈碼頭貼出佈告，限明天日落以前要我帶隊繳械投降，否則就把爸爸吊在碼頭上。」

醒華愣著說不出話，片刻問：

「他爲什麼這麼仇恨我們？他沒良心嗎…」醒華抹乾淚水說：「你傷口還沒敷藥。」

「槍彈擦傷，包紮就行了。」

「傷口一定要敷藥，你淋了雨，身上都是濕的。」

醒華神經質的翻著眼珠想，嘴裏喃然說：

「那裏有藥、藥…」她猛地想起：「聖心診所，聖心診所有藥。」

她抓著醒漢拖了要走，醒漢掙著：

「傷沒關係，我只想找個隱密地方躲一天，睡一覺。」

「聖心診所能躲能睡，也有藥。」
醒華拉著他出門，醒漢掙著指床鋪、醒華回頭看，見康康睜著驚懼惺忪的眼睛向他們望著，醒漢向他揚手：
「呃，小夥子。」
康康裂嘴要哭，醒華趕去抱住他說：
「別怕，他是舅舅。」
康康怯懼的望醒漢，醒漢伸手想抱他，康康急忙摟著醒華的脖子躲開了。醒華抱著康康拖醒漢出門，把木屋上鎖，走出院子拍門叫醒溫太太，把康康寄給她，溫太太看到滿身鮮血的醒漢嚇得臉都白了，問醒華：
「這麼晚妳去哪？」
「去醫院。」
溫太太望著他們匆促離去，關門，腿不住的哆索。
潛進聖心診所，醒漢輕車熟路，醒華替他清洗包紮了傷口，再找出一件鄭可銘的舊衣，給他穿了，醒漢說：
「記得聽妳說，妳在上海見過可銘哥？」
「嗯，他從軍當軍醫，整個人都變了。」

「環境最能改變一個人，像我──」他見醒華憂愁惶慄，神情怔忡，想引開她的焦慮，凝聲問她：「姐夫沒來過信？」

「來過信，說他在太湖。」

「在太湖，幹嘛？」醒漢故意玩笑「打漁呀？」

「瞎扯，他參加遊擊隊。」

醒漢讚賞的豎起姆指：

「我就知道，他是好樣兒的。」

醒華驀地抬頭對他說：

「還有時間，你睡一覺。」

「我想跟妳多聊聊。」

「先睡一覺，養足精神再說。」

醒漢也確實疲累，加以失血過多，感覺混身虛軟，本來仍可撐持，但精神一見鬆懈，就覺得頭有點暈了他就在塵埃滿布的床上倒下，片刻即起鼾聲，醒華看著他，扯過一條舊被幫他蓋上，默默佇立，想著醒漢幼時種種，神情癡然，眼淚卻溢眶湧流。

靜寂，梁上有吱吱鼠鳴，醒華離開床邊走到窗前，坐在一邊扶手斷裂的搖椅上，搖椅仍能搖動，她晃惚間彷佛聽到小麗朗脆的笑聲。

笑聲裏她清楚看到小麗圓潤活潑的臉，那挑動的眉毛和微薄上翹的嘴角，那熱情和微帶羞怯的眼神⋯⋯

小麗圓潤純眞的臉幻化成沉靜含蓄的宛芬，宛芬細細的淡眉和眨閃著冷傲逼視的眼睛；她們三個不同典型的女孩，曾在這幢房子裏盡情的嬉鬧歡欣。

醒華坐在窗前搖椅上神馳瞑想，突地醒漢驚醒霍地坐起，他滿頭冷汗愣望醒華，醒華說：

「還早，你才剛睡。」

醒漢抹掉額上汗珠，說：「我剛夢見小麗，看到她被日本人追著跑。」

「你再睡一會，我去找馬神父，要點吃的。」

「姐，別出去了，增加危險。」醒漢跳下床說：「我們在叢林裏挨餓是常事，習慣了。」

醒漢到處翻找，找到一件舊床單，把它撕成尺許寬的長布條，他把布條拿給醒華：

「幫我捆住肩膀傷口。」他拿布條搭在肩上繞過腋下，拉緊，再繞纏另一邊腋下說：「捆緊了只麻不疼，不會妨礙動作。」

醒華照著他說的捆綁，布條長度不夠，打結接續加長，醒漢一直強調說要捆緊，緊得他忍受疼痛滲冒冷汗，醒華看著他手臂抖顫的說：

「太緊會阻礙血液流通，你剛換過藥——」

「暫時會疼，耽會痲痹就不疼了。」

「我說血液不通，肉會壞死。」
「一塊肉壞死，總比整條命送掉好。」
醒漢忍著刺疼揮動手臂，試驗手臂靈活，點頭說：
「好，這樣好。」
醒華捆緊後打結固定布條，問他：
「晚上你們約幾點？」
「沒約時間，天黑後在後邊橡園集合。」
「黑夜裏怎麼確定誰是誰？」
「我們在叢林裏活動，有習慣動作，看了就知道。」
醒華突地說：
「我也去。」
醒漢愣著望她一會，急急搖手：
「不不，你別攪活。」
醒華好氣的說：
「這種事能攪活嗎？我去引開吳延昌的注意，你成功的機會就會增加。」
「不。」醒漢堅決的說：「你去吉隆坡，我不要妳做無謂犧牲。」

「什麼叫無謂犧牲？」醒華怒聲叫：「爸媽跟我沒關係嗎？」

「可是妳去，怕吳延昌會侮辱妳！」

「要救爸媽，顧不得了。」

黃昏，暮藹四合，周家門前日軍明顯增多，幾輛軍車停在門外，鐵絲的拒馬在門口攔著，一個配掛軍刀的軍曹猙惡的站在院中，客廳的電燈開亮著。

吳延昌穿著日本軍服挺立在客廳內，他負手望天，背後的手指焦燥的擰絞著，他側眼撇望身後沙發上的溥齋夫婦，下撇著日本式的嘴角。

溥齋夫婦憔悴佝僂的坐在沙發上，麥氏瘦弱的手緊抱著溥齋的臂膀，吳延昌冷森的在他們面前踏著鐵釘鞋踱步，每次經過麥氏面前都讓她恐懼的把眼睛閉上，吳延昌陡地站住腳，說：

「乾爹跟乾媽既然都不再管事，還握著產權不放實在是自找苦吃，現在日本皇軍橫掃南洋各國，佔領菲律賓、印尼，整個亞洲都在掌握了，皇軍佔領區越擴大，後勤補給軍需就越短缺，馬來的錫跟橡膠是軍需基礎物資，陸軍部嚴令搜繳，供作前線作戰的消耗，你們跟軍部作對，抗拒交出產權，又暗裏教唆橡園怠工，這不是逼著我處置你們嗎？」

「你把我們關在後院，誰都不准見，我們怎麼教唆？」麥氏懼怯的辯駁，吳延昌嗤笑：

「誰都不准見？你們不是見過醒華嗎？」

溥齋斥責麥氏：

「妳閉嘴，隨他去說。」

「好，既然讓我說，我就說個好消息讓你們高興一下。」他見溥齋夫婦毫無振奮神情，喉中哼一聲說：「原來你們早知道醒漢回來了。」

溥齋夫婦震動的抬起頭，麥氏驀地挺起腰：

「你說醒漢？」

「是，醒漢，我跟他今晚有約。」

溥齋斷然向麥氏說：

「不可能，妳別聽他胡扯！」

「哼」吳延昌獰笑：「他已經來了，昨晚闖過柔佛關卡，乘夜渡海潛進市區了。」

麥氏瞪圓眼說：

「我不信！」

吳延昌走到她面前，蹲下攀住她的膝頭：

「乾媽：他非來不可，是我逼他的，我在紅燈碼頭貼出佈告，要他今晚繳械投降，否則我就把乾爹吊到碼頭電線杆展覽，當風乾鴨子。」

麥氏愣著望他，吳延昌呲牙笑著，顯露著猙獰得意，麥氏猛地嘶叫狠抓他的臉，吳延昌抱臉退開痛嚎：

「噢，我的眼睛——」

麥氏怒極發狂的撲追著抓打他，吳延昌猛推把麥氏推得撞倒古董架，和古董瓷器一起滾地摔倒。瓷器碎裂的爆響中吳延昌忍痛拿下雙手察看，看到滿手沾血，恨極從齒縫嘶嚎：

「給我捆住她——」

衝進幾個日軍抓過溥齋夫婦粗暴捆綁，吳延昌積恨切齒的怒打麥氏，溥齋衝前以身體護衛，阻擋吳延昌的拳腳。

吳延昌一陣拳打腳踢把溥齋夫婦打倒在地上，他仍憤恨不息用腳踢踹，踢得麥氏吐血抽搐著。

吳延昌殘暴對待溥齋夫婦，有他內外交煎的苦衷，他內心雖對溥齋懷怨憤恨，但報復洩憤的舉動並不強烈，倒是軍部命令壓迫，才是逼得他殘暴對待溥齋的主因。

日軍席捲馬來半島，橫掃菲律賓，印尼等東印度群島，在南亞佔領緬甸，更欲西進侵食印度，但南北戰場都擴充太快，致物資補給彈械供應皆嚴重短缺，加以緬甸戰場戰況激烈，日軍在叢林戰中頻頻受挫，形成泥足深陷進退兩難、疲態已顯，士氣頓挫。故陸軍部嚴令各佔領區搜括物資，支應前線消耗，馬來亞的錫和橡膠既是基礎戰略物資，需求更加迫切，吳延昌肩頭的壓力，心中的焦慮就不難想像了。

但日軍在馬來的殘酷暴行雖震懾了人心，卻也埋下切膚的憤恨，不管華人、馬來人、印度人都沉默消極寧願挨餓也不生產，縱使在刀槍逼迫下做工，也是動作緩慢能偷懶就偷懶，華人表現得最溫順，但潛藏在心底的仇恨也最強烈，他們把憤恨咬住，忍到極限，呑進腹內。

他們慘痛的記憶著日軍佔領新加坡後對華人的大屠殺，數百華人被串聯捆著在新加坡島東岸挖掘濠溝，然後機槍掃射，盡數殺死在濠溝中掩埋，這些人都是華人的精英，也都是沉默群眾的父兄子侄。

他們恨，恨自己無力反抗，咬著恨沉默過日子。

錫和橡膠的生產徵集嚴重落後，吳延昌想用溥齋做榜樣，殺雞警猴，對新加坡民眾再施行震懾威嚇。

用溥齋夫婦的性命勒逼醒漢繳械投降，只是附帶的賭本，沒想到深潛叢林的醒漢，竟然眞的闖過關卡來了。

吳延昌雖不能確定闖過關卡的蜥蜴團員裏一定有醒漢，但查證不難，只要查明醒華昨晚的形蹤，就可以明白。

醒華昨晚深夜離家不知去向，絕對和醒漢的行蹤有直接關係，他確定醒漢在新加坡，就決定暫緩處死溥齋，以引誘醒華、醒漢姐弟進入陷阱，做一次斬草除根的總結。

落地鐘剛敲過七點，周家門外拉著一輛黃包車進來，日軍盤查後通報，吳延昌聽說黃包車雨蓬裏坐著醒華，露出詭譎兇險的笑容，吩咐讓她進來。

醒華下車後讓車夫等候，吳延昌輕蔑的隔著紗門向車夫觀察，沒把他放進眼裏，親自推開紗門迎接醒華，用戲謔的口吻說：

「哇，孤燕歸巢。」

醒華也用奇怪的態度回答

「是高興，還是痛苦啊？」

「暫時是高興。」

「既然高興就做點愉快的事，讓我去見我爸爸媽媽。」

「要是我變得不高興呢？」

「那我就讓你高興就是了。」

「妳準備怎麼樣讓我高興？」

「我有的，你要的，我都準備了。」

「包括脫衣服？」

「我說過，我有的，你要的，我都準備了。」

吳延昌含著嘲弄的笑臉凝目望著她，醒華牙根緊咬毫不退縮和他對瞪著，吳延昌點頭說：

「好，樓上妳的房間。」

「我要先看我父母，我要眼見他們健康無事。」

「他們健康的活著。」

「我要親眼看到。」

吳延昌重重拍兩下手掌，應聲奔進兩個日軍，吳延昌驕橫凶獰的說：

「那得等我高興過──」他向日軍揮手：「拖到樓上我房間去。」

日軍扭抓醒華手臂，醒華憤怒掙開，厲叫：

「吳延昌，你不得好死！」

「這話妳罵過，不新鮮了，換點新鮮的。」

他連連揮手，日軍粗暴的架起醒華拖向樓梯，醒華踢打掙扎，抓得日軍呲牙怪叫著躲閃，吳延昌突地叫：

「醒漢什麼時候到？」

掙扎抓打的醒華驀地凝住動作，吳延昌嘿嘿笑說：

「瞧，我使點小招數，馬腳就露了，嘿嘿，跟我鬥，你們差得遠呢。」

醒華怒極慘白的臉轉回望他，吳延昌輕蔑驕恣的再揮手，日軍把醒華架空，拖上樓，拖進她原住的房間，把房門上鎖。

20

沉鬱茂密的橡林中一陣枝葉扶搖的輕響，幾個蜥蜴團員輕捷如鬼魅的在夜黑中潛行，他們臉部塗黑只露出閃灼的雙眼，額際捆紮布條，以防髮絲拂拭眼睛。

他們肩頭斜背著槍，晶光閃耀的番刀握在手內，腰間布帶插著幾個木柄手榴彈和毒箭吹管。

行走撞激發出微聲。醒漢走在最前面，他輕捷迅快的向前潛進，遠處樹叢縫隙中透出燈光屋影。他揮手指揮團員散開，在圍牆外潛行。

燈光亮在醒華的房間內，房裏陳設絲毫沒變，都是醒華最熟悉的，她被推進門摔跌到床上，望著這魂牽夢縈的房間不覺悲酸難忍，痛哭出聲。

她曾從這裏跳窗出走，爲情私奔，轉眼已過六年…

而讓她觸目憤恨的是房間裏到處都擺放著吳延昌的衣物和用具，她噁心的想像著這個豺狼惡魔，憩睡著她的床鋪，擁抱著她的枕頭，褻瀆沾汙著她潔白純淨的床單。她憤恨的扯下床單寢具，掃落桌面物品，抓起花瓶砸窗，玻璃碎響聲中她驚望到窗外園中亮著刺眼的探照燈，她奔到窗前探看，見庭園裏強光照射下，幾個日軍正拖拽著溥齋夫婦捆綁在樹幹上。

醒華嘶聲喊叫：

「爸、媽！」

溥齋、麥氏被捆綁著蒙住雙眼，聽得醒華叫聲，張望尋找，滿臉驚駭，吳延昌抬頭望她，向日軍吩咐：

「屋頂架好機關槍，聽我的命令射擊。」

「嗨。」

日軍捆綁好溥齋夫婦散開躲到暗處隱藏，麥氏掙扎著轉頭張望，啞聲喊：

「醒華，醒華嗎？」

樓上窗內的醒華推窗推不開，急得伸手抓玻璃，手被玻璃割破流血，她扯下窗簾裹手砸窗，發出「砰砰」響聲，引得溥齋夫婦都循聲望她。

在前院坐在車蹬上等候醒華的，是扮做車夫的蜥蜴團員陳坤，他見周圍日軍減少，疏忽監視，一溜煙的潛進客廳，大門崗哨轉眼見他失蹤，急奔過來尋找，並吹出刺耳的警笛，吳延昌聞聲奔來查問，知道車夫失蹤，嚴厲命令：

「搜查，搜到就地格殺——」

吳延昌含怒衝進客廳，衝上樓梯，開鎖衝進醒華房間，一把抓住醒華的頭髮把她扯到窗前，摀住她的嘴，在她耳邊低聲：

「醒漢已經來了，躲在牆外，我要引誘他們進來，一網打盡，我給妳包廂看戲，妳得乖乖的不准搗亂。」

醒華撲地跪下，滿臉痛淚：

「吳延昌，我求你，你放了我爸媽，他們年紀大，受不住這種驚嚇，我求你了！」

吳延昌一耳光摑在她臉上，獰聲：

「站起來！」

醒華被打得甩頭噴出血沫，吳延昌拉起她扳過她肩膀，「嗤」地撕裂她胸前衣裳。醒華本能反應掩衣掙拒斷聲尖叫，吳延昌再打她、扯開她掩衣手臂說：

「妳不是要脫衣服嗎？脫呀—」吳延昌凌辱的再撕扯她衣衫，醒華眼中陡地迸射出狂熾的怒燄，她猛力掙開吳延昌的手掌，蹲下抓起被她掃落地下的裁紙刀，衝起猛刺吳延昌腹肋，吳延昌驚恐的跳退躲閃，小刀「哧」地插在他大腿上。

吳延昌暴怒，痛打醒華，醒華被打摔倒，吳延昌咬牙拔出裁紙刀，他握刀衝到醒華身邊，突地院中爆起槍響，吳延昌顧不得醒華，奔到窗前張望。

庭院裏蜥蜴團員快速擊殺日軍，槍聲亂響，慘叫盈耳，醒漢在混亂殺戮中救下溥齋、麥氏。

吳延昌丟掉裁紙刀拔出腰間手槍向攙扶溥齋、麥氏的醒漢射擊，並厲聲用日語呼喊：

「機槍、射擊——」

屋頂上的機關槍空架著，兩個日軍被殺躺在血泊裏，假扮車夫的陣坤嘴裏銜著血刀攀著屋檐吊下，在吳延昌探頭射擊的窗口上挺身踢破窗框躍進房內，他躍進時猛踢吳延昌，吳延昌驟不及防被他踢得手槍甩脫，踉蹌捽退到牆角。

甩脫的手槍掉到醒華身邊，醒華搶過抓起瞄準吳延昌，吳延昌驚怖的爬起奪門欲逃，他出門的霎那被陳坤的飛刀擲在後背上。

吳延昌帶刀跌撞著奔進走廊，奔下樓梯，在樓梯上踩空梯階古碌碌的滾下，滾到客廳地上嘴裏鮮血噴嗆。

醒華和陳坤追到樓下，醒華仍持槍對他瞄準，吳延昌嗤笑著噴出血沫：

「我這輩子事事都隨心所欲，唯一的遺憾就是沒搞到妳…沒玩過妳，沒丟掉妳——」

醒華恨極握槍抖顫，吳延昌嗆咳著血珠訕笑她：

「妳不會捨不得殺我吧？我雖沒搞過妳，卻也抱過，壓過妳，那天在車上，要不是醒漢趕來說不定…就能…」

「你卑鄙齷齪，是畜生！」

吳延昌的獰笑逐漸扭曲，他吃力的嗆噴著血沫：

「嘿嘿，妳恐怕還不知道⋯你媽讓我打瞎一隻眼，你們家的財產全都⋯收歸軍部，變成馬來物資⋯組合⋯」

醒華怒極雙手握槍猛摳板機，手槍噴火擊發，吳延昌中槍彈跳，抽搐幾下不動了，屋外槍聲火熾，窗上玻璃碎響驚心動魄，陳坤護衛著醒華奔向廳後，在廚房外遇到醒漢和溥齋夫婦。

醒華奔過去哭喊：

「爸，媽！」

麥氏一把扭住她，顫抖著：

「醒華，吳延昌那個畜生─」

醒華激動得牙齒打戰：

「媽，我，我殺了他⋯」

「誰？妳殺了誰？」

「吳延昌，我殺了他⋯」

醒漢詢問的急望陳坤，陳坤點頭證實醒漢說：

「發訊號，撤！」

陳坤從衣袋摸出一片樹葉，塞進嘴中吹出銳聲，蜥蜴團員從四周暗處竄出集合，醒漢急促叫：「用手榴彈，衝後門─」

醒漢叫著蹲身背起溥齋，陳坤背起麥氏，手拉醒華一起躬身衝向後門，手榴彈爆炸激起煙硝火光，日軍槍口皆集中向後門射擊，聚集奔衝的蜥蜴團員中彈摔倒，倒地後仍開槍還擊，壓制日軍火力，掩護醒漢等撤退，日軍火網猛烈封鎖後門，醒漢等硬衝闖出門外，出門霎那醒漢中彈腳步踉蹌，醒華見狀驚怖的奔過去攙扶，醒漢腳步稍頓再奮力掙起揹著溥齋衝進漆黑的橡林。

槍聲，殺聲丟在背後，醒華跟隨陳坤拼命奔跑，醒漢逐漸落後。樹枝掛破醒華皮膚，刺痛她的臉頰，她眼前一直晃動著吳延昌臨死的猙獰和手腳抽搐的振顫。

他們奔到橡林深處一間工寮，柴門被先到的陳坤撞開，揹著麥氏衝進，醒華隨後追來抓著麥氏問：

「媽，妳受傷了嗎？」

「我沒有，你爸爸跟醒漢呢？」

「醒漢跟爸爸還在後邊。」

陳坤插嘴說：

「我去接他們。」

陳坤說著轉身奔出，在門外遇到跌撞的醒漢奔進，陳坤閃身讓開，醒漢撞進工寮撲地跪倒一頭栽在地上，背後的溥齋被沖勢帶動得翻過他的頭頂，摔在成堆的橡膠筒上，砸出一陣暴響，醒華驚駭的撲過去攙扶溥齋問：

「爸爸，你──」

她叫喊半聲突地僵住，神情驚怖的把喊叫梗在喉裏，陳坤扶起醒漢也凝僵不動，望著沾手的鮮血探摸醒漢鼻息，醒漢也氣絕死去。

醒華抱著溥齋嘶喊：

「爸……爸……」

喊聲淒厲痛絕，驚得棲息的林鳥撲飛亂竄。

當夜，美軍飛機轟炸新加坡港內日本軍艦，因黑夜目標不清，投彈偏離港口誤炸碼頭附近的民房街道，造成巨大損毀和民眾死傷，大火焚燒數條街巷，街頭難民愴惶號哭奔逃，眼看著自己家園被火焰呑噬。

港口附近簡陋暗巷裏的木造房屋，被延燒成一片火海，爆炸、濃煙、烈火燒得赤焰沖天，溫太太抱著康康愴惶逃出屋外，望著焚燒的房屋，心似刀絞，流淚發呆。

望著烈火，她混身癱軟的跌坐在地下。「哇」地哭出來。

細雨中天色濛亮，工寮裏滴漏，雨滴成串的灑落濕地上，地上平躺著溥齋和醒漢的屍體，麥氏痛絕晃惚，癡顛的呢喃著自語，醒華呆愣著坐在麥氏身旁，她雙眼紅腫，淚水不停流淌在臉頰上。

麥氏握著溥齋的手，眼光遲滯的盯望著他，嘴裡說著含混不清的話：

「早跟你說延昌眼神不正，心性涼薄，你總護著他，說他是摯交晚輩，人不親土親吶…」

屋頂漏水滴下，一滴雨水滴到溥齋臉上，醒華伸手抹去，又一滴滴下，滴到他眼角流下像眼淚。麥氏幫他抹掉，再說出呢喃的話：

「現在你嘗到苦果，也連累到孩子…我不是怪你，只怨你固執剛硬不辨是非…」

醒華拭掉眼角痛淚，忍著哭聲扭開臉，門外雨絲飄灑、被陣風鼓進，吹得點在溥齋和醒漢頭前的半截燭火閃撲欲熄。

麥氏淒涼痛絕的話聲在冷風中響：

「一輩子辛苦，掙來這片產業，為得是什麼？念念不忘唐山老家的那座廟，那間祠堂…」

醒華衝身站起，摀著臉咬牙強忍哭聲奔出門外，她捧臉痞哭，悲痛得混身抖顫，遠處腳步沓雜，陳坤帶領一群馬來人抬著門板草席疾步奔來，醒華忍著哭聲迎過去，陳坤說：

「先就地掩埋，以後再遷葬，還是在這間工寮引火焚化？」

醒華急急搖頭，眼淚再奪眶流出，陳坤著急，勸說：

「大姐，妳要當機立斷，免得伯父遺體再受鬼子折辱。」

「折辱？」

「是啊！妳忘了紅燈碼頭的佈告了？」

醒華煎迫，牙齒咬得格格發響，她猛地吸氣，挺胸堅決的點頭：

「好，就在這間工寮焚化，爸爸一生心血經營橡園，現在死在橡園，葬在橡園，也算死得其所。」

陳坤向馬來人吩咐，醒華轉身進工寮想把麥氏攙出，她踏進工寮陡地跳起，張口結舌喊不出聲音，溥齋和醒漢的屍體旁，空中懸蕩著麥氏的一雙腿，她自縊了。

雨飄灑，橡林中竄起滾滾濃煙和翻騰的怒火，在焚燒、在焚燒⋯

上海，在一九四三年春天起了大變化，英美兩國因與日本爆發太平洋戰爭，和中國結盟，自願放棄在上海的治外法權，歸還租界，日本勢力乘虛侵伸，租界也再非抗日鬥爭的避風港了。

但日本在英法租界的作爲仍有顧忌，所以諜影幢幢，鬥爭都轉進地下，而手段的兇險，拼搏的赤裸，也更見尖銳血腥。

在彙中飯店的咖啡廳裏，朱玲和劉國興坐在角落低聲說話，酒吧裏伊芙擦拭著杯子，眼光不停瞄過來，和朱玲的眼光相遇。

國興隨著朱玲的眼光望伊芙，伊芙給他一個和善甜美的笑容，國興問：

「你說的就是她？」

「對，就是她的幾句話讓我心頭猛醒，霍然覺悟，她說人要有歸屬感才能活得心安踏實，才能活得沒有羞慚愧疚，不管你是俄國人、朝鮮人、日本人，依靠中國土地活命就是中國人，這是地緣感情，也是歸屬心的群體感。」

國興再側頭望伊芙，點頭稱讚：

「嗯，很有見地。找她喝一杯。」

國興笑著站起，和朱玲走到吧台在高腳凳坐下，伊芙滿臉驚喜的迎過來：

「喝酒嗎？」

「對，白蘭地。」朱玲說：

「兩杯？」伊芙指國興。

朱玲伸出三個指頭後指她：

「三杯。」

「請我？」

「對，他請你。」

伊芙喜溢顏色的倒酒，媚眼瞟望劉國興，倒酒後分送到他們面前，國興舉起酒杯：

「來，祝中國蘇醒，國運昌隆—」

「對。」朱玲興奮附合：「祝祖國多難興邦，從艱困中復興。」

「中國萬歲！」伊芙脫口奮呼和朱玲、國興碰杯，觸杯輕響中伊芙滿臉笑容突地僵住，朱玲愕異的隨著她的眼光望，看到餐廳門口站著南捷和白莉。

「咦？」朱玲跳下高腳凳迎過去：「你們倆怎麼在一起？」

「誰呀？」白莉訝異。

朱玲見南捷也困惑茫然，連忙說：

「噢，原來你們不是在一起，來，我介紹—」她分別指點：「鄭南捷、白莉。」

南捷向白莉點頭，白莉從頭到腳打量他，說：

「唉，我們那兒見過吧，怪面熟的。」

南捷苦笑：

「我的特徵，瘸一條腿，見過應該不會忘記。」他說著轉向朱玲：「對不起，電車難等，來晚了。」

「不晚，我們也剛到，你是主客，再晚我們也得等。」她指國興：「喏，國興在那兒。」

朱玲說著拉白莉走開一旁說：

「我們到那邊喝杯飲料。」

朱玲和白莉走向僻靜座位，國興拉著南捷走向另一桌，白莉邊打開皮包拿煙點火，邊盯著南捷瞧，朱玲笑說：

「他很吸引你嗎？」

白莉猛拍大腿說：

「啊！我想起來了，演電影的鄭南捷，咦，他的腿怎麼瘸了？」

南捷神情抑鬱的在桌旁坐下，國興滿臉關懷的安慰說：「胸懷開闊一點，人的肢體殘缺並不是殘缺，心裏殘缺，沒有鬥志，才是眞的殘缺，你不過腿有點瘸算什麼？人生道路重要的是奮鬥，不服輸，腿瘸跟本沒有絲毫妨礙！」

南捷抬手阻止他：

「我顯得沒鬥志嗎？」

「我認爲腿瘸不應該影響你的鬥志。」

「腿瘸影響不了我的鬥志，你放心。」南捷的語氣肯定堅決。

國興欣慰的拍他肩膀鼓勵：

「對，這才是英雄本色。」他猛地想起：「噢，對了，有封信——」

他從袋中掏出信封，南捷接信驚喜得雙手顫抖：

「醒華的？」

「這封信在旅館保存了兩年，是你去太湖不久接到的。」

南捷激動的拆信看，眼光迸露著熾熱，國興問：

「有重要事嗎？」

「她們母子都平安，還寄來一張照片。」

南捷拿出照片看，眼眶湧聚熱淚，照片上醒華抱著康康滿臉笑容，南捷把照片給國興看，沉鬱的臉色湧起赤紅，國興笑說：

「喝，好壯的小子。」

「像不像我？」

「廢話，簡直是一個模子印的。」

朱玲、白莉被他們歡樂興奮的神情吸引，遙望他們，朱玲心癢的想過去看，白莉看出她的窘困說：「想看就過去呀。」

「耽會兒。」朱玲乾咳一聲凝色；「海麗娜，既然榮根被殺跟你沒關係，我們就談重點，對藤山這件事，你怎麼說？」

「好，我配合。」

「確定？」

「確定。」

「好，進行步驟我再研究，安排好會通知你。」朱玲說著和白莉伸手互握，朱玲站起送白莉出門，白莉出門前再掃望伊芙，一抹怪異的神色在眼中閃過。

朱玲走到國興身旁擠著坐下，聽南捷說：

「算時間，現在該七歲了。」

朱玲一把搶過照片：

「誰呀，我瞧瞧，哇，好壯的小子，我要，給我做乾兒子。」

回到家，朱玲睡覺更做乾兒子的夢，她夢到健壯的康康活蹦亂跳的掙扎出自己的懷抱，投進另一個影像模糊的女人懷中，她衝過去搶奪，一邊狂喊：

「是我的，是我的，是我兒子——」

可惜好夢正酣時被電話鈴聲吵醒，電話是劉國興打的，他接到緊急命令必須立刻離開上海，臨走關照拜託朱玲，請她照顧南捷，鼓勵他奮鬥求生。

第二天一早，朱玲就去都城飯店國興的賃房敲南捷的門，南捷正在盥洗，開門讓朱玲進來，兩人都覺困窘尷尬，朱玲腳步疑遲，臉陜飛紅的問：

「你洗澡？」

「沒有，只洗頭，頭癢得很。」

「洗頭去理髮店哪。」

「算了，省省吧，自己洗方便。」南捷招呼她進房坐下，朱玲把帶來的食盒放在桌上，南捷問：

「這是什麼？」

「參茶。」
南捷愣愣一下沒聽懂，朱玲解釋說：
「高麗參沏的茶，你在醫院躺恁麼久，身體虛，補補吧。」
南捷感動，眞誠的望她：
「謝謝，謝謝了。」
朱玲難得的露出小兒女的羞窘，打開食盒把參茶倒出，南捷接過想放在桌上，朱玲催促：
「趁熱喝吧？」
南捷吹著喝茶隨口問：
「國興沒跟你一起來。」
「國興，他走了。」
「啊？」南捷身軀猛震，駭異的抬起頭：「走了？走哪去了？」
「昨天連夜搭太古公司的輪船，轉香港去重慶了？」
南捷霍地站起，手裏參茶濺出，他駭愣瞬間再頹然坐下，聲音失望得瘖啞：
「他說要，要—」
「對了。」朱玲搶著說：「他昨晚深夜打電話給我，說局裏緊急命令他撤走，因爲唐紹儀
那件案子，日本敵僞處心積慮要抓他，現在日本勢力伸進租界，他隨時都可能被逮捕或被謀

殺……」

「他說要帶我回新加坡的。」南捷喃然說。

「你不用擔心，你想回新加坡，我一樣能幫你辦到。」朱玲見南捷捧杯發愣，問說：「你眞要回去嗎？」

南捷點頭，朱玲果斷的說：

「好，交給我辦，我儘快讓你走。」

南捷換好衣服和朱玲出外吃飯，搭電梯下樓時南捷說想先去郵局匯錢，朱玲問他：

「要回去了還匯錢幹嘛？」

「想先寫信通知她們，順便匯點錢，我在太湖兩年養雞種菜存了點錢，很久沒匯錢回去了，心裏很愧對她們。」

「好丈夫。」

「比起她對我，差得遠啦。」

他們說著話走出電梯，門廳沙發上有個掩臉看報的人，窺視著他們走出門外，起身跟隨出去。

電話鈴響，在銅床上睡覺的白莉從絲被中伸出白嫩臂膀，抓過電話聲音矇矓的接聽：

「喂—」

她聽著驀地掀被露出頭：

「嗯，好，我知道了。」

簡短的接過電話把聽筒掛上，她翻身坐起凝目思索，接著下床穿衣，衣服穿到一半突地停住，再想，奔過去抓起床頭電話搖撥出去。

離白莉家不遠的街頭有間老虎灶，門口泥爐旺火，水壺白氣騰冒，尖銳的嘶著氣哨。韓培根懶散落魄的提著水壺到老虎灶買水，朱玲開車載著南捷疾馳經過，南捷認出韓培根，緊急叫朱玲停車，朱玲急煞把車停在街旁，南捷跳下車奔到韓培根面前歡喜的喊：「小韓。」

韓培根驟驚，張著嘴巴望他一會，認出他，顯出驚慌畏縮。

朱玲下車走到他們身邊，韓培根強擠出笑臉、神色忐忑尷尬。

「你住在這附近？」朱玲問他：

「住在後邊弄堂，不怕髒請進去坐。」韓培根笑得僵硬，不想朱玲卻說：

「會打擾吧？」她說著望弄堂：「這條巷子我來過，白莉也住這兒。」

「白莉？」

南捷錯愕，朱玲抱住他的手臂說：

「走，咱們到小韓家坐坐。」

韓培根提著開水壺推開門，朱玲、南捷跟著他走進屋內，屋裏簡陋破敗，牆壁斑剝黴黑，小韓說：

「房子舊，到處滲水，一年到頭發黴。」

朱玲、南捷找著椅凳坐下，朱玲問他：

「小韓，前幾天這巷口有人被殺，你知道？」

「聽說了，工部局曾派人家戶調查找目擊者。」

「找到沒有？」

「沒有，不過謠言很多。」小韓漸把忐忑的心靜下，興起猜疑，他狡猾的問：

「這事，跟朱小姐有關係？」

朱玲想一下，決然說：

「被殺那個人叫榮根，是我派來站樁的。」

「妳派來站樁，監視誰？」

「華都舞廳一個舞女，叫白莉——」

南捷愕異插嘴：「白莉不是妳朋友嗎？」

朱玲無暇向南捷解釋，只說：

「內情很複雜，耽會我們到郵局辦完事，我詳細告訴你。」

朱玲說著打開皮包，抽出幾張大鈔塞給小韓說：「我們都是熟朋友，你別客氣，這些錢先拿著用，我有事想托你。」

小韓顯得喜出望外，但仍推拒：

「朱小姐讓我做事只管說，用不著破費。」

「你做榮根沒做完的事。」朱玲冷凝的說：「監視白莉，記錄有誰進出，隨時跟我連絡。」

小韓沒說話，錢收了，離開小韓回到車上，南捷埋怨朱玲：「小韓不老實，妳覺得他靠得住？」

「量他不敢，給他錢，就是壓力。」

「有錢人總認爲錢能買到一切。」

朱玲轉過頭凝望他，發動引擎開車疾駛，神情顯露不豫，路上再起爭論，兩人都強制壓抑自己情緒，把語氣聲調儘量平緩壓低，以沖淡因爭論而引發的怒氣。

回到飯店走出電梯爭論仍未停止，朱玲說：

「金錢使用是手段，牽涉不到什麼尊嚴問題，你扯遠了。」

「沒扯遠，這是觀念問題。」

「就像你不接受我幫你買船票一樣？」

「對了，觀念問題。」

他們爭論著走到客房門前，南捷開門讓朱玲進內，朱玲跨進房門腳步猛滯站住，她驚愕得睜大眼，見伊芙神情羞窘的站在房裏。

「伊芙？」朱玲失聲喊。

「對不起。」伊芙窘急的解釋：「是我要求茶房李叔開門讓我進來等你的，我有要緊的話想跟你說，請你別生氣。」

朱玲失笑的拉她坐下，說：

「坐下說，有點意外倒是眞的。」

南捷見狀回身要退出門外：

「你們聊，我出去逛逛。」

「別走，我的事不避你。」

南捷關上門，默然坐下，伊芙侷促的望他們，朱玲抓著她臂膀，溫柔的笑著鼓勵：

「伊芙，妳有話儘管說。」

「我不曉得該怎麼說，是白莉──」

「白莉？」朱玲斂失笑容，湧現警惕；「你是說你跟白莉認識？」

「不認識，不過我知道她是受莫斯科指揮的第三國際⋯」

「你怎麼知道？」朱玲的聲音嚴厲了。

「嗯——」伊芙說著驚懼的望南捷，朱玲堅定的說：

「沒關係，你說，他絕對可靠！」

伊芙點頭，深吸口氣說：

「在法租界有個開麵包店的俄國人，叫里斯科，雖也是白俄，卻是第三國際在上海的領導，里斯科用恐佈手段威逼在上海的白俄加入第三國際效忠無產階級祖國，而白莉，就跟里斯科很密切……」

「噢。」朱玲陷入思索，伊芙著急的說：

「朱小姐，你千萬要相信我。」

「我相信你，里斯科的身份我也知道，這跟我有什麼關係？」朱玲顯得困惑的向伊芙凝視，伊芙搖著頭說：

「我不知道，我只想提醒你，他們手段非常殘暴。」

朱玲冷靜的盯望伊芙，伊芙的藍眼珠顯出懇求的向她回視，朱玲說：

「伊芙，你講具體一點。」

「其實，我也不知道什麼，只是提醒你不要相信白莉，我聽人說，她跟一個日本將軍要好，也是里斯科授意——」伊芙見朱玲吃驚，繼續說：「因爲這個日本將軍在東北中俄邊境主持——」

有人敲門，伊芙驚恐的噤住口，朱玲問：

「誰？」

「茶房老李。」門外應聲：「有人要會鄭先生。」

朱玲愕異的轉頭望南捷：

「你約人了？」朱玲見南捷搖頭，再向門外問：「客人是誰？」

「說姓黃。」門外老李回說，南捷站起開門。

「我去看看。」

他開門後看到老李身旁站著黃夢玫，驚愕得瞠目：

「夢玫？」

夢玫憔悴蒼老，苦澀中擠出微笑

「還虧你記得我，怎麼，不請我進去？」

「請請，眞想不到。」

夢玫進門，老李在她身後把門帶上，伊芙顯出恐懼不安，站起要走，朱玲拉住她，夢玫歉意的說：

「對不起，我來得莽撞，打擾你們。」

「別客氣，請坐。」朱玲禮貌的讓黃夢玫坐下，拉著伊芙走出，經過南捷時說：「你招呼客人，我跟伊芙到隔壁房去。」

伊芙羞怯的向南捷，夢玫致歉後隨朱玲出門，夢玫突地說：

「朱小姐，別見怪噢。」

朱玲愕異的停步回頭：

「你認得我？」

「我見過你，我叫黃夢玫，是醒華的表姐，也是吳延昌，或者說是渡邊一宏的太太。」

朱玲驚訝的張大眼，夢玫再說：

「日本軍部通知我，吳延昌死了。」她聲調低沉緩慢，微含譏嘲：「他死在新加坡，死在醒華手裏。」

南捷猛地衝過去抓住夢玫肩膀：

「醒華在新加坡怎麼了？」

「我不知道，我只知道事情結果，吳延昌死了，醒華的父母親跟家人都死了，醒華被抓去關進監牢。」

「那—」南捷聲音抖顫：「孩子呢？」

「我不知道？」夢玫搖頭說，南捷血脈賁張，厲聲問：

「孩子呢？」

南捷神情可怖的搖撼著黃夢玫，朱玲奔回把他拉開，三人拉扯間伊芙悄然離去，南捷放手，朱玲把他推到一旁，輕聲責備說：

「南捷，你冷靜點。」

夢玫苦笑說：

「他這種反應已經比我料想的平和了。」

朱玲含憤猜疑的質問她：

「你找到南捷就是告訴他這些話？」

「不，除告訴他這些話，我還想托他一件事。」

朱玲迅快的望南捷一眼，問：

「什麼事？」

「我跟吳延昌生個女兒，我想請南捷幫我照顧這個孩子。」

朱玲難以置信，南捷驚愕得挺直身軀，朱玲愕疑的再問她：

「你剛說想請南捷怎麼樣？幫你照顧孩子？」

「嗯！」夢玫點頭，擠出苦澀笑容：「我請他幫我照顧這個孩子，說起來確實可笑，吳延昌一生迫害南捷跟醒華，到頭卻逼得扶養仇人的孩子，嘿嘿，這世界盡有些不近情理的事！」

南捷，朱玲愣著，朱玲含憤的說：

「妳怎麼能確定南捷一定會答應？」

「他不答應不行，因爲——」夢玫說著站起走到窗前，打開皮包說：「我皮包裏有封信，逼他一定得盡這個義務！」

她從皮包裏拿出信給南捷，朱玲伸手搶過去，兩人心切疑惑的爭看信封，猛聽嘩啦一聲玻璃碎響，夢玫撞破窗戶躍出窗外。

朱玲、南捷驚駭得瞠目結舌，窗外冷風猛地灌進把他們衝得跳起，他們撲到窗前探頭下望，高樓下的街道上，夢玫的屍體躺在街心……

朱嘯峰惱怒的從巡捕房保出他們，走進等在門外的汽車，朱玲叫司機先送南捷回旅館，南捷慚愧的向嘯峰說：

「很抱歉，給朱伯伯惹麻煩。」

嘯峰冷淡的瞥視他，臉色冷漠沉寒。

「在上海租界，我沒別的能耐，到巡捕房保人，面子還夠，說不上麻煩，不過，我既然保你隨傳隨到，你恐怕暫時不能離開上海。」

朱玲抗聲辯解說：

「爸爸，黃夢玫自殺根本跟南捷扯不上關係。」

「巡捕房可不這麼認爲，你也脫不掉干係」

朱玲氣結扭開頭不理。汽車疾馳，兩人陷進尷尬緘默，車到飯店門外停住，南捷下車離去，朱玲搖下車窗喊：

「要是心裡悶，就到樓下喝一杯，我回家一趟，會儘快過來陪你！」

嘯峰惱怒的揮手，催司機開車，車駛過繁華街道，朱玲轉頭望車外不理嘯峰，嘯峰忍耐不住責備：

「你忘記他結婚了？」

「我沒忘。」

「既然沒忘，一天到晚膩著他，像話嗎？」

「我不知道你說『膩著他』是什麼意思？」朱玲仍面對車窗惹得嘯峰鼓氣斥責：

「你還辯！」

朱玲霍地回過頭說：

「爸爸，從小我都我行我素，小時候你不管我，現在管、太晚了吧？」

嘯峰氣得說不出話，汽車疾駛，強風從車窗灌進，吹散朱玲髮絲，她轉頭再望窗外，嘴角湧起一絲刁鑽的詭譎。

南捷回到旅館房間，關上門，驟然的靜寂，使他感到強烈的飄泊感，破窗內鼓進的強風讓他感到寒冷，一絲絲寒慄起自脊背，夢玫衝出窗外的玻璃爆響，她衣角凌空的破風撲展，她飄起的亂髮，她拿出信封時那一抹眼神的悲恨：

每個畫面像電影的剪格一樣閃過他眼前，畫面中參雜著夢玫的旁白，清晰的在他耳邊響著，特別突顯幾個片斷的語句：

「吳延昌死了，死在醒華手裏…醒華被關進監牢…吳延昌一生迫害南捷跟醒華，到頭卻逼得扶養仇人的孩子…」

他甩頭逐去腦中混亂的思緒，痛苦的喃然自語：

「醒華到底遭遇什麼事？孩子呢？」

片刻後南捷穿衣外出，在門口遇到老李，他問：

「老李，公共租界鎮江路怎麼走？」

「往鎮江路有電車，在十字路口坐。」

南捷如言到街口搭電車，見街道暮藹四合，已萬家燈火。到鎮江路下車，按著夢玫書寫的地扯尋找，找到門牌，退後仰望樓上住屋，適時微胖和善的林媽媽從窗內看到他問：「你找誰呀？」

「找樓上黃夢玫小姐—」

林媽媽戒慎的打量他，問：

「你是誰？」

「我姓鄭。」

「姓鄭？鄭南捷？住都城飯店的鄭南捷？」

南捷點頭，滿臉愕異驚詫，林媽媽再望他片刻點頭說：

「夢玫說得不錯，你是個有情義的人，果然找到這裏來，進來吧，孩子餓了，我正弄飯給她吃。」

南捷推門走進林媽媽家，她自我介紹說：

「我姓林，夢玫都叫我林媽媽，是她樓下鄰居。」她說著搬椅子給南捷坐，並倒杯茶給他，南捷觀望屋內，簡陋卻潔淨，天花板上的玻璃燈罩上，有一些蟲蛾飛舞繚繞，林媽媽在他身旁說：

「夢玫挺著肚子搬到這裏來，沒見過她丈夫，生孩子的時候，她丈夫也沒露面，聽說她丈夫是日本華僑，現在不在上海…」

林媽媽說著在一邊坐下，胖臉上充滿感傷和歎喟：

「她日子過得很苦，又有病，常常咳血。」

「咳血？」

林媽媽顯出激憤，聲調高起來。

「聽說她丈夫在她胸口踢過一腳，踢成內傷，唉，真狠心！她說，她是你太太的表姐？」

「嗯！」

林媽媽搖頭，激憤轉成哀傷：

「唉，女人嫁錯丈夫，可眞是一生一世的悲哀。」

臥房門口有輕微響聲，一個兩歲的小女孩怯懼的含著指頭出現，林媽媽看到她，胖臉上露出慈藹：

「苦苦，睡醒了？」

南捷轉頭望她，問：

「就是她？」

「就是她，叫苦苦，很乖。」

「苦苦？」

「命苦的苦，你聽這個名字就知道她是怎麼養這個孩子的。」

林媽媽過去牽著苦苦的手拉著她走到南捷面前說：

「夢玫住在樓上，剛才巡捕房的人來，說命案牽扯，她房裏東西不准動，我就不帶你進去看了。」說著彎腰對苦苦指南捷說：「叫鄭叔叔。」

苦苦望南捷，眼中含著兩泡淚水，南捷憐惜的拉過她，苦苦怯懼的掙一下，偎進他的懷裏，林媽媽指桌上信封說：

「夢玫還有封信留給你。」她伸手拿過信封給南捷：「她說你來帶孩子，再把信當面交給你，當時她騙我說要偷上船回馬來亞，帶著孩子累贅，誰想到她會…」

林媽媽說著哽咽語塞，舉袖拭淚：

「巡捕房的包打聽告訴我她跳樓，我還以爲…眞不敢相信是眞的。」

南捷摟著苦苦拆信，耳邊響著林媽媽的話聲：

「孩子，本來我想養的，可是，我這麼大年紀…」

南捷展讀信紙，見夢玫寫著：

「南捷：我堅信你一定會看到封信，你可能不關懷我，但你一定關懷醒華的表姐，你重情重義，這是你的優點，也是你的缺點…」

南捷帶著苦苦離開林家，街巷幽靜，路燈昏黃，一大一小兩條人影在路燈下移動，伸展、縮短、拉長、南捷牽著苦苦的手，苦苦走路不穩，顛簸搖晃，餛飩攤的梆子聲淒涼悠遠，冷風振衣，遍體森涼，夢玫信上的言語繼續在南捷心頭激蕩。

「從舊社會的觀念看，我是叛逆女性，別人不敢做的，我敢做，在輕賤藝人的家庭裏，我敢不顧一切的演電影，扮戲，我敢愛敢恨，自主獨立…」

走出巷口，南捷叫了一輛黃包車，他抱著苦苦坐在車上，苦苦溫順的蜷縮在他懷裏，車夫跑過街道，在街旁眩目耀眼的霓虹燈中南捷繼續想著夢玫的信。

「我一生只愛一個人，就是吳延昌，我愛他不後悔，不管他對我多麼殘暴，多麼無情涼薄，我到死都癡迷專注，我的死也是爲他，他死我不能獨生，問我爲什麼？我不知道？也許愛這種感情本質就瘋狂，他打我、罵我、踢我、在我身上發洩他對醒華的憤恨，我卻甘願忍受——」

黃包車奔過僻巷，僻巷深邃幽靜，路燈昏沉灰濛，苦苦因冷風灌吹瑟縮，南捷解開衣鈕把她裹在懷中，車夫快速奔跑，耳邊響著呼呼風聲，南捷繼續想著信的內容：

「我的遭遇不值得你們同情，我也不要同情，我把孩子托給你，是深信你會善待她，撫育她，她雖是吳延昌的孽種，卻終是一條生命……」

回到飯店，南捷抱著苦苦進門，在房裏等候的朱玲看到驚愕得難以置信：

「你瘋了？」

南捷笑笑，把熟睡的苦苦抱到床上，讓她睡好，給她蓋上棉被，朱玲愣著望他，南捷收拾好轉身和朱玲面對，說：

「我要養她。」

「你要養她？怎麼養？」朱玲見南捷神情堅定，忍住要說的話，搖頭：「你眞是瘋了。」

第二天南捷和朱玲帶著苦苦到街邊小公園散步，陽光溫暖，樹影婆娑，南捷牽著苦苦搖晃著走，朱玲在後邊跟著，苦苦腳步蹣跚，行走不穩，朱玲提心吊膽，時時伸手要扶：

「苦苦，怎麼叫這種名字？」

「她媽取的。」

「苦苦，叫著都心酸，不像你兒子康康，一聽就覺得雄糾糾，氣昂昂。」

南捷聽得康康名字腳步遲滯一下，他輕輕舒氣，仰頭望天，天空晴朗，雲淡風清。

醒華被關進裕廊集中營，那是一間廢棄的煉錫工廠、龐大的鍋爐和起重機具都仍存在，但皆腐蝕生銹，一些半成品的錫塊散落在各處地上。

集中營囚禁著各國婦女，被一個兇惡壯碩的印度婆娘監管，她的皮膚黑裏透紫，眼眶迸射著森寒的光。她叫拉農，吼聲尖銳兇狠。

醒華被關進集中營時是深夜，她經過日軍的逼問審訊，精神和身體都萎頓疲憊到極點，她神智麻木，已沒有情緒波動，也感受不到身體的冷暖和疼痛，癱軟的半昏迷著被丟棄在角落，除了呼吸，她已失去生命跡象。

從黑夜到天明，再從天明到黑夜，她僵臥不動，被分配的食物丟在地上，爬著螞蟻蟑螂。

她腦中仍燃燒著熊熊火焰，火焰中扭曲的浮現著爸媽和醒漢的身影……

朱玲走出彙中飯店電梯，迎面遇到老李，她揚手招呼著到客房敲門，老李愕異的喊住她：

「朱小姐，鄭先生搬走了。」

朱玲震動失措的愣著，衝口問：

「搬走，爲什麼？」
老李謙卑的苦笑：
「這我不知道，您得問櫃上。」
「這房間是劉國興的——」
「是啊，劉少爺長期包租，並沒向鄭先生收房錢。」
「那他搬什麼？」
老李語塞攤手：
「這⋯⋯這怎麼說呢？反正他搬出去了。」
「搬去哪兒？」朱玲羞惱的臉色脹紅了。
老李苦臉再搖頭：
「這您得問櫃上，我知道就這麼多。」
朱玲臉色由紅轉青：
「你開門，我進去看看。」
「這——」老李爲難。
朱玲怒聲：
「開門吶——」

老李無奈，掏出鑰匙開門，朱玲激怒的衝進房內，房中破窗玻璃換新，已整理得清爽乾淨。

南捷牽著苦苦站在外灘黃浦江岸邊，江水濤濤，有輪船停泊江中竄冒著黑煙，苦苦舔食著糖葫蘆，腮邊仍有淚痕，南捷找個石墩坐下，把苦苦抱到膝上，指著江中讓她看船，江風強勁，吹掠起苦苦頭髮，南捷撫順她的髮絲，低頭問她：

「苦苦，要坐船嗎？」

「要。」

「好，跟叔叔坐船回家。」

「家在哪？」苦苦抽噎著問：

「在──臺灣。」

「臺灣在哪？」

「在海上，很遠很遠的地方。」

苦苦仰起淚眼說；

「我要媽媽。」

南捷的嘴唇痙攣，答不出話，苦苦再問：

「媽媽呢？」

「媽媽…回新加坡了。」

「新加坡在哪?」

「也在海上…」南捷遙望江水,江水擊岸發出嘩嘩響聲,江中輪船遠去,又一艘輪船駛過江面…

21

朱玲鬱憤的走出飯店電梯，經理陪笑趨前說：

「朱小姐，您的電話。」經理謙恭的引她到櫃檯：「請到櫃檯接吧。」

朱玲抓過電話接聽，話筒裏傳出小韓的話聲：

「朱小姐，我是小韓，有急事，請到虹口小公園見。」

小韓掛斷電話，朱玲愣著站立一會，放下電話急步出門。

虹口小公園到處是廢紙、枯葉、狗糞、平時乞丐小販蝟集，現在卻人群熙攘擠滿警察，四周還停著幾輛閃燈的警車，朱玲在公園外找到小韓，小韓沒說話，暗扯她走到一邊隱蔽處，慄懼驚駭的說：

「公園裏有個姑娘被殺，你認識。」

「我認識?誰?」

「在彙中飯店酒吧調酒的那個白俄姑娘。」

「啊，伊芙?」朱玲駭異中猛然警惕：「你怎麼知道我認識她?」

小韓趕緊解釋說：

「昨天晚上我打電話到飯店想向你報告消息，你不在，南捷也不在，因爲情況緊急，我怕耽誤，就雇車去找你，進門就看到那個白俄姑娘跟櫃檯說：『我有急事找朱小姐，她來了請轉告她到酒吧。』我聽她說找你也有急事，就特別留意了。」

朱玲聽著驚悸的向公園望，見警察正用擔架搬運屍體，朱玲問：

「你認准是她？」

「警察沒到以前我看過，不會錯。」

朱玲驀地清醒，轉頭望小韓，眼光銳利：

「你有什麼消息告訴我？」

小韓鬼祟的張望身邊，低聲說；

「白莉家的傭人說，藤山義雄今天晚上要借白莉家宴請一個重要客人—」

「誰？」

「不知道，只知道是德國人。」

朱玲驚悚的凝想，看錶：

「好，你想辦法打聽清楚這個德國人的背景，我在彙中飯店等你電話，要確實消息，嗯？」

她說著轉身急步離開，小韓追著想說話，嘴張開，又忍住喊她。朱玲開車疾駛經過外灘，突地煞車停在街旁，她靠在椅上望著車外發愣，落寞的神情，濃重的傷懷顯露在臉上，街旁高樓聳立入雲，人車熙攘來往，上海的繁華並未因戰爭遜色，反更突顯一股焦燥的競逐的混亂。

一個聲音在她心頭響；

「人究竟競逐什麼？貪圖什麼？又贏得什麼？劉國興、鄭南捷這兩個男人…日本、中國兩個有文化血緣關係的國家，眞實又虛幻，切近又遙遠…伊芙，這個眼珠湛藍澄澈的姑娘，熱情善良，竟被這樣冷酷殘暴的殺害，比起藤山義雄，這眞是個讓人痛憤的世界…」她搖頭擺開心中積鬱紛擾，扳檔猛踩油門，開車。

南捷帶著苦苦走到小韓家門外，屋內寂靜無人，收音機響著廣播聲：

「日軍西進已成強弩之末，華中一帶戰局困頓，深陷泥沼…」

收音機出現沙沙的干擾聲，廣播聲音被沙沙聲掩沒，韓培根在屋後水龍邊洗好菜，濕著手捧了菜籮沿路滴水走回屋中他放下菜籮到收音機旁猛拍一下機殼，收音機沙沙聲響消失，恢復清晰廣播。

「新聞播報完畢，下邊請聽歌曲，周旋唱『漁家女』…」：

接著收音機播出柔媚的歌曲，小韓擦乾濕手，轉身看到南捷和苦苦。

「喲！」小韓嚇了一跳。

南捷失笑：

「嚇著你了？」

小韓望苦苦，顯出驚疑：

「這是誰呀？」

「我女兒。」南捷彎腰教苦苦說：「叫韓伯伯。」

苦苦不出聲，只翻著眼珠畏怯的向小韓看，小韓愕異的問南捷：

「你什麼時候冒出個女兒？」

「昨天。」南捷苦笑著向屋內看：「有沒奶粉？」

「奶粉？我哪有那玩藝兒？我沒老婆，又不養孩子。」

「沒奶粉，開水總有吧？」

「開水當然有，暖壺有一壺。」

南捷拍拍苦苦向小韓說：

「幫我看一下，我到街上去買奶粉。」

南捷說著要走，小韓喊住他：

「你跑斷腿也是白跑，現在物資短缺，連米都難買了，你不知道？」

「我知道，沒辦法，這小祖宗難侍候，早晨一睜開眼就吵著要喝奶，我一路走一路找，到處都買不到。

「法租界能買得到，逃難的人少，我這兒有點糕餅先給她吃，你剛說她叫什麼？」

「苦苦。」

「喲，一個苦不夠，還得兩個加起來叫。」

小韓的糕餅苦苦吃得津津有味，滿嘴殘屑，南捷也藉片刻清閒和小韓說及苦苦的身世，小韓消遣他說：

「眞服了你，居然弄個包袱往身上揹。」

「咳，我也不情願，被逼的。」

「我幫你找個人養——」

南捷搖手：

「我隨時都可能回新加坡，走的時候要把她帶走，交給她母親娘家的人，托人養、養出感情難處理。」南捷說著突地凝目遙望巷口的白莉家，片刻轉開眼光：「朱玲有點彆幹了。」

小韓顯出錯愕，南捷說：

「你不覺得朱玲有點彆幹嗎？」

「幹嘛說彆幹？」

南捷吸氣，再把眼光投向白莉家。

「她想藉這件事來肯定自己。」

「我聽不懂。」

「朱玲家庭背景特殊，父親是朱嘯峰，母親是日本人，中日戰爭爆發，好像父母決裂，自己歸屬就難以抉擇。她受過日本人訓練，灌輸她日本思想，又被誘騙跟國際共產黨搭上線，總之她的情形很複雜，不過，她現在正在變，她計劃刺殺藤山，就是要肯定自己，確定自己的歸屬界限。」

小韓仍然愣著望他，南捷問：

「還不懂？」

小韓搖頭苦笑：沒說話。

南捷到法租界買了奶粉，正提著過街要搭電車，一部汽車駛過身旁，車上坐著白虹、白虹認出他想叫司機停車，汽車已經駛遠，再回頭張望，看到南捷瘸著的一隻腿，她愣著回想南捷以前的英俊和現在判若兩人，最後她懷疑是不是眼花認錯人了。

她想著，不覺汽車開進一條巷道，望車外，看到小韓站在門前。

白虹搖下車窗向小韓招手，小韓眼中閃過複雜神情，跳起走向她，白虹激動的說：

「我剛才看到一個人，好像鄭南捷。」

「噢！」小韓想接腔，張張嘴又忍住，白虹繼續說：

「他變得好老，腿也瘸了⋯⋯」她說著看到站在門前的苦苦：「咦，那小姑娘是誰？」

小韓支吾說：

「鄰居的。」

白虹收回眼光，凝容正色：

「走吧，上車到我家去，我有話問你。」

小韓顯出抗拒的強笑：

「隔壁鄰居上街，托我照顧孩子，這樣吧，你說地點，我耽會趕去。」他看白虹寒下臉趕緊說：「好嘛，好嘛，我留張字條，把她寄到別個鄰居家。」

他轉身進屋寫字條，黏濕口水貼在門上，關門上鎖後把苦苦抱到隔壁，白虹坐在車裏等候，打火吸煙，鮮紅的指甲夾著尺長的煙嘴，咬在鮮嫩的嘴唇裏，吐著乳白色的煙圈。

片刻後小韓開門上車，他竄進車內時有叮鈴輕響，一個小銅鈴掉在地下，鈴上系著手指寬的字條，汽車開走，銅鈴和紙條留在地上。

過沒多久，南捷回到小韓家，看到屋門關著上鎖，微覺錯愕，見門上貼著紙條，撕下來看，知道小韓因急事出門，苦苦寄放在隔壁鄰家。⋯

他拿著字條向隔壁鄰居家走，走沒幾步踢到地下銅鈴發出響聲，他循聲低頭看，看到銅鈴上的字條，顫抖在風中，他認得銅鈴是苦苦戴在手腕上的玩具，掉在地上讓他慄然驚心，趕緊撿起銅鈴和字條看，字條寫著：

「緊急通知朱玲，有陷阱。」

南捷望著字條駭疑愣立，驀地跳起，拔腿狂奔。

朱玲匆忙下樓準備外出，嘯峰喊住她。

「喂，丫頭，站住。」

朱玲站住腳，撒嬌的抗聲說：

「爸，我跟人家約四點，現在都三點四十了。」

「跟誰約？在那兒？」

「哎呀，跟你說你也不認識。」她說著揮手向門外衝：「拜拜，我來不及了。」

嘯峰滿臉惱怒的追出想喊，電話鈴響，宋嫂接聽：

「喂，朱公館，小姐不在，請問你是—噢，鄭先生？」

宋嫂轉臉望嘯峰，嘯峰轉身回來說：

「我接。」

南捷在一間雜貨鋪門前借打電話，苦苦扯著他褲子站在旁邊，她手裏仍然拿著糕餅，眼眶淚痕未乾，南捷對著話筒說：

「朱伯伯，我是鄭南捷，是…有急事找朱玲，啊，剛出去？糟糕，知道她去哪嗎？是，很急……你找我？現在去你家？這—好好，我就來。」

嘯峰臉色陰沉的掛上電話，宋嫂捧茶給他，他勉強在沙發坐下，剛喘口氣，電話鈴又響，嘯峰放下茶杯說：

「我接—」他抓過聽筒猛地坐直身軀，滿臉歡喜：「哎呀，本源兄，你眞是想煞人也，什麼時候到的，現在在哪？匯豐碼頭？好，我馬上來。」

他掛上電話歡然躍起，向宋嫂喊：

「我的衣服，快—」

宋嫂拿來他的外衣、刷刷，幫他穿上，再遞過呢帽和手杖，嘯峰出門前交代：

「香港的廖老爺，我去匯豐碼頭接他，你打電話到慶豐樓，訂一桌酒菜。」

宋嫂提醒他：

「你剛才叫鄭先生來家裏……」

「噢，叫他改天來。」

宋嫂望著嘯峰出門，在後把門關了。

朱玲走進彙中飯店餐廳，劉桐升站起迎接：

「朱小姐，我是劉桐升。」

「我認識，我見過你。」

兩人在餐桌坐下，朱玲下意識望向吧台，見吧台換人，換個陌生女孩，侍者遞菜單給她，她推開說：

「我要咖啡。」

侍者鞠躬離開，劉桐升滿臉精悍的向朱玲低聲說：

「國興走的時候特別囑咐，朱小姐要槍給槍，要人給人，國興不是門裏兄弟，我們敬他是條漢子，他的話我們一點折扣不打，我們也敬重老太爺在上海灘的聲名行事，所以朱小姐的事，我們會盡全力。」

朱玲笑說：

「你話裏的意思，是我靠劉國興跟我爸爸。」

「那也不是。」劉桐升嚴肅凝色：「劉國興囑咐的話，重點在最後一句。」

「噢，他最後一句說什麼？」

「『對付日本人。』不談江湖道義，就這五個字我們也會盡力幫你。」

「好，你帶幾個人？」

「連我兩個。」

「你知道任務危險？」

「知道，我們都是抽得花簽，既來了就沒打算回去。」

「還有一個兄弟吧？」

「在外邊。」

「好。」朱玲點頭看錶：「現在四點半，我們五點鍾出發，我利用這個時間簡單說明進行步驟。」

朱玲把說話聲音壓低，劉桐升側耳傾聽，不住點頭顯示領會。

南捷帶著苦苦趕到朱家門外，按鈴，宋嫂把大門開了一條縫，南捷說：

「我是鄭南捷，朱伯伯叫我來——」

宋嫂趕緊說：

「老爺，小姐都不在家，老爺有急事剛出去，他說請你改天來。」

南捷著急的說：

「小姐去哪兒？你知道吧？」

宋嫂搖頭，把門關了，南捷站在門外急得抓耳搔腮，苦苦叫：

「叔叔，我好渴。」

南捷低頭望她，焦急的想，舉手再按鈴，並高聲叫：

「對不起，打擾……」

宋嫂臉露不快的再把門打開，南捷陪笑說：

「我進去打個電話好不好？順便給小孩喝口水。」
「老爺、小姐都不在家。」
「我知道，我只在客廳打通電話，以前我來過，你認得我。」
宋嫂臉色難看的勉強閃開身，南捷急忙抱起苦苦進內，宋嫂再把門關了，進到客廳南捷放下苦苦急著打電話，邊撥號邊向宋嫂央求說：
「麻煩你倒杯水給小孩喝。」
電話打到彙中飯店櫃檯，朱玲、劉桐升經過櫃檯向外走，櫃檯職員忙碌任由電話鈴響，沒空接聽，朱玲走出門外，有個陌生人閃縮的在後跟蹤。
櫃檯職員忙裏抓過電話接聽，說：
「喂，朱小姐剛離開。」他說著探頭向外看：「已經走遠了。」
朱玲和劉桐升走到街旁停車處，劉桐升突地促聲說：
「有個傢伙盯著我們。」
「我知道，盯我幾天了。」
「擺掉他？」
「還有時間，跟他玩個遊戲。」
他們開門坐進車內，跟蹤的人也若無其事故意左張右望的走向另一部汽車，劉桐升向在飯店門外站椿的阿秋比個手勢，阿秋奔來竄進車內，汽車疾駛衝出，街頭已亮起霓虹燈。

南捷餵苦苦喝過水，放下杯子急迫的向宋嫂說：

「朱玲有危險，我得儘快找到她，拜託你，照顧一下這個孩子。」

宋嫂未及反應南捷已衝出門外，苦苦見南捷離去放聲大哭，宋嫂急得跳起追趕：

「喂喂—」

黑暗的街角躲著劉桐升和阿秋，跟蹤他們的人鬼祟的閃縮著悄然潛進，向前邊屋影下朱玲的身影細瞧，他走到街角警惕著探頭觀察，驀覺脖子一涼，喉嚨被尖刀抵住，他反應迅捷的跳退，想躲開，手也快疾的伸進腰間拿傢伙，可惜阿秋比他更快，尖刀「哧」地刺進他手腕，沒等他叫疼，劉桐升一根麻繩已纏住他脖子。

那人「呃呃」的張嘴掙扎，劉桐升麻繩略鬆輕聲說：

「朋友亮個字號吧。」

「姓馬…是極斯菲爾路七十六號…」

劉桐升麻繩再緊，輕噓說：

「噓—那個地方不能輕易露，說了就逼得要滅口了。」

他話聲中猛勒麻繩，那人氣噎得眼暴舌吐，阿秋緊抱住他跳踢的雙腿，片刻工夫，他挺跳數下不動了。料理過跟蹤的人，劉桐升和朱玲緊急商量說：

「果然不錯，漢奸特務機關七十六號的。」
朱玲詫愕困惑的猜測：
「難道風聲洩露了？」
「還有誰知道這事？」
朱玲猛地驚跳：
「小韓？」
小韓跟著白虹到她家內，一路走一路解釋辯白：
「姑奶奶你跟朱玲有恩怨情仇，你要報復她，這跟我沒關係，我夾在中間，沒資格說幫誰不幫誰？老實講，我貪圖幾個錢，知道的，都講了，你一定要追問我刺殺藤山義雄的細節，我實在不知道，再說，我知道也不能說，將來——」
他們走進客廳，白虹坐在沙發上，踢掉高跟鞋，再拿煙點火來吸，小韓跟著也想坐下，突地臥房門響，走出個高瘦穿著唐裝，鈕扣上繫著條粗金鍊的人，他陰惻惻的接嘴說：
「別談將來了，你現在這一關就難過。」
小韓聞聲回頭驚望，白虹站起露出媚笑：
「四寶，你起來了？」
吳四寶沒理她，徑自癱倒在沙發坐下，舒服的翹起腿：「嗯，過足癮，睡一覺又精神飽滿

21

了。」他說著向白虹伸出手：「茶！」

「在這兒。」白虹殷勤的捧過茶，吳四寶猛喝一口，漱漱嘴吐進痰盂，抬臉望向小韓：

「我是誰，你認得吧？」

「認得，認得，吳四爺，吳大隊長，早認得了。」小韓謙卑的趕緊陪笑：「現在是上海灘的金甲大將軍，誰不知道？」

吳四寶裂嘴獰笑：

「嘿嘿，想當年你們在電影公司神氣活現，我吳四寶按月收個地頭錢都要看你們臉色，現在風水輪流轉，當初的大明星白虹都讓我收了房，變成我姓吳的老婊太，嘿嘿，姓韓的大概做夢都沒想到我會有今天的得意吧？」

吳四寶冷森的向小韓獰望，小韓打個寒顫臉色變白，他勉強擠出笑容，想再說幾句阿諛奉承話，話到嘴邊被吳四寶凶獰的嘴臉嚇得張口結舌，嘎住了。吳四寶撇撇嘴轉開眼光，再喝口茶，「呸」地吐進痰盂說：

「白虹跟朱玲有陳年舊帳，我懶得管，刺殺藤山義雄可關係我的腦袋，我吳四寶好講話會像彌勒佛，不好講話，我翻臉就是勾魂無常了！」

小韓顫聲強笑喊：

「四爺──」

吳四寶兩眼冷厲的盯著他：

「你是在這裏說，還是到七十六號總部說？」

小韓戰慄得幾乎要跪下：

「四爺，你別嚇我！」

吳四寶猛地吼叫：

「來人。」

隨著叫聲門外衝進兩個穿唐裝戴鴨舌帽的壯漢，他們兇狠的扭住小韓，把他架空，小韓掙扎哀求：

「四爺，四爺，刺殺藤山是朱玲，我根本不知道！」

吳四寶揮手，壯漢抓髮摀嘴拖架著小韓向外走，小韓掙扎，向白虹搶呼：

「姑奶奶，你說說情啊，我實在不知道⋯」他被施出門外的霎那，情急，陡地嘶嚎：「鄭南捷知道！」

吳四寶一愣，急喝：

「慢點。」

壯漢等架著小韓停在門口，吳四寶問白虹：

「他說誰？」

「鄭南捷。以前跟我配過戲…」白虹轉身怒斥小韓：「韓培根，你咬鄭南捷太沒良心了。」

小韓臉色蒼白，混身抖慄：

「我實在不知道，他經常跟朱玲在一起…姑奶奶，我說的是眞的。」

提到鄭南捷，吳四寶驀地想起，戰前他在法捕房當差時，曾爲日本憲兵隊長花田鶴在舞廳被殺一案拘訊過他，後來在望江樓審問時被朱玲橫裏蠻纏帶走，他想著嚴厲的瞪望小韓，問說：「在哪兒能找到他？」

「他會到我家來，在我家那個孩子，就是他領養的。」

白虹神情複雜，想說話又忍住，吳四寶揮手站起，壯漢等放開小韓隨吳四寶出門離去，小韓驚慄顫抖，混身癱軟，白虹怒指他：

「韓培根，你會害死鄭南捷。」

南捷氣喘吁吁的奔到小韓家門外，小韓家門窗緊閉，暗巷一團漆黑，靜寂，遠處街燈昏黃，空中飄散著收音機的聲音，他焦急的在門前張望等待，把手指關節按出「霹啪」的響聲。

一輛汽車的車燈掃過暗巷，駛到白莉家門口，南捷追過去觀望，躲在牆角暗影隱蔽。

他正凝目觀望著汽車動靜，又一輛車燈掃來，他趕緊縮進角落，躲過燈光照射，汽車駛過他在暗巷轉角處停住，關燈熄火後有個壯漢下車，走到車旁矮樹叢邊，扯下褲子小解。

嘩嘩水聲中南捷輕悄退出牆角，再到小韓門口張望，小韓家仍然門窗緊閉，渺無人跡，他站著凝想，跳起奔出巷去。

巷口雜貨店外有電話，他心焦情急的再搖電話到朱玲家，電話響了很久，宋嫂才狼狽的跑過來接，話筒裏傳出南捷的聲音：

「喂，我是鄭南捷—」

宋嫂不等他說話就搶著叫起來：

「哎呀，鄭先生你趕快來，這個小孩煩死人了，一會吃這個、一會要那個，又尿尿，又拉屎，家裏給她搞得亂七八糟…啊？你說小姐，小姐還沒回來，也沒電話，老爺也沒回來…喂喂，鄭先生、喂…」

南捷掛斷電話後她仍氣恨得向話筒叫喊，猛聽背後「霹啪」一聲玻璃碎響，她驚恐的回頭看，見苦苦手裏的水晶杯掉落地下摔碎了。

暗巷中再一輛汽車駛進，停下，朱玲關掉引擎熄滅車燈，觀察暗巷裏動靜，劉桐升悄聲說：

「要是風聲漏給七十六號知道，我們就自投羅網。」

「先別下結論，我們看看動靜再說，朱玲把車窗搖開條縫隙，讓夜風灌進，眼睛眨閃的向外注視。

沉默，車內三雙眼睛機警的向巷弄觀察，暗巷空寂，到處都是街燈照不到的昏暗角落，朱玲回頭吩咐阿秋：

「阿秋，你到巷口轉角第二家看看，有人在，叫他來見我。」

阿秋點頭，要開門下車，朱玲抓住他的手臂再囑咐：

「別莽撞，不對勁，就趕快撤。」

阿秋下車走進暗巷，朱玲再向劉桐升說：

「桐升，你做第二波，支援阿秋，我開車跟在你們後邊接應掩護。」

劉桐升下車追躡阿秋，朱玲發動引擎開車緊隨在後，他們緩慢輕悄前進，巷頭另一輛汽車裏的吳四寶因視角障礙無法看到朱玲等的動靜，但阿秋轉過巷口站在小韓門前時馬上被吳四寶看到，他以爲是南捷出現，急飭司機開出汽車緝捕。

此時南捷打過電話也走進巷內，看到小韓門前的阿秋以爲是小韓回來興奮的跳起揚手想喊，他張嘴還沒喊出聲音，眼前景況讓他瞠目結舌，只見一輛汽車疾馳衝來駛到小韓門前，跳下兩個壯漢抖開手裏絞繩套住阿秋脖子，拖進汽車。

阿秋掙扯，踢打著被拖進車中，汽車響著刺耳煞車聲疾駛出巷，劉桐升跳起追趕，掏槍射擊，汽車已轉出暗巷消失在夜黑裏。

朱玲猛踩油門，汽車衝前，她打開車門急喊：

「桐升上來，快。」

「阿秋被抓──」桐升滿臉焦急的縱身跳進車內：「是被絞繩套住脖子拖進車裏。」他急得跳腳：「怎麼辦？」

「追過去。」

朱玲說著開車猛衝追趕，抬頭突地看到巷旁站著南捷，她急踩煞車在南捷面前停下，南捷驟見又一輛汽車急馳衝至，嚇得跳退撿起地上磚頭抵禦，朱玲推開車門急叫：

「上車，快！」

南捷愣得瞬間，看清是她，丟掉磚塊竄進車中，他迫不及待的嚷：

「朱玲，我到處找你。」

「幹嘛？」

「小韓留張字條，說有陷阱──」

「我知道了。」

「嗯？你知道？」

朱玲沒答話，凝神專注的開車，追到街外，繁華的街道上人車來往，前車早已不見蹤跡，朱玲和劉桐升約定再見面的時間地點，放他在街邊下車，南捷跟隨朱玲到她家把苦苦帶回去。

朱玲回到家蒙頭大睡，等睡醒下樓打電話，看到宋嫂帶本源進來，她歡欣的招呼著向樓上喊：

「爸，廖伯伯來了。」她喊著陪本源坐下，笑說：「我爸爸現在練身體，舉啞鈴，每天要舉一百五十下。」

「噢？他老當益壯，我沒法比。」

嘯峰擦著汗下樓，宋嫂把一杯涼茶遞過去，朱玲看到嘯峰下來站起說：

「廖伯伯對不起，你跟我爸爸聊，我出去一會。」

「好，不耽誤你。」

「晚上，我跟南捷去飯店看你。」

本源顯出錯愕：

「南捷？鄭南捷？他還在？」

本源緺眉沉臉現出不快，朱玲雖覺察，但沒在意，她轉身要走，嘯峰喊她：

「等一下。」等朱玲站住腳，他說：「耽誤你幾分鐘，問你兩句話。女本源，朱玲同時感受到他語氣不對，愕異的望他，嘯峰臉色陰沉的在沙發坐下，放下手中茶杯：

「廖伯伯不是外人，我就當著他的面說。」他眼光凌厲的怒視朱玲；「我剛才接到法租界巡捕房馬探長的電話，說你帶著十三飛輪的兩個殺胚，殺了七十六號的人，你不要命了？」

本源見嘯峰盛怒，連忙勸解：

「有話慢慢說，別生氣。」

嘯峰激動得面紅耳赤：

「本源兄，你知道極斯菲爾路七十六號那是一群豺狼，一夥惡鬼，她戳著螞蜂窩，惹了那幫沒理性的人！」他說著氣急敗壞的轉向朱玲：「吳四寶跟他老婆佘愛珍敢開著汽車拿機關槍當街掃射，你怎麼惹得起他們？那是一群瘋狗啊！」

朱玲倔強的頂撞：

「我不怕他們。」

「你！」

嘯峰氣得說不出話，朱玲驀地堆下笑臉跑過去摟住他的脖子，在他額頭親吻：

「爸爸，你血壓高，當心氣壞身子，女兒養這麼大，還不會照顧自己嗎？我知道利害進退。」她說著站起向本源揮手：「廖伯伯，你坐著，我失陪。」

她輕快的轉身出門，嘯峰鼓眼怒瞪著她半響歎出一口氣，本源說：

「孩子大了，管不住，像宛芬—唉，也一樣讓人操心。」本源苦笑歎氣：「在美國跟一個洋人結婚，結婚不到一年就又離婚。」

嘯峰難以置信的想說話，嘴唇蠕動一會沒說出口，本源遺恨的說：

「她跟鄭南捷在淅江相處那段時是關鍵，回來，整個變了一個人。」

數日後，南捷，朱玲和劉桐升約在一間僻靜餐廳見面，南捷把黏人的苦苦帶在身邊。桌上茶點飲料被苦苦弄得狼藉潑灑，她卻兀自吃得狼吞虎咽，朱玲望著苦苦的吃像出神，她眼裏滿含幽怨，抑鬱和消沉，她說：

「做小孩子眞好，無憂無慮，笑哭由心。」說著探身問苦苦：「苦苦，好吃嗎？」

「好吃。」

「還要不要？」

「要！」

朱玲伸手擰她的臉，疼膩的說：

「你好不知足噢。」她眼光充滿感情的掃過南捷：「我服了你。」

南捷不懂她的意思，矇然愣愣，朱玲沒做解釋，吸口氣轉向劉桐升說：

「佈置得怎麼樣？」

「好了。」

「七十六號怎麼反應？」

「沒動靜，當天晚上阿秋挨頓打給放回來，就再沒動靜了。」

朱玲再轉臉問南捷：

「小韓露面沒有？」

南捷縐眉搖頭，朱玲再問：

「左右鄰居怎麼說？」

「鄰居都怕事不敢多嘴，那天照顧苦苦的蘇媽媽說，小韓被帶走的時候好像很害怕，神情慌張，寫字條手都發抖，她覺得奇怪，在窗戶縫裏偷看，看到汽車裏坐個女的，她抽煙照出輪廓，很摩登，模樣有點像電影明星白虹。」

「白虹？跟你配過戲的那個妖精白虹？」

南捷點頭肯定的說：

「應該不會錯，當天我在那附近也看到她，我想不透的是小韓怕白虹幹嘛？白虹性情雖然十三點，但滿照顧朋友的。」

朱玲神馳，腦中閃過宴會上羞辱白虹的一幕；熱鬧喧嚷的宴會，擁擠著名媛仕紳和一些日軍將領，白虹穿著暴露的服裝，濃妝豔抹的淫聲浪笑著周旋在日軍將領間，她豐滿挺聳的胸部總有意無意碰觸男人端著酒杯的手，女客們都妒忌含憤的怨望她，私語譴責，朱玲正和一個日本將軍寒喧攀談，白虹竟然毫無朕兆的過來挽住將軍的手臂把他拉走，朱玲激怒的追過去，用手中杯酒潑她，撥得白虹滿臉酒汁把臉上濃妝弄得一塌糊塗，賓客等見狀轟堂大笑，白虹羞窘難堪得無地自容…

「難道──」南捷猜測說：「難道她跟七十六號有關係？」

朱玲驚醒：

「你說誰？」

「白虹啊！」

一直沈靜的劉桐升插嘴說：

「聽說白虹最近姘上吳四寶，成了吳四寶的姨太太了。」

朱玲露出吃驚，南捷說：

「怪不得，她借機會報復你以前侮辱她。」

「哼，賤人──」朱玲憤恨的辱罵著轉問桐升：「你們十三飛輪現在還有幾個？」

「連我七個。」

「幾個能派上用場？」

「兩個去了浦東，一個殘廢，阿秋養傷，有三個隨時能派上用場。」

「好，除了你，要那個殘廢的。」

桐升顯出意外驚愕。朱玲拿出卷鈔票塞給桐升：

「這些錢拿去給他安家，不夠再說。」

當晚，暗巷裏突地響起一聲沙啞的高喊：

「老爺太太，賞碗剩飯…」

隨著喊聲斷腿阿慶坐在低矮的四輪小板車上，雙手撐地滑著轉進巷中：

「老爺太太，剩飯剩菜，賞給可憐殘廢…」

他叫喊著撐著滑板緩慢前進，漸漸走到白莉家門外，他機警的眼角看到白家牆外轉角暗處，有個黑影蹲著，阿慶裝做視而不見的過去，轉個彎，在暗淡街燈下消失在夜黑裏。

在白虹家，吳四寶舒服的躺在沙發上微閉著眼吸煙，一個壯漢俯身在耳旁向他低聲嘀咕，吳四寶聽著驀地睜開眼睛：

「斷腿阿慶？」

身旁的壯漢點頭退開，吳四寶眨著眼睛想一會，向壯漢揮手，壯漢退出門外，吳四寶摸著上唇鬍髭喃然說：

「斷腿阿慶，這一招倒利害。」

白虹在旁遞給他一條獰好的熱毛巾，問他：

「誰是斷腿阿慶？」

「以前靜安寺有個幫派，叫十三飛輪，裏邊有個狠將被人砍斷雙腿。」他接過毛巾擦臉：

「現在假扮成叫化子在白莉家踩盤子。」

「什麼叫踩盤子？」

「踩盤子就是探路，踩探虛實。」吳四寶陰險的噙著笑說：

「朱玲跟十三飛輪的劉桐升在一起，那天我們去逮鄭南捷，結果誤抓十三飛輪的阿秋，這下你該明白？」

白虹搖頭：

「不明白。」

吳四寶「哼」地扭過臉，罵她：

「混身細皮白肉，長個豬腦袋。」

白虹臉色變一下，忍住，擠出笑臉，吳四寶把毛巾丟給她站起說：

「我回隊上去。」

白虹脫口喊：

「四寶─」白虹囁嚅說：「朱玲這件事我看算了，別越鬧越大，弄得不能收拾，她爸爸朱嘯峰也是呼風喚雨的人，能不惹就別惹⋯」

吳四寶批批她的面脥說：

「怎麼？你害怕？」

白虹強笑攀住他：

「也不是怕，我覺得─」

吳四寶陡地沉下臉，兇橫的斥責：

「你覺得個屁，現在已經不是你跟她的恩怨，她殺了七十六號的人，還陰謀刺殺藤山，擺明是要我的腦袋。跟我過不去！」

白虹臉色發白的強笑勸解：

「憑她也刺不了藤山，再說她跟日本派遣軍關係密切。」

吳四寶截斷她的話：

「她跟日本黑龍會有關係，現在既然陰謀刺殺藤山，就表示她跟日本人的關係已經決裂。」他奸險的嗤出獰笑：「我吳四寶是成精的人，書讀得不多，可分寸拿捏，我卻是一隻老狐狸。」

他拿了呢帽戴上出門，白虹臉色慘白的愣當地：

朱玲的汽車緩緩開到攝影棚外，停下，南捷把苦苦推給朱玲說：

「我自己進去。」

「你怎麼確定他會在這裏？」朱玲把苦苦攬進懷裏。

「小韓的景況我知道，他單身沒親人，沒地方可去，這麼久不回家，能躲的地方只有這裏。」

南捷開門下車後向苦苦囑咐：

「要乖噢，別吵阿姨。」

苦苦沒精打彩的低頭沒理他，南捷摸摸她額頭，見沒發燒，轉身走向攝影棚外門。他把封門的木條扳開，門虛扣著，輕推就開了，南捷撩開蜘蛛網探頭向裏看，攝影棚一片昏暗，看不清景象，他出聲喊：

「韓培根，小韓！」

沒人應聲，空寂中驚起幾聲鼠鳴，片刻又歸靜寂，南捷摸索著向裏走，腳下踩著一些雜物和道具佈景片，拂臉的蛛網讓他從心底發毛驚慄，直到他踩到一雙腿，心底的驚悚驟升到頭頂。他俯低身軀察看，矇矓的微光中看到裸露的小腿，已青灰僵硬，再往上看看見屍體的胸膛上插著一根支撐佈景的鐵杆，南捷蹲下細看屍體的臉，確定是小韓。

他默默望著小韓僵硬的屍體悲憤無語，握緊拳頭，牙根銼出聲音。

朱玲正逗著苦苦玩，抬頭看到南捷走出攝影棚，推開車門等他上車，南捷坐進車內長長舒口氣，朱玲忍不住問：

「怎麼樣？小韓在？」

南捷點頭，緊嚼了下牙根：

「他死了！」

「死了？」

南捷再點頭，伸手抱過苦苦說：

「走吧。」

朱玲沒再說話，發動引擎開車，汽車駛出巷道，南捷強抑胸中憤怒長長吐氣：

「七十六號這幫漢奸，太狠了，這樣對付一個躲藏怕事的人。」

極斯菲爾路七十六號是個讓人切齒痛恨的地方，是上海的夢魘，是閻羅殿，也是惡鬼窟。汪精衛漢奸集團在南京沐猴而冠，成立僞政府，爲鞏固政權打擊異已，協助日軍消滅地下抗日組織，而在此設置特工總部，丁默村是總部首腦，李士群、吳四寶等是爪牙殺手，他們藉勢橫行，假持特殊身份，殺人越貨綁架勒贖，不特殘害地下抗日份子，也恣意冤殺善良百姓，行爲乖張殘暴，正是朱嘯峰說的：「一群瘋狗。」

就建築外觀來看，絕難看出極斯菲爾路七十六號這典雅富麗的花園洋房是群魔亂舞的鬼窖，戰前這裏是山東省主席陳調元的私邸，上海淪陷後始被強制徵收，數年間豪邸變魔窟，世事變化，也眞夠讓人扼腕歎息的。

朱玲堅持要去看看南捷現在居住的地方，南捷拗不過她，就帶她去看，那是一間窄巷中的閣樓，破舊潮濕，門前擺著鄰居洗刷過的馬桶。

經過朽腐的木梯爬進閣樓內，閣樓狹窄，只容一桌一床，南捷把熟睡的苦苦放到床上，朱玲站在房中四下張望：

「這段時間，你就住在這兒？」

「是啊，空間小點，卻還方便。」

朱玲坐到床頭，眼含怨懟的望他：

「你的倔強脾氣總改不了。」

「我今年還不到卅歲，處處靠別人，將來老婆孩子怎麼養？」

朱玲苦笑，轉頭望窗外，破玻璃窗裏灌進冷風吹散她的頭髮，她掠髮輕歎：

「我實在羨慕周醒華，一個女人能把丈夫的心塡得滿滿的，換做我，死也甘心了。」

南捷愣愣一下，凝望她，朱玲一掃落寞神情，歡欣的說著敲桌：

「難得這會兒清閒，咱們喝一杯怎麼樣？」

「喝酒？」

「是啊，臨窗對酌，雅事啊。」

南捷望她片刻，慨然說：

「好，喝就喝，我去買酒弄菜，你等著。」

等南捷買回酒菜擺在桌上，看到朱玲嚇了一跳，只見她淚流滿臉的面對破窗呆坐著，南捷驚問：

「妳怎麼了？」

朱玲回過頭抹去淚水，強笑：

「什麼怎麼了？」

「你幹嘛哭？」

「哭？別鬧了！」朱玲再抹臉頰，傷感悲淒轉眼不見，換上她原有的爽朗微笑：「我忘了告訴你，廖伯伯證實了黃夢玫的說法，新加坡律巴周家家破人亡，醒華被日軍帶走，周家財產橡園都被日本軍方接管，周家在新加坡消失了。」

南捷臉色慘白的聽著，朱玲見狀心驚的喊他：

「南捷？」

南捷長長吸口氣堅定的說：

「周家興衰跟我沒關係，我關心的是我老婆孩子，只要我不死，我會回新加坡找她們，只要醒華不死，她會等我回來！」

朱玲默然，再說：

「他也提到廖宛芬—」朱玲觀察南捷神情反應：「你想不想聽宛芬的消息？」

「幹嘛不想？她是醒華的同學啊。」

朱玲抓過酒杯猛飲一口，嗆咳著吞下，滿臉痛苦的撫著脖子：

「老天，這是什麼酒？嗆死人！」

「這是浦東土產的白酒，在閘北活動的那些朋友都喜歡喝這種酒，剛喝難入口，慢慢就品出味道了。」他說著抬頭望她：「你剛說宛芬，她怎麼了？」

「算了，反正你也不關心，別說了。」朱玲自己拿瓶把酒杯斟滿，再喝，點頭說：「嗯，比較順口了。」

他們邊喝邊聊，窗外夜色籠罩，兩人都有點醉茫茫了，朱玲舌頭僵硬的抓著南捷的手說：

「南捷，你說實話。」

「我從不說假話。」

「那你…你說，喜不喜歡我？」

「喜歡，當然喜歡，現在在上海，我就只你這個朋友。」

「那好，你說，我…我晚上…睡在這裏好不好？」

「好，你儘管睡，只有一床棉被，你跟苦苦睡…」

「不，我要跟你睡…」

南捷掙脫她握著的手：

「胡扯，你今天跟我睡，明天就麻煩了。」

「有什麼麻煩？我又不會嫁給你，我知道，你心裏只有孩子老婆。」她傾身向前盯著南捷說：「呃，有件事我想弄明白。」

「妳說吧？」

「你跟廖宛芬在浙江，到底有沒有——」

「有沒有什麼？」

「有沒有要好過？」

「有啊，就跟我們現在一樣，要好極了。」

22

翌日晨，陽光透進窗內，晨風拂掠著破舊的窗簾，發著輕悄霹拍的聲音。

房內寂靜，桌上酒杯菜碟散亂擱著，南捷趴俯在桌旁熟睡，鼻息粗濁，鼾聲斷續，朱玲和苦苦擁睡在床上，朱玲的秀髮被晨風掠起拂拭苦苦臉脥，苦苦因癢抓臉把朱玲碰醒了。

朱玲睜眼愣望著苦苦，霍地坐起，她環顧房內，看到南捷，觸憶起昨夜情境，她驚慌的察看自己衣飾，閉上眼睛強持冷靜，片刻，輕輕吸氣，臉上掠過既失望又安慰的神情，苦苦喊她：

「阿姨—」

喊聲驚醒南捷，南捷抹掉口涎和朱玲對望，朱玲歎氣下床。她和南捷帶著苦苦走進和劉桐升相約的小餐館，桐升早已在坐，朱玲坐下就問：

「怎麼樣？」

「不錯，今天是藤山耽在上海最後一天，明天就搭船經旅順回哈爾濱。」

「搭什麼船？」

「櫻花丸。」

「櫻花丸停靠什麼碼頭？」

「滙山碼頭。」

南捷直覺驚慄的插嘴說：

「滙山碼頭停靠的都是日本軍艦，戒備森嚴得不得了，以前接我太太，就是在滙山碼頭誤闖日軍的軍火庫。」他誠懇的抓住朱玲的手：「朱玲，你想清楚！」

「我想清楚什麼？」

「抗戰是整體戰爭，每個中國人都盡心盡力，你爲肯定自己想轟轟烈烈幹一場，可以，可是你的目標不一定是藤山，日本將領多得很，殺那個都能肯定你的立場，給日本軍閥痛擊。殺藤山的消息已經泄露了，除了日本特務嚴密保護他以外，七十六號那幫漢奸走狗也在暗處對付你，朱玲，你一個姑娘—」

朱玲變色慍怒，南捷趕緊陪笑：

「好好，我說錯了話，我只是想勸你想清楚，別妄動！」

朱玲望他一會，眼眶微紅低下頭：

「南捷，有班船我安排好了，你明天走，昨天晚上算是給你餞行。」她抬起頭有淚光晶瀅：「昨晚本來想告訴你，我忍住了。」

南捷無言，半響誠摯的說：

「朱玲，你誤解了我的意思！」

「我也許誤解你的意思，不過，我希望你回新加坡跟醒華團聚是眞誠的，昨晚我雖喝醉了酒，但也有了覺悟。」她伸手覆蓋住南捷的手背，情摯的說：「我目標對準藤山有兩重意義，第一爲了肯定我的立場是不錯，重點在第二點，藤山主持零計劃，以中國人做細菌繁殖試驗，這項計劃人神共憤，是這種狠毒計劃促使我覺醒，我狙殺藤山可以阻礙減緩這項計劃的推動。」

「可是─」南捷想插嘴，朱玲猛握一下他的手掌阻止他出聲，她繼續說：

「我知道這個行動絕對危險，不過…她笑得落寞悲涼：「人在失意的時候，體驗危險也是一種快意。」

朱家的電話突響，嘯峰一把抓過話筒：

「喂。囡囡啊？噢，本源兄。」他憔悴的強笑：「我以爲是朱玲，她昨晚整夜沒回家，我心驚肉跳非常擔心…是啊，現在租界撤消上海混亂，我很怕─唉，這女孩任性好強，我怕她不顧一切蠻幹…好好，見面談。」

嘯峰掛上電話喊：

「宋嫂…」

嘯峰見宋嫂奔出，向她說：「耽會小姐有電話，告訴她我在國際飯店廖老爺那裏，叫她電話撥過去。」

「是。」宋嫂答應著幫他拿過手杖帽子，嘯峰再說：

「耽會工部局有電話來，也讓他們打到國際飯店。」

「是。」

嘯峰接過手杖帽子轉身要走，電話鈴又響，他急忙凝身站住，宋嫂接聽電話，撝著話筒說：「是工部局的馬探長。」

「好，我接。」嘯峰搶步過去接過話筒說：「喂，我是朱嘯峰，是，噢，判決結案了，是自殺跟鄭南捷沒關係，好，我通知他，撤消離境管制，是是，多承幫忙，謝了。」

他掛斷電話仔立思索，轉身走出。

新加坡裕廊監獄的鐵門「喀」地打開，印度悍婦拉農尖聲叫喊著走進：

「周醒華，出來！」

萎頓的坐在角落的醒華，聞聲震顫的抬起頭，拉農走到她面前：

「起來，軍部有命令提解。」

醒華沒說話，默然站起，習慣性的拍拍身上泥土，攏攏散亂頭髮跟隨拉農走出廠房改建的監獄。

難友們都驚悸的張望著目送她，醒華雖憔悴瘦損，卻身軀挺直，毫不懼怯。身後的鐵門被「砰」地關上，醒華抬頭望天，天空晴朗雲層很低，有雀鳥飛翔在樹稍。

兩個日本兵接手押解她走過一段碎石路，來到警衛森嚴的憲兵駐在所，出乎醒華意外的是，有部黑色轎車等著她，她被押進轎車，一個低級軍官坐進前座，轎車迅疾離開。

轎車開進駐軍司令部內，在一幢灰色的水泥建築前停下，醒華被帶下車。

水泥建築灰冷莊嚴，臺階前有日軍崗哨，進門大廳空曠陰森，軍官帶領她上樓，來到一處掛著物資課牌子的房門前。軍官進房報告後帶領醒華進內，吉田少佐從窗前回過頭向軍官揮手，軍官敬禮後退出，醒華沉靜的望著吉田，吉田眼光冷厲的觀察她，兩人間有段短暫的沉默，吉田指著牆邊沙發說：

「請坐。」

「謝謝，我站著好了。」

「你很倔強。」

醒華截斷他的話說：

「你的中國話說得不錯。」

「我在瀋陽出生。」

「噢，那應該算是中國人了。」

吉田臉上顯露激怒，他說：
「你的辭鋒很犀利。」
「辭鋒犀利敵不過東洋刀！」
吉田踏著馬靴逼近到醒華面前說：
「周醒華，逞口舌之快你會吃虧。」
「我已經家破人亡，再吃虧還能怎樣，要我這條命，開槍就是。」
「我們不會殺你，我要——」
「要我的身體？那就動手吧，這件衣服一撕就破，費不了多大勁。」
吉田沒再說話，目光凌厲的瞪望她，醒華毫不退縮的和他對望，吉田妥協的轉開眼光說：
「我們能不能友善一點？」
「友善？日本皇軍能談友善，太好了，眞得感謝皇軍對我們周家的友善待遇，我們周家兩代四口死得剩下我一個，還跟我談友善？嘿嘿！」
「你們周家的遭遇是跟渡邊大佐的單純事件，皇軍已經厚葬你的父母和弟弟，由此足證皇軍的寬容和優遇。」
醒華冷嗤著：
「厚葬去世的人是寬容優遇，那拘禁我這個活著的更是寬容和優遇了？」

「妳若能務實配合，我馬上釋放你。」

醒華嘲諷輕蔑的問：

「怎麼樣才算務實配合？」

吉田張張嘴沒說出話，轉身走到桌後皮椅坐下，放緩聲調說：

「你請坐。」

「不用，我站著。」

吉田再以冷厲的眼光觀察她，片刻突地說：

「溫太太死了。」

醒華身軀猛地一震，滿臉驚愕：

「你說誰？」

「溫太太，照顧你兒子康康的溫太太，她死了。」

「康康呢？」醒華陡地滿臉充血的脹紅著。

「康康，他很好。」吉田露出勝利的詭譎的微笑。

「康康到底怎麼樣？」醒華猛衝到桌前憤叫。

「他很好，我們照顧得很好。」

醒華按在桌上的雙手抖慄起來，她牙齦緊咬著：

「你們到底想要怎麼樣？」

「我剛才說了，想要你的務實配合。」

醒華從齒縫中迸出聲音：

「你說清楚點。」

「好，你請坐，我們心平氣和的說。」

醒華微微呻吟著走到牆邊沙發坐下，吉田從桌後站起走出，嘴角的笑容更濃了，他拍手擊掌向門外叫：

「帶進來。」

醒華驚疑的轉頭看，見日本兵把鄺叔帶進房內，她錯愕瞬間悲聲叫：

「鄺叔！」

阿鄺含著兩泡老淚向醒華點頭，吉田站起來說：

「你們談談，有結論我再說。」

吉田揮手帶領日本兵退出房外，醒華激動的抓著阿鄺熱淚奪眶湧出，阿鄺抖顫著勸她說：

「我有話跟你說，你要冷靜清醒，別哭！」

醒華仍然流淚不止，抽噎無法言語，阿鄺輕聲在她耳邊說：

「千萬冷靜清醒，別哭。」

醒華勉強抑制悲痛，猛吸口氣拉著阿鄺坐下，阿鄺抓著她的手臂，再回頭張望，壓低聲音說：「日本人想要你回去經營橡園！」

「嗯？」醒華以爲聽錯，愕異的睜大兩眼顯出錯愕，阿鄺審愼的接著說：

「吳延昌死後，日本物資組合用盡辦法都無法提高橡膠產量，陸續出貨。貨物品質差，橡膠凝固強度被破壞，有人暗裏撒鹽、撒土、撒鐵釘，反正破壞手段層出不窮，開始他們殺人，打人用殘暴手段，後來又用金錢獎勵都不見功效，最後他們想到你—」

醒華瞠目的聽著，阿鄺凝重的說：

「他們想利用你攏絡工人，想用你替物資組合工作。」

「別想。」醒華截聲斷然說：

阿鄺著急的斥責：

「你冷靜清醒，仔細想清楚。」

醒華激怒得滿臉充血，切齒說：

「鄺叔，他們害得我家毀人亡，財產沒收，到頭我反要爲他們工作，你老糊塗了？」

鄺叔把她手腕抓得更緊，附在她耳邊疾聲說：

「你怎麼不想這是你絕地重生，藉機反擊的機會？產業是周家的產業，經營你最熟息，工人都向著你呀！」

醒華激怒的臉色逐漸消退，阿鄺向她擠眼，故意提高聲音訓斥說：

「我剛說讓你冷靜清醒，你仔細想想，關在牢裏暗無天日跟回到家裏重整事業，那樣好？」

「可是，我這樣做心裏痛苦！」

「要活下去呀，孩子。」阿鄺語重心長的說；「留得青山在，不怕沒柴燒。」

醒華無言低下頭，豆大的淚珠滴到膝上，阿鄺捏著她手臂的手瑟抖著。

醒華被阿鄺接回家中，大門上『馬來物資運輸組合』的木牌刺眼的掛著，日軍崗哨仍在，幾輛軍車在庭院停著。

景物依舊，人事皆非，庭院野草長滿，枯葉把花徑覆蓋著，她愣著站在院中，殺戮的慘烈景象又顯現在眼前，蜥蜴團員的勇悍，日軍機槍的火舌，衝殺的叫喊，還有，吳延昌臨死猙獰慘厲的嘴臉：

吳延昌，這個她初見就排拒的年青人，也許就因爲是逃避他、想擺脫他、才決斷的愛上鄭南捷，他跟南捷雖年齡相近，但裏外都截然迥異，吳延昌白皮淨肉細緻陰柔，聰明機變手段殘狠，而南捷，身軀魁偉粗獷憨厚，脾氣執扭，嫉惡如仇。宛芬曾對兩個男人做過剖析，她說，換做是她，她會愛吳延昌，不愛南捷，因爲南捷男性魅力雖吸引女人，但缺乏羅曼蒂克的纖柔，或說是缺乏那種浪漫的有點邪惡的挑逗。

醒華想得出神，阿鄺在旁扯她把她驚醒，她默然跟隨阿鄺走進熟息的客廳，客廳已被改裝成物資組合的辦公室，迎門一幅腥紅的太陽旗刺激得醒華心中一陣絞痛，負責物資組合業務的軍官池部良一客氣而僵硬的接待醒華，並向醒華說明已接獲吉田少佐命令，將協助醒華推動組合的業務。

不久吉田少佐親自趕到周宅，對待醒華刻意禮遇尊崇，親手捧給醒華駐軍司令部的委任書，允許醒華全權獨立處理橡膠增產業務。

醒華腦中昏昏噩噩的聽從擺佈，吉田少佐何時離去她已不記得，只記得偶然一撇，看到池部看她時眼光含蘊的猜忌疑惑。

她僵硬的踏著樓梯回到樓上，走廊上的血跡彈痕都已被澈底修補粉刷，痕跡都被掩蓋住，她看過父母，醒漢和自己的房間，陳設佈置都還維持原樣，睹物思人心底湧出陣陣絞痛，熱淚忍不住再奪眶湧出。

阿鄺跟在她身邊開導勸慰，並告訴她溥齋夫婦和醒漢安葬的情況和現在的墓塋，醒華說要去父母墳前祭拜，阿鄺就陪她去橡園裏被焚燒過的草棚。

草棚的痕跡只剩幾根焦黑的木樁，蔓草中兩堆黃土隆起，醒華跪在父母墳前俯地匍匐，沒呼號也沒哭喊，只混身顫抖著埋頭在草叢。跟蹤監視他們的人回來向吉田報告看到的情況，吉田滿意的向坐在沙發上抽煙的紀福全點頭。

「紀樣，你的設計不錯很好！」

紀福全得意的扯動嘴角露出笑容，他猛吸一口煙，兩根焦黃的手指把煙蒂擰熄在玻璃缸中。

在去國際客運碼頭的路上，南捷問人力車夫：

「這裏去匯山碼頭，遠嗎？」

「遠一點，要過提藍橋⋯」車夫回頭問他：「要去嗎？」

南捷搖頭：

「算了，我要趕船，沒時間了。」

在碼頭外下車，遙見龐大的義大利郵輪停靠著，碼頭上轟鬧吵雜，人頭竄動，南捷抱著苦苦提著藤箱正要進閘，突聽朱嘯峰喊他：

「喂，鄭南捷！」

南捷聞聲轉頭看，見朱嘯峰和廖本源剛從停下的汽車裏下車，南捷連忙走過去招呼，朱嘯峰對他瞪眼厲色說：

「朱玲兩天沒回家了，她人呢？」

「嗯，我—」

朱嘯峰急燥的拍擊汽車車頂：

「到底在哪？她現在怎麼樣？」

「我不知道，昨天在公共租界，我跟她在一起，後來她陪我到船公司拿船票定艙位，辦好她就離開了。」

「離開去哪？你帶我去找她！」嘯峰焦燥的跳腳：「聽說她跟極斯菲爾路七十六號那幫漢奸作對，唉，她瘋了。」

南捷無詞以對，苦臉說：

「我真的不知道她在哪？」

嘯峰逼近到他臉前，指斥他說：

「就算你不知道她在哪，你是她朋友吧？劉國興對你推心置腹拿你當親兄弟，你在上海，認識朱玲也有七八年了，她現在正性命交關，你撒手不管就走了？」

南捷啞口無言，嘯峰再說：

「我現在送廖伯伯上船，你改天走，我朱嘯峰負責把你送回新加坡。」

南捷想說話，但碰觸到嘯峰激怒焦急的眼光，又把話忍住，嘯峰指著汽車推他：

「你在車上等，我送廖伯伯進閘驗關。」

南捷無奈苦笑，本源歎息搖頭的向他說

「你岳父家發生的事，都知道了？」

「知道了。」

「可能的話儘快回去，聽說醒華最近景況不好。」

南捷再點頭躬身：

「謝謝廖伯伯。」

「宛芬…宛芬很關心你們。」

「我也很懷念她。」

「好吧，朱玲的事你義不容辭，要在上海多耽幾天，我先走一步。」他說著轉向嘯峰：「嘯峰，我看在這裏分手吧。我自己進關，你爭取時間辦事吧。」

「好，那我就不送了。」

本源拱手點頭離去，嘯峰示意南捷上車，南捷難過的轉臉望碼頭邊輪船，一口氣長長歎出。在車上，嘯峰老淚縱橫的說：

「我只有朱玲這個女兒，不能眼看著她往死路上走，把你強留下來，是不得已，我知道她對你的感情，她這樣做是有意尋死，你應該知道…」

南捷沈默，低著頭，過了片刻，他抬頭望著嘯峰，說：「朱玲帶著十三飛輪的劉桐升要刺殺日軍在東北主持零計劃的藤山義雄，他們打聽到藤山今天離開上海，搭櫻花丸回哈爾濱，櫻花丸停靠在匯山碼頭，也許她會在匯山碼頭截擊，要不，就是還照以前的計劃，在舞女白莉家門口埋伏！」

「白莉家在哪？」

「在公共租界。」

「好，先到白莉家附近找。」他說著拍司機椅背促聲說：「阿根，開車！」

汽車疾駛，呼嘯飛馳，飛馳的車輪閃避街邊行人煞車聲響得刺耳驚心，南捷緊抱苦苦，嘯峰仍連拍椅背催促司機加速：

「阿根，開快點，快—」

黃昏，暮色在街巷間悄悄降臨。

白莉家門旁牆凹處停放著一輛汽車，車窗深色玻璃裏隱藏幾個人影，有香煙的火星明滅，巷底拐角另一部汽車停靠在路邊，響著引擎、朱玲、劉桐升凝神貫注的監視著白莉家。

巷口轆轆輪聲滾動，阿慶坐在板車上撐地滑動著，悄悄滑進巷內，他沒叫喊，眼珠骨碌碌的轉動著觀察巷中動靜，接近白莉家門口。

靜寂，街燈已亮，暗巷有收音機的音樂聲飄散，音樂聲中間歇的響著幾聲懶散的狗吠聲。

驀地有汽車燈光射進巷道，一輛插著太陽旗的汽車緩慢駛到白莉家門外，汽車停妥後按響一聲短促喇叭，白莉家的大門應聲打開，燈光從開啓的門洞洩出，光影中白莉挽著一個穿日軍軍服的將軍緩步走出，隱在暗角的阿慶拿出一隻小圓鏡借光閃動，劉桐升看到閃光挺身坐直說：

「是藤山！」

話聲中朱玲扳擋猛踩油門，汽車箭疾衝出，幾乎同時隱匿在巷牆凹陷處的汽車也引擎雷鳴響著尖銳煞車聲疾馳到白莉家門口。

阿慶聽得車聲輕吼，雙手猛撐地面，四輪板車衝滑射出巷道，行進間用牙齒扯斷火藥引線把手榴彈擲向白莉門前的汽車，朱玲汽車飆飛馳到巷角，劉桐升探身車外以機關槍掃射，手榴彈轟地爆炸，煙屑迸濺中汽車起火燃燒，朱玲駕車轉彎，劉桐升把機槍擲回車內，開車門想抓阿慶上車，車行箭疾，阿慶被拖離地面懸空，迎面另一輛汽車堵住巷道，強光照射，朱玲目眩閃避，「碰」地暴響撞到突出的牆角，阿慶被拋擲撞到牆上，牆頭血濺，阿慶抽搐著摔在地上氣絕。

堵截巷道的汽車火舌噴吐著向朱玲等射擊，劉桐升抓槍還擊，機槍剛抓到手中，即被槍彈擊斃。

槍聲中又一輛汽車響著刺耳的煞車聲馳到，車沒停穩，朱嘯峰即愴惶跳下，淒厲呼叫：

「囡囡，囡囡！」

他呼叫著踉蹌奔到朱玲車邊，南捷把苦苦丟在車上狂奔追上他把他拖到巷旁隱蔽。槍聲停息，驟然的寂靜籠罩巷內，嘯峰掙開南捷衝到朱玲車旁拉開車門，劉桐升的屍體跟著車門倒出車外。堵截巷道的汽車裏跳下吳四寶和幾個壯漢，他們持槍逼近朱玲汽車，端槍瞄準，朱嘯峰混身抖顫著探頭向車內看，他看到朱玲癱坐在駕駛座上，混身是血，不覺喉中發出咯咯的抖聲：

「囡囡，囡囡——」

他痛極伸臂抱扶朱玲，朱玲睜開眼睛嘴角扯出笑容：

「爸爸，對不起。」

「別說話，我叫救護車！」

朱玲抓著他的衣服挺身坐起：

「南捷走了嗎？」

南捷伸臂抓住她的手：

「朱玲，我在這裏。」

朱玲眼睛癡愣的凝望南捷，神光逐漸渙散：

「藤山死了沒有？」

「死了！」南捷衝口堅定的回答。

朱玲抓著嘯峰的手漸漸鬆脫，閉上眼，頭軟軟的垂倒在肩上，嘯峰嘶喊號哭：

「囡囡——」

兩個壯漢粗暴的扭著南捷把他拉開，南捷張望白莉家，見門前汽車仍在燃燒，汽車旁橫躺著幾具屍體。

當夜南捷和朱嘯峰被帶進極斯菲爾路七十六號，嘯峰哀痛得神智迷亂，南捷被擰著臂膀推進吳四寶的隊長室，吳四寶咬著象牙煙嘴斜眼獰視他，靠身椅上，翹起二郎腿，一個壯漢遞過熱毛巾給他擦臉，另一個壯漢遞小茶壺給他，他對嘴喝茶漱口，然後吐進痰盂。

他望著南捷抽煙，濃濃的青煙從鼻裏噴冒，然後拿下煙嘴磕彈煙灰。

靜寂，壯漢等都在桌旁站著對南捷虎視眈眈，吳四寶打破沈默：

「兄弟，我看過你的電影。」他說著豎起姆指：「風流倜儻，不折不扣的小白臉，美男子。」

南捷眼角紅腫，嘴唇流血已遭毒打，但他眼光頑強，毫不畏懼，吳四寶嗤出冷笑指著他露出輕蔑：

「不過到了這裏，我是祖宗，你是孫子，傲慢逞強，我會把你那張小白臉弄成橘子皮。」

「你們憑什麼抓我？我犯什麼罪？」

南捷衝口說：

「你犯什麼罪我還沒決定，你可能犯死罪，天亮前我就把你大卸八塊，你也可能什麼罪都沒犯，眈會聊聊喝杯熱茶就送你出去。兄弟，聰明人，一點就透，我相信你肚裏明白，七十六號號稱閻羅殿，生死薄上怎麼寫，全靠你自己。」

「你要我怎麼樣？」

「我要你幫我發筆小財，嘿嘿……」

「我不懂你的意思。」

「你不懂我就明白說也沒關係，朱嘯峰是隻肥羊，他有銀行股票，也有輪船公司，在法租界他財大氣粗我動不了他，可是現在落進七十六號就得看我的臉色，我吹口氣他都能脹死，要活命，可以。」吳四寶說著做個要錢的手勢，講出上海話：「拿銅鈿！」

「你跟他要錢，我幫得上什麼忙？」

吳四寶指著他說：

「你幫我傳話跑腿。」

黎明時，南捷被吳四寶釋放，他走出七十六號混身虛脫、腸胃翻騰得想吐，他心底淤積著一股撕頻臨爆炸的鬱憤，一種極度不齒和憎惡的情緒。

黎明的街道空冷寂靜，只有拉蔬菜的板車，滴著水轆轆滾過，南捷跟隨拉菜板車在街旁緩慢的走，吳四寶的聲音在他耳邊響著：

「我們調查過，你最近收養個小女孩，叫苦苦，這個孩子暫時由我照顧，三天以內我是牛奶、麵包夾肉鬆好好餵她，三天過後，你事沒辦成，我就把牛奶、麵包肉鬆換成稻草爛泥塞進她嘴裏。嘿嘿，這只能算是個小擔保，對付你，我有八九七十二種狠招，你別想跑，我吳四寶說句大話，你絕對逃不出我手掌心兒。」

南捷憤恨得咬牙出聲，他霍地站住腳，迸口罵出一句：

「該死！」

他站立一會等心頭氣恨略平，繼續移步，耳邊再響起吳四寶的聲音：

「這裏有個名單，都是朱嘯峰的親朋好友，你去找他們，我的胃口不大，只要五百根大條，折算起來五千兩黃金而已……」

南捷踽踽獨行，身軀僵硬，他雙拳緊握，青筋浮突在手背，像隨時都會爆裂，吳四寶的話聲再起：

「有消息就打這個電話，記住，三天，超過三天苦苦的小命就眞的苦了……還有，透點風聲給你，藤山跟白莉都沒死，那是一齣戲，藤山早就搭櫻花丸離開上海了。」

南捷憤恨的想著吳四寶的話，腳步虛浮踉蹌，無視街邊市囂車聲，一些車輛驚險的擦著他身體馳過，他都恍惚不知。

新加坡駐軍司令部物資課的沙發上，坐著紀福全，他縐眉思索，猛抽香煙，像有難題要籌思突破，吉田少佐冷眼觀望，眼光中滿含猜疑和積怒：

「什麼，周醒華這些時間都在遷葬她父母？」

「是，把墳墓遷葬到她家後院⋯」

吉田怒聲拍桌：

「我釋放她，是要她替皇軍的橡膠增產。」

「是是，我會逼她儘快推動⋯」

「你怎麼逼她？她的孩子你根本沒找到。」

「我們沒找到，周醒華不知道，小孩不出現，這個壓力就是周醒華的夢魘。」

吉田霍地站起，斷然說：

「現在戰爭吃緊，後勤支援急如星火，一個月以內要有增產成績，否則我就再用暴虐段殺人了！」他說著走到紀福全面前：「紀樣，你在戰前是警署華民事務幫辦，對新加坡的華人動態瞭若指掌，你既然知道溫太太帶走了周醒華的孩子，也應該知道她的去向，說找不到孩子，讓人難以相信吧。」

紀福全想爭辯，吉田怒喝：

「你聽好！」

「是是⋯」

「從戰前到現在，你光嘴巴說對皇軍忠誠，卻毫無貢獻，希望你積極任事，別讓我懷疑你在愚弄我，耍花樣。」

紀福全被吉田粗暴的趕出辦公室，他心裏極為羞窘懊惱，驅車趕到周家，想把怒氣發泄在阿鄺身上，沒想到進門讓他看到火冒三丈的事，阿鄺正抹著花白鬍子和池部在喝酒。

阿鄺看到他高興的叫：

「呃，紀幫辦，來喝一杯。」他說著硬拉紀福全坐下，悄聲在他耳邊說：「池部樣對醒華有意思，要我撮合…」

紀福全驚愕的瞠目望他，阿鄺提高聲音拍胸說：

「這是好事，我答應了。」

「你答應有屁用？周醒華她肯嗎？」

「醒華也點頭了。」

紀福全難以置信，結舌的問：

「你說周醒華她願意？」他堅決搖頭：「我不信！」

「眞的，醒華剛才還跟池部樣渴酒，現在去樓上整理橡園資料，明天一早就去幾個工頭家訪問。」

紀福全愣著片刻，回頭仰望樓梯，用日語向池部說：

「池部樣，周醒華危險，你不要被她欺騙。」

池部沒說話，陰沉的笑笑，紀福全再望樓梯，向阿鄺說：

「你警告周醒華別亂來，皇軍能釋放她，也能再抓她。」

阿鄺不敢接腔，紀福全再用日語向池部轉述戰爭軍需孔急，軍部催逼增產的話，池部答應會嚴厲督促橡膠增產，紀福全見池部的態度冷淡曖昧，心裏翻騰猜疑，耗到夜晚，並未見醒華下樓，他臨走威脅阿鄺，警告醒華，要認清現實，別玩花樣。

當夜池部喝醉，尿得浴室滿地腥騷，阿鄺把他扶到床鋪睡下，上樓找醒華。醒華看到他焦急的說：

「約定時間過了。」

「我知道，紀福全沒走，我動不了。」

「池部呢？」

「灌醉了。」

「走吧。」

阿鄺點頭，和醒華輕悄下樓，由院後躲過日軍宿舍出後門潛進橡園中。橡園漆黑，腳下蔓草滋長一片荒蕪，醒華跟隨阿鄺急步前行。走了一陣，醒華體力虛耗，額際滲出汗珠，阿鄺輕聲鼓勵：

「前邊就到了。」

不久來到橡林一座荒廢的工寮，他們剛到門前，工寮邊樹上即躍下持槍的蜥蜴團員把他們包圍住，陳坤趨前辨認醒華，並向一個指揮者介紹：

「范大哥，是醒華姐沒錯。」

指揮者趨近醒華自我介紹：

「我叫范棟梁，我們跟醒漢都是兄弟，你是醒漢的姐姐，也就是我們的姐姐了。」

醒華哽咽著說：

「醒漢有這麼多兄弟，我父母在地下也含笑了。」

范棟梁再趨近醒華說：

「醒華姐認識劉國興吧？」

醒華微愣，欣喜的點頭：

「認識…他在那裏？」

范棟梁壓低聲音說：

「他在馬來亞，剛從內地來到不久，他有口信要我帶給大姐，說：『鄭南捷身體壯健，生龍活虎一樣。』

醒華愣愣瞬間，噗嗤笑出：

「就這句話？」

「是，就這句話，他還要我們鼓勵大姐別放棄，堅持奮鬥！」

「我不會放棄，也決不會屈服。」醒華神情冷靜堅決：「你們到新加坡，不會只為給我送口信吧？有事需要我儘管說……」

「是，我們奉有命令，要澈底摧毀日軍在新加坡的物料庫，他們在中南半島的戰事已經左支右絀，我們要破壞他們的後勤支援，癱瘓他們的行動。」

醒華顯出為難猶豫，范棟梁見狀問她：

「大姐為難嗎？」

醒華痛苦的說：

「我的孩子在日本人手裏……」

「扣在哪？」

「不知道。只告訴我說他們在照顧……」

阿鄺插嘴說：

「我看是唬人的，最近馬來橡膠嚴重減產，工人怠工抵制，日本軍部想利用醒華跟雇傭佃戶的感情，釋放她要她溝通協調，加急增產，又怕醒華抗拒不肯認真盡力，就編造出孩子在他們手裏的話，威脅醒華。」

「可是，也許是眞的……」

「這容易查證。」范棟梁截然說：「我們有人潛伏在軍部，很快就能查個確實，不過大姐，你得有心理準備，不管孩子在不在他們手裏，破壞行動都勢必實施…」

「噢！」醒華心頭痛絞的應一聲，阿鄺趕緊說：

「既然這樣，那就別查證了，免得確實知道孩子在，醒華更難過。」

「好，我配合你們。」范棟梁崇敬的望著她，醒華咬著牙根說。

「大姐在這幾天儘量調集物資，集中庫存，等炸毀破壞了我們就護送你離開新加坡。」

在上海弄堂的小閣樓裏，南捷煩燥的悶坐，他坐一會站起走到窗前，再回頭到床鋪躺下，閉目假寐眼皮跳動著思索。他心裏思緒紛雜，焦燥煩亂無法思考，朱玲的死讓他激動憤恨，腦中有個聲音反復的叫：

「朱玲死得冤，死在這幫禽獸手裏，太不值得…」

但朱玲雖死事情卻未解決，她父親和苦苦還被扣在漢奸手裏被當肉票勒索，明知道籌到錢也不定能救出他們，但不籌錢，他們更是死路一條，他拿出衣袋中被揉得縐折的紙條看，黑壓壓的名單，他脫口說出：

「五千兩黃金，五百根大條…」

吳四寶笑得金牙外露著踏進門，後邊壯漢抱著苦苦，白虹看到苦苦滿臉錯愕：

「咦，怎麼抱個孩子？」

吳四寶笑著說：

「抱孩子有啥稀奇？你不是想孩子嗎？特地抱來給你的。」

「給我？眞的假的？」

吳四寶在沙發坐下，甩下帽子：

「你不要也沒關係，反正是孤兒，誰要就給誰。」

白虹從壯漢手裏接過苦苦，端詳她，誇讚說：

「這小囡滿可愛的，有沒名字？」

「我剛給她起個名字叫小金珠。」

「小金珠？」白虹撇嘴：「俗氣死了。」

苦苦插嘴說：

「我叫苦苦。」

「苦苦？」白虹聽著一愣，想起韓培根抱個女孩走到車旁的情景，有點恍然，問苦苦：

「誰給你取的名字？」

「我媽取的。」

「你媽呢？」

「叔叔說死了。」

「叔叔是誰？」

吳四寶不耐的瞪她：

「跟小孩嘀咕個沒完，十三點。」

白虹嬌聲說：

「你說要給我養的。」

「給你養兩天。」吳四寶厭煩的揮手：「這是肉票，兩天後就要抱走了。」

白虹眼眶濕紅的把苦苦抱進內室，關上門，放到床上仔細端詳她，從腋下抽出手帕擦拭她的臉和手，苦苦翻著眼睛望她。

客廳裏傳進吳四寶的話聲問

「跟蹤鄭南捷的人怎麼說？」

白虹聽到鄭南捷的名子瞿然動容，伸手抱起苦苦走到門後窺聽，從門縫看到有個壯漢站在吳四寶身旁低聲說話，話聲低，一句都聽不清。

白虹焦急，想開門走出室外，突地苦苦打個噴嚏，讓她大吃一驚，她替苦苦擦拭鼻涕，借勢出房，吳四寶見她出來，示意壯漢停住話聲，白虹強笑：

「我剛聽見你們提到鄭南捷，他怎麼了?上回韓培根咬他，你們趕去抓，抓到了嗎？」

吳四寶白眼翻天：

「抓沒抓到關你鳥事？」

「咦，問問都不行啊。」

吳四寶瞪她一眼向壯漢說：

「去幹你的事，我睡一下午覺，別吵我，下午回隊上去。」

壯漢退出，白虹噘嘴嘔氣在吳四寶身旁坐倒。

23

在國際飯店豐澤樓的貴賓室裏，幾個雍容威重的中年紳士正圍坐著低聲討論，從他們交頭接耳凝重的神色看，談話內容定必極爲審愼機密，南捷枯坐在貴賓室外等候，他目光呆滯，神色憔悴，嘴唇緊閉出一條孤形的條紋。

時間在等待中緩慢流逝，貴賓室裏一陣桌椅移動響聲，紳士們紛紛推椅站起。南捷認識的彭醫生當先走出室外，南捷迎住他，彭醫生把他拉過一旁，悄聲誠懇的說：

「還順利⋯⋯」

南捷點頭沒說話，彭醫生掏出手帕習慣的擦拭手指：

「我們跟朱嘯老都是幾十年的交情，錢不是問題，不過數目太大，籌措費事，尤其現在通貨膨脹，銀根緊俏得很。

南捷抬頭望他，彭醫生安慰的輕拍他手臂：

「別著急，我們會想法子，不過⋯⋯」他滿臉審愼凝肅；「你跟吳四寶說，我們要先看到朱嘯峰健康無恙，黃金才會照付。」

23

南捷正跟彭醫生談話，餐廳僕歐來請南捷，說櫃檯有電話找，南捷滿頭霧水的茫然接聽，話筒裏傳出白虹的聲音；

「喂──」

「我是鄭南捷。」

話筒竟然久久沒有聲音，南捷再說：

「我是鄭南捷！」

話筒裏白虹聲音驚恐：

「我是白虹，你旁邊有沒有人？」

南捷下意識的轉頭張望：

「沒人，白虹，好久不見，你現在──」

白虹急促的截斷他，說：

「先別講這些，你是不帶個女孩子叫苦苦？」

南捷猛地跳起，急聲：

「對對，就是……」

「噓噓…小聲點，苦苦在我兒。」

「啊？」南捷難以置信：「在你那兒？」

白虹聲音顫抖，緊張恐懼：
「我，我跟你說，先施公司旁邊有個小公園，公園角落有座涼亭，現在五點，六點多天黑，七點鐘你在那裏等。」
電話掛斷，南捷望著話筒發愣。
夜黑，公園路燈暗淡迷濛，迷濛燈影裏樹木婆娑，樹叢中果然有座涼亭，南捷走上涼亭張望，暗影裏水泥凳上躺著個乞丐，斷續發著呻吟聲。
不遠處先施公司的霓虹燈眩目耀眼，替夜空妝點出珣麗色彩，人聲車聲盈耳，市囂裏隱約飄散著歌曲，忽隱忽現，是周旋唱的「花好月圓」，柔綿的歌聲讓人興起綺思遐想，渴望在親密愛人的懷中尋覓恬適寧靜。
南捷想到醒華，心中一陣絞痛。
他等待，在思念醒華的煎熬中等待，終於等到白虹，白虹用絲巾包頭遮住頭臉，看到南捷，把他拉進樹叢，樹叢陰暗，白虹驚魂略定顫抖著向南捷低聲：
「這些人跟鬼一樣，我眞怕極了他們。」
「你說誰呀？」
「七十六號那幫人。」
「你怎麼跟他們扯上關係？」

「唉，一步走錯…我做了吳四寶的姘頭。」

「啊！怪不得。」

「你既然想通了，我廢話也不再說。」她說著拂開枝葉向外看：「你千萬小心，吳四寶派人盯著你。」

「盯著我？」南捷也毛骨悚然了。

白虹向外察看一會回頭說：

「我本想把孩子抱出來的，找不到機會。」

她抓著南捷的手臂懇摯的說：「我心裏急，想打電話到國際飯店試試，沒想到眞能找到你，我跟你說，韓培根咬你一口…」

南捷愣愣茫然，白虹悔恨的說：

「都怪我，我記恨朱玲，想報復她，沒想到…唉，眞後悔不及了。」

白虹哽咽抹淚，南捷突地說：

「吳延昌死了。」

「我知道。」白虹把流滴的鼻涕擤掉：「聽說他老婆也在上海跳樓自殺了。」

南捷斟酌沉吟，愼重的說出：

「在你家的那個女孩苦苦，就是她女兒。」

白虹難以置信的滿臉驚愕，南捷接著說；
「吳延昌的老婆是我太太的表姐，她自殺以前把孩子托給我。」
白虹驚愕得翹舌：
「老天，眞想不到，我說呢，你在上海光棍一條，怎麼會帶個孩子？」
白虹說著驀地瞠目凝思，片刻猛地抬頭移手抓住南捷的衣服，兩眼盯著南捷說：
「南捷，這個女孩給我！」
南捷沒聽懂她的意思，愣著望她，白虹興奮激動得臉色脹紅著：
「我跟她有緣，一見就喜歡…你也知道，我跟吳延昌也有過一般情，再說我年齡…恐怕不能生了，南捷，給我養，我一定好好疼她！」她滿臉眞誠的衝口說出：「我帶她回無錫鄉下，永遠離開上海，我供她讀書，決不讓她受一點苦…」
她緊張期盼的望著南捷，聲帶懇求：
「南捷，給我！」
南捷愣著說不出話，白虹搖撼他：
「南捷，你把她給我？」
「你眞的想要？」
「眞的，我賭咒，有半句虛言我不得好死。」

南捷神情變冷，眼光炯炯，白虹膽虛，聲音澀啞顫抖：

「好不好嘛？」

「好。」南捷慎重點頭：「她命苦，你要當親生女兒疼她！」

白虹跳起，張臂摟住南捷的脖子猛親一口，說：

「我會比親生女兒還疼，為她死我都認了。」

南捷推開她，關切的問：

「你什麼時候回無錫？走得掉嗎？」

白虹凝思，咬牙：

「南捷，你幫我。」

「我怎麼幫？」

白虹扳過他的脖子在他耳邊囑咐，南捷傾聽點頭，身軀微仰的想掙開她的手。

白虹回到家，推門一看頭皮發麻，屋裏一團狼藉零亂，到處都是水漬破碗，髒衣和飯渣，壯漢狼狽的趴在地上被苦苦跨著脖子當馬騎，正欲哭無淚的抓著話筒講電話，他看到白虹像見到救星一樣對著電話叫：

「老闆，她回來了。」

話筒裏傳出吳四寶含怒的上海腔：

「叫她來聽電話。」

壯漢把話筒遞給白虹，吳四寶劈頭就罵：

「操那，一個頭三天兩頭洗，不怕頭皮搓出水泡嗎？把小孩丟給這種粗漢照顧，你想誠心拆騰他？」

白虹聽著不敢搭腔，吳四寶最後說：

「我晚上回來睡，給我等門準備宵夜。」

白虹默然掛斷電話後抱著苦苦走進內室，她關上門，把苦苦放在床上，扯下手帕給她擦嘴抹臉，捧著她小臉親她：

「苦苦，叫媽媽。」

苦苦不應，睜著圓圓的眼珠眨閃，白虹誘導她：

「你叫媽媽，媽媽會買好多好多新衣服，新玩具，還有好吃的東西，好嗎？」

苦苦仍然望著她不答，白虹憐惜的摸她臉脥，攏她頭髮，再抱起她說：

「今天不叫沒關係，明天一定要叫。」說著把嘴湊到她身邊說悄悄話：「明天媽媽帶你回無錫，看婆婆…」

同一天午夜新加坡下雨，淅瀝淒涼的雨聲裏醒華在床上輾轉反側無法入睡，她心緒翻騰，紛亂遝雜，無數片斷的影像閃現在腦際，童年時的歡樂無憂，少女時的親密玩伴，父嚴母慈的繞膝成長，和醒漢姐弟間的骨肉情結。

當然也想到南捷，想到南捷她心底就湧起一股澈骨的疼痛，她渴望在他寬闊的胸膛，堅實的臂彎裏痛哭，熱切的期盼在他溫柔憨厚的眼神裏，感受他火焰般炙熱的愛情。

她想他，思念他，想到他就心痛，想到他就不自覺的淚水流個不停，她後悔讓他走，後悔讓他離開，午夜夢回，她後悔的齧咬自己手臂，用疼痛來懲罰自己。

八年，她煎熬了八年，漫長的日子啊，她幾乎日日都是從淚眼中苦捱過來，夫妻何時才能重見？何時是痛苦的終結？也許今生已無緣相見，他雖身體壯健生龍活虎，而自己，卻是朝不保夕，活在生死邊沿。

范棟梁要炸毀日軍在新加坡的物料庫存，不管自己有沒參與，都難脫干系，日軍會放過她嗎？縱然她能逃脫，孩子康康一定會被拖累，鄺叔說康康不在日軍手裏，他們是謊言朦騙裝腔作勢，但自己卻無法這樣想，萬一是眞的呢？可憐康康，他才八歲。

鄺叔說木屋被炸平了，溫媽媽和康康也許當時就被炸死了，她很想去木屋親眼看一看，潛意識裏她仍然相信木屋存在，那是她跟南捷婚姻的象徵，那是他們的堡壘。

雨不停的下，淅瀝聲像抽噎的聲音，她柔腸百轉輾轉反復，不覺窗外已露出曙色。

醒華起身站到窗前向外看，看到迷濛雨絲中兩個日本兵正扛著機槍走過院中，豬皮靴踏過草地泥濘挖出深深的腳印，一行腳步迤邐直達後門。

醒華從腳印觸憶起日軍殺戮的嘴臉，機槍格格的鳴叫也在耳邊驟響，機槍掃射下醒漢背負父親奔逃的畫面又在她眼前閃出，父親背部中槍爆濺的血花，醒漢狂奔逃進工寮力盡氣絕和父親一起滾摔在地上，她想著牙齒咬出聲音，一個念頭在心底快速形成。

她心底既有決定，情緒也變得振奮，離開窗前把整理好的增產資料做最後編整，然後撰寫增產計劃和執行細節，她以前曾幫父親管理過工廠，對家裏的資產結構，橡園面積分布，橡樹品質，樹齡長短，采割進度和收膠狀況皆了然於胸，故能快速準確的找出缺失，把握增產途徑。

池部看到醒華的增產計劃，答應轉送軍部核備，但他神情曖昧，猜不透他心裏的喜惡情緒，醒華心頭警惕，小心機警應對。

窗外細雨仍淅瀝不停，雨絲中醒華恍惚又看到另一場逼近的殺戳。

上海的中午，豔陽高照，南捷和彭醫生碰面後得到確切結論打電話給吳四寶，告訴他贖款備齊，要求明確交款贖人步驟。

吳四寶笑的陰險詭譎：

「晚上七點在跑馬場—」

「不。」南捷截斷他的話搶著說：「五點，天亮著能看清人的時候，人健康活著才付錢，否則就不露面了。」

「好，依你。」吳四寶掛上電話喜得跳起來搓手說：「行了、成交了，誰說搞不到租界的錢，我吳四寶手臂就有這麼長，有錢距離再遠都構得到。」

他自語著喜孜孜的在房裏踱步，突地站住腳臉色變了，他轉著眼珠想一會，脫口說：

「黃澄澄的金條分給他，做夢了。」

一個小時後里斯科的麵包店被丟了炸彈，引起大火，火場救熄發現燒死四個人，因面目焦黑無法辨認，不能確定黑斯科是否在內。

吳四寶滿意這種結果，開始興奮的佈置五點鍾跑馬場的約會。

白虹家的門被敲響，守衛的壯漢把門拉開，還沒看清門外是誰就被棍子迎面打在臉上，壯漢摀臉慘嚎摔倒，南捷衝進想揮棍再打，見壯漢翻滾哀號，打不下手，白虹衝出搶過木棍狠擊壯漢頭顱，壯漢挺跳，昏死在地下。

白虹奔進內室抱出苦苦，扔給南捷一隻小皮箱：叫著：

「快走。」

她叫著拖拉南捷奔出門外，奔下樓梯，地上壯漢蘇醒。滿臉鮮血的爬起追出門，掏槍向樓梯下的南捷射擊，槍彈飛嘯中苦苦跳抖一下，白虹驚覺察看，駭叫：

「哎呀，苦苦受傷了。」

苦苦並沒啼哭，雖鮮血流滿她半邊臉，她只伸手抹擦卻並不顯疼痛，白虹嚇得差點暈倒，她狂奔沖進臨近醫院求診，醫生檢查驗傷後告訴他們，不嚴重，只擦破臉皮，白虹仍驚慄得混身顫抖。

他們怕吳四寶追到，催促醫生簡單包紮後就離開醫院，南捷護送她們到市郊分手，白虹獨自雇船走偏僻河叉，南捷趕赴跑馬場會見吳四寶。

跑馬場地處上海眞茹荒郊，並非賽馬場地，只是供騎馬馳騁的空曠地帶，荒煙蔓草，野塚處處，只有小樹數棵。南捷先到，躲在一蓬小樹後隱藏，五點正，吳四寶帶領壯漢駕著汽車趕到。他先停妥汽車觀望等待，打開車窗，窗口露出烏黑的槍管，四周寂靜，風呼草拂，南捷從小樹後站起，走向汽車，吳四寶不覺衝口說：

「操那，還躲著。」

壯漢等都把槍口對準南捷，吳四寶搖手：

「別妄動，他一個人，怕他翻什麼跟斗？」

南捷堅定的走向汽車，吳四寶沉不住氣，推開車門走出：

「鄭南捷，東西呢？」

「人吧？」南捷站住。

吳四寶兇橫的瞪眼：

「我問你東西！」

南捷毫不退縮：

「先讓我看到人。」

吳四寶微愣，對他強硬的態度露出詫愕，他回身指汽車，聲調放緩了⋯⋯

「人在汽車裏。」

「讓我看看，受傷沒有。」南捷沉穩堅決的說；「出錢的人說五百根大條換一個健康的朱嘯峰，要是他受傷性命不保，這筆錢就要留著給他辦後事了。」

吳四寶觀察他顯出審慎，南捷神情深沉，目光灼灼，吳四寶問說：

「錢你帶來了？」

「五千兩黃金我拿不動，不過銀行開出匯票提單，那就變成一張紙了，錢你放心，看過人一定會付。」

吳四寶恨得把牙根咬出聲響，他轉身向汽車做手勢，汽車門隨即打開，壯漢等把朱嘯峰拖架出車外，南捷急望觀察，見朱嘯峰頭臉軟垂在胸前，萎頓憔悴，他急著喊：

「朱伯伯，你怎麼樣？，」

朱嘯峰沒說話，壯漢扯著他的頭髮拉他仰起臉，朱嘯峰因疼痛而臉肤抽搐，吳四寶說：

「瞧，還這麼橫眉豎眼的，像有傷嗎？」

南捷著急的再喊：

「朱伯伯……」

朱嘯峰掙扎著嘶啞喊出：

「鄭南捷，你走，快走！」

吳四寶厲聲喝叫：

「拖進去……」他叫著凶厲的轉向南捷：「東西呢？」

「東西在我身上。」南捷見吳四寶要有舉動，急忙揚手：「慢點，東西在我身上沒錯，不過出錢的人說吳隊長吃肉，喝湯，還啃骨頭，所以匯票提單雖然簽了，但朱嘯峰跟我沒回去。嘿嘿，就全數止付？」

吳四寶氣結得說不出話，片刻伸手說：

「匯票提單呢？」

「在我口袋裏。」

「拿來。」

南捷掏匯票給他，吳四寶奪過抖開看，南捷說：

「匯豐銀行出票，你總能相信。」

吳四寶把匯票折好，塞進口袋，眼光凶毒的望著南捷說；「你別忘了我還有那個女孩做押寶，拿不到錢我先拿機關槍到匯豐銀行掃射，再把那個小囡宰了。」他說著向汽車吼。

「放掉朱嘯峰。」

壯漢再拖出朱嘯峰，拖得他摔仆栽倒，南捷奔過去攙扶他，吳四寶和壯漢等竄進汽車疾馳開走，南捷追望遠飆的汽車，額際流下冷汗，不覺吐出驚恐壓抑的哼聲。

正午，新加坡裕廊集中營因配飯衝突引發暴動，被囚禁的英軍俘擄和關押的華人，印度人乘機圍毆日軍，奪槍衝破圍攔的鐵絲網四散奔逃，日軍以機槍掃射屠殺，一時新加坡島變得恐怖沸騰⋯

日軍到處圍堵搜捕，並緊急從馬來地區調集軍隊增援，但卻緩不濟急，致使當地軍隊疲於奔命，造成多處防務眞空，市區到處被縱火，搶劫，竄逃的華人和英軍俘擄結夥狙擊日軍，混亂持續到午夜仍未見平靜，而碼頭上的貯料倉庫又發生爆炸焚燒，火光映得海港一片通紅。

海港倉庫大火把貯藏待運的橡膠成品，盡付一炬，而更讓日本駐軍慌亂憤怒的是柔佛一帶橡園，盡都起火，當夜風勢勁急，風助火勢，一夜間數十萬株橡樹盡都燒成灰燼。

混亂中『馬來物資運輸組合』的日軍被蜥蜴團員盡數殲滅，池部卻乘亂逃脫，離奇失蹤。

醒華和阿鄺跟隨蜥蜴團員渡海逃進馬來叢林，她進入柔佛後沿路焚燒周家橡園，炸毀倉庫，鼓動集中營暴動的是蜥蜴團，而焚燒橡園的焦土作爲，卻是醒華的決定。

她堅決不顧一切的性格發揮到極致，她不計一切，只爲一顆抗拒強暴，堅不屈服的心。

在聯合診所的走廊上，南捷孤零的靠牆坐在長椅上等候，一些紳仕富商等圍站在一起低聲凝肅的談論，時間在靜寂中流逝，彭醫生走出手術房的門。

富商紳仕等迎過去把他圍住，急聲探詢，彭醫生揚手阻止眾人七嘴八舌，說：

「他被殘酷拷打，肋骨斷了刺破腹膜發炎非常嚴重！」他說著感傷的搖頭：「我跟他廿幾年的交情，拼了命想救他，卻救不回他的性命……」

一個富商搶著詢問：

「他的財產怎麼處置？他有遺囑沒有？」

彭醫生再舉手阻止眾人紛亂，堅定的說：

「有，他有遺囑，請各位到病房見他最後一面，也在遺囑簽名做個見證。」他說著掃視眾人，並向走廊尋找：「鄭南捷呢？」

眾人聞聲也轉頭尋找，走廊坐椅上轉眼間已無南捷蹤影，有人詫異的說：

「剛才還在這兒。」

「不錯，剛剛還坐在那邊椅子上。」

彭醫生說：

「遺囑指定他繼承三分之一財產，約美金一千伍佰萬，另外三分之二，一份做建國捐款，一份救濟上海難民。」

富商中有人問：

「要鄭南捷繼承財產，有沒要他履行條件？」

「有，要他跟朱玲的冥靈補辦結婚。」

富商紳仕等都悲淒傷懷，彭醫生走到臨街窗前向外望，見樓下街道上，南捷正走進熙攘喧鬧的人群。

南捷來到國際客運碼頭，碼頭上人潮擁擠，旅客扶老攜幼，幾個巡警圍在碼頭外交頭接耳，神情緊張的低聲說話，南捷擠過人群，擠進航班售票窗，他探頭向窗口問：

「請問，到新加坡的船—？」

「客滿，沒票了。」窗口裏的人截斷他的話，冷然說。

「請幫幫忙，我有票，能不能重新劃位？」

「票呢？」

南捷慌忙掏出船票遞進窗內，售票員看票搖電話請示，南捷焦急的盯望窗內等待，售票員掛斷電話說：

「二等艙，有位，後天下午三點開船，匯山卸貨碼頭。」她說著蓋印，劃位，把船票塞出窗外還給南捷，南捷抓著船票檢看，激動得手指顫抖說：

「我終於能回新加坡了。」他猛地衝口狂喊：「我終於能回新加坡了！」

喊聲嚇得他身旁人群跳躲騷亂，幾個小孩被他嚇得嘶聲哭嚎，巡警等聞聲奔過來察看，南捷窘迫羞急，正想解釋，突地一個尖銳興奮的聲音嘶叫：

「號外，中華，老中報號外，日本廣島挨了原子彈，天皇廣播投降了⋯⋯」

喧鬧的碼頭一時鴉雀無聲，寂靜如死，號哭的小孩也被摀住嘴把哭聲憋回喉中，每個人都驚愕瞠目的互相觀望，一付認爲自己聽錯，而想在別人臉上得到證明的神情，靜寂持續數秒時間，驀地轟起一陣騷動。人群騷動衝撞，喧鬧混亂的一齊湧向報童買報，報童續喊：

「大新聞，日本天皇廣播無條件投降—」

南捷也情急駭異的推擠著搶買了一份號外，見紅字耀眼的印著：

「兩顆原子彈投擲日本廣島長崎！日本天皇廣播無條件投降。」下邊細字詳細判登：「八月六日第一顆原子彈投擲廣島，八月九日第二顆原子彈投擲長崎，兩顆原子彈使日本國力癱瘓，日本天皇於今『一九四五年八月十日』沈痛宣佈，無條件投降。」

南捷將信將疑抬頭望天，碼頭上人群囂亂一片歡呼吶喊，南捷滿眶熱淚流下面脥，他咬著牙根喃然說：

「天公伯呀，你總算睜開眼睛了⋯⋯」

日皇的投降廣播也在新加坡引起天翻地覆的騷動，無數華人、馬來入、印度人在街頭狂歡呼叫，鞭炮聲，鑼鼓聲震耳欲聾，日本國旗被降下，任意踏踐，橫行碼頭和新加坡河的日本浪人都逃躲得無影無蹤。

寫眞館，理容店和日本商社的玻璃都被砸碎，混亂暴動像野火般蔓延。

在叢林活動的蜥蜴團員，也從電訊中得到消息，他們喜極而泣，用嘶喊吼叫抒發胸中的積鬱和憤恨，醒華得知日本投降的消息並沒特別興奮，她衷心掛念南捷，渴望去上海，儘快和南捷會面。

在她起意去上海的同時，有個讓她震顫的消息羈留住她的腳步，消息準確的指證，說在吉隆坡親眼見過曾照顧康康的溫太太。

醒華破滅的希望重新燃起火花，她決意先查證溫太太的行蹤，再去上海尋找南捷。

醒華的姨媽在吉隆坡開貨棧，就是黃夢玫的家，戰爭期間兩家都流離顛沛，斷絕音訊，醒華也想借機探望姨媽，通報父母的噩耗和家庭悲慘的變化。

在上海，南捷到朱宅做最後辭行，並在朱嘯峰、朱玲父女靈前撚香，他的出現使朱家靈堂引起騷動，撚香後彭醫生和主持治喪的朱家親友顧某扯住南捷到密室商談，從他們的神情南捷感受到凝肅嚴重。

彭醫生開門見山的凝色說：

「嘯峰先生遺囑載明，也是他的最後遺願，只要你在形式上承認朱玲是你的妻室，他就——」

南捷搖手打斷他，阻止他說下去：

「大夫，你知道，朱玲跟朱伯伯都知道我有妻子，我沒有資格……」

彭醫生也打斷他的話說：

「資格要對方認定，朱玲喜歡你，嘯峰先生因他女兒喜歡你才做這個要求，而且你在上海奮鬥九年，坦白說並沒什麼具體成就，嘯峰先生三分之一的遺產是個龐大數目，你獲得這筆錢可以—」

南捷再打斷他的話：

「我很想要這筆錢。」

「那很好。」

「可是我不能要！」

彭醫生氣結得瞪眼了，南捷神情平和的說：

「朱伯伯給我這筆錢，我覺得立意就不公平，人的情感表現是自然付出，用金錢購買形式，對朱玲不是安慰，是侮辱。」

彭醫生情緒激動，屈指敲桌：

「你要體諒嘯峰先生—」

「大夫。」南捷誠懇的按住他的手：「我很想要這筆錢，而且我現在缺錢，坦白說，我現在只有一張回新加坡的船票，我很想有筆錢能夠帶給我太太，可是，這種錢我怎麼能夠給她？

大夫，換做我是你，你馬上要回新加坡見你的妻子，你會不會帶著用這種條件換來的錢，給你老婆孩子？」

彭醫生和顧某對望，顧某歎口氣，彭醫生無奈的攤手說：

「你確定今天走？不能等他們父女出殯？」

南捷歉然說：

「下午三點開船，我不能等了。」

彭醫生默然點頭，南捷站起說：

「對不起，我得趕去碼頭。」

南捷說著鞠躬告辭，顧某伸手抓住他說：

「等等，請留步—」

南捷詫愣的望他，顧某從西裝內袋掏出皮夾說：

「我很佩服老弟這身硬骨頭，朱嘯老能在上海灘受到尊敬，也是因爲他心腸熱骨頭硬，老弟不接受他這番心意，今天回新加坡又缺錢，我想送點程儀祝你一路順風。」他說著從皮夾拿出厚疊鈔票塞給南捷：「希望你別嫌棄見笑。」

南捷愣著手足無措，下意識的推拒，彭醫生警告：

「送程儀不接受是掃面子的事。」

南捷尷尬得進退維谷，彭醫生也掏出皮夾，拿出鈔票塞進南捷衣袋，連說：

「不成敬意，別嫌少。」

南捷愣著一會，失笑：

「這下好，我正愁沒錢，眨眼間天上掉下來了。」

他自嘲的笑容中充滿苦澀，苦澀的笑著向彭醫生和顧某揮手說：

「謝了」

南捷瀟灑的離開朱宅，走到街上，街頭一片旗海，民眾扶老攜幼俱都眉開眼笑，他感染到抗戰勝利的喜悅和興奮，和民眾一起齊聲唱歌。

直到輪船最後鳴笛，南捷才在亢奮激昂的情緒中趕到碼頭，他難掩亢奮的提著行囊上船，在船舷回頭張望上海，不覺心頭湧起一股難捨，驀然地心酸，讓他笑容驟斂，眼眶濕了。

輪船移動，開進濁浪翻湧的黃浦江，他佇立船頭遙望外灘，沿江聳立的高樓在眼界中逐漸變小，變得朦朧飄渺，越淡越遠……

醒華來到吉隆坡，找到中國街上的黃福和貨棧，櫃檯管事林權認得她，驚喜的奔出櫃檯迎接，他一邊趕緊派人進內通報，一邊陪同醒華進內宅見東家，醒華看到頭髮蒼白衰老的姨母，堅強撐持的心像決堤般的崩潰，她撲進姨母懷裏像小女孩似的放聲痛哭，直哭到聲音都瘖啞了。

姨母摟著她抖顫著跟著抹淚，喉中說著哽咽含混的話，痛哭讓醒華得發泄，待哭聲止住，她疲累癱軟的俯在姨母膝上抽噎，漸漸像似睡熟了。

姨母溫柔的撫著她的頭，女傭端上茶水，也被姨母揮手逐出去了。

廳堂裏靜寂安祥，只偶而有抽噎的欷歔聲斷續，和祖先供桌上的西洋座鐘在滴嗒響著。

黃家的僕傭管事都圍在院中相互探詢，林權眉尖緊縐，卻隱現憂急，他悄然退出後院，回到櫃檯，憂惶不安的困坐思索，片刻後決然站起，向夥計囑咐說出去辦事，即匆促外出。

林權騎著腳踏車穿街過巷，看得出他故意繞路兜圈，行走轉彎時並機警的向後掃瞄，街旁經過一條狹窄暗巷，他驀地轉彎騎進巷內，在一扇角門前跳下車，把腳踏車靠牆邊停穩即跳到門前敲門。

門打開，站在門裏的是溫太太，林權慌張的擠進門內，再探頭外望後把門關上，溫太太見他神情，驚駭變色：「阿權，什麼事？」

「姑媽—」林權一把抓住她：「周醒華找來了。」

「誰？」

「周醒華，周家小姐，康康的媽媽。」

「啊？」溫太太霎時臉色灰白，身軀搖晃：「她，她現在哪？」

「在貨棧裏，她姨媽家。」林權焦急的勸說；「姑媽，她實在可憐，把康康還給她吧。」

「不行。」溫太太堅決的甩開林權手臂：「這幾年我養他，成了我身上的骨血肉，哪能說還她就還她？」

「道理講不通。」

「講不通就講不通，她年紀輕可以再生，我老太婆沒兒沒女能指望什麼？再說，康康雖是她親生，可我從小抱到大，誰也別想拆散我們，殺了我都不答應。」

「可是，她早晚會找到。」

「再過幾年康康長高變了樣，他媽見面就認不出他，小孩子不記事，長大就忘掉他媽了，我已經跟他說他媽被炸死，康康也相信了，你別嚕蘇，你敢報信，我就自殺。」

林權嚇得瞠目結舌，溫太太轉身從床下拉出皮箱收拾，林權驚恐的問她：

「姑媽，你想幹嘛？」

「回唐山，我回唐山，她一輩子都找不到我們了。」

正說著，康康背著書包回來，進門就喊：

「奶奶，我肚子好餓⋯⋯」

溫太太迎過去抱住他，替他抹額上汗漬，溺愛的說：

「有東西吃，奶奶早準備好椰子凍等你啦。」

溫太太摟著康康呵護疼愛的神情讓林權看著難過，把想再說的話吞進喉嚨了。

23

黃福和貨棧後宅廳堂的西洋鐘『噹噹』敲了五下，內外靜寂，醒華也止住抽噎和哭聲，但她仍俯在姨母的膝頭上。眼眶紅腫。

她姨母舉袖拭淚，說話，聲音哽咽：

「三年前你姨丈過世，你表姐夢玫也在上海斷了音訊，貨棧的生意勉強維持著，都是林權在管，撐著賺點錢維持老夥計們生活，想想人活著爲什麼？到頭不都是一場空嗎？」

醒華聽著眼眶又有淚水凝聚，姨母低頭問她：

「你也沒有夢玫的消息？」

醒華搖頭，姨母說：

「她眞狠心，連封信都不寫回家，你姨丈斷氣了還睜著兩隻眼，我知道他就是想這個不孝的女兒，他心裏想她⋯⋯」

醒華挪動一下頭，緩緩抬起臉瘖聲說：

「姨媽，我想住幾天。」

「傻話，姨媽現在就只你這個親人，你想走我還不答應呢。」

醒華吸口氣挺身站起，擦乾眼淚說：

「我累了，我想睡。」

「好好，我叫人收拾房間，給你燒水洗澡。」

翌日清晨，黃母端碗熱湯輕輕推開醒華的房門，探頭張望房內，幽暗的光影中她看到醒華蜷臥在床上熟睡，發著均勻的鼻息，她輕悄走到床前，在床沿坐下，伸手想推醒醒華，又不忍心端著湯碗靜坐等待，直到手酸把湯碗在桌上放下。

湯碗觸桌的微響把醒華驚醒，她身體震跳霍地坐起，把黃母嚇得失聲驚喊，醒華愣著望她，漸漸清醒，緊繃的神經鬆弛，她抓著黃母的手柔順的喊：

「姨媽。」

「哎呀，你剛才那個樣子，嚇死我了。」

醒華黯然說：

「我睡得很熟，好久沒這樣安心的睡過覺了。」

「你這一覺睡得久，晚飯也沒吃，現在都天亮了。」黃母說著扭身端過湯碗；「來，姨媽給你熬碗參湯，喝了它。」

醒華沒說話，接過湯碗一口氣喝光，黃母滿心歡喜的接過碗放回桌上，輕拍醒華的背，推她下床。

「起來吧，洗洗臉梳梳頭，姨媽要問你話。」

黃母回到廳堂等候，女傭裝好水煙遞給她，她邊抽水煙邊想著向女傭說：

「耽會趕早去市場買些鮮魚鮮蝦，表小姐喜歡吃鮮魚清蒸，蝦子鹽焗，要嫩，過油搶熟，記住啦？」

「是啦。」

女傭答應著向外走，在廳門口遇到醒華，女傭謙卑的恭身讓路，醒華走進廳內，黃母滿臉笑容的看她：

「嗯，女孩子梳洗一下就不一樣，你表姐的衣服還能穿嗎？」

「能，我跟表姐高矮一樣啊。」

黃母周身觀察她慈靄的說：

「你該選件顏色鮮豔點的。」

「姨媽，我結婚嫁人，是孩子的媽了。」

黃母驀地想起，抓住她：

「昨天你說到吉隆坡來是找孩子？」

「幫我帶孩子的溫媽媽，有人說在吉隆坡見過她。」

「那孩子的下落…」

醒華搖頭，沒說話。黃母輕拍她的手安慰說：

「別急，慢慢找，貨棧的夥計路都很熟，讓他們分頭去打聽，只要她在吉隆坡，早晚一定能找到。」

醒華心裏焦急，略微吃點東西就想出門尋找，黃母把林權找來，囑咐他帶領醒華到華人聚居的地方找人，林權問明尋找的對象，心裏有數。

黃福和貨棧就在華人聚居的中國街，於是他們徒步，沿街詢問，醒華形容溫太太的相貌年齡，林權深怕有人泄露訊息，故意引領醒華往遠處走，遠離溫太太居住的窄巷，一路走，醒華一路向街旁店鋪攤販詢問，漸漸走到豪華的馬來亞飯店。

馬來亞飯店側邊有一排水果攤販，一個時髦豔麗的女人正挑選水果裝籃，醒華和林權走到水果攤旁向攤販詢問：「請問，在這附近有沒看過一個姓溫的婦人，大約五十幾歲，帶個男孩子，叫康康。」

她驀地嘎住聲音，驚愕的向買水果的女人愣望，那個女人也癡愣的轉頭望她，醒華難以置信的脫口喊：

「宛芬？」

宛芬跳起一把抓住她：

「老天爺，我心裏正想著你，你就在我眼前了。」宛芬瞠目望她；「我的媽呀，你怎麼變成這樣子？」

醒華眼圈微紅，強笑著顧左右言他：

「變成什麼樣子？你不是在香港嗎？怎麼到吉隆坡來了？」

「我昨天才到，跟我爸爸一起來，他要在這裏處理一些事情，明天就去新加坡。」宛芬水果也不買了，拉著她就走：「我心裏正想你，想著回新加坡怎麼找你，沒想到在這裏就碰到，走走，我有滿肚子話要說，我們到旅館去。」

「旅館？」醒華微掙著。

「是呀，我跟我爸爸就住這間旅館，我爸爸前不久在上海還看到南捷。」

醒華身軀震動，宛芬臉上掠過一層尷尬，她急忙掩飾：「南捷在上海吃了不少苦，我詳細告訴你。」

宛芬拉著醒華走進飯店，林權追望，露出如釋重負的神色。到了旅館，走進房間，宛芬丟下皮包關上門，撲過去抱住醒華臂膀把她拖到床沿坐下，說：

「醒華，八年了。」

醒華輕輕推開她：

「八年的變化很大。」

「不錯，變化很大，我去過美國，結過婚，又離了，也老了很多，醒華，八年，我覺得我已經老了。」

醒華露出微笑：

「你還是很亮麗，很時髦。」

「外表亮麗時髦，不一定心裏也亮麗時髦。」她輕聲歎息：「我懷念我們讀書時的單純快樂，我常想我跟鄭可銘那段又酸又澀又甜的戀愛，一點不錯，又酸又澀又甜，卻最耐咀嚼…」

醒華默然，宛芬仰躺在床上咀嚼自己心頭的酸澀，片刻，她挺身坐起再抓住醒華手臂說：

「我在上海被土匪綁架，南捷救我，一路跟我過了一段艱辛痛苦的日子，我曾經莫明其妙的迷戀他，甚至向我爸爸說謊承認—」

醒華靜靜的注視著她聆聽，宛芬又在床上仰躺下去，語調滿含自悲：

「我甚至向我爸爸說謊我們曾有關係，希望由此造成事實搶奪佔有他…」她聲音間斷流露苦澀：「到頭落得白費心機讓南捷輕賤鄙視…」

醒華眼光清冷平靜，宛芬再挺身坐起：

「我告訴你這些話是讓你知道兩項事實，第一，南捷對你感情堅貞，並沒因爲環境影響有絲毫改變，第二，我背叛過你，也受到懲罰，回到香港我羞慚自卑，嫁給外國人糟踏自己…」說著她沉痛喃然：「嫁給湯姆・泰勒，的確是糟踏自己。」

沉默、空氣有點凝僵，宛芬說：

「醒華，妳恨我吧？」

醒華深深吸氣。

「我不恨你，我要恨的人太多了。」

宛芬伸手抓過身旁皮包，拿出鍇金煙盒點支香煙，她猛抽兩口吐出煙霧，隨著口鼻煙霧噴散一泡眼淚溢出眼瞼，醒華沒看到她的淚水，只覺煙霧嗆鼻，下意識的站起走到窗前，隔著紗窗外望，見窗外不遠處回教寺院的圓屋頂在陽光下璀燦耀眼，她眩目的收回眼光，耳邊又響起宛芬的聲音：

「我爸爸剛從上海回來，他說朱玲已經給南捷買了回新加坡的船票，因爲有事耽誤可能慢幾天上船，我爸還說：他帶個女孩子，是你表姐黃夢玫的女兒。」

醒華霍地回頭張大眼：

「我表姐黃夢玫？」

「他還說你表姐跳樓自殺，特意把這個女孩留給南捷。」

醒華滿臉驚怖，聲音顫慄：

「我表姐跳樓自殺？」

「我爸說，她是爲吳延昌殉死。」

醒華臉色蒼白的說不出話，她眼前閃過夢玫柔媚的笑臉和開朗的神態，不禁喉中發出痛苦的呻吟，跌坐在窗前沙發上。

傍晚，宛芬，醒華走出旅館，門童招來旅館的迎賓車，宛芬挽住醒華手臂說：

「你表姐的事暫時還是不要跟你姨媽說。」

醒華心酸的點頭，眼有淚翳，門童打開車門，宛芬拖醒華上車。

「上車吧，我送你。」

醒華掙脫她，搖手：

「不要了，我有很多事要想，我想慢慢走回去。」她說著向門童揮手：「謝謝。」

「你何苦呢，我陪你走！」宛芬再抓住她的手，醒華退避著躲開：

「不要了。」

「當散步嘛，只走一段路……」

她們挽手走出飯店，司機開動汽車，在後緩緩跟隨，街道寂靜，街燈幽暗，微風輕掠，撩起她們裙裾，宛芬問：「確定溫太太在吉隆坡？」

「有人見過她。」

「看到她帶著孩子？」

醒華搖頭，片刻說：

「她很疼愛康康，除非……康康不在了，她一定會帶在身邊。」

宛芬沈思一會說：

「我覺得你這樣大街小巷問不是辦法，除非那個寡婦老太婆沒存壞心，否則更給她機會讓她躲了。」

醒華猛地站住腳，愣著望她，宛芬說：

「你不明白？」

醒華搖頭，宛芬沒好氣的數落：

「你受那麼多苦，還是這麼善良純厚，你想，戰爭結束了，溫太太要是沒有霸佔孩子的壞心腸，一定會露面找你，要是她安著壞心，一定躲得遠遠的，你這樣大街小巷找她，不更打草驚蛇，讓她跑得快，跑得遠嗎？」

醒華臉色瞬間煞白，眼淚奪眶而出：

「溫媽媽她不會，她絕不會……」

醒華身軀搖晃，宛芬扶持摟住她轉身向跟隨的汽車招手，汽車疾馳駛到，宛芬把醒華扶進車裏。

一夜輾轉，噩夢連連，醒華心頭痛絞，腦中不停閃現著康康活潑健壯的形象，繫獄時曾聽聞碼頭木屋被火焚，以爲康康和溫太太都陷身火海不在人世，絕望悲痛心如死灰本已不再做癡心妄想，後來日本軍方以擄獲康康相逼，原以爲這是捏造的謊言，不想戰後消息逐漸明朗，又重新燃起康康生存的希望，幾次反復煎熬，數番悲喜翻騰，她已無數次在夢境中向命運屈膝了。

黎明，她眼眶紅腫的向窗隙曙光呆望，房門輕響著被推開，黃母端著湯碗輕悄的走進來，醒華坐起喊：

「姨媽。」

「廖家小姐來接你了，來，喝了這碗蔘湯起來梳洗吧。」黃母心疼的把湯碗塞給她：「看你眼睛腫得跟核桃一樣，唉，要愛惜自己呀。」

醒華接過湯碗湊嘴喝，黃母站在床前望著，撮嘴替她吹涼：

「廖家小姐說，她爸爸昨晚回來就急著要見你，說有要緊的話要說⋯」

醒華停住喝湯的嘴，抬頭問：

「宛芬呢？」

「在客堂。」

醒華三口兩口喝完湯放下碗，下床梳洗，出門時黃母塞一卷鈔票給她說：

「你是周家少東，出門應酬不能寒酸。」

到了旅館，見到廖本源，本源正在講電話，他以手勢讓醒華坐，宛芬幫醒華沖茶。醒華安靜的坐著等待，宛芬悄聲向她說：

「你的境況我已經詳細跟我爸爸說了，他急著找你，好像是關於你們家財產的事⋯」

宛芬見本源掛斷電話便停住嘴，本源關懷的望著醒華，在她身旁另一張沙發坐下：

「醒華還好吧？」

「還好，謝謝廖伯伯。」

「關於鄭南捷的事，我知道的都跟宛芬說了，你嫁了個好丈夫，鄭南捷有很好的品德，我離開上海的時候，他已經買了船票說要回來，你別著急，戰後交通可能亂，暫時耽誤了。」

醒華默然點頭，本源繼續說：——

「我急著找你，是有重要的事跟你說，你收拾所有的悲痛沮喪，振奮精神面對現實，你是周家唯一的繼承人，周家的產業、收回、整頓都靠你了。」

醒華露出凝肅，再點頭，本源跟著說：

「戰爭期間日軍爲了榨取馬來物資，把馬來地區的橡膠、錫和其他物資都統籌劃歸『馬來物資運輸組合』管理，昨天我爲了產業復原問題去怡保盟軍總部瞭解情況，發現你們周家的產業都被轉移了。」

醒華冷靜的說：

「轉移給吳延昌？」

「不，轉移給一個叫渡邊一宏的日本人。」

「渡邊一宏就是吳延昌。」

「嗯，事情很糟糕。」本源憂慮的望她：「產權轉移文件上都有溥齋兄的簽名，是逼簽是僞造，眼前他們都不在人世，變得死無對證，將來盟軍總部發還財產，恐怕會困難重重。」

醒華低頭黯然，本源接著說：

「所以我讓你振奮精神，在你面前還有一場硬仗。」

醒華緊抿嘴唇，低頭無語，宛芬柔聲勸她：

「跟我們回新加坡吧，暫時住在我家。」

本源也說：

「對，收回產業的事，要分秒必爭，你住在我家，我也能就近瞭解情況適時幫忙。」

醒華沉靜片刻，抬起頭：

「廖伯伯，南捷眞的很好嗎？」

「他平安無事，只是腿受過傷，有點瘸。」

宛芬取笑她：

「你心裏想的念的都是南捷，他一切都好，你放寬心就是。」

醒華辭別姨媽決心跟隨宛芬回新加坡，她臨行懇托姨媽繼續督促夥計尋找溫太太，但找到別難爲她，只要確知康康的死活就好，醒華有這種轉變是聽了廖本源的勸解，他說，找小孩子急不得，需慢慢明察暗訪，孩子六七歲失散，記事了，只要在，應該不難找，縱然一時找不到，他大了也會尋根追源回頭找父母，再說，既然照顧他的溫太太從小就喜歡疼愛他，把他帶大，教養孩子，她可能比你們還化心血。

醒華暫時把思念康康的心放下，她想，只要有命在，總有團圓的日子吧。

醒華走後，林權急不及待的趕去窄巷，溫太太已先一步走了，她門上貼張紙條向林權留話，只說她決定回唐山原籍，望林權顧念姑侄情份，別泄漏她的行蹤。

林權倒是放下心頭大石，這樣也好，自己爲難矛盾的處境倒解決了。

汽車駛到布其帝瑪廖家門外，司機下車打開銹蝕的鐵門將車駛進庭院，但見庭院荒蕪雜草叢生，牆壁斑剝，階上枯葉乾草堆積，玻璃窗上厚積著灰塵，宛芬開門下車，激動的歡聲：

「啊，到底回家了。」

她爭先奔到廳門前，想推門，門鎖著，她回頭問本源：「爸爸門鎖著，傭人呢？」

屋後奔出幾個傭人，有的忙著開鎖，有的搬運行李，有個傭婦說：

「我們都在後邊下房等著，老爺小姐沒到，我們不敢開鎖。」

鎖打開，傭人閃身門旁恭請宛芬，醒華，本源進內，廳中家俱都預先用潔布覆蓋，移走覆布，被掩蓋的家俱仍然光潔乾淨，宛芬等落坐歇息，傭人迅快捧進茶水，宛芬見醒華沉鬱不歡，就拖她上樓找安置她的房間。

輪船緩緩停靠在紅燈碼頭，船舷擠滿旅客，興奮焦灼的等待下船，南捷擠在人群裏，眼眶有火熱的期待燃燒著，喧囂吵雜，碼頭上也人潮壅塞，印度警察揮舞著警棍狂吹警笛疏導。

輪船停穩，船梯放下，壅塞在船舷上的旅客被船員放行，爭先恐後的走下船梯。南捷興奮得舌乾嘴燥，張望四周，他看到曾經搬運貨物的倉庫，眼光流露親切喜悅，他瘸著腳在人潮中推擠，心頭狂喊：

「醒華，我回來了！」

他心裏吶喊著瘸著腳奔進碼頭邊暗巷，暗巷裏焦黑的餘燼，成堆的磚頭瓦礫讓他身軀起著寒慄顫抖，他不覺加快腳步顛簸著奔跑，肩頭的行囊累贅他，他卸肩丟了，狂奔跌撞著衝進木屋院內，看到木屋只剩一堆碎磚焦炭時，他猛地站住，身軀搖晃著，森冷麻痹從頭皮直涼到腳。

他喉中發著野獸般痛極的呻吟，踉蹌撲到焦黑的磚土堆上，抓起一截燒殘的木柱不覺痛淚從鼻尖滴落。

南捷氣喘吁吁，混身汗濕的奔進周家大門，大門傾圮，斑剝著火藥彈痕，庭院中有焚毀的日軍車輛，房屋門窗玻璃碎裂，整幢宅院一片漆黑，南捷喘息著癡愣的呆望，踉蹌著奔進倒塌的廳門，喊出嘶啞的聲音：

「醒華，我是南捷，我回來了⋯⋯」

風在樹頭簷角低呼，叫聲淒厲愴惶，驚起樹上宿鳥撲飛。

天亮，南捷傷痛癡愣的呆坐在周家庭院石凳上，頭頂樹叢露滴飛灑，風過樹搖，一群麻雀在樹枝聒噪跳躍，地下黃葉飛卷在腳旁。

23

他僵木的坐著，癡望醒華私奔時墜繩逃家的樓窗，窗上玻璃殘破，有明顯彈痕，窗紗在玻璃破洞中閃撲飄蕩，他晃惚又看到醒華跳窗墜繩時，驚恐又堅決的臉，那麼純摯明淨，愣角分明，那鬆手摔在地上，忍痛爬起，毫不瞻顧回頭的神情，南捷想著，熱淚流湧到嘴角。

朝陽升起，暗黑的樓房逐漸明亮，南捷站起，繞到前門走進周家客廳，客廳內桌翻椅倒一片狼藉零亂，到處是彈痕，到處濺染著血跡，血跡紫黑的，觸目驚心的淋漓在地板，牆根。樓梯被炸裂，瓷器碎裂滿地，他呆滯麻木的流覽觀看，踩著吱吱發響的樓梯上樓去。

24

晨風撼窗，窗響驚得醒華霍地挺身坐起，她滿頭汗濕的從惡夢中驚醒，夢境的驚怖仍讓她心頭悚慄，撫胸喘息。窗外陽光耀眼，隱約聽見庭院有汽車引擎的聲音在響，她掠髮下床撩開窗簾向外看，見庭院中司機正拉開車門讓本源上車。

廖本源坐進車內，回頭向跟在身後遞送皮包帽子的傭人說：

「等小姐起來告訴她，我中午在俱樂部請盟軍總部的翻譯吃飯，請她帶周家小姐一起來。」

「是。」

司機關閉車門，回到駕駛座開車，汽車駛出院門，醒華站在窗內凝視著汽車遠去。

中午，醒華和宛芬梳妝打扮了赴宴，到了瑞佛斯飯店俱樂部她們頓時吸引住驚詫傾慕的眼光，被本源宴請的美軍翻譯項名忠和林丕達更顯瞠目神馳，直到宛芬她們走到面前。

本源站起含笑說：

「讓我引見，這是小女宛芬。」本源斂失笑容凝肅的再指醒華：「這位就是周家的繼承人周醒華。」

項名忠做出克拉克蓋博的笑容伸出手，握住醒華的手拉到嘴唇親吻，醒華微掙沒掙脫，聽得本源繼續介紹：

「盟軍總部的主任翻譯項名忠，林丕達兩位先生。」

林丕達也和宛芬握手寒喧，項名忠乘機拉椅讓坐，表現殷勤，本源在他們坐定後繼續說：

「戰後復原要煩勞項、林兩位幫忙的事情很多，尤其是日據財產的清算發還，都需要透過兩位向盟軍申訴，醒華要主動跟他們兩位連繫，向他們請教疑難。」

醒華誠懇的說：

「請兩位先生多指教。」

項名忠搶著說：

「沒問題，周小姐放心了。」

醒華端莊從容的微笑著向項名忠點頭，項名忠誇張的擰指召喚僕歐，宛芬和林丕達眉目含笑的傳情，僕歐遞上菜單，項名忠搶過遞給醒華：

「周小姐請。」

醒華推拒，柔聲說：

「項先生點好了。」

「不，西洋規矩，女士優先。」

醒華笑笑，接過菜單看，宛芬已親密的和林丕達研究菜色了，項名忠傾身湊近醒華說：

「醒華小姐吃牛排吧，這裏牛排是從紐西蘭運來的。」

醒華閃避他，合起菜單說：

「謝謝，我不餓，喝杯茶就行了。」

本源向醒華示意：

「醒華，今天我們做東，要主隨客便。」

醒華赧然說；

「那項先生吃什麼，我就吃什麼好了。」

項名忠向僕歐份咐：

「兩客牛排七分熟。」他轉頭問醒華：「七分熟可以吧？」

「可以。」

醒華點頭微笑著答應，宛芬輕聲問林丕達：

「我們吃龍蝦？」

「好，吃龍蝦。」

宛芬把菜單遞還僕歐說：

「兩客鐵扒龍蝦。」說著轉臉問本源：「爸，你呢？」

「跟你們一樣吧。」

宛芬再向僕歐說：

「三客龍蝦。」

僕歐記錄後離去，項名忠拿出香煙遞給醒華：

「請抽煙。」

「謝謝，我不會抽。」

「西洋女人抽煙的很多，是一種時尚。」他拿出打火機欲點燃，故意再問醒華：「我抽可以嗎？」

「請。」

林丕達也向宛芬遞煙，宛芬接過就火點燃，本源微緺眉頭移開眼光，醒華轉頭望窗外，燦然的笑容隱去，憂急焦慮又浮上臉頰，項名忠觀察她，吞煙，從鼻孔中噴吐，他眼光毫不避諱，迸露出強項的企圖心。

窗外落起陣雨，庭院石砌的魚池裏有魚遊的影子，醒華望著魚池濺起的水花出神，項名忠把煙霧噴在她臉上，她都懵然不知。

雨絲在窗外飛灑，打在玻璃窗上，從玻璃破洞裏潲進屋內，南捷站在醒華臥房窗內向外看，庭院樹木，圍牆橡園都盡收眼底，他驀地看到後園三堵新墳，不覺竄跳起來，狂奔下樓。

他奔到後院墳前，只見黃土隆堆，冥紙零落，墳前並無碑石標誌，他衝動的想扒墳驗看，跪倒墳前抓起幾把泥土，不覺又痛苦椎心的把泥土撒下……

俱樂部裏杯盤交錯，歡聲笑語，僕歐捧菜穿梭，菲律賓藉的樂隊吹奏著輕柔的旋律。

項名忠吃得滿嘴油膩，他瞟望觀察醒華，見她盤中牛排絲毫沒動，放下刀叉以餐巾拭嘴：

「醒華小姐，牛排確實很嫩—」

醒華誠懇道歉：

「對不起，我實在不餓。」

項名忠吞咽下嘴裏食物拍胸安慰：

「你儘管放心，你信任我，財產追索雖然有很多困難，但官司總得要打，我有很多關係可以運用，你交給我辦，我有把握幫你爭取。」

「謝謝你，我並不著急財產，我是心焦我的丈夫跟孩子。」

項名忠錯愕的愣住：

「你丈夫跟孩子？你結婚了？」

「我當然結婚了。」

項名忠愣得把餐巾都滑落地上，廖本源插嘴說：

「她丈夫陷在上海，應該快回來了。」

項名忠笑得僵硬說：

「是啊，戰後交通都恢復了。」他強笑撿起餐巾說：「你丈夫眞好福氣。」

醒華滿臉苦澀：

「我跟我丈夫都命苦，我們——」

她陡地停住嘴變色的望門口，見紀福全和一個洋人談笑著走進俱樂部，項名忠隨著她的眼光望，宛芬驚疑的停住嘴裏食物咀嚼：

「醒華，他是誰呀？」

醒華臉色蒼白，嘴唇緊閉著，宛芬再問：

「他到底是誰？」

「一個漢奸，一隻狗。」醒華憤恨的說：

「他傷害過你嗎？」

宛芬問著放下手中刀叉，紀福全經過醒華桌前站住，他眼光陰冷的說：

「周小姐眞是手段靈活，戰爭期間翻雲覆雨，戰爭剛結束就又跟盟軍交際應酬了。」

項名忠挺身站起，紀福全銜他的美軍制服呲牙笑笑和洋人走開了。項名忠激憤的說：

「有證據，我檢舉他——」

醒華追望紀福全背影，搖頭。

飯後回到廖家，醒華和宛芬並肩坐在床上，窗外雨已停，天仍陰暗著，醒華神情陰鬱的低著頭，宛芬關切的問她：「從俱樂部回來，你一句話都不說，到底想什麼？」

醒華聲音低瘖澀啞：

「我想去上海。」醒華堅定的抬起頭望她：「我想去上海找他。」

宛芬錯愕的愣著半響，深深吸氣說：

「我爸說，南捷有船票，隨時會回來，你去上海，豈不是錯過他？」

「他要回來早該到了，到現在還沒到我害怕…」

「你別胡思亂想，他也許只是耽誤，再等幾天…」

「我滿腦子都是他，實在等不下去了。」

「可是，你去他來萬一錯過…」

「他回來一定找我，我不在他會找你，你留住他等我。」

宛芬著急的跳起來了。

「拜託，你饒了我，現在到處混亂，我怎麼能放心讓你一個人到上海去？」

醒華苦笑：

「我受過的苦太多，什麼都不怕了。」

「那追討財產現在正是緊要關頭，你不能說走就走啊！」

「追討財產不會馬上有結果，我去上海耽誤不了多久，再說，有人在錢財才有價值，南捷跟孩子都不在，我要財產幹什麼？」

宛芬啞然說不出話，醒華痛苦的嘴唇抖動著：

「我實在靜不下心，心裏像火燒⋯⋯」

宛芬辭窮想岔開：

「要不，等問問我爸爸—」

醒華搖頭拒絕，宛芬負氣說：

「你總不聽人勸，什麼事拿定主意就不再更改了。」

醒華再抬頭露出苦笑：

「你瞭解我。」

宛芬定定的望她一會，妥協了：

「好吧，你打算什麼時候走？」

「越快越好。」

「好，我想法子給你弄飛機票。」

趕得巧，當晚即有一班美國軍機飛上海，宛芬托林不達弄到一張機票，飛機在夜色迷蒙中起飛，震耳的螺旋槳聲中，機尾的閃燈明滅著竄進低沉的雲層飛走。

宛芬送走醒華回到家就被本源斥責，他的激怒也讓宛芬火發：

「眞是胡鬧，現在局面這麼混亂，你讓她去上海？送死啊？」本源怒斥著，把手中呢帽摔到桌上。

宛芬被責反彈，頂撞他：

「她那種性情，我攔得住嗎？」

「鄭南捷回來怎麼辦？」

「她說見到南捷讓我留住他。」

「唉，向盟軍總部訴訟，追討財產，一定得要她本人出面。」本源連連歎氣向宛芬埋怨。

「她說去上海不會耽誤多久，曉得南捷下落就馬上回來。看她那樣心焦，我實在狠不下心攔她。」宛芬說。

電話鈴響，本源就近抓起電話：

「喂…噢，林先生，她在，你稍等一下。」本源摀著話筒說：「林丕達。」

宛芬接過電話：

「喂。」宛芬滿臉驚異：「咦，我爸說是林丕達怎麼換成你？」宛芬摀著話筒悄聲向本源說：「是項名忠…」

她拿開手吃吃笑著向話筒說：

「幹嘛？她去上海了，眞的，你問林丕達，他弄的飛機坐位，你要向我爸爸求證？好啊。」宛芬再搗住話筒向本源說：「項名忠不信醒華去上海了。」

「我跟他說。」本源說著接過話筒：「喂，項先生，是眞的，她眞的去上海了，是啊，我也說她現在不能離開，她是掛念她丈夫，嗯，應該很快就回來，是，勞你多費心，她回來我馬上通知你，好，宛芬還在，請等一下。」

本源再把話筒給宛芬，臉色顯露隱憂不快，宛芬搗著話筒問他：

「他跟你說什麼？」

「耽會說。」

宛芬拿開手對話筒叫：

「喂…好，好。」她叫著撒嬌；「好了，知道。」

宛芬掛斷電話，本源凝色問她：

「項名忠不是知道醒華有丈夫，有孩子嗎？」

「是啊。」

「那他舉動就有點非份了。」

「這是中國人的倫理。」

「項名忠不是中國人嗎？」

「他在外國長大，已經洋化了。」宛芬說著抓起皮包要走：「爸爸我出去了。」

本源想說話又忍住，宛芬走出客廳，走到停在院中的汽車旁，她開門徑自坐進駕駛座，發動引擎「呼」地開去，門房在她車後關閉鐵門，落下鐵門。

門房關門後欲轉身走開，南捷走到門外喊：

「我姓鄭，請問—」

門房聞聲回頭看，見南捷髮亂衣髒泥濘滿身，露出勢利輕賤的惡聲：

「幹什麼？」

「請問廖宛芬廖小姐…」門房逼視瞪他，南捷下意識口結：「我，我找廖小姐…」

「小姐不在。」

門房撂下話即轉身走開，南捷再說：

「那麻煩你—」

門房回頭粗聲：

「我說小姐不在，你聽不懂啊？」

他的話聲被門外汽車喇叭打斷，門房跳起動作迅速的再打開鐵門，一邊回頭瞪眼斥逐南捷：

「別擋路，走開—」

南捷呑聲退開一旁，一輛汽車駛進門內，南捷猛嚼牙根，轉身離開。

俱樂部舞廳裏音樂柔靡悅耳，舞客等相擁起舞，此起彼落響著私語和談笑聲，項名忠擁抱著宛芬在人群裏搖擺，彩色燈光閃耀出如夢如幻的情境。

項名忠在宛芬耳邊問：

「她丈夫是什麼樣的人？」

「誰呀？」宛芬故意說：

「周醒華。」

「很好的人。」

「太抽象了，形容具體一點。」

「在醒華心裏，他是神，你毫無機會，還是趕快死了這條心吧。」

「神？你形容得過火了吧？」

「你愛信不信。」

宛芬向坐在舞池外的林丕達擠眼，林丕達會意走進舞池拍項名忠肩膀，項名忠退開滿臉不甘，林丕達和宛芬擁舞悄聲問她：

「他跟你說什麼？」

「打聽醒華她丈夫的事。」

夜，蟲鳴唧唧，廖家門外一片黯黑，南捷蹲在牆外身軀僵硬的凝望夜空，夜黑中他身影混沌模糊，像一堵岩石般冷硬。

廖家門旁裏泄出燈光，有廣東大戲的聲音散播空中，南捷粗濁的喘息數下，抹去眼角濡濕的淚痕。

俱樂部舞池邊的座位上酒瓶傾倒，酒杯半空，殘酒在杯底映著燈光變幻出道道彩虹，林丕達滿臉赤紅的仍在啜酒，並觀賞舞池中擁舞的男女，當然他的眼光時時掃過和項名忠擁舞的宛芬。

項名忠和宛芬舞動的腳都有點虛浮踉蹌，項名忠把宛芬的腰摟得很緊，姿勢難看，宛芬神情已顯出厭煩不耐，項名忠得寸進尺又把手掌下移，摟到她臀上。

宛芬把他的手掌拉開，露出厭惡，項名忠再把嘴唇湊到她耳輪上，宛芬猛地撐開身體說：

「拜託，你的鬍子紮人吶。」

「鬍子紮人才性感嘛。」項名忠說著故意伸嘴往她臉上蹭：「嗯，癢不癢？」

宛芬推開他叫：

「哎呀，你喝醉了。」

宛芬轉身踉蹌走出舞池，項名忠追著拉她：

「呃呃，曲子還沒完呢？」

「我不跳了。」宛芬用開他。

林丕達看到迎住他們，宛芬向林丕達說：

「項名忠喝醉了，你攔著他。」

她抓起外套，皮包衝著走出舞廳，項名忠要追攔，林丕達拉住他。

宛芬鬱憤惱怒的開車回到家，車燈掃過蹲在牆邊的南捷，煩燥的連按喇叭叫門，門房奔出把鐵門拉開，南捷跳起奔到車邊探頭想看清車裏的人，宛芬沒等鐵門敞開即駕車猛踩油門衝進院內，雖閃眼一撇，南捷仍看清汽車裏坐的是宛芬，他揚聲叫：

「宛芬！」

他叫著想跟進門內，門房兇橫伸臂擋住他：

「喂，你想幹嘛？」

「我找廖宛芬。」南捷說著再喊：「宛芬。」

宛芬停車跨出車外，她腳步虛浮踉蹌，一手扶抓車門站穩，鐵門外再傳進南捷的叫喊：

「宛芬，宛芬…」

宛芬聞聲回頭看，她醉眼迷離，恍惚看到油頭粉面的項名忠，她滿臉惱怒厭惡的揮手：

「你煩吶，神經病！」

南捷愣住，說不出話，宛芬決絕的轉身推開廳門，走進客廳，南捷抓著鐵門柵攔冷顫著呆站，門房隔門揮趕：

「你還不走，想幹嘛？」

南捷鬆手轉身，咬緊牙關離開鐵門。

畸形繁華的上海。壅塞，吵雜，囂亂的上海。

醒華踏進上海街道，才驟然驚覺惶恐膽怯，她滿懷渴望能和南捷立即見面，但在這囂亂陌生的上海，到那裏去尋找南捷？她潛意識裏雖早知道這趟上海之行是衝動和愚昧，但等待齧心的痛苦，更讓她分秒難捱。

街道上汽車喇叭囂亂震耳，人群熙攘喧嘩吵鬧，滿街的國旗隨風飄展，藍白紅的顏色讓人眼花瞭亂，神搖目眩。

醒華孤零惶恐的站在街頭張望，驀地看到樓高廿四層的國際飯店，想起幾年前抱著康康來上海找尋南捷，曾和宛芬父女在這裏住過，南捷的好友劉國興也常在這裏出入，也許在這裏就能找到南捷的熟人，或猛然碰到南捷正衝著她走來。

她想著，像在海浪波濤中頻臨滅頂的霎那，突地抓住一塊堅實的浮木，興奮狂喜的奔進國際飯店，像奔進飯店就能把南捷抓住抱進懷裏一樣。

衝進飯店的旋轉門，大廳裏的人們都被她撞激的門聲驚得轉頭向她看。她逐一掃望每張錯愣的臉，沒有南捷，沒有劉國興，沒一個認識的人，她愣著發呆。神情窘迫張惶，幸好門僮走到她身旁說：

「妳要住房嗎？」

「我，我找人…」

「請到櫃檯。」

醒華被門僮領到櫃檯，她臉色蒼白的問：

「請問，鄭南捷…」

櫃檯邊有個矮胖紳仕正和洋人說話，聞聲轉頭望她，醒華再問櫃檯：

「還有劉國興，住這裏嗎？」

櫃檯職員正要說話，矮胖紳仕搶著說：

「他們都不在這兒，請問你是？」

「我是鄭南捷的太太。」醒華急忙回答：

矮胖紳仕指咖啡座，向醒華說：

「請到那邊坐一下，我馬上過來。」

醒華詫疑的站著沒動，矮胖紳仕向洋人解釋並握手告別，然後回身輕拉醒華：

「我是彭醫生，跟南捷，國興都是朋友，南捷的腿也是我醫的，我送南捷上船，他回新加坡了。」

醒華愣著望他，彭醫生失笑，向櫃檯職員叫：

「你們證明，我是彭醫生嗎？」

櫃檯職員哄笑：

「上海名醫，誰冒充得了。」

「瞧。」彭醫生指著自己鼻梁說：「貨眞價實，你相信我。」

醒華赧然露笑：

「彭大夫。」

「來，那邊坐。」

醒華跟隨彭醫生到咖啡座坐下，彭醫生點過飲料說：「你娘家姓周，是嗎？」

醒華點頭：

「我叫周醒華。」

「我知道，我聽他們說過，朱玲跟廖宛芬我都認識，常聽他們說起你跟南捷的事，怎麼？南捷沒回新加坡？」

「我聽廖本源伯伯說他有船票隨時能走，但我等不到他心裏著急，就趕來上海，想知道他確實下落。」

彭醫生屈指算時間：肯定的說：

「八月中我送他上船，海路到新加坡最多兩個禮拜，現在九月多，早該到了。」彭醫生說著抬頭問她：「他會不會到了找不到妳？」

醒華頓時臉色蒼白了。彭醫生安慰她：

「戰後社會都很混亂，親人離散彼此互尋的很多，你別著急，南捷在上海九年，那麼險惡的環境都挨過了，他生命力強韌得很，是九命貓。」

「我只是心裏急—」醒華說著眼眶紅了。

「這感情是正常的，你們種情太深，得失心當然更強烈，不過你放心，南捷絕對是你的，他經過嚴酷試煉，對你堅貞如一。」

醒華有點羞窘尷尬，低下頭，彭醫生說得激動，神神嚴肅：

「你別當我這話是信口開河，而是有根有據，朱玲這女孩我想你聽說過，她因爲戀慕南捷，自覺無望得到，所以自毀了斷性命，死後她父親朱嘯峰以遺產壹千伍佰萬美金要求南捷和她冥婚，都遭到南捷拒絕，他寧願窮困潦倒的回新加坡找你，卻不要這筆榮華終生的豪富，這就足夠證明他對你的眞情，所以，你不用著急找他，只管安心回去等著，他一定會去找你。」

彭醫生把南捷受傷腿瘸後，在上海的生活狀況，凡知道的，都鉅細無遺的告訴她，醒華聽得驚心動魄，意亂神搖，說到朱玲的死，她感喟惋惜，說到南捷周旋在漢奸惡鬼間，生死須臾，她心驚膽戰，冷汗直冒。

彭醫生週到的安頓醒華在國際飯店住下，他因有外國客人需要應酬照顧，匆促離去，答應第二天安排飛機機位送醒華回去。

醒華在旅館房間，望著窗外繁華上海的夜景，回想彭醫生的話，眼前五光十色的燦爛燈光都幻化出南捷深情憨厚的面貌。

想著她又心急如焚的想儘快飛回新加坡，她揪心的想著，南捷回到新加坡找不到她，孤獨淒冷的蹲在木屋廢墟上，絕望悲痛的身影，她的心就絞痛。

她後悔，後悔自己的心急衝動的來上海和南捷錯過。

當晚，暴風雨襲擊上海，醒華望著窗外風雨撼窗，心焦輾轉，深怕風雨阻斷明天歸程，她想，要是新加坡也有狂風暴雨，南捷能到那裏避雨遮風呢？

新加坡沒風雨，且星空萬里。

夜色中，宛芬濃妝盛裝的開車出門，在門房前停車時她搖下車窗交代：

「這幾天可能有個姓鄭的客人來找我，我不在就通報老爺，老爺也不在就請他到客廳坐，千萬留住他，嗯？」

門房恭謹答應著拉開鐵門，宛芬開車馳出，門房關門時猛地想起南捷，眼前閃過南捷的音容形貌，門房滿臉困惑的脫口說：

「姓鄭？是他？重要客人是叫化子？」

他下意識向門外牆腳張望，門外昏黑，牆邊樹叢搖動已無人影。

南捷被宛芬辱罵，心灰意冷，他麻木的到處遊蕩，消耗體力也抒解胸中被怒火焚炙的疼痛，他無法片刻靜止，靜止後心如火焚的焦燥會煎熬得他發瘋。

他無意識的走到聖心診所門前，站住腳，呆望診所殘破斑剝的小樓，診所門窗緊閉，樓內一團漆黑，風，在樓窗縫隙中低呼嗚咽。

南捷走到診所門前，伸手推門，門竟應手開了，他摸索進內，憑著記憶逐步探索著上樓，樓板朽腐發出吱吱聲響，縱橫的蜘蛛網黏附在頭臉上，讓他腳步躊躇。

他撩開蛛網走到樓上，在樓梯旁他熟息的，曾睡過養傷的小床坐下，傾身躺倒，閉上眼，捕捉回憶九年前和醒華私奔在此纏綿依附的心情，那眞是甜密熨貼呀，他幾乎可以聽到心裏的歡呼和吶喊聲。

他在回憶的甜密中逐漸睡去，在夢中，他滿足的和醒華緊緊互擁。

月冷星稀時，宛芬回到家，她按喇叭叫門，門房把鐵門拉開後攔住汽車，等宛芬搖下車窗，他惶恐的說：

「小姐，前天有個姓鄭的來過。」

「前天？」

門房見宛芬變色發怒趕緊說：

「前天小姐沒吩咐，我不認識他，也不知道他是小姐的貴客，前天晚上他在門口等小姐回家，喊小姐的名字，小姐把他罵走了。」

「我罵他？」宛芬錯愕瞬間，猛地想起當夜情景；「糟了。我把他看成項名忠。」

宛芬追悔懊惱的拍打方向盤問：

「他說什麼？」

「只說姓鄭，沒說別的。」

「他腿有點瘸？個子高高的？」

「嗯，腿有點瘸，身上很髒，我原以爲是難民乞丐。」

宛芬悔恨的凝思片刻再問：

「他沒再來過？」

「沒有。」

「再來無論如何留住他。」

「是。」

宛芬扳擋憤踩油門，車猛衝馳進院內。門房搖頭舒氣，關閉鐵門。

南捷猛地驚醒坐起，他夢到苦苦。

24

苦苦在哭，鼻涕眼淚流了滿臉，手裏仍拿著吃剩的糖果，他愣著回想，轉頭四望周遭，昏黑中仍能模糊辨出屋中輪廓，晨風在窗隙中嗚咽，窗外朦朧著曙色。

他坐在床上愣著馳想，由苦苦想到夢玫，由夢玫想到她在吉隆坡的家，他猛地震慄的想到，醒華會不會因家破人亡無處安身，去吉隆坡她姨母家了？

最少，黃家也該知道醒華的訊息吧？

他想著心頭興奮的卜卜亂跳起來，熾熱的希望又從心頭燃起，他振奮的跳下床，衝跳著奔下樓梯。

因衝跳過猛踩斷一層樓梯，整條腿插進腐朽的樓梯斷裂縫隙，劇疼驚呼混著樓板崩斷的響聲一起爆發，等他鎮定忍疼撐身拔出大腿，觸摸疼處摸到一手鮮血。

他摀著傷處小心走下樓梯，曙光中看到蛛網滿布的診療室，他走進去。

診療室裏一些醫療器材都還在，他找到藥棉和碘酒替傷口消毒，尚幸傷口不深，只被木材尖刺刮破皮肉，他包紮了急忙離開，尋找醒華的心，焦灼得一刻都不能等待。

戰後秩序雖然混亂，但新加坡經柔佛海峽到吉隆坡的馬來鐵路卻仍暢通往來，他心焦情切的搭乘火車到吉隆坡跳下，卻猛地發覺沒有地址，要到那裏去找？

他頓時混身痲木，冷汗直冒，敲頭苦思，隱約記得曾聽醒華說過，夢玫的家裏開貨棧，躉售華人日用的南北雜貨，既做華人生意應在華人聚集的地方，他想，先打聽在吉隆坡那裏是華人的聚集地。

華人聚集的中國街被他很輕易的找到，到了中國街再詢問躉售南北貨的貨棧，幾乎婦孺皆知，貨棧的招牌叫黃福和。

南捷找到黃福和貨棧，夥計看他髒汗狼狽，輕慢不理，南捷擠出苦澀笑臉說：

「我叫鄭南捷。想找周醒華——」

夥計露出吃驚，愣著望他，南捷再說：

「我是周醒華的丈夫，夢玫表姐我也認得。」

夥計改容相向，連忙說：

「噢，您先請坐，我，我傳報老太太。」

夥計態度謙卑，但神情仍充滿冷峭猜疑，南捷被請到椅上坐下，夥計急步向後堂奔去，南捷蒼白憔悴的臉湧起振奮激動的紅暈，他不安，手心緊握著汗濕。

片刻夥計奔回說：

「請，老太太有請。」

南捷臉色再現蒼白，聲音因恐懼而戰慄

「那醒華…她不在？」

夥計答非所問，再說：

「請，老太太急著見您。」

南捷跟隨夥計走進後院，夢玫的母親渴盼的站在廳門裡迎接他，南捷趨前鞠躬說：

「姨媽，我是鄭南捷。」

「好好，請，請進來。」

南捷心焦的跨進廳堂，眼光四處搜索尋找：

「醒華她─」

「醒華回新加坡了。」

南捷聽得話聲萎頓的背脊猛地挺直，驚喜的嘴臉痙攣著喃語：

「她活著，她在啊…」

喃語聲中他熱淚奪眶湧出，黃母望著他，也眼眶紅了，她抓著南捷拉他坐下，說：

「孩子，你果然對醒華眞心好。」她說著抹淚問：「你剛從上海回來？」

南捷點頭，哽咽說：

「我回來找不到她，心裏急，她家裏又堆著幾座新墳，我害怕，知道她活著就好…」

「她也很擔心你，說想去上海找你，我攔著她想多留她住幾天，她說要打官司爭產業就跟著廖家小姐回新加坡了。」

南捷驚愕的失聲問：

「跟廖宛芬回新加坡？」
黃母不答反問說：
「醒華說你在上海見過夢玫？她現在怎麼樣？過得好嗎？」
南捷強抑情緒激動，低下頭掩飾說：
「夢玫表姐…她很好。」
「她活得好就好，我白養她了。」
南捷乘機扯開話題，搶著再問：
「姨媽，醒華，她好嗎？」
黃母歎息，剛得知夢玫消息而展露的笑容又消失了。她愁苦佈滿縐紋的臉蒼白著：
「唉，醒華這孩子命眞苦啊，父母兄弟一個接一個在她眼前去世，現在又失散孩子，虧她能挺受得住…」
「孩子…失散了？」南捷驚恐的問；「怎麼失散的？」
「唉，孩子托人照應，飛機轟炸就下落不明了。」
「姨媽剛說的廖家小姐，是廖宛芬嗎？」
「是啊，你認得她？」
「認得。」南捷露出猜疑厭惡，黃母接著說；

「醒華說，她會暫時住在廖家。」

南捷的臉色變得陰沉，黃母勸慰著開導他：

「孩子失散慢慢找，急不得，身體要緊，身體好什麼都不愁，嗯？醒華吃了不少苦，多哄她，多呵護她，她性情有點變，凡事往開處想，夫妻自然恩愛百年。」

南捷聽她話意，神情顯出困惑，黃母再說：

「再看到夢玫，叫她無論如何寫封家信，說她爸爸已經去世，剩下老娘也風燭殘年了⋯⋯」

隆隆的火車輪軌聲在耳邊響，南捷坐在車廂裏凝望著窗外田疇綠野，椰林茅舍神馳冥想，黃母蒼老的聲音斷續響在耳邊說：

「她吃了不少苦，性情有點變，凡事都要往開處想⋯⋯」

「看到夢玫，叫她無論如何寫封家信，說她爸爸已經去世，剩下老娘也風燭殘年了⋯⋯」

南捷心頭隱隱絞痛，他狠心的隱瞞了夢玫的死訊和苦苦的下落，對這個風燭殘年的老人，不知是對，是錯，他當時顧忌，噩耗會讓老人受不了。不說穿，讓她仍殘存個希望，也許日子會好過。

車聲隆隆，眼前景物變換，南捷癡望窗外，不覺清淚蜿蜒流到嘴角。

南捷回到新加坡，他沒有落腳處，再回到聖心診所，天氣變陰，遠處沉雷隱隱，氣壓就像他的心情，沉鬱著。

24

他腦中反復響著著黃母的那句話

「她性情有點變，凡事都往開處想⋯⋯」

他不知道醒華的性情變得怎麼樣？他擔心恐懼，一些光怪陸離的想法纏繞著他，心裏焦慮得像火燒，他幾次衝動的想再去宛芬家，但被罵的難堪讓他退縮了。

他想宛芬是有意侮辱他泄恨，也許不是；也許是刻意阻曉他和醒華團聚，報復他在上海對她決絕的打擊。

他胡思亂想，越想頭腦越混亂，情緒越焦燥，衝身走出診所，不顧雨絲淋頭。

雨絲的冰涼倒讓他舒爽，把心頭的焦燥降溫，他低頭沿街走，雨絲淋著他，他踏著街邊泥濘，路燈昏暗，雨絲銀線般飄灑在燈影中，一些飛蛾圍繞撲撞著路燈。

雨水把他淋得混身透濕，他仍踽踽獨行。

背後一輛轎車急駛馳來，濺起一路泥水，項名忠駕著車，車內音樂響得震耳欲聾。宛芬和林丕達坐在車內，咬著口香糖，隨著音樂搖擺身體，汽車馳過南捷，車燈掃過他，濺起的泥水潑在他身上，他受驚跳躲轉頭看，宛芬閃眼一撇認出他，她脫口呼喊：

「呃，南捷—」

喊聲被車窗阻隔，更被樂聲掩蓋，轎車急馳，她搖下車窗伸出頭回頭呼叫，「南捷，鄭南捷⋯⋯」

南捷的身影轉眼被遠拋在車後，混進夜色昏暗中，宛芬情急敲打車窗急喊：

「停車，停車──」

項名忠兀自開車，搖擺著身體陶醉在音樂中，宛芬抓他，尖聲叫：

「停車！」

項名忠驚駭的緊急煞車把車停住，宛芬開門跳下，向來路飛奔，奔跑數步泥濘黏掉她的高跟鞋，她狼狽的跳著再奔回轎車：

「回頭，調回頭──」

「嗯？」項名忠因爲音樂聲響過大聽不清，宛芬激怒跳腳；

「我說回頭，你聾了？」

她說著「啪」地把音樂關掉，驟然的沉寂使空氣凝結，宛芬著急的拍打他：

「你快呀？」

項名忠愣著問：

「快什麼？回到哪兒去？」

「叫你倒車回頭──」宛芬情急推他：「你走開，我開車…」

項名忠被她拖得離開駕駛座，宛芬遞補接替，扳擋倒車，猛踩油門，轎車「呼」地衝回來路，項名忠和林正達被車速閃得失卻平衡撞向車箱發出驚呼，宛芬邊開車邊張望路邊尋找，街巷靜寂昏黑，已無南捷蹤影。

轎車緩下速度在街巷搜索，項名忠忍不住問她：

「喂，你神經短路啦？」

林丕達也駭疑的問：

「宛芬，到底怎麼了？」

宛芬焦灼的凝目向路旁看：

「奇怪，他走不遠吶，怎麼一轉眼就不見了。」

「誰呀，你說誰呀？」項名忠再問：

宛芬負氣不理，林丕達也疑惑問她

「宛芬，你到底找誰呀？」

「醒華的丈夫—」

「誰？」項名忠挺身坐起來。

「醒華的丈夫鄭南捷。」宛芬怒目瞪他：「你聽清楚了。」

兜了好幾個圈子仍無南捷縱影，宛芬放棄尋找，開車回家，在門外等候鐵門時，項名忠試探的問她：

「剛才走在路邊的好像是個叫化子，你沒看錯吧？」

「不會錯，他的身影我再熟不過了，奇怪，他怎麼落魄到這樣子，難道—」

鐵門打開，宛芬即開門下車：

「我下車，你們不要進去了。」

她說著閃身走進鐵門，轉身把門關上，問門房：

「前幾天姓鄭的客人來，是不很潦倒？」

「是啊！」門房忐忑答說；

「糟糕！」宛芬囑咐門房：「他再來千萬對他尊重客氣，這人脾氣又硬又倔。」

宛芬鬱燥的走進內宅，項名忠重回駕駛座倒車，回頭駛離廖家開走，雨勢已停，風聲漸勁，搖撼著路旁樹木，轎車疾駛，引擎聲沈實的響著，林丕達困惑的側望項名忠，觀察他反常的沉靜。

項名忠幾個習慣動作，平時總不自覺的輪流出現，一會用手掌抹鬢，讓油亮的飛機頭貼順，抹過頭髮照例撮唇吹口哨，可是他現在什麼動作都沒有，只凝目望前，專注的開車。

突地他猛然煞車把轎車停在路旁，指著對街聖心診所，林丕達隨著他的指處看，見南捷正混身透濕，垂頭頹廢的走進門中。

「瞧，那個人，就是廖宛芬急著要找的。」

「你怎麼知道？」

項名忠沒答理他，徑自開門下車，林丕達愣得片刻急忙下車追過去，項名忠穿越街道喊：

「喂，鄭先生！」

走進診所的南捷聽得喊叫驚愕的回過頭，項名忠走過去再問：

「你是鄭先生？」

「是我姓鄭。」

「周醒華的丈夫？」

南捷眼中陡地迸射光芒，他逼視項名忠問：

「你是誰？」

項名忠傲慢的打斷他：

「我在問你！」

南捷猛地挺胸，態度強硬：

「跟你什麼關係？」

「當然有關係，周醒華有你這樣的丈夫，我就篤定能追得到手。」

項名忠神情囂張輕蔑，林丕達阻止他：

「喂，名忠，太過份了。」

項名忠推開他，再向南捷逼近一步說：

「我有錢有勢，能給周醒華快樂幸福，你又窮又瘸能給她什麼?只會拖累她讓她羈絆不自由!再說她喜歡我，跟我在一起快樂，就因爲你硬梗著，讓她困擾痛苦…」

南捷臉色慘變，林丕達斥責著推著項名忠走開，項名忠傲岸輕視的嗤笑著回到車上，猛踩油門，轎車帶著刺耳的煞車聲疾馳飆出，濺起的泥水，飛潑到診所。

南捷望著轎車飛馳離去，臉色由青轉紅，再由紅轉青，拳頭緊握著。

南捷心頭的煎迫憤怒，猶如油烹火燒，他痛苦輾轉，雖難信醒華會變心另結新歡，但項名忠的態度和言詞，卻刺激出他熾烈的，嫉妒猜疑的怒火。黃姨媽的話也隨勢在心底翻攪的響:『她受了不少苦，性情有些改變。』這話也許正是暗示某種變動，讓他能早有心理準備，適應打擊，承受難堪，也許醒華果眞因磨難痛苦而改變了性情，富足到底比窮困更誘惑人。

但他仍舊無法相信醒華會變心，他堅信他們厚植的情感不會輕易被動搖，何況還有他們愛的結晶，兒子康康像紐帶般緊繫著彼此的心。

想到康康他陡地背脊發冷，孩子已失散，紐帶的連繫哪裡還存在?分別九年，四年音訊斷絕，也許單純的情感眞的通不過時間和艱困的試煉，醒華她變了。這時項名忠的話又轟雷般在他耳鼓響著:『我有錢有勢能給她幸福快樂，你又窮又瘸能給她什麼?只會拖累讓她不自由——讓她困擾痛苦!』

南捷的心像被片片撕裂揉搓著，他疼痛得蜷曲在養傷的小床上，牙根咬著反復思索，情緒劇烈激蕩，不覺已雞鳴起落，晨風灌窗，窗外露出曙色了。

25

醒華從上海搭乘美軍運輸機回到新加坡，她能搭乘美國軍機是得到劉國興的幫助，國興隨重慶中央政府復原回到上海，奉派監督日軍繳械投降，和執行緝捕漢奸，制裁國賊的任務，他得知醒華再到上海尋找南捷，立即找到她，兩人淚眼想見，恍如隔世。

國興一到上海，就知道南捷和朱嘯峰父女的事，他切齒痛恨漢奸走狗的險惡狠毒，發誓要把這些梟獍敗類肅清剷除他送醒華上飛機的時候告訴她，自己完成上海任務後將請調去臺灣，臺灣光復百廢待興，亟需大量人力從事建設，他希望南捷能回到故鄉貢獻力量，臺灣子弟被逼離鄉漂泊，現在正是落葉歸根，灑血流汗灌溉這片土地的時候。

國興再寫一封懇摯的信給南捷，勸他痛定思痛爲國盡力，不可瞻顧猶豫了。

飛機到達新加坡，項名忠神通廣大的得知消息，已等在停機坪上接機了，他殷勤的接著醒華，扶她登上吉普車，醒華難卻他的盛情，向他微笑感謝。

醒華的微笑仍然燦爛耀眼，使得項名忠意蕩神搖顯得癡迷，醒華見車上別無人在，詑疑的問他：

「咦，宛芬呢？」

「廖小姐身體不舒服，說讓我全程接待照顧妳。」

醒華雖覺奇怪，但並未追問，項名忠關妥車門，自己坐進駕駛座，汽車開出機場，他說：

「飛機連續飛了恁麼多個小時，一定夠累的，這樣，我們先吃飯洗塵，然後找個舒服地方讓妳休息。」

醒華確實夠累，六七個小時的硬板座位坐得她饑腸轆轆，腰酸背痛，確實急想歇息，但咀嚼項名忠的話意，有點曖昧隱晦，便說：

「累確是累，不過我心裏有事，實在寢食難安，等我找到我丈夫，我才能安心吃睡。」

「咳，他在新加坡你還怕找不到他？先吃飽歇息恢復精神，別沒找到他先累倒自己，聽我勸，先吃飯；新加坡只有這麼丁點大，只要他在，沒有找不到的。」

項名忠邊說邊飛快的開車，汽車顛簸搖晃，晃得醒華眼睛乾澀矇矓，困倦欲睡，不久，吉普車煞車停下，已到良木園飯店美軍俱樂部門外，醒華驚醒看著門前憲兵問：

「這是哪兒？」

「美軍俱樂部啊，下車吧。」

醒華猛地驚醒，她愣坐瞬間，凝色說：

「項先生，我頭暈不舒服，請你送我回去！」

「菜都準備好啦！」項名忠著急的說：「再說我還請了高級長官，由妳即席申訴貴府的產業狀況！」

「改天吧，我確實很累了。」醒華神情堅決的要開車門：「要不我自己叫車。」

「不不，我很遺憾，女士的話是聖旨。」

項名忠沮喪的再發動引擎駛出良木園飯店，向帝瑪廖家駛去。

宛芬欣喜醒華的歸來，醒華說及項名忠詭譎的迎接她，把她帶到良木園飯店，居心叵測，讓她害怕。宛芬也說此人好色卑鄙，細說在舞池裡摟腰摸臀的事，讓宛芬噁心鄙視，爲此還得罪南捷，心裡窩囊後悔，但眼前爲勢所逼，需吞忍不能得罪，兩人喁喁私語，本源敲門喊：

「醒華回來了？」

宛芬把門打開，醒華起身迎接，本源說：

「醒華去上海跟南捷錯開了吧？」

「是，聽說他回新加坡了。」

「他回來人就在，專心辦正事吧。後天盟軍總部派負責專員來新加坡審查敵留資產，這一關極爲關鍵。需要項名忠跟林丕達在譯文上多費心，今晚我宴請他們，醒華要跟項名忠搞好關係！」

醒華頭垂下低頭無語。

入夜陰雨，南捷在木屋廢墟上蹲著，僵凝冷硬得也像廢墟，他抱肘低頭把臉埋在膝上，久久抬起滿佈淚濕的臉，牙根緊咬著，兩眼冷厲的望著漆黑的天空。

碼頭濤聲隱約傳來，間雜著人聲車聲，他伸手抓起地上灰燼用舊報紙包裹了，塞進衣袋，深長的吸一口氣，挺身走下廢墟，隱進黑夜中。

南捷來到帝瑪廖家門外，躲在樹叢後向院內遙望。院裡燈光下汽車發動著引擎，司機站在車門旁，片刻後宛芬和醒華盛裝走出客廳，廖本源跟在後邊吩付佣人。司機開車門，他們說著話坐進車內，南捷望著醒華不覺激動得身軀抖顫起來，咬著牙強忍衝迸欲出的叫聲，他雙眼瞪得滾圓望院內，模糊的聽到本源說『瑞佛斯飯店』的話，就見汽車亮著刺眼的燈光開出院門。

南捷僵硬的躲在樹叢內，直到汽車去遠，他才發出一聲呻吟。他牙齦咬出血，鮮血溢出嘴角，他吸氣挺胸，舒氣閉上眼睛。

瑞佛斯飯店的包廂裡，晚宴豪華精緻，項名忠對醒華殷勤服伺，刻意討好，醒華雖笑臉應酬，但細微處總顯情緒焦燥心神不定，宛芬和林丕達湊興鬥酒讓宴會氣氛融洽熱鬧，熱鬧的氣氛逐漸也影響到醒華的心情，她小口啜酒，也談笑風生。

宴會結束，賓主儘皆酒酣耳熱，談笑著走出飯店，項名忠意興未盡的站在飯店門口和醒華說話，要求醒華陪他到良木園美軍俱樂部跳舞，醒華沉默微笑想砌詞迴避，項名忠親匿的攬著她的腰露出懇求神色，這時突地有個人從暗影走向醒華，宛芬瞥見失聲喊：

「南捷！」

醒華猛地一震轉頭看，見南捷擠著苦澀的笑臉走到她身前，把一包東西塞在她手上，醒華痴愣的接住，南捷嘴唇抖動良久沒說出話，然後決然轉身走開，瘸著的腿使他肩頭聳動。分不出是氣促抽噎還是腳跛。醒華一陣冷顫驚醒恢復知覺，手裡包裹滑落地上，響聲引得她低下頭看，見包裹裡的金錶和一封信散落在腳前。空氣凝結，南捷走遠，醒華身軀一軟暈倒，項名忠趕緊抱住，宛芬情急跳起尖聲追喊：

「南捷，你站住！」

南捷並未站住，反消失在黑夜中，宛芬急得跳腳：

「不達，你去追，快！」她喊著轉身向本源：「爸，叫救護車！」

宛芬返身奔近醒華，撿起地上金錶和信，然後推開項名忠扶抱醒華，醒華驀地蘇醒嘶聲厲喊：

「鄭南捷！你回來——」

喊聲裂帛般刺耳，撕裂夜空，項名忠驚恐色變，縮退閃開，醒華哭喊得嗆噎著再暈倒在宛芬懷裡，叫聲驚得俱樂部裡男女都跑出來。

醒華瘋了，她澈底崩潰，開始時精神晃惚神情痴呆，喃喃說著別人聽不懂無法辯識的話，接著哭笑無常，嘶喊南捷或康康的名字。金錶戴在她手腕上，她親它，伸舌頭舔它，凝目呆望它，開始滿臉熨貼欣喜，繼而切齒露恨流淚。她還唱歌，唱嬰兒聽的催眠歌，歌聲婉轉溫柔，像康康就抱在她手上。有時又神馳發愣，望著虛空痴痴笑。

她披頭散髮，宛芬替她梳妝，她片刻就弄亂，宛芬痛惜無奈，遍請名醫診療希望她病情減輕，能應對財產的索討，可惜醒華的神智越來越迷亂，群醫都束手，盡皆扼腕嘆息。

南捷影蹤渺然，宛芬找遍了新加坡島，甚至在報紙電台花錢購買廣告，重金懸賞尋人，南捷像憑空消失，在新加坡社會倒引起不少蠡測議論。謠言的猜疑滿天飛。

宛芬惶急無主，本源也束手無策，宛芬想起南捷留下來的信，趕緊找出閱讀，信裡血淚斑斑寫著潦草的字：

「醒華：

我對妳的愛從未改變，也從未減少，妳絕對不能錯估我愛妳的心，妳和孩子將永遠佔據我心中，讓我日夜想著念著擁在懷裡。離開妳是因爲我自慚形穢，覺得配不上妳，覺得我對妳是累贅，是拖累。從我們認識到現在，我帶給妳的沒有幸福安寧，都是痛苦災禍，在這命運重生的關頭，我不能再拖累妳了，衷心盼望妳能在此機會尋得快樂幸福，抓住燦爛的來日，享受人生，彌補我沒有給妳的缺漏，千萬要努力，千萬要抓住，別再想我！我對妳的愛會終生留藏，直到我的呼吸停住！

南捷。」

宛芬氣恨得失聲痛哭，醒華卻痴呆的望空嘿笑，半年後宛芬放棄對醒華的醫治，把她送進療養院療養，然後遠走美國，她對人性轉變感到意冷心灰，她實在難以想像南捷跟醒華竟是這樣的分崩離析。

這是結局嗎？也許是，也許不是；人生際遇變化無常，也許天會可憐他們，讓他們再團圓，誰知道呢？

國家圖書館出版品預行編目資料

愛情咒語/董升著. --初版.--臺中市:白象文化事業有限公司，2022.2
冊； 公分
ISBN 978-626-7105-23-8(全套 : 平裝)

863.57 111000303

愛情咒語

作　　者　董升
校　　對　董升
發 行 人　張輝潭
出版發行　白象文化事業有限公司
412台中市大里區科技路1號8樓之2（台中軟體園區）
出版專線：（04）2496-5995　傳真：（04）2496-9901
401台中市東區和平街228巷44號（經銷部）
購書專線：（04）2220-8589　傳真：（04）2220-8505
專案主編　水邊
出版編印　林榮威、陳逸儒、黃麗穎、水邊、陳媁婷、李婕
設計創意　張禮南、何佳諠
經銷推廣　李莉吟、莊博亞、劉育姍、李佩諭
經紀企劃　張輝潭、徐錦淳、廖書湘
行銷宣傳　黃姿虹、沈若瑜
營運管理　林金郎、曾千熏
印　　刷　基盛印刷工場
初版一刷　2022年2月
定　　價　780元